新部落

梦萌／著

作家出版社

大地不是我们从祖先那儿继承来的，而是从后代那儿借来的。

——摘自《世界自然资源保护大纲》

目录

第 一 章 \ 逃离死亡之湾 1

第 二 章 \ 两个可恶的男人 19

第 三 章 \ 营造新部落 38

第 四 章 \ 遭遇猴子王国 60

第 五 章 \ 讨厌的贴面舞 76

第 六 章 \ 渴望火的时代 99

第 七 章 \ 如此决斗方式 116

第 八 章 \ 熊的恋子情结 131

第 九 章 \ 谋杀还在继续 148

第 十 章 \ 花斑马和狼吃娃 168

第十一章 \ 可怕的遗忘 188

第十二章 \ 老画家浪漫蒂克 205

第十三章 \ 大老板发家史 224

第十四章 \ 季月蜜月历险记 239

第十五章 \ 人与豹子大战 256

第十六章 \ 甄别历史陈迹 271

第十七章 \ 金钱、野兽和情欲 287

第十八章 \ 解读野人之谜 303

第十九章 \ 这世界咋吗啦 325

第一章

逃离死亡之湾

时间仿佛又回到共工决水的时代。

雷与电挥动鞭子疯狂地抽打夜空。

黑夜裂开一个个大口子，暴雨倾盆而下，与洪水纠合一起，奔腾着，咆哮着，冲撞着……天地被践踏蹂躏得一塌糊涂，分不清平原与高山、江河与湖海，到处是一片汪洋，一片洪荒，一片混沌。恐惧笼罩着世界，死亡泛滥成灾，生命万物此刻变得异常脆弱和不堪一击。

惊涛骇浪中，他终于挣脱死神之手，不知怎么突然抓住一棵树，一棵从悬崖峭壁斜刺而出的神来之树。然后，他拼命爬上去，四肢像四条蛇似的紧紧缠住树杈，整个人龟缩成一只蜷曲的蜗牛。他已失去知觉，把什么都忘了，忘记时间，忘记空间，忘记曾经发生的一切，甚至连自己的姓名、年龄、身份都忘得一干二净，脑海一片空洞，只有一息尚存的求生欲火像蛇芯子似的幽幽闪烁。

脚下洪水仍一尺一寸地往上涨，巨浪挟带漂浮物不时撞击着峭壁，能听见树枝可怕的折裂声。头上崖顶像水库决口，山洪乘着雨势，一齐向下倾泻，神来之树随时都有连根拔掉的危险。正在这时，一阵电闪雷鸣，他惊惧的眼睛一亮，突然发现一具棺材颠簸而来。不知是树的推力还是棺材的吸力，他身不由己地坠落下去，恰好掉在棺材里。棺材没有盖，他刚落下，电闪雷鸣中便听得一声女人凄厉可怕的惨叫。等他定神看时，那女人已经昏死过去，躺在身下像一只死企鹅。也许，他立即否认这个推断，心想，抑或她本来就是一具僵尸，只是在自己落下的一霎，突然被雷电激活瞬间的生命电波，才有了凄厉的一声惨叫，现在又恢复原先的死亡状态。

他压着那女人，觉得两人的身体迅速膨胀，膨胀得棺材将要顷刻崩裂。恐惧感扭曲他的灵魂，求生欲望使他成为一只野兽。他来不及犹豫和思考，拉着她就向棺材外推。他此时头脑突然异常清醒。他想，棺材承受力总归有限，两人共用，随时都会沉没。在生死关头，怜悯和恻隐心是最大的祸害。有她无我，有我无她，二者必居其一。所以他下定决心，必须把她推出棺材，推到洪水里去，以牺牲她的代价来保全自己的生命。于是他拉呀，推呀，但她很滑很沉，难以实施。更要命的是不敢站起，不敢使劲，稍一动作，棺材就颠簸起来，旋转起来。他做了种种努力，总算抱起她，还没站定，不料棺材颠簸得更剧烈，脚下一滑，他和她一起跌倒了。如此反复多次，结果都一样，他最终不得不放弃这个计划。这时他才感到饥饿、疲劳和浑身像虫蛹啃咬般的疼痛。他哼了声，松开手，闭上眼，偎着她绵软的身体，无可奈何地躺在棺材里，任由风吹浪打，跌跌撞撞地向黑夜洪荒冲去……

不知过了多长时间，也不知漂流了多远，棺材偶尔撞在岸边一个凸出的崖壁上，突然脱离主河道，漂向一个大湾汊。不知又过了多久，当他终于睁开疲惫的眼睛时，第一个感觉自己就像在坟墓里刚刚醒转的一具僵尸，恐惧而急不可耐地要吃东西，要呼吸空气，要见到阳光。他似乎还记得，他已有三四天没吃东西了，肚子饿得咕咕叫。而且，不知何时何地，他的左髋裂开一个大口子，皮肉被水浸泡得白茬茬的，虽不流血却钻心般疼痛。他极力忍受着疼痛，压抑着食欲，这才发现自己真的躺在一具棺材里，而且身下压着一具女尸。他突然想起此前发生的事，能和一具死尸相伴相守，说明自己的生命已进入“亚死亡”状态，那是比死亡还要恐怖的事呀！他惊叫一声，便有了死里逃生的惊恐。他爬出棺材，正要逃走，那女尸美丽的五官却使他突然战栗起来。女人，漂亮女人！这个伟大发现毋庸置疑地激起他作为男人的本能，自觉不自觉地滑动双手摩挲她身体的各个部位，然后趴在她胸脯上，嘴对嘴地进行“人工呼吸”。蓦地，他敏感的舌头猝然停住了，于是就感到一股热量，感到那热量透露出一股温柔的气息。

此时雨虽然小了，但主河道的洪水仍然猛涨。在主河道惊涛骇浪的推涌下，河湾水面掀起两三米高的浪涛。雨和云纠合一起，搅得天空能见度很低，只能看见浪涛拍击棺材时抛起和抛下一具具猪、羊、狗、牛、马和人的尸体。他感到从未有过的惊骇，毛发悚然，心跳加剧。他丧魂落魄似的站在齐腰水中，避过可怕的尸体，拼命把棺材推到岸边，然后去抱那女人。棺材翻转了一下，他和她一起跌倒在水中。水很混浊，有几具尸体被淤泥模糊得分不清男女。他爬起来，站稳脚跟，在尸体里仔细辨认，好不容易才认出那个女人，随之伸手抓住女人头发一提，她竟像纸人似的站起来。他毫不犹豫，顺手捡起一块塑料纸，将她一裹，挟着向岸上爬去。山很高，很陡，很滑。他摔倒了几次，凭着魁梧的身体一一化险为夷，最后终于抓着树根爬上一块巨石。两人倒在石面上，分不清衣服鞋袜和肉体，简直像两尊被暴雨冲刷塌落的泥塑。雨还在下，风飕飕吹得人身上发冷。他双手抚摸她的头发和脸庞，让雨水清洗着，污泥青苔渐渐退去，她的眉目鼻嘴也逐渐清晰起来。

他歇了一会儿，想找个避雨的地方。此时暴雨、洪水和乌云混乱不堪，根本分不清世界的立体和平面，一切都混沌一片。隐约中他看到不远处有块凸出的崖檐，便兴冲冲地爬呀爬呀，一会儿背着她，一会儿抱着她，一会儿扛着她，两个独立肉体在颠簸与跌宕、冲撞与吸附中纠葛一起，活像子宫里一对缠绵媾和的精卵二子。如此折腾挣扎半个多小时，两个独立肉体才一分为二地有了喘息的机会。崖檐宽两米有余，长不过三四米，仅容两人，前面是悬崖绝壁，看一眼就让人头晕目眩。他观察了一下地势，然后将她挪到崖檐下，未及松口气，突然刮来一阵风，把身上的塑料纸吹到悬崖下去了。他望着塑料纸，咳了声，眉头皱出一抹无奈的惋惜。少顷，他伸出手，脱下她的上衣，拧干水，又盖在她身上。他那善于攫取的尖锐的目光，一眼就认出那是一对非常年轻娇嫩的乳房。他贪婪地端详片刻，接着用戴有两枚钻戒的双手把那尤物抚摸把玩了一番，饥渴使他产生一个怪念头，立即把嘴嗫嚅成喇叭花，饥不择食地狠狠吸吮她的乳头。但他随之发现，那乳房虽然浑圆坚挺，但却没有一滴乳汁。他有感于她一定还是个未曾开苞的处女，便无可奈何地用衣服盖住她那令人心旌摇荡的胸脯。

他痴愣愣地望着她，突然意识到，在这种环境下，她的存在对自己该是多么重要啊！所以他必须拯救她。但他没有一点急救常识，只能像在KTV包厢对待三陪女那样叫她捏她，而她却毫无反应，依然昏迷不醒。他看过许多色情打斗录像，片中常出现喂水救人的镜头。他想，也许水能创造奇迹。水，水！在洪水和暴雨面前，他觉得这个问题不是问题。他于是走出崖檐，双手捧起洪水，自个儿痛痛快快喝个够。洪水虽然清凌，但里面掺和不少腐殖质，喝起来有些刺扎和腥臭。他不管不顾，大嘴张咧，喉结乱动，狼吞虎咽地喝了个肚儿胀。紧接着，他双手合拢，捧了满满一捧，紧赶慢赶，等往她嘴里喂时，两手却空空如也。接连三四次，每次都以失败而告终。他只好改变方式，用树叶盛取，但树叶光滑易碎，尚未回到崖檐，水已流失净尽。妈的！他暗中诅咒，被水包围着，却不能喝，这问题他妈的还真不那么简单！他思索片刻，最后决定用嘴噙，然而反复多次，当他噙着水的嘴对着她紧闭的嘴时，水全流到外面去了。妈的倒霉！他一边诅咒，一边四下睃巡，无意中发现那块掉下悬崖的塑料纸。他刚探出头颅，还来不及多想，便被悬崖绝壁吓得收回这个念头和突发奇想的大脑袋。

黔驴技穷！他脑海蹦出这四个字，正要放弃，这时不禁又想起小时婆给他治病用尿做药引子的事，嘴角便绽放出一抹阴冷的微笑。没有盛具，这可成了难题，总不能让她吮着自己的阳具喝尿吧！但在他心里，这个问题更不是问题。他嘴角一撇，暗自笑骂，妈的，什么道德，什么羞耻，对生命而言，他妈的统统一文不值！所以此时，他才有理由和胆量牺牲自己的道德羞耻来挽救她的生命。

他拿定主意，毫无道德和羞耻地将自己的阳具向她的口中塞去。开始，她嘴唇紧闭，牙齿紧咬，怎么也不能奏效。后来他用一只手咧开她的嘴唇和牙齿，另一只手像钻探似的将钻头嵌入她的口腔。尿从她嘴里溢出来，有些浪费，他就像小孩玩水枪那样尽量调节控制。慢慢地，奇迹出现了！他感到被吸吮的滋味。不一会儿，只见她长睫毛动了动，随之睁开疲惫的眼睛。她不知发生了什么事，嘴角蠕动一下，刚要说什么，却看到那可怕丑陋的物儿，惊恐得尖叫一声，再度昏了过去。他不无沮丧，撇撇嘴，怏怏地坐在一旁，百无聊赖地观看外面的雨注。

直到天快黑时，她才再次睁开眼，惊惧得瑟缩成一团。

“天塌了，到处是洪水。”她没做声。

“世界只剩咱俩了！”她的意识仍一片混沌。

“老天爷要让咱俩死在一起。”

这句话刺伤了她。她完全清醒过来，伸手朝崖下疯狂地哭喊：“伟成，伟成啊！我的伟成，你在哪啊？！”

他拦腰抱住她，唯恐她滚下悬崖：“伟成是你男朋友吧？”

“可怜的伟成，正度蜜月，洪水却把我们分开了啊！”

“也许他不在了，世界只剩下哑（亚）巴（当）和瞎（夏）娃！”

“不，他 定还活着！他和我一样，也一定在什么地方呼唤着我。”

“嗨，我说小姐，你恐怕先得想想自己现在能不能活下去。”

“没了伟成，我活着还有什么意思！”

“这话就不对了。既然老天爷没让你死，就一定有他的道理，也一定会安排别的活法。”

“你是谁？这是什么地方？”

“我嘛，四十又五，庆顺市一家大公司老板，人称豪哥。但如今，纵有黄金万两，可惜连一块葱花饼也吃不上。小姐，你的情况呢？”

她完全清醒过来，不得不正视眼前的处境，长叹一声说：“我叫季月，是环保部门干部。伟成是我的新郎，在《生存与环境》杂志社当记者。”

“你们不在京城，跑到庆顺市送死呀？”

“我们刚领结婚证，连出差带旅行结婚，想不到遇了难。真是风云莫测、命运多舛啊！”

“你怎么一个人躺在棺材里？”

“起先，我和他趴在屋架上，漂了很长时间，后来又冲过一副棺材，我俩拼命游过去，他把我掀进棺材，自己和屋架却被恶浪卷走了。我一进棺材就吓得昏死过去。”

“是我救了你！”

“多谢大哥救命之恩。”

“你知道我是怎么救你的？”

“喝了你喂的水呀！”

“那不是水，是我的尿。”

“啊？怎么会这样呢?!”

“尿里有许多好东西，过去治病就用它做药引子。”

季月这才想起刚醒来时看到的情景，不禁害羞脸红，心里发堵，捂着胸口连连作呕。

他焦急地说：“现在最要紧的是肚子饿，得想办法。”

“天这么黑，有什么办法?”她依然干呕不止。

“要不，我去湾汊看看，肯定能捞到食物。”他说着就要走。

“天黑了，雨又大，太危险，还是忍忍吧。”季月抬头向外一望，不由害怕，连忙拉住他。

“那只好等明天了。”他顺势靠着她的身子。

这一拉一靠，立即产生连锁反应，他毋庸置疑地把她揽在怀里。她没做声，也没拒绝，但心里明显感觉不舒服，于是肩膀就本能地撑持着，黑暗中看似一枚挣扎出壳的贝肉。

他很满意这种撑持，索性紧紧抱住她：“别动！当心滚下悬崖！”

这句警告发挥了巨大作用，随即，季月果然不再撑持扭摆，无可奈何地偎缩于他的怀抱。

“小妹放心，只要有我，什么也不怕！”

“大哥，我们能走出大山吗？”

“当然能走出去！”

“伟成不会出事吧？”

“不会的。等洪水退了，我给你去找。”

黑夜缩短了距离，恐惧消除了羞耻，他们就这样在饥饿疲劳和同命相怜中进入梦乡。

第二天，天刚一亮，豪哥就醒了。三四天来，他还是第一次睡个囫囵觉，也是第一次感受到女人的气息，所以觉得特别神清气爽，精神抖擞。他下意识在她嘴唇上轻吻一下，然后猫腰走出崖檐。这时她却醒来了。

“雨停了，我去弄吃的。”

“我也要去。”

“你身体虚弱，再躺一会儿吧。”

“我恢复得很好，咱们一起找食物。”

“那好吧，你快起来。”

雨停了，但天还是阴沉沉的。空气又湿又重，抓一把都能抓出水来。乌云和山岚纠缠一起，像一群小猫小狗，紧紧撕扯依绕着人。站在岩壁下，头发、面颊、颈项和手臂，立即就有了被擦拭的感觉。季月眨眨眼，随之张开双手，扑簌一下草丛，手掌便集了足够的水珠，然后双手摩挲着洗涤面颊。她如此摩挲呀，洗涤呀，当颜面恢复清爽光亮后，仿佛也将昨晚的屈辱清除干净，心情豁然了许多。豪哥却懒得动手，只将脸在树叶上扑拉一番，不擦也不揩，就算洗了个“猫儿盖脸”。完成人类每天必修的洗漱课程后，他们就在周围四处探寻。到处是悬崖峭壁，到处是参天大树。高大粗壮的树身布满苔藓和地衣，滑湿中闪耀着熠熠亮光。仅有的缓冲带也是葛藤密布，杂草丛生，根本无法立足，更谈不上采集食物。他俩一会儿牵手攀越，一会儿匍匐爬行，遍寻足所能及之处，什么也没获得。昨晚靠体温烘干的衣服，此刻又湿漉漉的，被风一吹，浑身发冷。他脱了T恤衫，拧着水，裸露的肌肤闪耀着湿漉漉的白光。

蓦然，季月发现他腰髋的伤口，惊吓得叫起来：“呀！豪哥，你怎么受伤了？”

豪哥用湿手擦擦伤口，毫不在乎地：“树枝剐的，不要紧。”

“那也不能大意，当心发炎。”季月说着就动手查看，只见一寸长的伤口露出混浊的肌肉，吓得她声音都有些颤抖，“得想办法包扎起来！”

豪哥不以为然地说：“我的生命力非常强盛，以后你就会知道！”

季月没理解豪哥话的潜台词，仍担心地说：“生命力再强盛，也不能自我折磨，自找苦吃呀！”

豪哥贪恋地看了季月一眼，瞬即跳上一块巨石，一边穿T恤衫一边说：“别大惊小怪，其实疼痛也是一种享受！”

她只好作罢，但同时对眼前这个强悍男人更加信任和佩服。她抬头看着他，只见他兀自站在巨石上，摸着长满寸长胡须的下巴，眼睛不住地四处扫视，机警得像一只鹰鹞，贪婪得像一只豺狼。观察了一阵，他又敏捷地跳下巨石，毫不客气地拉起她，沿着昨天的线路，跌跌撞撞地向山下走去。

来到湾汊，季月被眼前的惨状惊呆了。主河道洪水仍未退落，回流使河湾的水面疯狂地扭曲动荡。到处是人和牲畜的尸体，已经能嗅出腐烂发臭的气味。牛和骡马鼓胀得像一只只小船，青蛙蹲在上边鼓噪不休。有只小狗站在一个大木箱上，留不得，走不得，只管拼命地狂吠。漂浮的人体大部分都已赤裸，能看见暴露的肚皮、腰髋、大腿和脸面。由于长期被水浸泡，皮肉膨胀得虚泡泡的，白森森的，远看像一面面大鼓。无孔不入的苍蝇和蟑螂落满尸体，嗡嗡嘤嘤地令人作呕。整个场面十分恐怖，邋遢龌龊。

季月不禁心里发堵，迅即扭过头，捂着鼻子嘴，连连干呕不止。

豪哥抑或昨天目睹了这个场面，现在却毫不在乎。他手握一根树棍，像养路工熬柏油似的，在水中搅着，戳着。大约过去半个多小时，还是没捞到一丁点理想的食物。他向水面扫视一遍，只好跳下水，在牲畜尸体里拣了一只死羊羔，用手拎着爬上岸。上了岸，他又作难起来，是呀，没有火，羊肉再好，也不能生吃呀！

突然狗叫声刺痛了季月。

她一边干咳，一边喊："小狗，还有小狗！"

豪哥看了小狗一眼，惋惜地说："可惜没火，有羊有狗，也不能吃。"

"我是要你救小狗，它太可怜了！"

"人都没吃的，救了它怎么办？"

"总归是一条命，怎能见死不救？"

"那好吧，等有了火，再把它宰了吃。"

他再次跳下岸，蹚水来到大木箱跟前，一把抓起小狗。走了几米，他又反转身，扒着木箱看，什么也没有，便拎着小狗返回岸上。季月接过小狗，像见到久别的亲人，紧紧搂在怀里，先前惊吓和作呕的反应也随之减轻。豪哥饿得浑身没一丝力气，嗵地坐下来，只是唉声叹气。正在这时，突然传来微弱的呼救声。季月一阵激动，忙侧耳细听，声音又消失了。

"豪哥，好像还有人活着。"

"怕是鬼吧！"

一听到鬼，她立即头皮发紧，恐惧得浑身战栗。就在这时，那声音又出现了，轻微得像蚊蝇飞过，清晰得像在脚下。

"豪哥，真的有人活着，快去看看吧。"

"多了只狗，够累赘的，别再管闲事！"

"性命攸关，怎么是闲事？"

"咱们都难保活命，多个人难度更大。"

她吃惊地看了豪哥一眼，真想不到他如此自私无情。但她没这么表白，只是哼了声，霍地站起来，把小狗推给他，自个儿下了湾汊。

她捡起一根树枝，戳弄着每个尸体，看看是否还有生还的希望。她来到漂浮的一棵大树旁，看到树杈上蜷曲着一个人。那人半张脸被雨披遮掩着，露出的一只眼睛瞪得又大又圆，能感到痛苦和绝望的挣扎。季月连忙跑过去，一边大声呼喊，一边慌乱地用树枝戳弄。那人始终没反应。她使劲用手拉开雨披，原来是一位年轻妇女。只见她被牢牢绑在树杈上，怀里还死死抱着一个孩子。季月一心想着救人，早把恶心和恐惧丢于脑后。她用牙咬，用手掰，终于解开绳索，才发现母子俩早已僵死。霎时，她浑身冰冷，两腿无力，双手颤抖。她惋惜地长叹一声，望了她母子一阵，无可奈何地向旁边摸索过去。她徜徉在泥泞之中，不知会不会有结果。每挪动一步，她母子的惨状都跟随着她，纠缠着她。特别是妇女那像蛇一样死死缠绕儿子的手臂，以及那双恐惧绝望的眼睛，深深刺着她的每根神经。她不由脊梁生冷，肠胃翻搅，觉得自己的生命正在一尺一寸地崩溃。她极力眯缝着眼，紧屏着气，使整个肉体和意识都处于麻木和半死亡状态。她心里只记着一个道理，这就是：生命和死亡只一步之差，错过一步，一个鲜活的生命就将消失。就在这个念头闪了一下的瞬间，突然又传来那轻微的声音，她顺着声音寻去，这才发现草坡上有个人影在蠕动。她立即向他喊话，果然传来一声孱弱的呻吟声。

她忙向豪哥招手：“豪哥，快看，那边有人活着！”

豪哥把手一摆：“别管闲事，咱们也不知是死是活哩！”

她生气地喊：“不能见死不救呀！”

豪哥恼怒了：“多个人多张嘴，别给自己找麻烦！”

“没想到你这么自私！”她一撇嘴，扭转身，自个儿跳下水，绕过陡壁，向草坡摸索过去。

“那里水深坡陡，不敢下去！”豪哥着急地在岸上喊。

季月没理他，不管不顾地向草坡蹚去。

“真是傻女人、疯女人！这不是找死嘛！”豪哥执拗不过，只好拎着小狗，蹚水向季月赶去。

季月不顾一切地向草坡蹚去。水越来越深，已淹没她的肚脐。她只觉浑身冻得哆嗦，腹部不住使劲地下坠。更可怕的是水下淤泥和水草像鳄鱼似的，正一口口吞噬她的自信，每前进一步都要付出巨大代价。她这时突然想起小时在海边赶浪戏水的情景，想起爸爸和妈妈与风浪搏斗的场面，浑身激发出无穷力量。她鼓足勇气，学着小时的技巧，拼命地在水中打扑通，最大限度减少摩擦阻力并巧妙利用水的浮力，终于爬上草坡。

这是一个不男不女的人。只见他手指一堆树丛，有气无力地："那边……还有，有两……两人……"

她忙跑过去，在树丛中果然看见一男一女。她大声呼喊，对方却没一点儿声息。她硬着头皮蹲下去，提心吊胆地抚摸他们的心跳。啊，原来他们早已断气死了！她尖叫一声，吓得拔腿就跑。突然脚下一绊，她摔了一跤，回头看时，发现一只大公文包。她捡起公文包，惊慌地拿给豪哥看。豪哥拉开来，见里边全是人民币和金银首饰，便连公文包一起向空中抛去。

季月瞪了他一眼，一边猫腰捡拾，一边怒气冲冲地责备："怎能这样呢？这是人民币，国家尊严呀！"

"现在急需火，急需食物！"

"钱可以回去交公安局！"

"公安局怕早喂鱼鳖了！"

"但中国还在，国家还在！"

"好好，你捡吧，但愿它能买来火，买来食物，不然咱们都得饿死！"

那人说："沿水湾……向里，也许……有……有村庄。"

季月忙附和："这话有道理，顺着湾汊走，肯定会有人家。"

豪哥向主河道望去，见两岸都是崇山峻岭，无路可走，就点头同意了。

季月走到那人跟前，扶起他："你怎么样？"

那人长头发里露出一双小而忧郁的眼珠，薄薄的嘴唇嗫嚅道："好着哩，阎王爷……又把我……遣返回来了！”

豪哥瞪他一眼，哼了声，径自朝前走了。

季月扶着那人，跟着豪哥从草坡往里走，蹚过一片积水，爬上一个台坎，又饥又累，实在走不动了。

豪哥嘘口气，说声“还得弄吃的”，站起来又朝回走去。

她扶那人坐下，这才有机会端详这个被搭救的人。他留着女人一样的头发，头发里有一双艺术家善于幻想和捕捉灵感的眼睛。危难之际仍死死保护着照相机，说明他对艺术的执着和虔诚。

“你是摄影师？”

“画家，叫修卓。前几天到庆顺市考察，想不到遇上洪水。谢谢你救了我！”

“别谢了，咱们同病相怜。”

“看来我们困在这里等死了。”

“不会的。有他，会带咱们走出死亡之湾！”

季月说了这句话，马上有些后悔。因为从豪哥刚才的种种表现，使她对他的信任度大打折扣，总觉得有一种不祥的预兆在心头出现。但她又想，也许死亡使人丧失理智，如果环境变了，他也许是个优秀善良的人。这么一想，她又补充说：“他叫豪哥，是一家大公司老板，他救了我。”

“经历这场生与死的搏斗，我对生命、艺术和大自然有了新的感受。”

“可以画一幅《诺亚方舟》。”

“NO，或许叫《上帝的惩罚》更恰当！”

过了半个多小时，豪哥才爬上台坎，随手将几个面包和两瓶矿泉水交给季月。

她高兴地叫起来：“竟然还有面包和矿泉水！”

豪哥揉搓着肚皮：“他妈的，食物都被洪水冲到湾汉尽头了。看，面包在塑料袋里，还好好的，你快吃。”

“你也吃吧。”

“我已美餐一顿，肚子饱了。”

季月递给修卓一个面包，对豪哥说：“大哥，他叫修卓，是画家。”

修卓感激地：“大老板，多谢你救命之恩！”

“你如果是个男人，就不要别人恩赐！”豪哥说着一把从修卓手中夺过面包。

修卓脸抽动着，嘴唇嗫嚅好大一会儿，却说不出话。

季月又把面包递给修卓，回头瞪豪哥一眼：“大哥，命运把咱们捆绑在一起，就应同甘苦共命运。”

豪哥再次从他手中夺过面包，恶狠狠地吼道：“要这样的话，咱都别吃，全饿死算了！”

季月又把面包递过去：“修老师，吃吧，吃了面包再和大老板一起死，死了也不当饿死鬼！”

豪哥嗵地倒在石板上，抱着头大喊大叫：“天呀！这可怎么活啊！”

“豪哥，你不是说能走出死亡之湾吗？”

“那是指你和我，如今加上他，又多了一张吃饭的嘴，吃啥呀？”

修卓把面包还给豪哥：“大老板，我不吃你的东西，只求搭伴走，人多有事也好应付。”

“豪哥是闯世界的人，还能连这点胸怀都没有！”

“不要说了！画家，你吃吧，我认了还不行？”

修卓吃完面包，体力得到恢复，立即来了精神头儿。他站起来，给谁也没打招呼，便山羊似的向着河湾跑去。季月不知发生了什么，刚要追上去，却被豪哥一把抓住。

“别管，他跑了才好！”

“他独自一人，怎么会跑呢？”

“这家伙比我还自私，嫌咱俩累赘吧！”

“不可能，他看起来那么善良。”

“面对死亡，再善良的人，也会像野兽一样自私残忍。”

季月没做声，不敢再往下说。豪哥的话使她感到震惊和恐惧。这就足够了。她推想，再说下去，就会彻底暴露他的本质。她不希望他是那样的人，更不希望为无端争论伤了和气甚至影响逃命的大事。她独自站在一块陡崖上，望着湾汊，窥探动静。小狗这时也撒起欢儿，站在她脚下，不停地朝远处吠叫。大约又是半个小时，只见修卓抱着一大包东西，气喘吁吁地爬上来。豪哥一见这些从死人身上剥下的衣服，气不打一处来，狠踢他一脚，接着破口大骂。

“他妈的，啥时候了，还想发横财？真是鬼迷心窍！”

他一个踉跄跌倒在地，爬起来反驳：“我怎么鬼迷心窍？”

豪哥不依不饶：“不鬼迷心窍，要这些破烂，给你做寿衣呀！”

他将长发一摆，无奈地说：“好好，我认了，我鬼迷心窍！”

季月明白他的意图，一边整理衣服一边对豪哥说：“修老师也是一片好意，这些衣服兴许用得着。”

修卓又拿出一个手机：“看，还有手机，摩托罗拉！”

季月惊异地叫起来：“进口货，防水的！”

豪哥一把夺过手机，按了几下，没动静，随手扔进草丛：“妈的鸟摩托罗拉，狗屁不通！”

修卓蹦跳过去，捡起手机，抱怨豪哥：“这是唯一的通讯工具，怎能随意扔掉呢！”

豪哥嚷道：“防个鸟水，坏了！”

他强辩说：“太阳一晒，就好了！”

季月担心地：“就怕深山老林没信号。”

修卓解释道：“摩托罗拉信号很强，我一直用这牌子。”

季月忙问修卓：“你的手机呢？”

“唉，手机和其他物品全被洪水冲走了，只剩下照相机。”他痛惜地说着，突然反问季月，“你的手机呢？快拿出来求救呀！”

季月说：“我和伟成用一个手机，在他身上。”

修卓又问豪哥：“大老板，你的手机肯定更高级，还不快向外面呼救！”

“呼救个鸟！”豪哥说话总爱带个鸟字，“我的手机小越拿着，她下落不明，还有个鸟手机！”

修卓又问：“小越是老板娘吧？”

豪哥悲怆地嚷叫：“小越，我的宝贝！恐怕再也见不到她了！”

豪哥的叫声立即感染了季月，只见她鼻子一歪，呜的一声掩面抽泣起来。

修卓见此情景，登时慌张起来，大声嚷道：“别伤心啦，赶快逃命吧！从现在起，都不要提洪水，不要提家人。不然，永远走不出死亡之湾！”

季月和豪哥觉得他的话有道理，便不再伤心悲痛，互相照应一番，三人结伴向湾汊深处跋涉。

没有路，到处是石头、沟坎和陡崖。他们走走停停，弯弯绕绕，大约走了两个小时，却被迎面一座更高更陡的山峰挡住了。原来这是一座死湾，既无河流，也无村庄。大家感到十分沮丧和绝望。修卓为自己的馊主意痛感愧疚。季月思想一片空白，心里只有胆怯和恐惧。豪哥却一副无所谓的样子，全然不把什么方向性路线性错误当一回事。他的唯一兴奋点就是给季月献殷勤，要么就对修卓吹胡子瞪眼耍威风。他似乎把献殷勤和耍威风混为一谈，为了献殷勤才要耍威风，为了耍威风才要献殷勤，只不过男女对象不同罢了。而且，从他大不咧咧无所谓的气质看，他把恐惧也当作享受，所以意识里根本淡化了逃生的概念，好像越走不出去越好，越走不出去越有人生乐趣。

四周一片寂静，只有巉岩沟壑的流水哗哗流淌，仿佛鬼蜮一般窃窃私语。他们各自想着心思，毫无目的地到处乱撞。突然一声“啊啊”怪叫，使三人大吃一惊。抬头看时，发现峡谷上空盘旋着一只老鹰，几声长唳后，调头向旁边一个山口飞去。

“也许那个方向有村庄。”季月指着山口喊。

“这个主意好！”豪哥连忙随声附和。

于是三人站起来，调转方向，朝着老鹰飞去的山口出发。

季月挎着公文包。老画家抱着衣服和小狗。豪哥搀扶着季月。他们时而蹚水，时而攀岩，艰难地向前跋涉。爬上一座山岗，山口越来越近，眼界越来越宽，抬头能看见阴沉的天。季月高兴得跳起来，刚要放声大叫，不料脚下一滑，摔倒了。豪哥疾步上前，一把抱住她。她站起来，脚一落地，立即疼得哇哇叫。画家跑过来，着急地要给她捏脚。“滚，滚！”豪哥手划拉一下，把他搡倒在地，然后不容分说地背起季月，径自走了。

老画家抱起小狗，一声不响地跟在后头。他还为自己备受蔑视而耿耿于怀，所以警惕的目光始终没放过豪哥的每个细节。季月在他背上扭摆挣扎，要他放下她，说自己能走。豪哥却背着她不放，好像要的就是这种感觉，就是这种扭摆挣扎的效果。瞧他闪耀着金属光芒的手指，那样迷乱，那样疯狂，似乎要抓破她的衣裤，一直插进她的皮肉。他的后臀宽大有力，像蛇似的毫无节奏地频频蠕动，能感觉到那是一种雄性癫狂的表现。再瞧他的脊背，磨盘似的来回磨蹭，兴许宽阔的脊梁真能研磨出一番柔情。还有他的耳朵，鲜红如血，连连颤抖，怎么看都像蝴蝶交配时两只扑扇不停的翅膀。至于五官和脸面，可惜无法观瞻。但完全可以想象出来，那绝对是一副龇牙咧嘴、亢奋变形的丑态恶相。老画家就这样眯缝着一双富于想象的眼眸，越看越恼怒，长头发里不时透露出嫉妒的讪笑，暗自赌咒：遇上这个色狼恶棍，今后可有好戏看哩！

而走在前面的豪哥，思想却简单得很，或者说他此时根本就没有思想。他知道自己的思想让后边的臭画家全看穿了。他现在只有感觉，感觉代替了思想，生理快感淹没了理性思维。他后悔昨晚缺乏实质性进攻，更后悔多了一个累赘，不然凭他的手段和计谋，早该把这个大美人仰翻了。但他同时觉得这种感觉也不赖。她就在自己脊背上，能感到她的体温和气息，能感到她乳房的弹性和大腿的肉感，不啻是最销魂的享受。与此同时，为了增强这种享受的深度，他时而耸肩，时而弓背，时而颠颠她柔软的躯体，那激烈澎湃的程度只有上床做爱的份儿了。所以，他现在完全被这种感觉所掳掠，没必要去想那些鸡零狗碎的细枝末节。

作为被两个男人无端发泄的对象，季月的思想更简单，她只希望快点走出山口，快点见到爱人荀伟成，快点回单位搞清这次特大洪水的成因。对于豪哥的热情，她没有多想，更不可能联想到男女感情与肉体纠缠上去。所以她不再拒绝，心安理得地趴在他的脊背上，享受着只有兄妹才有的那种人间真情。但她又不愿让他为自己付出更多，自然就多了一些扭摆和挣扎。这样一来，却为身下的豪哥提供了错误信息，以至于能隐约感到她故意摩擦的动机。她再次拼命扭摆起来，试图挣脱他有力的手臂。但就在她猛然纵身的当儿，可怕的事情发生了！还不等她脚挨地，她和他同时摔倒了，并神奇地紧紧抱在一起，像两个装满粮食的麻袋朝着浅草坡骨碌碌滚去。

修卓一时傻了眼，拼命冲上去，在半坡用身体截住他俩，强大的惯性把他撞出两三米远。两个“装满粮食的麻袋”才算停止翻滚，跌进一个坑洼里。季月吓得昏过去，两臂松散得像麻袋口流淌的白灿灿的优质大米。豪哥仍紧紧抱着她不放，能看出他还在完成酿造快感的最后一道习题。修卓忍无可忍，真想扑上去给他几个耳光。但他怯于他的雄壮，没敢发作，只是爬到跟前，嘲讽地说：“大老板，快看看她是死还是活？”

豪哥猛一惊，这才走出云山雾海，使劲摇着她：“季月，季月！你醒醒，快醒醒呀！”

季月仍昏迷不醒。修卓见状，把长发向脑后一甩，抢上去，在她的人中处狠狠掐了几下，只听她几声干号，终于醒来。豪哥松口气，怪叫一声，顺势躺倒，浑身瘫软得像一条倒空粮食的粗麻袋。

季月不知道刚才发生了什么事，懵懂地问：“怎么了？我刚才怎么了？”

修卓狡狯地笑说：“大老板勇于献身，救了你的命。”

季月惊叫起来：“啊，发生了什么，我怎么一点不知道？”

“你摔倒了，豪哥抱住你，从山上滚到这里。”修卓笑着，说时故意把“抱”字说得很重，很沉。

豪哥瞪他一眼，指着山坡说：“多亏山上草丛茂盛，不然准会摔死。”

季月感激地说：“多谢豪哥再次搭救！”

修卓阴阳怪气地说：“其实大老板很喜欢这么搭救你哩！”

季月没听出他话里的意思，傻傻地向他笑笑，不再做声。

豪哥飞起一脚，却被修卓巧妙地躲过了，没踢着，只好作罢。

三人休整一阵，爬起来，继续向山口挺进。

刚才的一幕，季月还被蒙在鼓里，并不知道详情。她只恨自己不该执拗，不该从他背上跳下来。多亏豪哥，不然，自己是死是活也很难说。她要永远记住他的救命之恩。而作为艺术家的修卓，却把每个细节都观察得十分清楚。这是个秘密，他现在不对人说，将来也永远不对人说。至于豪哥，也许离山口越来越近，也许发泄后有了好心情，总之这时，他像完全变了个人，既不再向她纠缠献媚，也不再对他凶狠仇视，态度随和了许多。他的态度一好，气氛立即活跃起来，前进的速度也加快了。他们说说笑笑，看着山口越来越近，便把草坡的险情、河湾的恐怖、多日来的遭遇和不幸，统统忘得一干二净。

季月在豪哥搀扶下，一边跛着脚向山口走去，一边情不自禁放声大喊：“伟成，伟成——我们就要出山了，就要和你会合了！你在哪，在哪啊?！……”

第二章

两个可恶的男人

几个小时后，三人终于翻过一座山岗，那个山口却变得更遥远了。他们毫无退路可走，继续跋涉着，攀登着。大约又过了两个小时，当爬上一座山峰时，那山口却奇迹般消失了。而且，愈向里走，山势愈坦，葛藤愈稠，树木愈密，可见度几乎为零，人整个被包裹得像一个豆沙粽子。草丛与葛藤纠缠一起，云霭与树木纠缠一起，积水与流泉纠缠一起，山林成了一个大水窖，阴暗霉湿，令人窒息。树上的水珠被风一吹，纷纷而下，击打得草丛叭叭乱响，声落处便溅起一簇水的亮光。地面的雨水一片连一片，白花花地漫过草地，流下山崖，像万把琴弦弹拨演奏，声音神奇而苍劲。四周一片葱绿，遍地奇花异草、顽石怪木，于阴霾山岚中如梦似幻。空气清新醉人，深吸一口，足以使人忘记一切烦恼、疲劳和饥饿。

逃离死亡之湾，一进入这个缤纷多彩的世界，三人的精神都为之振奋。老画家被这儿的色彩和景物全然陶醉。季月异常惊喜，贪婪地采摘野花野草，并不时为此间的生态环境赞不绝口。豪哥独自在四周转了一圈，没费多大力气，就兜回一大堆野橘、山杏、毛桃等山果。他把这些果味摆在地上，自个儿率先享受起来，又一边招手喊："快来呀！遍地山珍海味，一年不出去，也饿不死！"

季月、修卓这才感到肚子饥饿，四肢乏力，便走过来，与豪哥一起，狼吞虎咽地嚼着山果，喝着剩下唯一的一瓶矿泉水。大家谁也不说话，默默地吃着喝着，毕了又默默地朝前走。这一切，是那样默契，那样心有灵犀，好似电脑编定的一个程序，又像有一股神力召唤支配，他们默然地继续朝山林外部挺进。

这里的空间显得十分狭小，看不见山峰，看不见天空，没有层次和空间感，到处是千篇一律的树木和杂草，举手投足甚至转个身都很艰难，人走在里边就像被缚了手脚的囚徒。树木非常高大挺拔，能叫出名字的有连香树、香果树、桫椤、珙桐等，高都在二三十米，树径需两三个人才能围拢。树下灌木丛生，杂草茂密，葛藤遍布，与树木犬牙交错，纠缠不休。树木、灌木、杂草和葛藤混为笼统，根本分不清它们的界限。地上腐殖质有一尺厚，绵软得犹如踩上新婚洞房的席梦思床。腐殖质长满各种蕨类藻类植物，叶和芽的奇特巧妙，使人不得不佩服造物主的匠心独运。随处可见躺得横七竖八的枯树朽木，有的干瘪空洞，有的斑驳脱落，有的树倒而根仍深深扎在地里。这些不知生于何年死于何月的树木，好似至今不甘死亡，仍以腐朽之躯滋生出花花绿绿的真菌和蘑菇，看起来令人十分惋惜，不禁感叹生命的弱小和伟大。季月对什么都新鲜、都惊奇、都要问个仔细。豪哥饶有兴致，一边搀扶她，一边给她解释，语气和神态不卑不亢。不知为什么，修卓好长时间不说话，只顾一个人在后边左顾右盼。天快黑的时候，他们仍没有走出森林，不约而同地唉了声，四处搜寻过夜的栖身之地。

突然，季月在一片野葡萄和芍药花背后发现一个山洞，惊喜地喊着豪哥。豪哥拨开草丛，钻了进去。洞里漆黑一片，他用手摸着洞壁，试探着。地面坑洼不平，灌进了雨水，一股霉腐腥臭气味直扑鼻孔。突然，黑暗中传来吱吱呜呜的怪叫，接着一股狂风猝然而起，像飞镖似的从耳边和肩头呼啸而过。修卓在洞口大骂：“蝙蝠，他妈的该死的蝙蝠！”豪哥喊着他：“快进来，清理布置，晚上就在此安营扎寨。”季月摸索着刚一进洞，立即感到胸闷气堵，一阵恶心。修卓扶着洞口石壁，胆战心惊地不敢进洞。豪哥忍不住了，冲着洞口骂道：“混账！快进来给你弄个猪窝！”修卓壮着胆，正要进洞，突然脚底滑溜，一只软乎乎的小动物嗖地一闪而过，吓得他拔腿就跑，一边跑一边骂："他妈的蛇！洞里有蛇！"突如其来的刺激，吓坏了季月，转身就跑，刚跑出洞口，被野葡萄藤绊倒，爬起来，哭爹喊娘地冲进林子。

修卓瑟缩一团，哆嗦地说："我最怕蛇、老鼠这些软脊动物！"

季月仍惊魂未定地大喊："骷髅，我摸到一个骷髅，太可怕了！"

豪哥气咻咻地走出来，怀里抱着一个巨大的野兽头骨，往地上一撂，溅起一片水花，然后指着修卓，恶狠狠地咒骂起来。

"他妈的怕死，就和这野兽一样，等着喂更大的野兽吧！"

"老板，洞里有毒蛇，不能住。"

"是的，豪哥，与其让毒蛇咬了，还不如在外边过夜。"

"混账！洞里有蛇，外边就没有虎豹豺狼？"

"这……"

老画家望着密匝交错的树冠，喜出望外："可以睡在树上呀！"

豪哥两眼飞快地在树上扫视一周，说："我看这办法行。弄些葛藤，绑牢，就掉不下来了。"

季月兴奋地叫起来："编成摇篮，更保险！"

画家的想象力极其丰富："和有巢氏一样，我们又回到树上了。"

豪哥像草莽将军似的把手一挥："好，就这么干！老祖宗也睡在树上哇！"

三人立即忙碌起来。豪哥手力实在厉害，大拇指粗的藤蔓，只消三下五下，就轻松地折断了。藤蔓又长又乱，来回在身上穿错缠绕，划了他满脸满手的血印。特别是有的枝条直戳戳刺向那个伤口，痛得他只是龇牙咧嘴。他曾说过疼痛也是享受，但现在他又篡改了这个理论，变成疼痛也是为了享受。他竭尽全力地向季月表现。他的一贯风格就是喜欢向女人表现，只是过去表现的是钞票，而现在表现的则是力气和生命力。而且，他的计划中似乎还有别的隐秘，具体什么内容暂且保密。他意识到这个计划很重要，这个摇篮很重要——或许他的所有渴望将于此得到满足。所以他不怕疼痛，下定决心，必须斩获更多更粗的藤条，必须把摇篮绑得又牢又好。

修卓毫不示弱，山羊般细麻麻的双腿跑前跑后，无论豪哥怎么卖力表现，折的藤条也供不了他的搬运。他搬运的方法也很特别，一不就地拉扯，二不用双手去抱，而是盘在自己身上，人走藤条也随之走动，远远看去像一个人面蛇身的妖怪。他要在豪哥面前好好表现一番。他已认清眼前形势，自己不能像豪哥那样直接向季月表现，因为她已被他掌控，所以他向豪哥表现也就是向季月表现。他太懂得“曲线救国”的道理了。豪哥当然乐意接受他的表现，所以时不时把藤条往他肩上和身上缠绕，偶尔还拍拍他的蛇身嘿嘿大笑：“他妈的像，真像泰国人妖！”他就这样穿梭于豪哥和季月之间，一边盘起密匝匝的蛇身，一边绽放笑眯眯的人面。

而季月呢，独自在树上精心设计，像编辫子似的编织着摇篮。这种环境，这种劳作，太让人陶醉了！特别是眼前两个男人，一个剽悍勇猛，一个滑稽可笑，给她带来无限乐趣。她全然忘记一切劳累和恐惧，也忘记爱人荀伟成和他们所遭遇的一切不幸。她过去不相信劳动能改造人的思想，现在亲自体验了，才晓得那神奇魔力的确不可思议。不是么，现在她劳作起来，多日郁积的思想病疴统统都烟消云散了。这不就是宗教的洗礼和传销的洗脑吗？这不就是劳动改造的效果吗？所以她现在对眼前的劳作更加虔诚和充满激情，干起活来也就更加投入和卖力。

老画家移动葛藤盘绕的蛇身，长发里两只善于捕捉灵感的眸子就不太安生。突然，他发现一丛野草，一眼就认出那绝对是医治创伤最有效的草药。他忙煞蛇步，细瘦的身子一扭两摆，像蛇蜕皮似的从葛藤圈里脱颖而出。他乐颠颠采来草药，又喜滋滋向豪哥走去。他要给豪哥一个真正意义的表现——实际应称作奉献才符合他此刻的心情。

“大老板，这是很珍贵的外伤草药，我给你医治伤口。”

豪哥好似没听见，继续在葛藤窝里鏖战。

他上去撕扯他的T恤衫：“你腰上的伤口很严重，当心感染发炎。”

豪哥回手打掉草药，仍和葛藤纠缠在一起："我的雄激素很强盛，自个儿会长好，不要治疗！"

修卓瞪着眼，惊奇地问："雄激素？雄激素还能治伤？怕是抗生素吧！"

豪哥不耐烦地回道："不管雄激素还是抗生素，反正我有这种能力，不用治疗，伤口自会痊愈。嗨，你这老东西，还有完没完？"

"哼，真是天下奇闻，不识好歹！"

修卓嘟嘟囔囔，刚转过身，豪哥突然追上来，不由分说地把一根又粗又长的藤条往他脖子上缠。"人妖，这才是真正的人妖！"

修卓重新回到人妖的情境里，用手去抓藤条，并很娴熟地往自己身上缠。蓦地，他觉得藤条软软的，黏黏的，似乎还不住摆动。他回头一看，不由尖叫起来，双手轮番在周身扑打，旋即发疯似的跳出葛藤圈，一头跌倒在地，只管大喊大叫。"蛇，蟒蛇！豪哥，你这个流氓恶棍，我日你先人哩！"

豪哥并不还击，独自在一旁哈哈大笑。

这场恶作剧也惊动旁边的季月，只见她踉跄一步，接着便引起连锁反应，霎时，一个即将告成的摇篮散落了，垮塌了！豪哥只好从瞬间刺激的快感中走出来，连忙拉起季月，给她又是揉腿又是捏脚，把修卓对他的表现原封不动地表现给眼下这个唯一的女性。他觉得他刚才犯了个大错，不该让季月干这种活，中间隔着修卓这条老狗，自己的表现力就大打折扣。所以他现在改变主意，要让季月搬运藤条而令修卓编造摇篮，这样距离拉近了，他对她的表现也便有了一个相当的可视性。于是他大声命令修卓。而修卓耳充牛毛，毫无反应，仍瞧着那条已经断气的蟒蛇出神。他忘记刚才的恐惧和刺激，像观察蟒蛇漂亮的花纹和光泽，抑或研究它何以被豪哥这个歹徒降服毙命的。

豪哥向他喊："老狗，令你编造摇篮，怎没反应，耳朵塞驴毛了！"

修卓打岔："蟒蛇肉可是极品，多谢老板为大家改善伙食！"

"没有火，改善个鸟伙食！"

“那你打死蟒蛇干啥？”

“不打死蟒蛇，你晚上搂着它睡呀？”

“我可不像你，雄激素过剩，总想找机会发泄！”

修卓说时不由朝季月看了一眼。

季月还没从刚才惊险中解脱出来，这时脸腾地红了。她瞪着两个男人，拢了拢头发，恼怒地喊：“天要黑了，还不快干活？以后不许说流氓话！”

修卓只好爬上树，让季月挨着豪哥。其实他才不想与豪哥为邻哩。他在心里暗暗咒骂，这家伙心狠手辣，恶作剧多得压摞摞，隔些距离免于祸害！他很满意这个重组方案，自己终于有了一个独立自主的创造空间。这是他一生都在追求的理想境界，对这个小小机会他也很珍惜。他要像欧洲文艺复兴时期的建筑师和艺术家一样，把绘画、雕塑和建筑融为一起，建造出超群绝伦的哥特式、巴伐克洛式、中国古典式、中西合璧式的有巢氏建筑群落——摇篮。他首先做了规划，重新选择地址和树木，然后根据三角原理，在树木之间搭建三个摇篮，并立即加以实施。每个摇篮固定四根较粗的树干，这是骨架和基础，必须绑紧绑牢，丝毫不能大意。骨架完成后，他又选择四根较粗较柔韧的藤条做辅料，其作用是加大骨架的承受力和密实度。辅料都是纵向布设的，这就要求在它们之间增加数个横向的隔档，可选取多叉的藤条作材料，目的是保持整体的稳定性。最后一道工序就是给骨架、辅料、隔档之间编织和填充藤蔓枝条与树枝树叶。

如此忙碌大半天，三个摇篮终于告竣。“OK！ OK！”他为自己的创造沾沾自喜，兴奋得大喊大叫。季月连连夸奖，说他不愧是画家，编造的摇篮就像艺术品。豪哥不懂OK啥意思，骂声“妈的鸟情调”，就给大家分配摇篮，顺序仍保留原先没变，季月挨着豪哥，豪哥挨着修卓，修卓挨着季月。过后他才突然明白，原来三角形没有顺序，想和这老狗隔开一些距离也是枉然。他只好作罢，随之转身进了林子，陆续扛来几根树干，亲自动手为季月加固摇篮。

修卓瓮声瓮气地喊："大老板，又不是搭台子唱戏，怎么还要加固？"

豪哥脖子一梗，厉声道："女同胞，重点保护，决不能让摇篮垮塌了。"

他还在争辩："你身胚那么大都不怕垮塌，季月的摇篮能垮塌？"

"万一半夜来了狗熊怎么办？"

"狗熊咋能只爬季月的摇篮？"

豪哥回过头，狠瞪他一眼，骂道："快闭上你的狗嘴！不然，晚上就把你推下去喂狗熊！"

修卓给自己壮胆："我连东北虎都不怕，还怕熊瞎子？"

季月也劝豪哥："哪来那么多狗熊呢！算了吧，别加固了。我只五十三公斤，不会垮塌的。"

豪哥不管不顾，只是埋头干自己的活。直到天黑，三个人已安安稳稳地躺进各自的摇篮。三个摇篮，三角分布，既互相连接，又各自独立，看起来很符合力学原理，只是稍一动作，就摇摇晃晃，在空中荡起秋千。

修卓拿出捡的衣服："有些冷，我给大家发衣服！"

豪哥说："我不穿死人衣服！"

季月说："我抱着小狗，不冷。"

修卓索性把潮湿的衣服解开来，挂在树上让风吹。

几位不速之客莅临，给森林老住户们带来骚动和不安。蝙蝠、松鼠、猫头鹰和狐狸等夜游动物，纷纷聚在周围，不住地探头参观造访。季月感到无比新奇，为童话般美妙的生活啧啧赞叹。

看不见夜空，看不见星辰，人仿佛装进棺材，眼前一片漆黑。豪哥刚躺下便进入梦乡，粗鲁的鼾声使得野兽不敢靠近，只能在周围嗷嗷嘶叫。它们凄厉的叫声和贪婪的目光，吓得季月蜷缩成一只甲虫。

"是狼，不会爬树，别怕。"修卓给季月壮胆。

"那眼光和嗥叫声太可怕了！"

"山里野兽，都有固定食物链，一般不伤害人。"

“你有过这样的经历？”

“四十多年前，我刚从美院毕业，和女友美辰去大兴安岭写生，在原始森林度过七天七夜。不过，我们有备而去，不但带着充足的食物，还有睡袋和防身武器。前三天都没有什么惊险，只是到了第四天傍晚，我与美辰蹚过小溪回营地，突然发现一只庞然大物尾随而来。我俩藏在一块巨石后面，窥视动静。等那庞然大物走近时，才看清是一只东北虎，鬃毛和面额的色彩漂亮极了！我端起相机正要拍照，不料那家伙径直扑过来。我忙按动快门，闪光灯哗刺一闪，跳起的老虎瞬即煞住气势，两只前爪从巨石上反弹回去，轻轻地落在草地上，长吼一声，调转头慌忙逃走了。”

季月惊讶得叫起来：“好危险啊！”

修卓摸着相机，说：“其实我对这些庞然大物并不惧怕，相反却对小动物害怕得要命。而且总把它们与那些灵魂卑鄙龌龊的人相联系，唯恐自己遭受暗算。”

“你一生肯定充满神秘和惊险。”

“愚昧与落后是权力的抛光粉，愈是愚昧落后，愈显得权力光焰万丈。艺术只不过是权杖上的一个装饰，无论多么精湛绝伦，都粉饰不掉权柄下悲剧的斑斑血迹。”

“你的话很有哲学意味。”

“在这样一个环境和时刻，谈论哲学和艺术都过于奢华。季月，我有一种预感，觉得我们身陷原始森林，也许永远走不到尽头。真这样的话，你捡的那么多钱和金银首饰，还有我的相机和画技，都将失去固有功能，哲学和艺术也包括金钱与权力，在这里显得特别苍白无力和乏味无奈。”

“不可能吧？修老师，你未免太悲观了。”

“NO，艺术家的直觉往往是最准确的。因为我不但有过多次钻森林的经验，而且我一位朋友正是在森林失踪丧命的。”

季月感到诧异，他嘴里怎么常蹦出几个英语字母呢？但她没有多想，随之追问："你的朋友？他是什么人？"

"他是当时一位很有名的作家，叫童九哥。"

"童九哥？不就是《公鸡打鸣天不亮》的作者吗？"

"你读过他的书？"

"已改编成卡通和动画片了呀！"

"Yes。这本书虽是儿童文学，也很薄，但出自于一位小长工和文盲之手，不知要付出多少心血和代价啊！当时他和他的书轰动全国，影响着整个一代人。但'反右'时，他却被打成'右派'，遭受的迫害已超越了生命极限。为了生存，他采取逃遁的办法，偷偷钻进深山老林。四十多年了，至今连个尸体也没有。因为我是那本书的插图作者，自然受到株连，从此承受起双倍的苦难。当时我真想步他后尘，也钻进深山老林了此一生。"

"真是不可想象！世上竟有这样的事？"

"不堪回首，不堪回首！"

"修老师，讲讲你的身世呗。"

"时间不早了，睡吧，明天还有更艰难的跋涉。"

修卓说完，不经意地触摸到相机，一时灵感顿生，忙爬起来道："季月，我给你拍张照片吧！瞧这山林、黑夜、摇篮、丽人，太有魅力了！"

"不不，留下胶卷对付猛兽吧！"

"闪光灯根本与胶卷无关，没有胶卷照样闪光。"

她恍然大悟："唉，我怎么连这个常识都忘了。那么，闪光灯就是我们唯一的防御武器！"

"好了，你快做个姿势，我拍了。"

她做了个散淡妩媚的姿态，说："就这样，请按快门吧！"

"OK！"修卓一边喊着，一边按动快门。

闪光灯哗刺一闪，黑夜被啄开一个洞，闪耀着世间唯一的一片亮光。就在这瞬间亮光中，修卓惊羡地看到一幅从未见过的美妙图画：

世界一片漆黑。黑夜托起一只船似的摇篮。摇篮四周簇拥点缀着无数藤蔓和野花。一位美人仰卧如鹤。乌发粘着零星的草叶和花瓣。一双大眼睛像两颗明亮的星星，与闪光灯的弧光对流。嘴唇微启，洁白的牙齿熠熠如银河。脖颈颀长，玉石雕塑一般，浸润着夜露的晶莹。胸前兜了几蓬树叶和花瓣。淡黄色真丝衫纽扣未系，衣襟半遮半露，一幅脱了肩，一幅在腰间裹着。圆滑的肩头、一小半乳峰和双乳之间的罄影，朦胧中格外迷人……修卓被镜头里的画面惊呆了。啊，女神维纳斯！真是太美了！太美了！……

一切又回到黑暗之中。

此时夜已很深，夜游动物各得其所地归窝入睡了。修卓和季月这才感到身体像散了发条的钟表，经不起疲劳困倦的袭扰，不多会儿也酣然进入梦乡。

就在季月和修卓熟睡不久，豪哥被尿憋醒了。他摸索着，不用翻身下树，而是透过藤蔓缝隙，像端起风钻嗒嗒地向黑夜扫射。尿水冲击在灌木丛上，发出迷乱有力的响声。

豪哥自认是个色狼大赌棍。他不但拥有三座大型矿场，还在市区繁华地段开设一家大型夜总会和房地产开发公司，总资产三四亿，成为全省有名的私营企业家和权势渗透各级政府部门及金融界的“刀客”。金钱对他来说无异于包袱和累赘。他要把它们全都甩给女人和权力。按他的说法，甩给女人是为了享受生活，甩给权力是为了谋取更多财富最终还是享受生活。他认定这是目前新贵们最实惠、最超脱，也是最保险的一种活法。后者使他如鱼得水，尽管上访告状的信函雪片似的飞向各级部门，但他的效益也雪片似的堆叠成金山银山。而前者更使他春风得意，享尽人间风流乐事。他五年更新两任妻子，分别给她们每人二百万，一次交割，钱情两清。之后，他同时养着两个情人，每人一座豪宅，一辆桑塔纳，既不登记结婚，也不明媒正娶，自由穿梭，轮流临幸。偶尔他也进卡厅和夜总会泡妞，出手大方得使小姐们常常争风吃醋打得鼻青脸肿。他身材魁梧，性格剽悍，语言粗鲁，行为放浪，很得时下女郎青睐。对女人他有一种特殊的敏锐性，鼻子一翘便从气味中分辨出档次品位，耳朵一耸就从语言谈吐中抓获隐秘私情，眼睛一瞥便如巡航导弹拐弯抹角地穿越领口、袖头、下摆窥探出代表女性优劣的线条和部位。无论在会议、宴席或业务来往中，他总像猎犬似的搜寻捕捉世间的尤物，而且准确无误，捕之即获。他的这些劣迹在金阳县和庆顺市出了名，所以那些市长、县长、部长、局长和他接触，都首先把自己的娇妻、情人和千金小姐“屋里藏娇”得密而不露，唯恐被这个色狼掳掠降服了去。

就在这场特大洪水到来前，他出席庆顺市科技经贸洽谈会，又盯上一位礼仪小姐。他跟踪后用奔驰600送她回了趟家，第二天就把小姐接到他的豪宅，像玩羔羊似的弄到了手。小姐姓吴，叫小越，天生丽质，娇艳夺人。第五天，市里接到汛情预报，动员城区群众撤离，唯独他不理不睬，在豪宅与小越折腾得天翻地覆。

“小越，有了你，我真幸运！”

“该怎么答谢呀？”

“那辆奔驰就是你的了。”

小越高兴地捧着钥匙，正要出门试车，突然远处传来惊天动地的怒吼，还未等她反应过来，洪水以排山倒海之势将豪宅和奔驰席卷而去。豪哥至今认定，可怜的小越，从此将在他的情网里消失。但命运总是偏爱他，他做梦也没想到，一具任水漂流的棺材，竟然为他安排了另一个大美人。而且，此时此刻，她正躺在自己身边打着揪心迷人的轻鼾呢！

想到这里，他的心骚动起来，直觉得热血沸腾，浑身毛躁。在充满黑暗、原始、洪荒、兽性和死亡的环境里，他的灵魂蜕变成一副野兽心肠。他控制不住自己，完全丧失理智。其实他原本就没有理智。他的一生，包括对待金钱和女人，都是在非理性状态获得的。他现在更处于生理和感性的渴望之中，急需要掠夺，要占有，要宣泄。他恨不得立即扑过去把那个狗屁画家掐死，或把他扔下去喂虎豹豺狼。他下过几次决心，但一息尚存的恻隐之心，最终没有使他下此毒手。他坚信，凭他的魅力和力气，胆小怕事的画家，绝不会对自己占有她带来丝毫威胁。

而此时，修卓并没睡着。他早就预料到，今晚肯定有什么事情发生，所以他没有睡，而是偷偷等待和观察。但他不敢出声，害怕豪哥的铁拳，认为自己死在这个流氓恶棍手里划不来。他只是怜悯季月，一个新婚女子遭受他的凌辱，实在太可惜。

豪哥已把欲火引向与他头对头的另一个摇篮。他试图重温崖坎和草坡的一幕。他爬到她身旁，四肢立即有了动作。摇篮随着他的动作，在黑夜里摇摆不定。但他一点不慌，因为他有意增加了几根最粗的树干，结实牢靠得很，而且摇晃颠簸更能激发雄性的亢奋，他就需要这种感觉。他把她紧紧抱在怀中，嘴里呼呼喘着粗气。

修卓故意翻个身，接着又十分响亮地打起呼噜，以此证明自己的存在，干扰和破坏他的计划，呵护和拯救一个柔弱女子。尽管眼前一片漆黑，什么也看不见，但他犀利的目光一刻也未松懈。他佩服侦察员的眼睛，只有在黑夜里才大放光明。

季月太劳累了，抱着小狗睡得很香很死。她梦见爱人荀伟成，他正从对面山上跑来。他似乎受了伤，脸上还有绷带。他急不可耐地抱着她，吻着她。她感到绷带火辣辣地刺扎。她奇怪地问他怎么长胡子了？他一把撕掉绷带，原来里面包裹着资料。她扭转身，一头扑进他怀里，发疯似的搂着他，喃喃地呓语：“伟成，伟成！我可想死你了！……”正在缱绻缠绵之时，她突然觉得身子很虚，好像在水中，又好似躺在棺材里随水漂流。她吓得惊叫一声，睁开眼，发现自己躺在一个男人怀里。她立即清醒了，明白了。她知道他是谁，于是拼命挣扎起来。

“豪哥你不能这样！”

“面对死亡，不享受人生乐趣，你会后悔！”

“你要自尊自重！”

“在野兽成群的地方，还讲什么自尊自重？现在我们和虎豹豺狼一样，都是野兽！”

“你……你，下流无耻！”

“我就下流！我就无耻！”

季月拼命地反抗着，两人撕扯成一团。修卓使劲咳嗽几声，但声音显得有气无力，豪哥根本没听见抑或听见了却毫不在乎。小狗被豪哥蹬下摇篮，不知摔死了还是惧怕别的动物，总之，摔下后，不吠也不叫，没一点动静。修卓很为它捏一把汗。

他俩还纠缠在一起，震动得修卓在摇篮里形如筛糠。季月的上衣被扯破几块，肌肤已有了异性汗毛的刺扎感。摇篮在空中快速摇摆，终于不堪负重，哗啦一声散落了，把两人沉沉地摔在地上。

修卓佯装惊醒，大声喝问：“大老板，发生什么事了？”

豪哥怒喊：“嚎什么嚎？再嚎，就把你拖下来喂野兽！”

修卓笑道：“我有闪光灯哩，不怕野兽！”

豪哥更恼怒了：“那就把你老东西废了！”

修卓胆小得缩回头，不再出声。

小狗没死，立即扑到季月怀里，在她胸前蹭来蹭去。

季月搂着小狗，嘤嘤地哭着，但思想的武装仍未解除。

豪哥还在纳闷，那么牢固的摇篮，怎么会突然垮塌呢？

他们就这么相持着。修卓下来撒完尿，再没上去，也靠树坐下，陪着他俩熬夜。三双眼睛像暗夜猝然闪现的六颗星星，各有心思和戒备，使天之一隅充满沉默和恐惧。直到天亮，六颗星星才悄然隐去，沉默才被打破，恐惧才被消除。

天亮后，季月第一眼就看见自己衣服被撕破后裸露的肩膀和胸脯，面颊腾起一层红晕，羞赧地跑到一旁缝缀衣服。没有针，没有线，这衣服可怎么补啊！她在林子找来寻去，终于折得许多细藤，设想用它把衣襟串起来。她费了很大神，衣服串好了，但穿在身上，刚一使劲，串起来的衣襟全脱落了。她又找到一种像大头针似的芒刺，钉好衣服，却不敢动，一动就被刺扎得啊啊直叫。她又气又急，依着树身暗自抽泣。

豪哥走过来，似乎对昨晚的事并不脸红：“把衣服脱了。”

她连忙蜷起臂膀，遮住胸前，没抬头：“你走吧，不用你管。”

“把衣服脱了！”

“不关你的事，你走吧！”

他火了，指着她呵斥：“难道要我亲手脱吗？”

她这才抬起头，羞涩而忧伤地看他一眼，努嘴说：“你能有什么办法？”

“你不用问，反正保你不露体！”

季月只好躲在树后，脱了衬衫，上身只保留着乳罩。豪哥拿着衣服，径自走了。

这时，修卓捧着几束杜鹃花，兴冲冲地走过来。他看她赤身裸体的样子，眼睛立即闪耀起奇异的光芒。他把花塞给季月，又像婚纱影楼摄影师似的，指指点点。她又羞又窘，一时慌了手脚，任由他随意摆布。她将花捧在胸前，遮掩着自己的胸脯。霎时，昨晚的画面又呈现在画家面前。啊，太美了！他情不自禁地叫起来。他如痴如迷，一双善于捕捉美感的眸子，忘情地欣赏观察眼前的林海、花束和丽人，以及挥洒其间的色彩、光线、阴影、轮廓、线条所营造构成艺术的一切元素。他感慨于这是天下最完美的一部杰作，是一部稍纵即逝不可再有的稀世珍品，是一幅完全可以与《维纳斯》和《蒙娜丽莎》相媲美的举世名画。一旦进入这一境界，老画家就神魂颠倒，由此获得精神愉悦和艺术升华，生命便显得充实而具有意义。

修卓死盯着季月，使她如坐针毡似的疼痛和厌恶。无聊！无赖！她在心中发出恶毒的诅咒。两个男人，一个沉溺于生理刺激，一个迷恋于精神享受，而命运偏偏把自己安排在他们之间，这真是天大的过错和罪愆！昨晚的骚扰还未拂去，眼前的觊觎又偷袭而来，她感到尴尬狼狈，哭笑不得。

“修老师，请你自重，不然我要抗议了！”

“太美了！比昨晚的画面效果更佳，更上乘！”

“你要知道，你的年龄比我父亲还大。”

“艺术，艺术没有年长年幼之分。”

她无可奈何地轻叹着：“咳，就这个档次嘛！”

他仍忘情地喃喃：“你不懂艺术，更不懂档次和品位。季月，我再给你拍张照片！”

她尖叫一声，躲在树后，愤怒地下了逐客令：“无耻，太无耻了！滚开，快点滚开吧！”

修卓突然从艺术的金字塔上跌落下来，说了声“对不起”，忙扭转身走了。

不大一会儿，修卓拿着几件衣服，又匆匆走来。他先没给她衣服，而是迅速端起相机，连喊几声“OK”！不等她回过神，就完成了抢拍的一切程序。看来，他在取衣服时，早把照相机各种功能都调试好了。哼，这个下流而狡猾的家伙！

她一边暗暗咒骂，一边大声嚷嚷：“快把衣服给我，快把衣服给我！”

他这才想起衣服，随手抓起扔给她：“你自个儿挑拣着穿吧。”

“刚才，你为什么不给衣服？”

“没想起来么。再说，谁能知道，你怎么赤身裸体呢？”

“我的衣服昨晚被树枝剐破了。”

他没有点破这个秘密，佯装不知地叹道：“你早该说明，也好让这些衣服派上用场呀！”

季月选了一件银灰色西服，穿上试试，又前后左右端详一番，这才走近他：“谢谢修老师，刚才我误解你了。”

修卓眯缝着眼说：“不用谢，你也没误解。我就有这个毛病，见了新鲜美好的东西，就失去自我，迷恋如痴。请你多多原谅。”

这时，豪哥拿着粘好的衣服回来了。他见她这身打扮，突然想起那捆衣服，自我解嘲地说：“老画家果有先见之明！”

季月接过衣服，看了看，竟然完好如初。

“大老板真有办法。”

“什么老板，叫豪哥！”

“谢谢豪哥！你是怎么粘的？”

“桃胶么！那边有很多毛桃树，树身分泌的桃胶，黏性很大。”

“这下好了，再不会袒胸露腹了。”

“其实，昨晚，”豪哥不好意思，“我只是想找回崖檐的那种感觉。谁料到，忍不住，就越了界。”

她不再生气，坦然道：“今后只要不越界，我仍叫你豪哥。”

他叹了口气，说：“不会再有今后了，咱们就此分手，各奔前程吧！”

她惊愕地叫起来：“怎么能这样呢?!”

他向修卓招招手：“臭画家，你过来，咱们来个了断！”

修卓手捧一束鲜花，恭敬地递给他：“大老板早晨好，我向你请安了！”

豪哥把花摔在地上，用脚踩得粉碎。

“老嘴死脸的，整天花呀草呀，真他妈的鸟情调！”他一边斥责修卓，一边牛声牛气地说，“我观察了地形，分析了形势，咱们真的误入原始森林！食宿无着，虎豹出没，荆棘遍地，吉凶难卜。还是各自逃命吧！分手前，把各人地址和联系人交换一下，记在心中，不要忘了。谁能出去获救，别忘给其他人家里或单位打个电话，就说他遇难了，葬身原始森林！”

修卓嗵地跪下，苦苦哀求：“大老板啊，要真是原始森林，更不能散伙啊！你想想，一个人势单力薄，肯定死路一条。老板你走南闯北，有识有胆，我拥戴你为领袖，带领咱们像红军二万五千里长征一样，一定能走出森林，走出大山！”

季月也真诚相劝：“豪哥，修老师说得对，命运把我们捆绑在一起，三人一条心，黄土变成金。豪哥，只要精诚团结，同舟共济，就一定能战胜千难万险！”

豪哥猛地转过身，向前冲出几步，然后双膝跪地，张开手臂，疯狂地大喊大叫：“天啊，地啊，总设计师啊！快救救我吧！”

季月和修卓也双膝跪下，一起放声哭叫。

“妈呀，伟成呀！你们在哪呀？快救救我呀！”

“God，圣母玛利亚，保佑我们啊！”

没有人应。只有飕飕山风和鸟雀晨练的叽喳声，以及崖娃娃凝重的回音，在遮天蔽日的密林中飞绕轰鸣。

三个人就这么号啕了一阵，发泄了一阵，哑然了一阵，心情才慢慢平静下来。

豪哥站起来，走到季月跟前，无可奈何地说：“好了，就这样吧。马上出发，争取今天有所突破！”

三个人席地而坐，吃完最后两个面包，又出发了。

这一段森林地势较平坦，除偶然有几处小山头外，和大平原没有什么区别。只是花草树木种类更多，生长得更加茂盛，枝蔓纠缠，盘根错节，根本无路可走，一不留神，就会走散丢失。他们像獾狐似的，左冲右撞，前后突围，如此跋涉一天，仍然没走出森林。

“哎呀，我脚疼！像被蛇咬了！”

刚爬上一座陡坡，季月倒在地上，再也走不动了。她脱下鞋，惊得“妈呀”哇哇大叫。原来她的两个脚布满了血泡。

修卓折来几枚酸枣刺，小心翼翼地给她刺着血泡。他突然发现，她的脚实在太漂亮了！脚面白嫩得像一只小白鸽。脚掌非常柔软，轻轻触摸，立即就有锦缎一样的质感。左右两个脚踝似有似无，全被光滑的肌肤隐秘了，看起来酷似少女初育成熟的双乳。五个脚指头排列整齐，娇小别致，简直就是精美的手工艺品。指头蛋那么圆，那么晶亮，上面的指纹紧皱收敛成十枚大小不等的花骨朵。特别是指甲盖，涂了一层丹膏，鲜红鲜红，犹如冰天雪地里金焰摇曳的蜡烛……如此空前绝伦的脚，此刻却并未引起画家多少激动。这不是他突然丧失灵感，也不是他怯于她的呵斥，而是她的阵阵尖叫声遏制了他的艺术冲动。他就这样，用枣刺一下下地刺呀，扎呀，鲜血把他的手和她的脚都染成了红的。

“好啦！快在冷水里浸泡一会儿。”

“见了冷水，会化脓发炎的。”

修卓搀着季月，来到一汪小水潭。她把脚往水里一浸，剧烈疼痛使她再次尖叫起来。

“哎哟，真痛，痛死人了！”

“你的脚很美！”他一边按住她的脚，一边转移她的注意力。

“别埋汰人！真的好痛，痛得我心里直打颤！”她说了一句伟成常说的东北话，又撕心裂肺般地喊着疼痛。

尖叫声惊醒了豪哥。原来就在他俩忙碌的当儿，他却倒在地上呼噜大睡。他实在太乏太累了。说句良心话，他比他俩谁都疲乏劳累，都操心费神。想想看，一个初出茅庐的新婚女子，一个六十多岁的老朽，还有一只讨厌的小狗，既要他左右照应，又要靠他打前锋摸索探路，还要时不时背着季月，这种高强度运动，再强壮的汉子也会招架不住。可他，硬是撑着，顶着，才没有趴下来。这一点，无论季月还是修卓，都打心眼里佩服。季月不止一次暗想，如果没有豪哥，真不知会糟糕成什么样子?！现在，豪哥醒来了，当他突然看到他俩如此亲热时，气不打一处来。他把小狗推到旁边，站起来，飞起一脚，把那捆衣服踢出两三米远。

“出发了！别搞他妈的鸟情调！”他气冲冲地朝他们喊。

“我脚起了泡，修老师给治疗呢。”季月忙解释。

“他能治个鸟病，别把好人治成跛子！”

豪哥说完，冲上前，不容分说，强行把季月背在背上。

“放下我，我能走路，我不想让你过于劳累！”

“别做声！再喊就把你扔下悬崖！”

三个人继续向前跋涉。晚上又编摇篮栖息，一夜平安无事。

翌日，豪哥一拍脑门，突然想起什么，大叫他妈的老道失算，为什么不改变一下前进方向呢？他想，总朝一个方向走，万一方向错了，不就越走越远了吗？与其这样，不如改变方向，或许距离会缩短一些。机遇往往就这么失之交臂啊！他说了自己想法，大家都觉得有道理，一致同意另择方向前进。

于是他们转了九十度，朝另一个方向开拔。但走了大半天，不料又回到原来的地方。豪哥气得直骂娘，原地转了几个圈子后，痛下决心，把手一挥，坚定地说："既然沿原方向走了几天，距离总归缩短了，所以干脆仍朝老方向走下去，不到黄河心不死！"

季月和修卓重新振作起来，互相勉励一番，又向前进发了。

以后的几天里，他们翻过几座山，跨过无数道沟堑，多次重复，多次迷失方向，所以行程远不如头几天快捷。

第三章

营造新部落

上午时分，季月在一座高岗下撒尿，无意间发现崖下一小块土地，有人工耕种的痕迹，忙叫来豪哥察看。三人在周围观察寻觅了一遍，捡到一块兽皮碎片、两根人工斫削的木棍。空地上长着一人多高的荒草，能分辨出残留的畦埂。地上还零星生长着一些业已退化的大葱和玉米。不远处有几棵高大树木，上面残存着人字草庵的骨架。修卓感到讶异，在深山老林，怎么会有人字草庵，又是谁搭建的呢？

季月惊叫："我们到原始森林边缘了！"

修卓也兴奋地说："或许还在森林深处，只不过有人在此住过。"

豪哥拉着季月："走，到四周看看，一定会有更大发现。"

三人拨开树枝藤蔓，在崖壁处发现一个山洞。大家在洞外察看一番，也没商量，就不约而同地朝里走。刚走进洞口，突然闯出几只野兔，拼命地向林中奔去。接着又飞出几只斑鸠，扑棱棱从头顶掠过，吓得季月只是闭气，默不作声地跟在后边。

洞口不大，旁边有一堆霉烂的玉米芯和少许灰烬，周围凌乱散落着许多兽骨和果壳。越朝里，洞道越宽敞。左首有一个像石窟似的耳洞。走过耳洞，里边是洞厅，空间很大，分布着几处奇形怪状的钟乳石。洞里光线很暗，空气潮湿而霉腐，使人感到窒息。对面是一个洞室，洞壁有人工打磨的痕迹，靠里还凿着两个窑窝。一个用树干搭的床铺上，铺着柴火和兽皮，落满尘土碎屑。床头旁有个小窗洞，窗口被一块石头堵塞着。正前方石台上堆放着一个变形脱漆的瓷缸、两个葫芦瓢、几根白森森的兽骨，上面布满绿毛和青苔。

这些连毕加索也构思不出的印象派作品，使修卓感叹不已，迷乱不堪，久久地陷入艺术的想象之中。他这儿看看，那儿瞧瞧，然后选择一个最佳角度，调好焦距和光圈，并采用逆光和广角技术，哗刺一声，拍下入林后的第三个珍贵镜头。

“修老师，快来看！”季月突然叫起来。

他走过去，惊奇地看着洞壁画的稀奇古怪图形，偶尔还有几个歪歪扭扭的汉字和拼音字母。他歪着头，仔细端详着，想象着，感受着，但总是捕捉和意会不到图形的真实意义和象征意味。嗬，太深奥了，太抽象了啊！蓦地，他又在耳洞口发现一个奇迹。石壁上，整整齐齐地画着一排短杠，炭灰色，用手指蘸了唾液使劲蹭，却不掉色。季月一一数过，共有三十六杠。这又是什么呢？

“可能隐修者三十六岁。”

“或许他遭遇过三十六难。”

“抑或代表三十六计，走为上策。”

突然，豪哥从洞厅走来，激动地喊：“他妈的还有一本书！”

“什么书?！……”两人同时惊叫起来。

修老师接过书，透过幽微的光线，翻阅着。书页破损不堪，无头无尾，纸质脆薄发黄，字迹模糊不清。突然，他两眼生辉，心怦怦乱跳，嘴哆嗦得半晌说不出话。“童九哥？是他，绝对是他！这书就是他写的那本《公鸡打鸣天不亮》。瞧这插图，是我画的，十年百年，天南地北，我也能认出我的作品啊！”

真是天下奇闻！

季月夺过书，仔细地辨认着。

“那个地主叫刘夹水？”

“Yes！他心黑手毒，过河尻子都夹水。”

“长工娃叫鸡仔？”

“Yes，他是个正直善良的好孩子！”

“地主的小老婆叫妮子？”

“没错，她是勾引长工娃的小妖精！”

季月肯定地说：“童九哥，是童九哥的书！”

豪哥越听越糊涂：“书怎么会在深山老林呢？”

修卓忙解释：“他逃进深山老林，把书也带来了呀！”

季月又问：“那么他现在呢？”

修卓被提醒了，忙跑出洞口，向着山林大喊大叫：“童九哥——童九哥！——你在哪啊？我是修卓啊！……”

季月追出洞口，悄悄地说：“或许他已不在人世了。”

修卓扑在崖石上，用拳头拍打着：“上帝！这是怎么回事啊?！太残酷了，太残酷了啊！……”

豪哥心有城府地说：“看来，我们不得不在此暂时定居下来，一边搜寻这个人，他对我们走出森林很重要；一边继续勘察探路，寻找突围机会。”

大家一起动手，开始整顿清理洞厅。洞顶和四壁挂满蛛网，地上到处是枯枝败叶。豪哥在洞外折来几根树枝，劈头盖脑地四处挥舞，扑打得蛛网纷纷飘落。修卓搬运多余的石块，抱不动，就手脚并用在地上滚，看起来就像屎壳郎滚泥丸，实在滑稽可笑。季月用树枝打扫垃圾，尘土四处飞扬，与打落的蛛网搅和一起，空气污浊不堪，三人都感到胸闷气短。修卓直起腰，抠着鼻子，无意中发现洞厅深处有个堵塞的孔洞，便山羊一般跳上去，用脚狠踹。孔洞终于被踹开，与洞口发生对流，光和风一股脑儿流进来，尘土和霉气劈头盖脸飞出去，眼前景象酷似牛魔王洞府。

整理完洞厅，然后分住处，修卓住在耳洞，季月住在洞室，豪哥住在大厅旁一处钟乳石高台。接着大家分头整理各自住处。季月清理完洞室垃圾，刚揭掉床上那张兽皮，却发现一大群蟑螂和毛毛虫四处逃散，吓得她尖叫一声，跑出来直瞪眼干呕。这一惊吓立即引来体感的连锁反应，她这才觉得浑身又痒又痛，用手一摸，身上到处是小疙瘩。修卓跑来一看，也发生连锁反应，原来自己和季月一样，全身布满红红的小疙瘩，痛痒得手足无措。

“蚊子，他妈的蚊子！”他一边拍打自己一边不停咒骂。

“大白天，蚊子这么多，太可怕了！”季月发疯似的在身上又抓又挠。

老画家像孙猴子似的抓耳挠腮，突然灵机一动，随手将洞口残留的灰烬只管往身上涂抹。他涂完自己，又要给季月涂抹，并一再声言灰烬是止痒良方。季月双臂抱胸，战战兢兢，死活不让他靠近。他讨个没趣，咳了声，自个儿出洞走了。季月既不敢进洞室，更不敢靠近床铺，只是毫无目的地挠抓着身体，在一阵难以遏止的痛痒中进行着一场持久的肉体与意识的博弈。过了一会儿，豪哥整治好自己洞府，大摇大摆地走出来。听了她的诉说，豪哥哈哈大笑，说她的肉太细太嫩，连蚊子都眼馋。说着他动手要给季月挠痒，吓得她缩成一团，连连发出抗议。豪哥毫不在乎，说有了崖下和草坡的肌肤之切，还在乎挠痒吗？季月又怕又恼，声明再敢无理，她就碰死在他面前。豪哥无动于衷，又是一阵哈哈大笑，随之露出自己的臂膀和腰髋，用手拍拍，诡谲大笑：“看看，还是本人性激素发达，根本不怕蚊子咬！”

“性激素能驱蚊？真是天下奇闻！”正在这时，修卓抱着许多野草回来了。

“能不能驱蚊，你管得着？哼，这老狗！”

“快看，天竺葵，绝对驱蚊！”

修卓说着将天竺葵分发给三个住处，然后搓擦着手，站在洞口乘风凉。此时，洞口和孔洞的对流效果更加明显，一股凉飕飕的风袭来，身上凉爽惬意极了。他忙不迭感叹：“如今，孔洞和洞口产生对流，有对流就有风，有风就没蚊子，再加上天竺葵，就不怕蚊子了！”

季月产生心理作用，加之时间长了，身上痛痒感果然消退了许多，心情也慢慢好起来。豪哥却不以为然，依然坚持他的性激素驱蚊谬论，喋喋不休地大骂修卓，他妈的鸟情调，他才不要鸟天竺葵哩！修卓没再反驳，帮季月整理好床铺，然后精心打理自己的府邸。

他们就这样模仿人类祖先，告别有巢氏的鸟巢，又走进山顶洞人的穴窟。修卓惊异于世界如此狭小，时间被压缩成童九哥奇怪的三十六个短杠。

修卓在铺上躺了一会儿，径自走出山洞，在人字草庵下徘徊。他真不相信有人会在此居住，但人字草庵立即解除了他的疑惑。他更不相信童九哥会隐居于此，但那本书却是有力的证据。他想长期住下来探个究竟，所以需要重新改造这个人字草庵，以便随时躲避野兽的攻击。他大声喊着他俩。

季月闻声赶来，对他的建议表示拥护，并围着大树不住赞叹。她说这几棵树叫水杉，是植物的活化石。隐居者在水杉上搭设人字草庵，既发挥树身笔直挺拔的优势，又是吉祥如意的象征，很有利用价值，应该重新修缮。

豪哥也来了，听到他俩议论，不以为然地拍着树身讥讽笑骂："这隐者，他妈的是个大笨蛋！草庵搭在这种树上，又高又贫，躲避时连个野果也没有，不就饿死了！"

修卓恍然大悟："就是的，干脆找几棵果树，重新搭建草庵。"

季月连忙摆手："果树又低又矮，怎能躲避野兽攻击？"

豪哥两手一摊，耸耸肩，转身就走："造个鸟草庵！我才不愿躲到树上当逃兵哩！"

修卓和季月愣了一会儿，摇摇头，也不再坚持，这个计划便胎死腹中。

到了傍晚，他们在距洞口不远的山崖下找到一股泉水，清澈晶莹，味道甜美。三人盼水若渴，争先痛饮了琼浆玉液。饮毕，又分头痛痛快快地洗了个澡，随后回到洞里，躺在床上尽情地伸臂展腿。太舒畅了！经过几天饥饿劳累和艰苦跋涉，眼下总算有了安身之地啊！

季月半躺在铺上，眼睛一直盯着窗洞。

虽然看不见窗洞，但从风的方向能感觉到它的位置。风好像不是从外头刮进来的，而是像躲避黑暗偷偷跳着或溜着进来的。这样一来，就使人对它有了亲近和同命相怜的感觉。她依偎在风的怀抱，任由它抚摸亲吻。风很清爽温馨，拂去她肌肤上的暑热、邋遢和疲劳，心里顿时便有了脱胎换骨的感觉。心情一好，感情的琴弦就益发敏锐，一经回忆的手指弹拨，行云流水般的音符便于脑际间淙淙回响。

这是一组多么舒缓而又悠远的旋律啊！

白昼合上它的教仪，把人类交给夜的私塾。季月思绪飞扬，神情驰骋。她想，此刻，无论城市还是乡村，该是灯火通明，无一不流光，无一不溢彩的时辰。酒吧、发廊、歌舞厅、夜总会、文化沙龙的舞裙和酒杯，把夜空泼洒成了琥珀色。童心误入迪斯科的疯狂，与卡通和“超霸”翩翩共舞。返老还童的父辈出卖了白昼的真诚，在交谊舞中叩开夜的宫门。权力与金钱悄悄地讨价还价，密谋炒作拍卖黎明初升的太阳。爱情脱去了神秘霓裳，被善男信女篡改成实惠而触手可摸的自助餐。人们将疲劳和烦恼束之高阁，如约完成各自的作业，尽情享受人生的快乐和衍化新的生命。多姿多彩的夜生活如同艺术家非凡的创造，精心点缀铺排，烘托渲染，毫无保留地向人类奉献出一部现代文明的经典。然而，这经典却在暗无天日的原始森林变得一文不值。此时此境，身前身后，黑夜与森林织成双层帷幕，把世界遮掩得一片漆黑。头顶没有日月星辰的标点，脚下没有“灯火阑珊处”的诗句，唯有森林老人像私塾先生一样摇头晃脑，之乎者也地标点森林的荒漠与混沌。原始的襁褓包裹着人性，人性被凝固成兽类的头盖骨化石。黑夜弭除了差别，勾销了艺术，束缚了创造，人事物理返璞成单一的原生状态。世界怎么了？人类怎么了？难道命运果然秘藏于这种必然自在的无奈之中吗？

夜风从窗洞款款而入，吹得她身上凉飕飕的，逍遥而熨帖。原始森林的夜风，除了特有的花草馨香外，还夹杂着野兽的气息和腐殖质的气味，像陈年老酒一样醇厚浓烈，令人陶醉。陶醉之中，蓦然，一种躁动不安和急切难挨的情绪，把她青春的血液燃烧得如火如荼，激情荡漾。是初恋少女的心猿意马？是偷食禁果的心慌意乱？是新婚洞房的如饥似渴？是久别思念的刻骨铭心？……毕竟，毕竟她不再是处女了啊！要知道梨子的滋味，就得亲口尝一尝。了得一个尝字！尝了一口，就想尝第二口、第三口，以至无穷无尽。这是多么诱人、多么美妙的时辰啊！感情这东西，真是神秘微妙和不可思议。与伟成在一起时，那完全是物对物的一种吸引和制动。但现在，伟成远在天边，吉凶未卜，感情的游丝为什么仍像电磁波像遥感一样专一和固执呢？心灵的屏幕为什么时刻回放的是伟成的音容笑貌和自己对他的无限思念呢？呵呵，此刻她完全被眼前的境况激励和勃发得难以自已。几天来，尽管她不断遭受画家“精神享受”和豪哥“生理刺激”的觊觎骚扰，但那荧光屏丝毫没有因此而选错台和串了频道。现在，当她从死亡中刚刚逃离并有了片刻喘息时，当她面对黑夜森林躺在山顶洞人的洞穴时，当她独身夹杂在两个鲁莽粗俗、低级下流的男人之间时，怎能不引起她对伟成的深切思念和隐隐萌发的感情骚动啊！

他们是大学同班同学。季月出生于渤海岸边，是一位渔民的女儿。荀伟成的父母是落户大兴安岭林区的老知青，高山林海哺育和抚养了他。正是由于特殊的身世，一个大海，一个高山，才使两人不约而同地选择了农业大学的志愿，又志同道合地从事起同一职业并最终成为恋人。他们卑微的身世能留在京城且分配在政府机关工作，完全是一个偶然的机遇。

大学三年级暑假，她把他带回家认亲，他们常去海边散步玩耍。有一天，他们在海边游泳戏水，当上岸躺在沙滩上时，却发现皮肤成了黄褐色，而且很难擦洗掉。这立即引起伟成警觉，意识到渤海污染已成为危及经济发展、生态环境和人身健康的严重问题。他提议利用暑假对此进行一番全面调查研究，以作为毕业论文和向有关部门建议的依据。于是两人开始了一个月的调查走访、现场观测、科学化验、资料分析等，返校后即撰成一篇题为《渤海的污染成因、危害及防治对策》的论文。此文经过指导老师修改，推荐给《生存与环境》杂志和国务院《内参》，并先后刊登发表，引起国家重视和很大社会反响。一时间，季月和荀伟成成了青年环保专家和媒体追逐的新闻人物。毕业时两人均留在京城，伟成被生存与环境杂志社抢走；季月进了国家环保部门，后来又考上研究生。就在他们操办婚礼时，他收到一封来自庆顺市几位退休工程师的联名信，反映该市金阳山一带乱毁林、乱开矿，造成严重水土流失和环境污染问题。伟成提出亲赴现场调查兼旅行结婚的计划，季月热烈响应，并经单位批准，他们千里迢迢来到了庆顺市。

现在回想起来，季月才感到当时的心情和现在误入原始森林如出一辙。他们的介绍信由省上批到市上，由市上批到县上，由县上又批到矿上，一路云遮雾障，关卡林立，困难重重，使调查无法进行。出于无奈，他们不得不摆脱正规程序，从民间入手。在几位水利工程师和国营矿场的支持下，他们分头对金阳山植被、河库、矿场规模和分布等，进行了拉网式的观测调查。那真是令人触目惊心的惨状啊！金阳山及其附近的林木被一砍而光，植被几乎为零，山体支离破碎，一塌糊涂。小金矿随处可见，几百平方公里的矿山被挖掘得千疮百孔，乱开滥采的进度和吞吐的土石废料一样疯狂。大小二金河河床壅塞，含沙量平均高达百分之三十八，最高达百分之五十六。金阳河与汉河水库严重淤积，水位常年超警戒线，泄洪能力降低，随时都有垮坝失事的危险。种种迹象表明，人们正在肆无忌惮地肢解大地，毁坏自己赖以生存的家园。一场可怕的灾难酝酿已久，并步步紧逼地向人们走来！

而灾难的制造者和元凶，就是金阳矿业集团总公司。该公司下设三个规模较大的矿场，又以三个矿场为中心辐射发展了上百家私人自办采矿点，像蝗虫似的无计划、无限量地非法蚕食大大小小矿山，给金阳山一带埋下极大的生态隐患。当他们拿着厚厚一摞资料找到金阳县时，县长们则东躲西藏地不予理睬。他们又找庆顺市，市领导正忙于经贸科技洽谈会和招商引资，无暇而顾它。他们无奈地拨通金阳矿业集团总公司的电话，回答说董事长回金阳县了。他们马不停蹄地赶到金阳县，一打听又说他到矿上去了。就在他俩由市到县到矿，再由矿到县到市来回穿梭之际，一场特大暴雨袭击了整个汉河流域三省的大部分地区。暴雨中心恰恰就在金阳山一带和庆顺市十多个县区。

那天，季月与荀伟成被暴雨困在金阳县招待所束手无策，突然一阵天崩地裂的轰隆声从楼顶压了下来。刹那间，惊涛骇浪吞噬了整个县城，一切生命财富统统被席卷着向汉河冲决而去。

大自然报复得如此及时、突然和迅速，好像是专门针对他俩而来的。他们来不及携带行李衣物，只抱着一摞资料爬上楼顶。但仅仅十多分钟，四层楼房也被铺天盖地的浪涛冲塌了。季月被巨浪推上抛下，凭着渔家女的水性和坚毅，始终驾驭着自己，抢夺一切生还的机遇。她担心的不是自己，而是和她共度蜜月的新郎，她决心在滚滚洪涛中寻找和挽救伟成的生命。她抓住一棵大树，沿途搭救了两个老人。大约一个多小时后，在一段较平顺的河段，她终于发现了伟成，他趴在一个屋架上使劲向她招手。当大树靠近屋架时，她毅然决然地把大树留给老人，自己挣扎着爬上屋架，两人紧紧搂抱在一起。

“资料呢？”

“用铁丝扭在屋架上。”

“保险吗？”

“即使咱俩死了，它也会被人打捞发现。”

“要是漂到大海里呢？”

“恰好被你妈妈捕鱼时发现！”

天被捅漏了底，把暴雨劈头盖脑地向大地倾倒。眼前一片汪洋，看不见山岸和陆地，沿途城镇统统被洪水劫洗一空。更可怕的是，其他支流全都洪水暴涨，惊涛骇浪像脱缰烈马一样冲向汉河。支流与汉河交汇处，更是汪洋恣肆，巨浪滔天，排山倒海。地势本来就低洼的庆顺市城区，在特大洪水面前不堪一击，霎时房倒楼塌，人为鱼鳖，一片狼藉。

两个新婚情人趴着屋架，在庆顺市上空随波逐浪，任凭漂流。他们拉上了一个遇难者，屋架沉重地颠簸着，随时都会散落和沉没。就在这时，她发现一具棺材向屋架漂来，便当机立断，把屋架让给那位获救者，他俩去趴棺材。伟成把她推上棺材，一把没抓牢，和屋架一起被恶浪吞没了，卷走了！伟成，可怜的伟成，你在哪儿啊？那包资料还在吗？我们的结婚证书还在吗？呵呵！伟成，伟成！可怜的伟成，不幸的伟成啊！……

那惊险，那刺激，那悲壮，那爱的疯狂，至今想起来仍使她心潮澎湃，热血沸腾。此刻，她多么希望伟成能出现在她面前，躺在她身边啊！真那样的话，她会温柔似鹤，乖巧如猫，任由他尽情地搂呀、抱呀、亲呀、吻呀。她将把自己化成一瓢水，把他浇成一只落汤鸡；她将把自己化成一坛酒，把他醉成一摊泥；她将把自己化成一瓶花露水，把他香成一只花蝴蝶。她就在灵与肉的惊涛骇浪中搏斗着，在情与性的深山莽林中挣扎着，在欲望与理智的黑夜洞窟中煎熬着。本能的冲动裹挟着她，爱情的甜蜜诱惑着她，青春的狂澜冲撞着她。她终于失守了女人的第一道防线，降服了，变节了，堕落了。她把对伟成的一切忠诚和情爱，和盘交付给一张带有条形花纹的兽皮，紧紧地搂抱在怀中，正如她希望他那样，却首先使自己那样成了一只落汤鸡、一摊烂稀泥和一只迷恋如痴的花蝴蝶……

画家在梦呓中啧啧赞叹着色彩和光线的美妙。

豪哥粗鲁的鼾声撞击得钟乳石发出嗡嗡回音。

在优美和声伴奏下，季月终于落下感情的帷幕，同时又经受起良知的拷问和鞭挞。但她并不为此害羞和自责，因为她想，这一切行为和感情都是针对伟成而做而发的啊！都是发自灵魂精髓的真情真爱啊！人性的旗帜，将在她心中永远高高飘扬，永远辉煌如霞。

翌日天一亮，修卓走出洞口，他还记着自己的诺言，要为大家采集和提供足够的食物。他活动活动身体，登时被眼前景色迷住了。原来，他们居住的山洞居高临下，直愣愣地对着一条谷地。谷地使人眼界豁然开朗：峡谷很长很深，可以看到远去的身影和灰蒙蒙的天空；对岸山林像一幅刚刚缀红的山水画，被绿色一直堆砌叠加到空蒙的天际。泉水迂回曲折，一路潺潺地汇入谷底小溪。小溪上游，在两岸山林过渡的峭壁上有一座瀑布，细长细长，跌宕起伏，给大山脖颈戴上一串明光闪烁的项链。溪水像玉佩似的丁当作响，耳际犹闻教堂晨祷的钟声。在溪流上游，似乎还有一座人工垒筑的小桥，像一枚纽扣系在两岸之间。溪水沿途，草木葳蕤，鲜花遍野，与各自依傍的山林相扶相携。小桥右首，自然汇成一个不小的塘泺，接纳了成群的珍禽，其中有十多只白鹤与天鹅逍遥自在地拍翅戏水，格外引人注目。朝霞的手指终于触摸到这块狭小的天地，精心地为山林扑上一层金粉……这蓝天，这朝霞，这山林，对于在黑夜私塾和森林布袋里窒息捆缚了十多天的画家来说，该具有多么巨大的诱惑啊！

修卓返回洞里，拿了相机，然后忘情地神游了此间的沟沟坎坎。他追寻着泉水踪迹，穿越一片片灌木丛和葛藤窝，孑然来到塘泺之滨。他唯恐惊动仙家们悠闲自得的雅趣，唯恐打破水泊安谧宁静的气氛，唯恐破坏画面整体的和谐完美。他隐身于几株美人蕉下，眼前的诗情画意融入他整个意识的终极末梢和生命的全部章节。是的，他曾观察过青海湖的鸟岛，窥探过白洋淀禽类的秘密，造访过陕西洋县的朱鹮，拍摄过齐齐哈尔湿地的丹顶鹤……但那些都没有眼前这种自然而然、自在而在、自朴而朴的大写意和至美之境啊！

他从艺四十多年，曾被画坛誉为“飞禽大师”，更以善画天鹅、仙鹤而著称，其作品广传国内、欧美和南亚各国。他特别尊崇孟子的美学思想，“可欲之谓善，有诸己之谓信，充实之谓美，充实而光辉之谓大，大而化之谓圣，圣而不可知之谓神”。他认为，老夫子论美，其基础是善，而这善，是内在的善，是内容与形式相统一的善。以此引申，便产生了大、圣、神三个审美级别。大是崇高壮美，圣是出类拔萃，神是非人力所及的最高境界。他深知，自己虽可称为入大入圣之流，但距入神之境还甚远矣！这不纯粹是技法技巧问题，更重要的是自己仍不具备这种大气象和大境界。因为作为艺术主体的他，未曾感受和体验过如此原始的、自然的、纯粹的、融洽的、禅意的、和谐的、天人合一的客体和气象啊！而现在，他终于身临其境，终于领略和感受到这一切，终于使艺术感觉得到进一步满足和升华。

他眯着眼睛，耸着鼻子，竖着耳朵，久久地把自己设想成禽类的一员，和它们融为一体，一起戏水，一起觅食，一起拍翅，一起敛羽，一起引颈长鸣，一起交头接耳，一起关照和守望。他拍摄下它们的珍贵镜头。他发现这里的禽类与别处大不相同。大自然善待它们，它们也善待大自然和自己的姊妹。真的，这儿没有农药，没有尘埃，没有污染，没有噪音，没有枪弹的惊吓和人类挑逗溺爱的尴尬，一切仍保留着造物主初始安排设计的原物原貌和原汁原味。他把自己融入这种原生状态之中，尽情享受大自然恩泽和生命韶辉，放飞想象的白鸽和羽化艺术的雏胚。咳，他长叹一声，惋惜此间没有笔墨纸砚和颜料。但他发现，塘泺旁有一块巨大的天然水平石面，那是大自然赐给他上乘的宣纸。于是，他乐得像个孩子，蹦蹦跳跳地采摘植物多汁的花朵、茎叶和果实，试图把眼前美景饱和着自我感受泼染绘画在石面上。

灵感像天鹅美丽的翅膀，在脑海划出一道道闪电。他的灵运心智被搏击而起，而活，而翔。他有点神经质。他喜欢这种生命状态。一旦进入这一状态，他就变得癫狂起来。意识驾驭长风紧紧追逐灵感的圣迹，手便有了如虹、如霞的自由与洒脱。那些含有天然色素的花草，在他神经质的点、顿、皴、擦中，一幅偌大的山水禽鸟写意，奇迹般在石面上脱颖而出。

画面的背景是一片黛绿色莽林，被水浮莲、夹竹桃和紫花苜蓿等的叶绿素皴染得凝重深沉，浓淡相宜。连通两岸的峭壁用带有水藻的青泥涂抹。一条闪着亮光的瀑布和溪流自峭壁而来，保留的天然石面本色和几捧随意泼洒的泺水，使水的缥缈踪迹更显得自然天成。橘皮是勾画小石桥的理想颜料，给桥面涂上一层透明动态的朝霞。小溪过石桥后，渐渐变蓝，变绿，充作这些颜料的野花野草可随手拈来，搓擦晕染，层次和质感非常饱满。水塘有几只白鹤，几只天鹅，都勾画得神采奕奕，栩栩如生。白鹤与天鹅的羽毛，依然是保留石面的自然本色。羽尾、翼梢、尖喙和长腿，均为植物各种色素勾勒点缀，颇具立体效果。塘泺四周的草坪，野花铺地，落英缤纷，顺手可摘的栀子、杜鹃、美人蕉、大丽及牵牛、野葵、野葡萄、柑橘等的花朵与果实，是点染勾画的最理想颜料。

整个画面，构图新奇，意蕴深厚，色彩强烈，光线柔美，浑然一体，充满着原始野性的自然之气和禅机之韵，堪称天下一绝。

老画家如此洋洋洒洒、神神道道地在诗情画意中徜徉流连了两三个小时，终于走出艺术的迷幻境界，松了口气，顺势躺在画中两鹤之间，这才觉得肚子瘪瘪的该吃东西了。这个念头一闪，他立即意识到自己严重失职，早把采集食物的事忘得一干二净！他赶忙爬起来，狐步颠颠地过了石桥，向对面山林攀去。

大约一个小时后，他捧着一大包无花果和山梨，匆匆赶回山洞。

"哈罗！老板！季月！"他在洞口喊。

"无花果，我采回无花果了！"他走进洞喊。

但洞里始终没有回应。

他一直走进洞厅，也没见他俩。

他觉得奇怪，他们去哪了？他慌忙跑出洞口，朝着谷地大声呼喊。峡谷和莽林静悄悄的，没有一丝儿声息。他又走回洞室，突然发现装钞票和首饰的公文包不见了。还有小狗，也没了踪影。他手忙脚乱，不知如何是好。来到前洞，当发现自己那包衣服和童九哥的书也不翼而飞时，他彻底明白了。糟糕！他大叫一声，意识到问题严重。啊！怎么会，怎么会呢？他俩走了，他俩真的抛下自己走了?！他惊叫着，把无花果和山梨撒了一地，嗵地倒在铺上，仰天大喊大叫。

"大老板，你这个强盗流氓！你这个背信弃义的家伙！"

"还有季月，也不是什么好货，真正的无耻小人啊！"

啊，他彻底崩溃了，彻底绝望了！

他恨自己，恨自己不该追踪那泉水，不该迷恋那塘泺和天鹅，不该创作那“天下一绝”的大写意，不该忘记自己昨晚的承诺。啊啊！天呀！地呀！季月呀！大老板呀！你们怎么能背信弃义，怎么能狠心扔下我一个人呀！……他喊着，骂着，狠狠地揪打自己的胸膛。汗水和泪水簌簌而下，在散乱的长发间如同抛洒的云雨。

蓦地，他想起草坡滚落和摇篮垮塌的情景，几天来的疑虑一下子明朗起来。作为一位画家，凭着敏锐的观察和感受力，他发现豪哥是个见了女人就心迷和极有勾引伎俩的好色之徒。这家伙早有淫邪占有之心，并把罪恶罗网一步步套在季月的脖颈。他几次要把自己赶走，他对自己的凶狠和对季月的献媚，就是有力的证据。而季月，蜜月遇难，情窦欲燃，怎禁得住原始森林的寂寞孤独，怎禁得住豪哥的骚扰勾引呢？虽然，她的新郎吉凶未卜，她也时刻牵挂着他，但在当今红尘滚滚、人欲横流的花花世界，女人的心路是极易走向歧途和极端的，她们的红颜玉体是极易沾染上功利主义和金钱铜臭的。是呀，为了逃命，为了走出炼狱博得更大回报，为了公文包里钞票和金银首饰的价值，她什么事做不出来呢？所以，所以，他想来想去，既恨自己，更恨豪哥和季月。呵呵！如今这世界，真是人心不古，情仇多变，风云莫测啊！

由豪哥和季月的背叛，他又联想起自己的遭遇。自从走进艺术殿堂，他就把自己的灵与肉交给了艺术女神。艺术是他的生命，他则是艺术的圣徒和殉道者。他的一生，除了对艺术的癫狂和练达，几乎不知秦与汉，不懂桑与麻，甚至不闻人间烟火。特别对当今时髦而盛行的关系学，他更是一窍不通，懵懂得一塌糊涂。在单位和社会上，他不会阿谀逢迎，不会趋炎附势，不会弄虚作假，更不会也无心拉拢疏通各种错综复杂的关系，所以处境孤立狼狈。在家庭，他两次结婚，两次离异，所有家资积蓄被席卷而光。唯一的儿子，下岗失业，抱怨老子软弱无能，也离他而去。其他亲戚侄孙还算亲热，轮番请安探望，但全都冲着他的钞票和字画而来。给了这个就得给那个，给了这个多少就得给那个多少，给了一次就得给两次三次五次十次，稍有偏差疏漏，就连锁式得罪一大片，用钱买了一肚子气。有几位朋友借钱，明知有借无还，他却阴差阳错地借给仅有的积蓄，结果石沉大海，至今连个人影也捉不住。如此下来，可怜他既没了亲情，又失了钱财，穷困潦倒得家徒四壁，只剩下一个突发奇想奇幻奇狂的脑袋。他一气之下，孑然一身，弃家出走，云游四海，点染丹青，修行欲仙。啊啊！这就是艺术，这就是饮誉海内外的“飞禽大师”啊！

他经过一阵情绪宣泄，绷得紧紧的心总算松弛下来，不得不正视眼前残酷的现实。平心而论，他承认自己的性格缺陷，也深知关系学乃当今社会一门新兴学科，更耳闻目睹了别人活学活用面壁修炼成左右逢源、挥洒自如的正果。而自己却愚顽不化，学也学不会，做也做不出。这是他的致命弱点，也是他一生悲剧的根本原因。但他怎么也想不通，在这原始森林，在这仅有两男一女三个人的小世界，他竟然仍玩转不了人际关系这个神秘魔方，居然又被人背叛耍弄了！他的失落和悲凉感到了极限，恨不得一把大火自焚涅槃在艺术圣坛前。

他真的想到了死，想到了为艺术而殉道。然而当“殉道”这个词刚一闪念，他面前立即浮现出历史上佛道各派方家、书画各界大师、诗坛文坛名流的一长排队列。这么多先贤大哲不都是在深山老林出家为僧、修身养性、著书立说、吟诗作画而最终有所建树，并对中国哲学、宗教、文学和艺术产生巨大影响的吗？自己在外边也是云游四海，为什么不能在原始森林成佛成仙呢？为什么不能在有生之年为中国画苑增添几笔色彩和光环呢？这么想了，他便释然了许多，把对自己、单位、妻儿、侄孙、朋友、豪哥和季月的怨恨，统统一笔勾销。他决计用自己纯粹的心在这纯粹的大自然中创作出纯粹的艺术，以此来纯化喧嚣的尘世和人们浮躁的心灵。

他一下子变得很兴奋，很冲动，旋即在洞厅转了几圈，然后思考着，构设着，筹划着。他想，首先要把这座山洞绘画成像莫高窟敦煌壁画那样的传世之作，其次得给山洞起个名字。他走出洞口，攀上高岗，望着谷地山影和两岸原始森林，苦苦思索着。新部落！他突然脱口而出，并暗自为这个名字沾沾自喜。他一遍遍念着，字斟句酌，仔细推敲。他觉得叫“新部落”比“静修洞”或“静修院”都合适恰当。因为“洞”和“院”带有迷信和宗教色彩，没有“新部落”那么具有远古初始、混沌开化的意味，所以他选择了这个名字。他要给洞口刻上这三个字，但苦于无有斧凿，思来想去，最后决定还是用花草的汁液来书写。

他像猴子一样蹦蹦跳跳，蹦跳时嘴不停神经质地说着“新部落”三个字。他独自在山坡上一边蹦跳，一边采摘鲜花和嫩草。这种只有女人和孩童才有的细节，让他做起来更具有浪漫情怀。他深知，每每此时，他的艺术灵感就最恣肆，创作欲望就最蓬勃，生命张力就最饱满。可以这么说，他的艺术生命和创造成果，都是在女人的唠叨和孩童的呢喃情态下获得的。特别在毫无人迹的原始森林，他的精神状态几乎全然被雌化了，儿化了，物化了，绿化了，氧化了。他成了大自然真正的一员，是一棵树、一朵花、一根草、一只白鹤、一只松鼠……突然，他意识到，一个伟大的构思正在他心中酝酿成熟。到底是什么呢？他却一时糊涂起来，什么也说不清。

他就这样，以一个“五化”了的自在之身，采集到所需的花草树叶，然后回到洞里，开始绘画装饰自己的洞府。他先用杜鹃花的汁液写下“新部落”三个隶书大字，瞧了瞧，觉得不太鲜亮，又涂上一层红色野果的浓汁，字体一下鲜亮了许多。接着他又用绿叶给每个笔画勾上阴影，效果就更佳了。他满意地点点头，喃喃地念着，随后走进洞，捧着山果野味美餐起来。

他觉得自己成了新部落一位真正的酋长。

美餐过后，他迈着狐步，走出山洞。这时太阳才迟迟升到谷地上空。啊！久违了，太阳！几天来，一直浸泡在洪水、暴雨、森林、山洞里，他多么需要阳光的普照啊！他惬意地坐在一块草坪上，一边自在地让阳光抚摸和亲吻自己的面颊、脖颈、肩膀和胸膛，一边尽情地欣赏林莽谷地在阳光下变幻着海市蜃楼般的幻象和绿影。太美妙了！太奇幻了！他努力把这些感受输入意识的芯片，铭刻在记忆的磁盘。

突然，他想起手机，该让太阳晒晒，该让它恢复现代化通讯功能啊！手机，摩托罗拉！这是眼下唯一的求救希望和逃生向导。他显得异常兴奋，耳朵像两根天线不失时机地向天空发射出无线电波，眼睛像两只小蝌蚪不停地摇头摆尾，于是脑海立即出现一片幻象：解放军的直升机正向他缓缓飞来，武警的搜救船正向他火速靠近。我有救啦！我脱险啦！他不禁叫起来。哼，豪哥，还有季月，让他们在原始森林喂狗熊去吧！嘿嘿，谁笑到最后，谁才是英雄！他一边向山洞奔去，一边不住地小声呼喊。不一会儿，他就取来那款摩托罗拉手机，小心翼翼地放在石板上晾晒。太阳的金舌舔着手机漂亮的屏面，大约一刻时光，只听嘟嘟一声脆响，果然有了显示。他连忙拿起细看，原是“电量不足”。他诚惶诚恐，迅即打开功能键，快速按动，只按了几下，就关机了，没电了。随之，他长叹一声，满脸沮丧，眼前的直升机和搜救船也杳无踪迹了。

“妈的倒霉！没了电如何是好？该到哪充电呀？”

他毫无办法，只好自我安慰，看来，现代科技也不是十全十美的！

谷地狭窄，而且两岸山势很高，林木参天，所以太阳君临的时间很短，充其量只有两三个小时，接着便急匆匆隐没到对岸山林背后了。随着太阳隐去，谷地的光线暗弱下来。他收回手机，不禁又开启想象的门扉。他想，暗弱有暗弱的魔力。画家的眼睛就是一块调色板，可以在它上面把阳光、色彩和灵感调兑运用得十分恰切和得心应手，美和艺术便由此研磨泼染开去。

他从高岗下来，自觉不自觉地钻进林子。他也不晓得出于什么目的，就神神道道地充当了采花仙子的角色。他像李时珍尝百草似的，一一辨认着各种植物的茎、叶、花、果，把那些汁液饱满、色素含量较高的采摘下来。他还发现一种铁锈红和青灰色岩石粉末，也是上好的颜料，就掘了许多，和花草一起运回洞中。随后，他采集了不少食物——因为正值盛夏季节，林中山果野味还不太丰富，所以颇费了许多时间和精力。

他采摘了足够的颜料和食物，又用树枝和藤条给洞口制作了一扇坚固结实的门。稍事洗漱打尖，他突然想起那个瞬间闪念，想起那个冥冥中的目标。他一分钟也没敢怠惰，立即投入壁画工程之中。他计划首先给前洞两壁各作一画，画题与内容已打好了腹稿。一幅是那晚为季月拍照的镜头，画题是《摇篮天使》；另一幅是那天早晨她手捧花束半遮半露的裸体，画题为《林中娇娃》。他真怀疑自己得了“艺术狂迷症”。自从两次大胆而独特的发现后，他感到季月身上有一种与其他女人不同的巨大诱惑力和迷人魅力。这种诱惑力与魅力不但摄入他的有限生命，也深深渗透他的艺术灵魂。他决心用自己有限的生命和艺术灵魂，创作出像雷诺阿《少女出浴图》和达·芬奇《蒙娜丽莎》那样光艳照人、万世流芳的女性形象，要使它们几百年几千年后，成为像秦始皇兵马俑一样的稀世珍宝和世界第×大奇观。

他开始清理洞壁和构图。洞壁质地粗糙，凸凹不平，纹理裸露，加之草汁与花色的特殊颜料，无疑会增强画面的立体感和自然天成的美趣。他仔细观察着，构思着，设想尽可能地将不同纹理和凸凹处用在人体的主要部位。他最终选择一个椭圆形突出的地方作为头部，选择两处相邻的石包作为乳房，然后以此三点为骨架构设和主宰整个画面。在手法上，他计划依然采用大写意，把中国山水画与西洋油画融为一体，尽量保持现实与浪漫、写实与抽象、传统技法与现代审美潮流的完美结合。

一切酝酿成熟，他开始动手作画。没有调色板，他完全凭感觉、灵智和对生命的体验搭配色彩、转换光线、掌握层次、运用技巧。他的神经质不但表现在嘴上，也表现在手上。嘴像念咒语似的一直自言自语。眼睛飞闪不停，使稀疏的眉毛似乎随时都有可能抖落净尽。于是，两只干瘦的手便神经质地在花草和洞壁间来回穿梭，捺捺点点、挫挫擦擦，犹如啄木鸟嗒嗒地为树木捉虫治病。到了兴奋处，他完全失去控制，长发猛甩，花草飞舞，简直成了一位汪洋恣肆的乐队指挥。就这样，经过整整一个下午的艺术造化和感情炼狱，一幅《摇篮天使》的精美图画几近告罄。画中睡美人赤裸的身体、散乱的藤条和花束，还有黑夜与森林的大背景，等等，都被巧妙自然地融合在一起。美女半仰半躺，藤蔓花草遮掩了隐秘之处。两只乳房浑圆高耸，颇具光泽和立体感。只可惜没有理想的颜料晕染，乳头显得苍白无力。他试图用多种花朵染色，但都不是感觉中应有和追求的，所以没完成，仍空着。

他执拗地寻觅和等待。

这时天慢慢黑了。他从艺术创造中回到现实，立即被可怕的寂静包围起来，感到异常孤独和恐惧。他长长地嘘了口气，仿佛那感觉就在嘴里，急需他仔细咀嚼和品尝。他眯着眼，嗫嚅着嘴唇，饥不择食地咀嚼和品尝着这一滋味。那是冰川期孑遗的恐惧吗？那是吴刚独守月桂的寂寞吗？那是独自走到地球边缘的惊骇吗？……啊！天呀！地呀！上帝呀！他悲叹自己成了天与地毫不足惜的一粒尘埃，成了上帝狠心抛落的一个弃儿！这种感觉比死亡还可怕。死亡是没有感觉的，无所谓恐惧。但他没有死亡啊，他还用微小的肉体生命创造着伟大的艺术生命啊！所以，恐惧感始终不轻饶他，始终纠缠着他。而且他还感到，恐惧感不但主宰着他的意识，也主宰着他的肉体。此刻，原先的神经质成了恐惧的癌细胞，迅速在肉体上蔓延扩散。顿时，他的鼻口不住抽搐，四肢频频颤抖，形同一个高血压后遗症患者。

就这样，他趁天没全黑，立即关上所谓的门。接着他还不放心，又搬来几块石头，把门顶得死死的。门被堵上后，洞里顿时漆黑一片，伸手不见五指。他像一只鬼祟的狐狸，蹑手蹑脚地摸索着。他总算摸到采集的无花果，便狼吞虎咽地吃起来。什么也看不见，只听见“喀嚓喀嚓”的咀嚼声。他的牙齿不好，像深夜老牛反刍，听起来非常迟钝含混。随着牙齿闪动，舌头的吸溜和嘴唇的吧咂声，愈显得张扬，配合密切，错落有致，使吃的动作充满优美的旋律。只是黑暗里看不见，不然那吃状绝对滑稽残酷。

提起吃东西的响声，这还真是他的一大特色。年轻时，也许还没进入艺术殿堂，所以吃饭时总是慢条斯理，细嚼慢咽，颇具贵族气质。但后来，随着艺术成就越来越高，知名度越来越大，相反贵族气质却越来越被阉割。无论在家还是在外，也无论大宴还是小宴，抑或与朋友双影对酌，他吃饭的声音都同样清脆响亮。朋友谑称他是一台搅拌机，没有响声机器就不会运转。前妻施美辰指责他缺乏教养，应申报吉尼斯纪录。儿子却叫他唐老鸭，说他吃饭不嘎嘎响就味同嚼蜡。据说，十多年前他在北京举办个人画展，法国驻华使馆文化参赞收藏了他三幅画，最后请他吃西餐，他也同样吃得清脆响亮。参赞非常惊异稀奇，就向旁边翻译询问端详。翻译窘了一下，只好解释说："他既是画家，也是音乐家。一听见西餐刀叉响，就来了灵感。他在创作试唱一首新曲牌。"

这些事是否属实，现在无从考证，反正大家都这么传说，但有一事却绝对真实。这就是他与前妻程美辰的分手，其原因正是他吃饭声大。相关资料可以在美江市中级人民法院案卷中找到。据看过案卷的人描述，有一段对话是这样记录的：

（前略）

法官：你们离婚的真正原因是什么？

妻子：他吃饭声大，我实在受不了！

法官：被告，是这样吗？

丈夫：是的，困难时期养的毛病。

妻子：但现在是文明社会，又不是困难时期！

丈夫：正因为文明社会，我才忙得没时间细嚼慢咽。

妻子：你是心不在焉，存心不良！

丈夫：我是想画的事，又没想女人。

妻子：那也得分个时间场合。

法官：是呀，你能不能改一改？

丈夫：除非不画画。

妻子：别拿这话噎人！

法官：这与画画有何干系？

妻子：他一画画就神经质，就失去自我，就毫无理智。

法官：那干脆别画画了！

丈夫：要这样，不如把嘴封死，不吃饭，就没响声了！

老画家在一阵悠扬清脆的嘴乐中，完成人生最要紧的吃饭一事，便摸索着来到季月洞室。时间还早，他毫无睡意，咳了声，自言自语道，这么漫长的时间可怎么过呀！他躺在床上，架起二郎腿，仍沉浸在吃的旋律中。没了吃的实践，就很自然激起唱的欲望。他咽了口唾液，搜寻着家乡越剧的板眼和唱词。

“树上掉下林妹妹……”

他刚唱了一句，就戛然而止。他担心起来，这样唱会不会招来野兽？想了想，他觉得还是慎重为好，所以就不再做声，把越剧旋律拌和着唾液一起咽到肚子里去了。嘴不能唱，他就调试眼的功能。善于观察事物和捕捉信息的眼眸，在黑暗中转来转去，却全然徒劳无益。世界看不见他，他也看不见世界。他毫无办法，焦灼得猴急猴急。再下来，又该干什么呢？他百无聊赖，不得不启动另一种功能，这就是想。他认为在人体诸多功能中，唯一不受外界刺激和限制而能特立独行的，就只有想了。

于是他开足想的马力，试图在黑夜原始森林中一直信马由缰地想下去。想什么呢？他首先想到，在现代社会，一旦没了电，那将是怎样严重可怕的后果，人又将怎样生活呀！机器停转，火车停跑，自来水厂停水，医院停诊……看不成电视，听不成广播，打不开电脑……

茶馆关门，酒吧停业，夜总会成了“夜总黑”，连夫妻上床做爱都没了好心情……可是，可是……

他问另一个他：“那么，我们祖先是怎样度过漫漫长夜的？”

另一个他回答他：“只能没完没了地做爱。”

他觉得另一个他回答得虽显龌龊，却很有道理。也许上帝创造人时，有意给男人和女人恩赐了两个特殊器官，目的就是让人自娱自乐，以度过漫漫长夜。但他实在难以想象，除此之外，老祖先还能有什么消遣娱乐的方式呢？

另一个他回答他：“还有篝火，围着它，蹦呀跳呀，时间就过去了。”

他立即反驳另一个他：“做爱除了娱乐，还有繁衍功能，难道蹦蹦跳跳能蹦跳出子子孙孙？”

另一个他并不服气，喋喋不休地说：“蹦跳是原始艺术，人类的一切文学艺术，都来源于此。”

他不假思索地向另一个他提出新论题：“我说的是男女做爱，是指生理需要，并不排斥你说的精神享受。”

“生理需要？你说做爱是生理需要？”

“是呀，应为物质和生理属性。就像豪哥那个流氓，纯粹是生理刺激嘛！”

另 个他立即大喊大叫：“谬论，谬论！恕我不能苟同老兄的观点。做爱到底是生理需要还是精神需要，是精神享受还是物质享受，现在还难以定论！”

他和另一个他争论着，直到很久才走下想的舞台，到幕后见周公去了——实际做梦也是想的另一种形式。他想，精神分析法称梦是“亚思维”，说明人睡觉时想的功能还继续运行着哩。

第四章

遭遇猴子王国

就在画家聚精会神创作“天下一绝”的时候，季月和豪哥沿着谷地向下游进发了。

原来，那天早晨，季月醒来发现不见修卓，以为他到外边观景去了。她完全理解这里的自然景色对一个画家意味着什么。她走出洞，在外面找了一圈，也没见他的人影。她放声大喊，谷地空荡荡的，仍没有人应。她这才慌了神，自言自语地问自己，他昨晚出了什么事，会不会被野兽抓去吃了？她这样一想，心里更加恐慌，连忙赶回洞里，把还在酣睡的豪哥喊醒。

“豪哥，快起来，修卓不见了！”

豪哥只翻了个身，并无回应，嘟囔一声，又继续打起呼噜。

“快起来，修老师被野兽吃了！”

他猛一打挺，跳下高台急问：“这老狗怎么了？”

季月焦急地说：“不见他人，会不会被野兽吃了？”

豪哥听后，反而不着急了。他走出洞口，向远处望望，说了声“再等等吧”，就钻进了林子。不多会儿，他捧回一些食物，两人吃饱了，仍不见他回来。季月又大声向谷地喊，听到的只有崖娃娃沉闷空洞的回音。季月害怕极了，怎么会呢？老画家怎么会失踪，难道他真的被野兽叼去吃了？说着说着，她再次感到恐慌，就向谷地大声呼喊。

“修老师，老画家——你在哪啊？”

“别喊了！”豪哥走来，恼怒地说，“他背叛了我们，你还为他着急！”

“他怎会背叛我们？”

“他抛下我们独自走了，还不算背叛？”

“不可能。他六十多岁，身体又那么瘦弱，绝不会独自出走。”

“你的观察力实在太差。你没发现吗？他虽然身单力薄，但爬山攀树，像猴子一样轻巧。”

“这也不是背叛的理由呀！”

“他有多次钻原始森林的经历。”

“这？……”

“而且，他当过‘右派’，那个作家童九哥也是‘右派’，潜入深山老林四十年。说不定他们有联络图，两个老‘右派’这时正在什么地方秘密接头呢！”

“言过其实，小题大做！”豪哥最后几句话说得太过，过了反而失去真实性，所以季月对他的背叛行为更加怀疑。“什么联络图？什么秘密接头？都是你臆断。我预感，他一定出事了，一定被野兽伤害了！”

“就算我臆断，但童九哥的书难道不是事实，他俩的关系难道不是事实吗？”

“童九哥——书？修卓——插图？而且，书是在山洞发现的，说明童九哥也在森林里。”季月想，虽然他们不会搞什么秘密活动，但修卓投奔这个山大王朋友还是可能的。她在心里做了这些推理分析后，这才恍然大悟。“对，修卓肯定投靠童九哥了！哼，这个可恶的家伙！”

豪哥嘴角掠过一丝得意的微笑：“真想不到，这家伙是个背信弃义的无耻小人！”

季月突然发现那包衣服，惊叫起来：“看，衣服还在，他没走！”

豪哥看了一下衣服，反问：“照相机呢？照相机不在，就说明他走了。”

“那么，他为什么不带走衣服？”

“童九哥有的是虎皮大衣，不稀罕这些破烂货！”

“这？……”

“哼，这家伙狡猾得像只老狐狸！”

“那你说，现在怎么办？”

豪哥走出洞口，看了一下地形，蛮有把握地说：“季月，你瞧，这条谷地狭长，谷底有一条小溪。有小溪就有大河，有大河就有人家。所以只要一直沿小溪走下去，就一定会走出深山老林。你说呢？”

季月抿嘴点点头：“你分析得很正确，我完全同意。”

豪哥右手在空中打了个响指：“那好，咱们走吧，立即出发！”

“要不要再等等他？”

“他不等咱，咱何必等他？快走吧！”

季月拿了公文包和童九哥的书和那包衣服，抱着小狗，走出洞室。豪哥看到那书，接过来就要扔，被季月一把夺了回来。

“要那破书有啥用？”

“即使不为修卓着想，它也有很大新闻价值。”

“让你的伟成在报上炒作？”

一提起伟成，季月更急不可耐，恨不得立即离开山洞，立即插翅飞到他身旁。

他们两人带着小狗，绕过高岗，沿谷地上缘向下游跋涉而去。谷地内坡植被覆盖率可以说是百分之百，不像山顶上的树种单一，几乎囊括了乔木、灌木、裸子植物的大部分科目，既有原始高大树种，也有野生果木、油料等树种。特别是灌木和裸子植物丛生，奇花异草繁密茂盛，把地貌地物遮掩得一丝不露。刚刚下过暴雨，但看不到洪水冲刷的沟渠和裸露的山石土壤。地面很潮湿，仍有积水从山顶向谷地潺潺汇流。水清亮得像城市的自来水，除飘落零星的枯叶花瓣外，没有丝毫泥土混入，水土流失等于零。出于职业缘故，季月观察得很仔细，甚至对一些树种和草类的形状、特点、高度、遮盖和根系发达程度等，都进行一番观察研究。可惜没有纸和笔，但凭着农学院高材生超强的记忆力和对生态环境特有的敏感，她把这里的一切都牢牢铭刻在心。虽然，她还不知道这片原始森林的名称方位和版图，但她认准一个理，即这里肯定是长江流域，而且仅限于中游。汉河也属长江中游。既然同是长江中游流域，那么这里的生态环境如此之好，而金阳山为什么糟糕得一塌糊涂？这不正是森林的神奇功能吗？不正是水土保持和生态保护的作用吗？而且，她虽然至今仍不知道这场特大洪水的成因，但完全可以断言，金阳山乱开滥采，破坏植被，造成严重水土流失，无疑起到推波助澜的作用，不可推卸地成为这场劫难的主要元凶。想到这些，她希望与豪哥进行一番讨论。

“豪哥，你是庆顺市人，对当地山水环境了解，你说这场洪水的主要原因是什么？”

豪哥根本对此不感兴趣，但为了讨好季月，不得不装作很内行的样子。

他说：“当然是暴雨所为。老天爷也害红眼病，看中国改革开放后国家富强了，社会发展了，人都有钱了，就大施淫威，把一切财富席卷一空。这是老天爷对人类的嫉妒！”

季月只觉得他的话滑稽可笑，但还是控制着没笑出来。

她接着他的话说：“但据我掌握的有关资料，汉河历史上发生过无数次洪水，最大的是一九七四年，特大暴雨历时十多天，雨区遍及整个汉河流域，河水猛涨到每秒六万立方米，但也没淹了庆顺市呀！”

“也许这次暴雨比那次来得更大更猛。”

“不可能。因为我有直觉。按那日天气预报的强度和汉河流域面积估计，当时瞬间洪峰绝不会有那么大，一定是上游发生了水库失事，增加了瞬间洪峰流量，才酿成这场灾难！”

“什么叫瞬间洪峰和水库失事？”

“瞬间洪峰就是洪水奔流过程中刹那间通过的最大洪水。水库失事就是洪水来不及排泄而冲垮大坝。这就是说，金阳河水库、汉河水库可能垮坝，使库水、洪水和暴雨恰好纠合一起，造成了这场毁灭性灾难。”

“金阳河水库出事了？”

“豪哥，注意，前边有水坑！”季月伸手把脚已踩进水潭的豪哥拉了一下，两人才绕过水潭继续向前走。“而且，很可能金阳山一带矿区被洪水冲得一败涂地，甚至发生泥石流，大量沙石被洪水卷入大小金河，不但导致金阳河水库失事，也殃及汉河水库最终垮坝。”

“怎么会呢?!”豪哥大惊失色，但又极力掩饰着，“季月，你不是讲故事蒙人吧？”

季月未发觉豪哥表情异常，又慎重地说：“不是给你介绍过，我是搞环保的吗？”

“对对，吃谁饭跟谁转么！”

“话可不能这么说！保护生态环境是每个公民的义务，我们都应该保护好自己的家园和这个唯一的地球！就说面前的原始森林，这么好的生态环境，再大的暴雨和洪水能奈它何？难道你不热爱这里的森林和环境？”

豪哥乐不可支地忙说：“热爱，热爱，一千个一万个热爱！季月，说真的，我希望咱俩别走出去，就在原始森林住一辈子！”

季月用拳头在豪哥背上狠狠捶打了一下，嗔怒道：“亏你说得出口，我才不上你的当。我还有我的大记者伟成呢！”

豪哥也高兴了，打趣道：“看看，又想你的新郎了吧？只是，天上月亮再好，可惜现在够不着！”

“够不着可以想，可以思念呀！”

“为啥不想眼前的，能够得着的呢！”

“不许你胡说八道！”季月把手中的一束野花扔在地上，生气地朝前走了，走后又回头警告豪哥，“你再胡思乱想不正经，我就不理你了！”

他们默默地走了两个小时，离开谷地边缘，斜插着下到谷底，又沿小溪向前走了约一个小时，这时迎面耸立起一座山头，小溪奇怪地不见了。他们四处寻觅，仍不见那袅娜的身影和叮咚的声响。季月断定小溪钻进山体罅隙汇入地下暗河。她觉得很后悔，跑了大半天，既没追上修卓，也没碰见童九哥，更没走出大山，实在太累了。这时太阳正好移到谷地上空，把山林谷地照耀得千姿百态，美妙奇幻。季月提议歇息一会儿，并自个儿先坐在一块岩石上，放松筋骨和脉络。

豪哥观察了山林走势，对季月说："看这形势，山后肯定有河流。不然，这小溪总不能老钻在地下不出来呀！"

"你是说再翻过这座山头？"

"先歇一会儿，然后翻过这山，总该有收获。"

"也许吧！反正我听你的。"

"季月，这里景色太美了！"

"但愿不要像金阳山一样，被那些丧心病狂的家伙肢解毁坏得一塌糊涂！"

"不要再说那些使人不痛快的事了。"

"你怕揭短？要我说，你们庆顺市的人应将此永远钉在耻辱柱上，以警示后人！"

"还是说些让人高兴的事吧！或者，唱唱歌，也算对得起这里的美景。"

"好呀！你先唱。听人说，如今当官的和你们这些大老板都是卡拉OK 明星。"

"还是'四转'专家呢！"豪哥酸溜溜地说着，"早晨坐着小车转，中午端着酒杯转，下午搬着砖头（麻将）转，晚上围着裙子转。"

"流氓习气，我不爱听。"

"还有'四不'哩，就是，自己钱基本不动，自己先人基本不敬，自己跑官基本不停，自己老婆基本不用。"

"胡说八道！哎，你唱不？不唱我就唱了！"

"好呀！欢迎欢迎！"豪哥拍手叫起来。

季月为了制造一番诗情画意和高雅情致，以防止豪哥龌龊下流的言行，就率先唱了起来。唱前，她像老练的歌星一样夹了句独白："我唱一首《祝你一生平安》，以此献给我的爱人荀伟成和其他在洪水中受灾的人，祝他们一生平安。”接着她便唱了起来，甜润的歌喉饱含着绵绵情意，使整个山林谷地都充满了福气。特别动人的是，末尾那几句满怀爱心的歌词和假嗓音以及拖腔，不但寄托了对远在天边的伟成的思念和祝愿，也浇灌着豪哥尚未完全泯灭的人性根苗。

豪哥完全沉浸在歌曲本身营造和季月抒情发挥的美好气氛之中。那至真的心怀，那至善的良愿，那至美的情愫，无形中动摇和冲淡他的一切非分之想和龌龊之念。他为自己的灵魂扭曲和言行猥亵而内疚惭愧。他站起来，用苍劲悲凉的声调唱了一首《流浪歌》。唱时同样说了与季月大体相同的独白。季月真想不到他嗓子那么好，音域宽广，音质浑厚，鼻音与喉音把握运用得恰当自如，情真意切，绝不亚于青年歌手迟志强的原声原带。

她热烈鼓掌后，捡起一截木棍当作麦克风，走上前接着演唱。豪哥欢呼着为她鼓掌。

“谢谢！下面我为大老板豪哥奉献一首《好大一棵树》，希望他真的像一棵大树，带领我们走出大山，再发财大展宏图！”

她无拘无束、大方有致地模仿着毛阿敏的唱腔，激越昂扬的歌声在峡谷莽林中回旋荡漾。

好大一棵树，任你狂风呼
绿叶中留下多少故事，有乐也有苦
欢乐你不笑，痛苦你不哭
洒给大地多少绿荫，那是爱的音符
风是你的歌，云是你脚步
无论白天和黑夜，都为人类造福
好大一棵树，绿色的祝福
你的胸怀在蓝天，深情藏沃土
……

“好啊！好啊！”豪哥从季月手中接过小木棍，也大方潇洒地说，“谢谢大家！我下面为环保专家季月女士献上一首《在那遥远的地方》，祝她与大记者荀伟成先生早日团聚，爱情更加甜美！”说罢，他很有修养和礼貌地向周围花草树木微微点头，然后风情万种地唱了起来。一段唱完，他又招手示意要季月一起唱。季月也不推辞，站在他身旁，与他一起合唱。豪哥把小木棍交给季月，右臂自然地搭在季月肩上。他深知，自己曾不知进过多少歌厅，也不知搂过多少小姐靓妹，但从未有过如此高雅文明的感觉，一股像被大自然过滤了的热流主宰了整个身心，使他感到无比愉快和充实。他们合作得很成功，优美激荡的歌声在天地之间久久地飞旋环绕。

我愿抛弃了财产
跟她去放羊
每天看着那粉红的笑脸
和那美丽金边的衣裳
我愿做一只小羊
跟在她身旁
我愿她拿着细细的皮鞭
不断轻轻打在我身上
……

他们就这样唱着唱着，唱走了太阳，唱醉了树木，唱开了花朵，唱乐了小狗。还有那些蜜蜂、蝴蝶、青蛙、松鼠、山鹰等，也都听得入迷，情不自禁地引吭齐鸣，翩翩起舞。季月和豪哥完全被眼前的景象感染了，这是一个多么美丽动人的童话世界啊！

傍晚时分，他们离开谷底，登上对面山头，却令人大失所望。出现在面前的，既非想象中的孤山或山脊，亦非平川与河流，而是一眼望不尽更加连绵起伏的高山峻岭，森林的绿荫覆盖了所有山脉的皱褶和纹络，只能看见满眼绿色的轮廓和剪影。季月意识到这是一座更大更可怕的山系，除了永远走不到尽头的原始森林外，将无望闻到人间烟火。

正当他们后悔莫及和进退两难之际，突然前边传来一阵喧哗声。这就奇了！难道真有人在深山野林居住和生活？他们欣喜若狂，忙绕过两座像驼峰一样的岗子，朝着吵嚷声走去。在一片针阔叶混交林中，他们终于发现了奇迹：无数猴子在树枝上、草丛中、山岩间、洞穴旁东奔西跑，上攀下跳，大呼小叫，把此间营造成原始森林难得一见的热闹非凡的天地。他俩感到惊奇。是猴们列队欢迎他们呢，还是它们进行一场惊心动魄的操练？

他们隐身在几棵相挨相依的大树身后，偷偷观看这里的动静。一些强壮的猴子在树与树之间进行着腾空跳远比赛，一个个敏捷骁勇得犹如神行太保。随着树叶哗啦的响声和它们吱哇的叫声，它们的身影在浓荫下划空而过，迅速快捷，仿佛一颗颗飞逝的流星。另一些猴子故作姿态（大概是雌性），在树枝上荡秋千，悠闲自得，其乐无穷。还有几只雄壮的公猴在草坪上打斗翻滚，做着各种滑稽可笑的姿势，抑或进行某种技艺表演。其他猴们则三三两两地散落在花丛林间，或交头接耳，或相依相偎，或摇头晃脑，或挠腮搔痒，皆憨态可掬。草坪中央有两棵并排横倒的大树，一只猴子王国的老者，在上面安坐如神。它的身旁、怀中和肩上，依绕着几只活泼可爱的猴仔，撒娇亲昵得如同一个个王子和公主。前面有一排毛色极漂亮的年轻猴子，把一个个果实、花朵奉献给老者，嘴里还不时吱吱哇哇念叨着什么。这场面真像孙悟空大闹天宫后重返花果山时喜庆狂欢的情景。

季月心头一热，轻声叫了起来："给小猴子庆周岁呗！"

豪哥也被这场面感动了："或许它们给老猴祝寿！"

季月还想说什么，突然感到肩头有些沉重，而且脸蛋有了被抚摸的感觉。她以为又是豪哥使坏，忙用手推打，却发觉那手毛乎乎的。

她扭头一看，不由大吃一惊，呀！原来是一只小猴子正趴在她肩头逗趣玩耍呢！

豪哥一把将猴子捉了下来。猴子并不怯生，躺在他怀里一味地亲热调皮。季月见猴子如此友好和颇通人性，也不再恐慌惧怕，接过猴子，亲昵地抚摸着，逗玩着，心里漾起一层情爱的涟漪。

猴子们见了两位不速之客，都感到新奇，纷纷围着他们欢呼跳跃，亲近讨好。有一个家伙还揭起季月的裙子，稀奇地摩挲她的长筒丝袜。豪哥一喜，忙在旁边捡了些丢弃的花果，携着季月，在众猴儿簇拥下，向着那位老猴款款走去。他俩像高贵的外交使节，礼仪彬彬地敬献了礼物，又一一吻了猴仔们的额头，便被其他猴子拉扯着蹦跳起来。猴子们各显技艺，花样翻新得令人眼花缭乱。豪哥不禁哼起慢舞曲，一手捉住她的右手，一手绕过她的腰背，跳起了二步舞。她双颊绯红，心突突跳得飞快。她密切配合着，尽量满足豪哥要求，照顾他的面子。而豪哥却想得更伟大，他要在众猴子面前，极力维护人类的一切文明和尊严。猴子们大受感染，围着他俩跳得更欢实。一时之间，人猴混杂，光影绰绰，一片欢腾。夕阳透过浓荫缝隙，给野花野草和葛藤灌木投下一个个光束光环。他俩在这一气氛环境中，与猴子家族同乐共舞，给原始森林平添了一番如魔的异彩。

眼前景象令豪哥心旌荡漾，神魂颠倒。他环视着森林的天幕、迷蒙的光束、模糊的花丛、隐约的身影……仿佛置身于庆顺市最豪华的歌舞厅，正搂抱揉搓着一个活泼泼的生命。他眯缝着醉眼，忘情地端详着怀中美丽雅致的面庞，禁不住挨着它，贴着它，含情脉脉地哼唱着慢步舞曲。这种情绪也感染了季月，她鼓起迷人的腮帮，仿佛正陶醉在伟成的怀抱，静静地体味着他的温存，他的爱怜，他的阳刚之美。跳着跳着，季月突然觉得伟成的舞步凝重混乱，接着自己的腰髋也被箍得死死的。她喘不过气，浑身滚烫毛躁，完全失去高雅情调。突然，当她从瞬间陶醉中清醒过来时，才发现搂着她的并非伟成，而是疯狂揉搓猥亵她的豪哥。只见他一边喘着粗气，一边浑身哆嗦，嘴里梦呓般地不住喃喃："宝贝，我爱你！真的我太爱你了！……"季月感到羞耻和龌龊，真想给他几个耳光。但她还是忍着没打，只狠狠地推开他。豪哥正处于发泄高潮，踉跄两步，撞在一棵粗壮的树身上。他顺势抱住树身，黑天昏地做完那个情节，然后像泄了气的皮球，滚落在树下不动弹了。猴子们不知发生了什么可怕的事，惊吓得围着两人束手无策。那位老者挥舞左爪，在鼻子前扇了几下，不屑地咻咻怪叫，好像在说："咻咻！人类并不咋地么，雌雄混搅，成什么体统？真是的！"

季月又气又羞，独自在一旁小声叹息。她恨透了豪哥。他的无礼之举，不但亵渎了自己纯洁的心灵，也破坏了眼前美好的画面。这算什么嘛！众目睽睽之下，竟然做出如此龌龊下流的事，太丢人现眼了！猴子咋？猴子也有思想感情，也知是非羞耻。这样一来，人格何在？人的尊严何在？人的面子何在？几天来的熏陶感化不是白费了吗？埋汰，埋汰！真是狗性难改，不可教化！

豪哥也悔恨自己，尽管开始他没有这种企图并一再设防，但邪恶之念无孔不入，不知不觉便失去自我，亵渎了季月的自尊和圣洁。其实他心里很清楚，季月引导自己唱歌跳舞是作秀，是另一种戒备和拒绝的方式。但她越是这样，他心里的渴望就越难耐和迫切。他没有放弃占有她的念头，始终寻找既不失面子又能顺理成章的一切机会。他同时认为，作为灵长类动物的人，在猴子面前应该无所顾忌，没必要不好意思和遮遮掩掩。所以，当季月在众猴子面前作秀时，无形中给了他一个错觉和可乘之机，加之猴子们起哄揶揄，他就一步步向虚拟世界走去。他完全把她假设成自愿献身的三陪女，把自己假设成猴子王国的一员，这才有了所有动物无一例外的那种企图和举动。他现在的悔恨，是每个男人在完事后的那种失落和无趣，也带有某种不尽如人意的遗憾。他显得很尴尬，站起来走到她身旁，毫无真情地说了几句赔情道歉的话。

她狠狠瞪了他一眼，长嘘一声，也不再发作。

猝然而来的风波，吓得猴子们目瞪口呆，很长时间都不再乱动乱喊。现在，看到他们重归于好，便又喧哗蹦跳起来，用猴子王国的最高礼遇接待远方客人。

这时，天已全黑。他们无路可去，便既来之则安之，任由猴子们摆布。那位老者仍对他俩抱有成见。它给每人分了几只强壮的猴子，把他俩隔离起来，团团包围，不许靠近和厮混。这里大概是猴子们的世袭领地，所以它们睡觉没有固定地方，随遇而安，树枝、草丛、山洞、岩坎等，都是它们的安寝之处。猴子们分别把他俩拉到一块崖坡处，又拉他们躺下，然后一只挨一只地围成圆圈，紧紧依偎着他俩卧下。老家伙挺有人情味，知道她是雌的，富于母爱，便特许她搂着那只小猴子睡觉。猴子把睡觉叫“倒倒”，大概是倒下就睡的意思。所以小猴子倒在她怀里不大一会儿就“倒倒”了。又过了一会儿，其他猴子也“倒倒”了。“倒倒”最迟的是那位老猴。猴子睡觉也有鼾声，幼仔鼾声轻柔，年龄越大鼾声越大。但这鼾声听起来不像人类“呼噜”的单音节，而是属于那种“吱里哇啦”的多音节。这说明猴类处于睡眠状态时，语言功能比人类先进，更比它们醒着时复杂。这是为什么呢？季月不懂，更觉稀奇。她还是第一次发现和感受猴子的鼾声哩！

这里的风不会抱团，经过各种植被的消力，落在人身上就有了抚摸之感。湿度很大，又刚刚下过雨，抚摸很快就变成湿漉漉的擦拭。而且，无论抚摸还是擦拭，都被夜幕和森林的双层帷幕包裹着，像一个大冰柜，起着保温降温作用。所以，虽是初夏季节，但这里的气温还是蛮阴冷的。

季月左边睡着小狗，右边睡着小猴子。它俩身上毛茸茸的，像两个热水袋，感觉不到一点儿冷。小猴子睡觉很不老实，过一阵头就一耸一耸，不住蹭她的下巴。而且，它的一只前爪始终抓着她的乳房不放，仿佛抓着黑夜的开关。更要命的是豪哥的鼾声，在露天下简直像打雷。他的鼾声虽然也是单音节，但除了呼噜声外，还带有哨音。哨音每隔两下呼噜声爆发一次，很短促，很有节奏，比呼噜声更加清脆响亮。这就多了几番号召力和权威性。只要他每完成两下呼噜声和一下哨音，猴子们就吱里哇啦响成一片，听起来非常含混和缠绵。老猴的鼾声很沉默，像初学小号的人一样，只有“哧哧沓沓”的吹气声，却丝毫没有小号因气流颤动而发出的音律。

这些犹如天籁之音的旋律，一直在她耳边萦绕。她没有一点睡意。她只把一颗纯净的心沉浸在纯净的乐声中，希冀寻找人与自然、人与野兽契合的一些机缘。她不觉得冷，也不觉得害怕。她知道猴子们建立如此安谧和谐的王国，是长期与大自然、与其他兽类和平相处、共存共荣的结果。现在，自己就睡在它们中间，绝不会遭受其他野兽攻击。而且豪哥近在咫尺，有他这位强壮彪悍的男人保护，她心里更加踏实。她唯一放心不下的还是修卓。他现在在哪？真的去找童九哥了？找见了吗？现在也和自己一样睡在猴群里吗？……咳，这个可怜而又可憎的家伙呀！

半个多小时过后，大概那位猴王对豪哥鼾声的号召力和权威性不满，突然搭住鼾声醒来了。它从洞口半走半爬过来，抓住豪哥带哨的鼾声，像打鼓似的在他肚皮上狠狠捶打。它每捶打一下，嘴里就“呱呱”叫一声。这声音听起来比带哨的鼾声更具有号召力和权威性。其他猴子闻声而醒，都虎视眈眈地盯着它们的统领，只等它一声令下，就会立即扑上来，把这个企图篡权夺位的家伙撕成肉片。豪哥不再打鼾，但仍没醒来，只翻了个身，脊背和屁股朝上，任由老猴捶打。那舒坦的样子，犹如他正在享受服务小姐的推拿按摩。猴王最恨人类这种大不咧咧藐视一切的臭毛病，又是沉沉的几爪，火辣辣地打在他的脑瓜上。豪哥这才醒来，呼地坐起，慌慌张张地喊着季月。

“季月，你在哪？”

“豪哥，我在这里。”

“发生了什么事？”

“你的鼾声太大，吵得大家睡不着。”

“大家？难道修卓回来了？”

“我说的大家，是指它们，猴子！”

“猴子？这是什么地方？”

“猴子王国。难道，你忘了跳舞的事？”

“啊，想起来了。那么这位就是猴王？”

猴王得意地拍拍胸膛，然后“呱呱”讪笑。

其他猴子闻听，都吱里哇啦地叫起来。原来它们的叫声和鼾声一样，醒着和睡着一样。

豪哥抚摸了一下猴王的头颅，站起来去撒尿。猴王仍跟着他寸步不离。他刚撒出一股尿水，它就笨拙可笑地仰起猴头，咧开嘴巴，不偏不斜，全额接收了他的尿水。大概猴王喝了这些琼浆玉液，有感于豪哥，无形中放松了对他的监视。豪哥到底是灵长类动物，比它聪明得多，趁机朝季月走去。但当他刚摸着她的一只手时，只听猴王“呱呱”一声长鸣，其他猴子也吱里哇啦地乱叫起来。与此同时，几只强壮的猴子立即蹿到他身旁，有的开始向他发起攻击。豪哥纵有再大力气，面对这么多猴子，只好甘拜下风，乖乖地回到自己的圈子里。他重新躺下时，有意在猴王头颅上摸了一下。这一下和那一下意味完全不同，前者是揶揄和玩耍，后者却是埋怨和仇恨。他睡下后还愤愤地骂着：“他妈的猴王！我迟早要宰了或赶走你，就像那个狗屁画家一样！”

再后来，气温越来越低，季月因冷而久久不能入眠。尽管有小狗和小猴子为她遮挡风寒，但还是觉得身上冷森森的。她拿出修卓的那包衣服，摸索着套了件上衣和裤子，身上立即暖和了许多。接着，她蹑手蹑脚来到豪哥身旁，给他盖上两件衣服。但她的举动还是被猴王发现了。它叫了一声，刚要对付她时，她也顺手给它盖上一件衣服。这个猴子王国的最高统领，大概也喜欢女色和贿赂，默默地躺下不再做声了。

第二天早晨，天刚一亮，季月就被猴子们的吵闹声惊醒了。她揉揉眼，发现豪哥还沉睡不醒，而身上的衣服却没了踪影。她朝猴子吵闹声望去，只见猴王反穿着那件衣服，正被众猴儿簇拥着欢呼雀跃。身后树枝上挂着豪哥盖的衣服，像两面猎猎招展的旗帜，好不威风八面！

她连忙推醒豪哥，要他快起来趁机逃跑。

豪哥爬起来，不小心踩了一只猴子的尾巴。猴子怪叫一声，扑咬几下，也许慑于他的魁伟，又调头向小狗撒气发泄。小狗也不示弱，汪汪叫着，与猴子混打起来。一个猴性大发，一个狗仗人势，霎时咬成一片。动物打架不像人类那样狠毒，置人于死地。动物打架一是贪图身体接触自我享受；二是用气势如龇牙咧嘴吓唬对方；三是虽然也张牙舞爪，但都是明目张胆，决不下黑手。所以动物打架很好玩，很有观赏价值。据说，人类祖先还是猴子的时候，就以互相打斗为娱乐，直至今天，如摔跤、拳击、击剑、柔道等体育项目，就是从那时流传下来的。此时狗与猴的大战也没超越这个历史传统。猴子身体较大，又很灵活，一直掌握着主动权。它时而把小狗压在身下，时而用爪子狠揍对方脑袋。它每揍一下，就转动枣核似的小眼珠四下看看，向众猴炫耀它的战功。但小狗也有咬的优势，趁其不备，就是一口，咬得一嘴猴毛。偶尔它们四目相对，你在我脑袋打一下，我在你脑袋打一下，好似商量好的，一直持续两三分钟。然后，两个就搂抱撕咬一起，在地上滚蛋蛋。如此狗咬猴，猴咬狗，结果都是一嘴毛——狗嘴里是猴毛，猴嘴里是狗毛。

季月见了这个场面，不知拦猴子还是拉小狗，急得束手无策。豪哥得了这个娱乐节目，津津有味地观赏着，早把逃跑的事忘得一干二净。众猴子围成一圈，既不参战，也不拦阻，只是叫嚷着坐山观虎斗。混战进行了大约十分钟，猴王才迟迟到来，“呱呱”叫了几声，猴子终于停止打斗，兴冲冲地跑到它跟前。小狗佯装不依不饶地汪汪叫着，被季月一把抱在怀里。

“豪哥，快走吧！”季月抱着小狗催促。

“还有那小猴子，真好玩！”豪哥玩兴未尽，瞧着小猴子惋惜。

猴王大概懂得了他的意思。只见它拍拍自己身上的衣服，又指指树枝上的旗帜（衣服），然后疼爱地抚摸着小猴子头，向它“呱呱”嘀咕着什么。不大一会儿，小猴子突然手舞足蹈，蹦蹦跳跳地来到季月身旁。

季月还在懵懂，豪哥却完全领会了猴王的心思，抱起小猴子就走：“答谢，猴王用小猴子答谢咱们哩！”

“为什么？”

“因为咱们送给它三件衣服！”

“真的？那该好好谢谢猴王！”

两人同时转过身，向众猴子喊声谢谢，急匆匆走了。众猴子吱里哇啦地叫嚷起来。季月心里纳闷，分不清这叫嚷声是欢送还是驱赶他们？

第五章

讨厌的贴面舞

早晨，修卓醒来后，觉得脑袋晕乎乎的。昨晚的妄念和“亚思维”弄得他实在筋疲力尽，许多意识碎片至今仍在脑海盘桓。现实就是梦，梦就是现实。一切都混沌一片，一切也都懵懂一片。眼前的境况对他没有丝毫反差，仿佛他原本就生活在这个天国，是上帝派来专司种植混沌和懵懂的一位使者。他眯缝着眼，极力对接昨天与今天的意识裸线，希望自己永远保持这一生命状态。他在做这些意识对接时，已摸索着扒开洞门。微弱的光线这才真正撬开他疲惫的眼皮，第一眼看见的就是壁画《摇篮天使》。他站在画前，仔细端详着每个笔画和细节。他干瘦如柴的手指在画面摸来抚去。洞壁很粗糙，坑坑洼洼，使画面充满了质感和立体感。特别是尚未着色的双乳，巧妙地选用了两个尖锐突出的石包，团团如碗，酷似少妇的乳房。他用手久久地抚弄，思绪又回到昨天苦苦思考的问题，到底该用什么颜色呢？

他思索了一阵，仍没有结果。他的这些意识活动与肢体动作，都格外得体自如，没有一点神经质表现。他只是在感情激动和创作冲动时才表现为神经质。他现在只有混沌和懵懂，没有激情和冲动，所以就没有神经质。

他在画前流连琢磨了大约一刻钟，这才迷迷糊糊地走出洞口。他急待要看的第二件东西，就是他自诩伟大创造的三个字：新部落。当他的目光刚一接触这三个字时，眼里就迸射出金子一样的光芒。那光芒既有对原始祖先的崇拜，也有对现代人的蔑视。崇拜的是祖先原始部落给了他很大启示和希望，蔑视的是现代人的傲慢和堕落。看看当今世界：城市膨胀，乡村凋敝，农田龟缩，江河干涸，森林毁坏，草原萎靡，物种锐减，导致热浪、干旱、洪涝、台风、海啸、泥石流，还有早被根除和新诞生的疾病等等，频频发生，肆虐成性，疯狂地毁坏原始祖先为我们流传下来的这个家园。而自诩灵长类动物的人类，却不知为耻，反以为荣，不惜牺牲大自然而为自己建造一个个空前绝后的安乐窝。然后就天天饕餮大饮，弹冠相庆。他们如此吃足喝饱，就导演一幕幕战争杀戮、核武讹诈、恐怖暗杀、政变夺权、贪污腐化、权钱交易、包养二奶、色情纵欲、背信弃义、出卖天地良心的勾当。特别像豪哥之流的所谓老板，还有趋炎附势的季月，他俩沆瀣一气，背叛朋友，在毫无第三者监视的情况下，实现着肉体和肉体、灵魂和灵魂的交易与媾和。哪里还有一点祖先遗留的传统美德，还有一点灵长类动物应有的本能天性呢？

他这样想着，糊里糊涂地爬上高岗。他坐在一块大石头上，双手挠着长发，苦苦地呼唤灵感——关于乳房、关于空白的灵感。他现在心里只有空白的乳房——刚才想的那些，只不过是对于乳房的铺垫。空白的乳房仍困扰着他“亚思维”的每个细枝末节。乳房，乳房，什么颜色最理想？杜鹃花吗？栀子花吗？夹竹桃吗？牵牛花吗？橘子皮吗？枸杞子吗？……蓦然，他的双手停止了挠抓，眼睛不眨地望着岗下愣神。啊?！那不是季月和豪哥吗？他们怎么又回来了呢？哈罗！季月呀，豪哥呀，我在这儿，你们可回来了呀！……只有在这种情况下，修卓才表现出神经质，才像个久别母亲的孩子，喊着向他们扑去。“啊啊，这是梦吗？这是梦吗？……”他一边神经质地喃喃，一边蹀躞连连地向他俩跑去。长长的间白头发在空中飘洒，犹如断了线的风筝。

季月也看见修卓，撒腿向他跑来，身旁还跟着一只上蹿下跳的猴子。豪哥不紧不慢地在后面挺着将军肚，像游击队长一样指挥若定。

修卓拉住季月，埋怨着：“你们到哪去了？怎能扔下我一人啊？”

季月眼睛红红的，说："找你去了呀！"

"森林这么大，去哪找呀？"

"我们一直找到谷地尽头，又上了一座山，山那边是更大的森林，才又回来了。"

"你们昨晚就在山那边过夜？"

"是呀！那里是猴子王国，成群结队。昨晚我就是搂着这只小猴子睡的，有了感情，猴王就把它送我了。"

小猴子果然逗人喜爱，不待季月说完，就凑近修卓讨热乎。

修卓逗着猴子，说："我还以为你们背叛我了。"

"谁背叛谁？"豪哥昨晚的气还没消，再加上季月一路不理不睬和处处防范，正愁没个发泄机会，就冲着他大喊大叫。"好个老家伙，你背叛我们，却反咬一口！"

修卓也生气了："哎，大老板，你说这话可不讲良心。"

豪哥板着脸说："你不是偷偷找童九哥去了吗？"

修卓针锋相对："我也怀疑你进卡厅玩小姐去了！"

这句话正好戳到豪哥的软肋，便冲上前去，骂道："他妈的，你这老狗，诬赖好人！这原始森林，哪来卡厅小姐？"

修卓狡猾地机锋一转："那就是和猴子，人兽交媾嘛！"

豪哥被激怒了，一把抓住他的衣领："老狗，看我不揍死你！"

"你敢打人？难道没王法了？"修卓也不退让。

"哼！在这深山老林，老子的拳头就是王法！"豪哥说着就是两拳，把他打倒在地。

他爬起来，昂着头向豪哥撞去。豪哥掐住他的脖子使劲一掼，把他摔得好远。他再次扑上来，紧紧抱住豪哥腿，狠拽两下，豪哥被绊倒了。两人扭打成一团。

季月怕修老师吃亏，冲上去，拉开他，又把豪哥推到一边，厉声喝道："你还算男子汉吗？有气就向我来，别拿老人当出气筒！"

猴子和小狗龇牙咧嘴地朝豪哥吱哇怪叫。

豪哥发泄完毕，情绪平静下来，便不再做声。

老画家哎呀哎呀地躺在地上，鼻孔流出血，仍小声咒骂着："算我瞎了眼，错把阎王当神仙。仗着是大老板，有钱就没王法了？自称大老板，谁知道！如今假冒伪劣多的是，敢保不是个假洋鬼子？……"

她扶起修卓，劝说着："修老师，你少说几句。年岁大了，用不着生气，要注意身体。"

他长叹一声说："唉！同是天涯沦落人，还值得赌咒怄气吗？"

她为他擦鼻血。但他一看见血，两眼顿然生辉，忙推开她，疯也似的拔腿就跑。季月不知发生了什么事，在后面紧紧追赶。当她跑到洞口时，不由大吃一惊。裸体画！此刻，只见修老师用手指揩着自己的鼻血，还有唾液和泪水，正给那空白的乳房涂上一层淡淡的血色。

"太好了，乳房本该就是这种颜色！"

"你画的谁？"

"当然是你啰！除了你，谁会这么美？"

"侮辱人，我抗议！"

"那就等于自己抗议自己！"

"为什么？"

"谁让你长得那么旷世绝伦！"

"这是违法，侵犯肖像权！"

"NO！ NO！艺术，艺术是不受法律约束的。"

"你狡辩！……"季月气得无话可说，抢上去就要涂抹，一时找不到工具，只好长叹一声："下流，真是下流至极！"

他对她的抗议漠然置之，痴迷地喃喃："太好了，太美了！"

豪哥赶来，瞥了壁画一眼，一边径自朝洞厅走，一边气咻咻地咒骂："好个鬼，美个鬼！真他妈的鸟情调！"

……

新部落空气骤然紧张起来。

三个洞，三个铺，三个准野人，各复其位，都躺在铺上想心思。

他们时而长吁短叹，时而唉声叹气，充满着剑拔弩张的气氛。小猴子和小狗纠缠在一起打闹，偶尔停下来看看主人，莫名其妙地摇头纳闷：人类为啥有这么多矛盾和烦恼呢？

连续三天，他们就这么相持着，谁也不说话，谁也不理谁。

豪哥后悔不该返回山洞，不该再见到这条老狗。他原以为，自己和季月走后，他一人肯定到处乱撞，不被野兽吃掉也会迷失方向掉下悬崖摔死。他返回山洞的目的，就是要暂住下来，趁机征服季月，即便走不出森林，能和她龙凤交颈也是很美的事。他一直没放弃她。他知道她做戏给他看，所以他也做戏给她看。他希图把体内蓄谋已久的渴望和冲动在原始森林演绎得淋漓尽致，盖世无双。但他万万没有想到，这个计划统统被打乱了。修卓不但没走，而且在此安营扎寨，并画起了什么鸟壁画！他恨透了这只老狗，真想上去一把掐死他！

老画家的气更大。尽管季月作了各种解释，但他仍认为他们是有意背叛，企图置他于死地而后快。既然不是背叛，为什么连两三个小时也等不及？既然不是背叛，为什么把那包衣服也带走？这不是秃子头上的虱子明摆着嘛！即便本人不是画家，即便没有多次原始森林的历险，他也深知这是多么可怕的灾难、多么令人痛心疾首的背叛和抛弃啊！还有季月，他更怨恨她。她为什么对豪哥那么信任，让他牵着鼻子走？他妈的什么猴子王国，全是骗人的鬼话！昨晚，他俩不知在什么地方交媾鬼混呢，现在却拿小猴子糊弄人，骗鬼去吧！他完全改变了对季月的看法，她的环保专家，她的蜜月，她的旅行结婚，还有那个叫荀伟成的新郎，统统是假的，是虚拟的，抑或她原本就是一个卖身的三陪女！他越想越觉得自己推断正确，越想越气得心里发堵："猴子……猴子王国……他妈的，真想不到，真想不到……"

而对于季月，她既忌恨豪哥又气愤修卓。前者是骚扰和企图，后者是觊觎和无礼。二者表现形式不同，而本质却同出一辙，用修卓自己的话说就是猪八戒思想严重。她无法理解的恰恰是修卓，他为什么要画自己，为什么要画裸体？这不是猪八戒思想是什么，不是对自己觊觎无礼是什么？她现在对修卓的忌恨绝不在豪哥之下。面对这样两个男人，她感到又苦又累，乏力无术。原始森林包裹着她的肉体，而两个男人的阴影却包裹着她的整个意识和灵魂。她完全陷入绝望之中。所以她这几天情绪很低落，不愿搭理他们。他们受到她的感染，情绪比她更低落，更绝望。新部落的气氛突然变得十分沉默和紧张。

这一局面无异于自杀。因为她最年轻，正度蜜月，还有令她日夜思念的爱人和事业啊！她不能容忍这一僵局继续下去，更不能让它折磨自己的灵魂和断送大家的生命。她必须想方设法缓和这一紧张气氛，打破这一僵局！但她又为难起来，怎么缓和打破呢？两男一女，而两个男人又是这种特殊角色，作为一位青年女子，怎么征服和驾驭他们呢？她想，按时下风气和眼前现实，要么出卖美色，要么同归于尽。对于修卓，出卖美色无非给他当模特儿，以满足他的精神和艺术追求，这一点她只好硬着头皮接受；但对于豪哥就不那么简单，出卖的必须是肉体和灵魂，只有它们才能征服和驾驭他。同样，只有征服和驾驭他，才能换来和平与生命。但这又与她的人格、自尊和情怀水火不容。她不能为了生命而失去灵魂啊！

此路不通，她试图从别的方面寻找突破。在她看来，豪哥虽然卑鄙下流，但还有豪爽、讲义气和强悍等诸多优点。更宝贵的是他的良知没有完全丧失殆尽，时而还闪耀着人性的亮色。譬如昨天那场演唱，高雅健康的情调极大地感染启迪着他美好的天质本性。又譬如，在猴子王国，起初，那天人合一、人兽相融的气氛，也使他大受感动和教化。只是这些美好的东西在他脑海没有根深蒂固，所以自己一时陶醉失态便给他带来某种错觉和幻想，才使他和她同样陷入尴尬狼狈的境地。这方面自己也有责任，也有不慎之处啊！看来，只有这样，慢慢拨亮他心中微弱的人性火苗，才能逐渐争取、征服和驾驭他，才能使大家和平相处，同舟共济，早日走出深山老林，回归社会。但她又想，不管怎么说，她都必须把握好一个尺度和界限。她也知道，在文明开放社会，贴面舞、搓二步等已不再是令人惊觑忌讳的艳闻丑事，而成为上流社会和普通百姓交谊应酬的一种形式与磨合剂。只要自己不出卖、不堕落，只要能唤醒他的人性良知，只要三人团结一心走出大山，她可以满足他的这一形式。她相信自己能导演好这出戏，相信自己的纯洁真诚一定会改造他身上的种种劣迹。

她走出洞室，绕过一根奇形怪状的钟乳，向着台上喊："豪哥，你还睡着吗？"

台坎上幽暗空洞。

她仍心平气和地喊着："豪哥，咱们谈谈吧！"

仍没有豪哥的声息。小猴子颇通人性，噌地蹿上高台，摸索一阵，然后跳下来，抓着季月的裙子吱哇乱叫。她明白豪哥不在，便向洞口走去。走到前洞，她突然发现修卓也不在。他们干什么去了？会不会在外面决斗？会不会各奔前程？她心头一惊，急匆匆跑出山洞。

她爬上高岗，看见豪哥坐在一棵树下，正望着谷地出神。她缓步走到他跟前，并肩而坐，文静地说："豪哥，咱们好好谈谈。"

豪哥头一迈，哽声哽气地说："草莽流寇，又不是机关党委，有什么好谈！"

她心激灵了一下，随口问道："难道你不是党员？"

豪哥冷冰冰地说："党员咋？在这深山老林，连命都保不住，还要党弄啥！"

"那你一定是党员了，还有我，如果修卓也是，就可成立党小组，你当组长。如果他不是，咱们就成立'绿色小分队'，你当队长。有个组织，也好协调约束自己，减少不必要的矛盾和冲突。"

"还怎么约束？面对野兽，面对原始森林，面对死亡，难道连贴面舞也要约束吗？"

"豪哥，我不是这个意思。"小猴子在他们之间调皮地钻来绕去。季月一把推开它，然后站起来，展开右手，彬彬有礼地邀请："豪哥，请。咱们一边跳，一边谈。"

豪哥愣了一下，不好意思地笑笑，站起来，拥了季月挪动步子。

“季月，说真的，我在外边不知玩过多少女人，从没人拒绝过。相对而言，我对你够礼貌了。在生命即将结束，在肉体即将成为兽类的美餐，在情欲即将风干为一把干柴时，这有什么不可呢？”

她尽量调整自己的情绪，说：“豪哥，其实我也想了，贴面舞、搓二步，甚至拥抱，不再是鲜为人知的桃色新闻。我和伟成也参加过一些档次很高的舞会，也和我的老师等人跳过交谊舞。但人家那情调是多么高雅纯美啊！就说昨天吧，你贴面搂抱我，说真的，当时我也有过一种美好的感觉。但你不该说那样的粗话，不该有那样的下流动作！豪哥，你是大老板，很有身份地位，应该塑造美好形象，应该有个健康向上的追求啊！不然，别人就小看你了，自己也贬低自己了。豪哥，你说呢？”

豪哥点了点头，表示认同。在这种场合，他一般不喜欢语言沟通，只热衷于肢体交流。他根本不懂交际舞的许多清规戒律，比如腹与腹相距一个拳头；比如左手握女方右手食指、中指、无名指三个指头蛋儿，斜举过肩；比如右手五指自然分开贴于女士脊梁中部；又比如目光不能直视，应越过对方耳背后平视前方，等等。但他不是这样，他有自己独到的一套程式。他先是满把握住对方的手，继而循序渐进，最后将她的手掌定格在自己的胸肌上。接着右手抄过去，不偏不斜，恰好箍住她的后臀。这两步是关键，如果对方不拒绝，下面就该出手贴和搓的动作了。自然，此番季月是默许了的，所以他不再经历诸如试探猜测的麻烦，单刀直入地进入贴和搓的细节。无论是贴面还是搓腹，他的动作都绝对激烈迅猛，揉搓得她直觉得脸烧气堵。

豪哥也没有哼曲子。其实跳二步舞（自由步）也用不着曲子。按他的话说，这种舞，只是为了调情，无所谓舞姿舞艺，更谈不上艺术技巧。只要是人，只要有两只胳膊两条腿，只要会左右左走路，都能跳这种舞。想一想，设身处地地想一想，每每此时，舞厅灯光全熄，漆黑一片，舞男舞女注意力全集中在脸的对贴、腹的摩挲和腿的搅拌上，谁还在乎有没有音乐舞曲哩！

记得十多年前，当时他摔坏腿住院，憋得实在难受，就偷偷跑进舞厅。这是他头一次进舞厅，稀奇惊讶的程度可想而知。他正是为了搞清那些男人和女人脸是怎么对贴的、腹是怎么摩挲的、腿是怎么搅拌的，才斗胆邀请人，斗胆走入舞池。他邀请的舞伴是个女教师，人很漂亮，也很热情。他说他不会跳舞，要拜她为师。那时正好是熄灯慢曲子。女教师在黑暗中说，这种舞不用学，就像在学校上操走步，只要会左右左，只要能跟上节拍，跛子都会跳。真是邪门！她刚一提跛子，他的左腿就直打颤，这才恍然大悟，想起自己腿伤还未痊愈，正是个跛子啊！女教师看出他的尴尬，更加热心地调教……过了一阵，又是熄灯慢曲子。他跟女教师跳得很投入，突然音乐中断了。但那些舞男舞女并没有慌乱，照样对贴着，摩挲着，搅拌着，直到灯亮为止。从此他就学会了搓二步，成了舞场卡厅的常客……想想也是，当时自己是跛子都能跳，舞厅音乐中断都能跳，为什么现在没曲子就不能跳呢？

而此时，季月的脑海却是一片空白。她不敢想任何人和事。她觉得现在想任何人和事都是一种罪恶，都是对别人的侮辱和亵渎。她特别接受了猴子王国的教训，更不敢想爱人荀伟成，不然自己就会产生错觉，重蹈虚拟世界。而且，一旦自己进入这个错觉和虚拟世界，必将误导豪哥也陷入这个错觉从而使他产生错觉最终陷于尴尬虚拟的境地。如果那样就太糟糕了，糟糕得比猴子王国还要尴尬狼狈！所以她现在脑子很清醒。她极力遗忘外界的一切人和事，极力忍受心灵的痛楚和屈辱，极力应和他的各种揶揄和诱惑。为了征服和驾驭豪哥，她不得不选择以守为攻的策略。除此之外，她面颊上的矜持，目光中的流盼，以及偶尔发出肢体拒绝的语言，仍说明她的灵魂并未堕落，底气还十分充足。这种表现，特别是她肢体拒绝的语言，也大大降低了豪哥的热度。只跳了五六分钟，他便觉得索然无味，心不在焉地不知所好了。

豪哥长吁了一口气，松开季月，耸耸肩，摊手道：“看来你还生我的气。要是这样，我再次向你认错道歉了！”

她猜出他的意图，爽快地笑说：“道什么歉呢！我可不是小心眼爱记仇的人，何况我也有责任呀！豪哥，只是希望你今后掌握分寸、把握自己。”

豪哥晦气地道：“该怎么把握呢？”

“只要你保持庄重大度的绅士风度，我就乐意陪你跳舞。”

“好呀！那么，草莽将军我当定了！”

她莞尔一笑，纠正说：“不是草莽将军，是党小组长或‘绿色小分队’队长！而且还得征求修卓意见。”

豪哥担心地问：“这老家伙还耍死狗睡着？”

她着急了：“没在洞里。他干什么去了呢？”

突然猴子向岗下树林吱里哇啦地乱叫。

两人向林子望去，只见修老师带着小狗，抱着山果野味向他们走来。他把山果堆到两人面前，幽默地说：“快吃，打架生气也不能亏了肚子！”

她咯咯笑起来：“我还以为你找童九哥去了。”

修老师幽默风趣地说：“谁知道童九哥现在是人是鬼！可眼前，一个大老板，一个大美人，我能舍得离开你们？”

豪哥被逗得扑哧笑了：“真没看出来，老画家还这么幽默！”

修卓笑道：“在这原始森林，如果不能自我安慰，自我控制和调节自己，就只有跳崖自杀了。自杀的前兆就是精神失控，压抑过度。而幽默感则是解脱自己，挽救生命的一把金钥匙。大老板，你说是哩不是？”

豪哥看着修卓，好似这才认识他，欣然笑道：“你说得很好！在这寂寞的大山里，我们应笑口常开，幽默万岁！”

季月忙插话问修卓：“修老师，你是中共党员？”

“NO！不是中共是九三。”他回答后突然觉得奇怪，反问季月，“在原始森林，咱们都是同一个党派，就是人——对动植物而言，与它们相区别。”

这句意味深长的话把大家逗笑了。

季月笑得呛了一下，胸脯一颤一颤：“修老师，是这样的。刚才我和豪哥商量了，你如果是党员，咱们可成立党小组，有个组织，就有了依靠和约束。现在看来你是民主党派，那就只好成立‘绿色小分队’，咱得正式选举队长，以便名正言顺地带领大家走出大山，走出森林。”

修卓恍然大悟，接着又不解地问：“不是原先已选过大老板是咱们的领袖吗？”

“原先只是随便说说，现在要正式表决。”

三个人，竖起两根旗杆。

季月对豪哥说：“豪哥，你如果自信，也请把手举起来。”

修卓附和：“就是的，当年毛主席选举，他还给自己投过票呢！”

三根旗杆一齐高耸在原始森林的一隅。

“我现在正式宣布：‘绿色小分队’从今天起正式成立，豪哥当选第一任队长！大家鼓掌祝贺！”三人鼓掌后，季月继续说，“从今天起，大家都要服从豪哥领导；豪哥也要不负众望，当好队长。豪哥，请你表个态。”

豪哥抱拳相谢，道：“我是个粗人，今后如有不妥之处，望各位海涵。”

修卓拍着他的肩膀说：“别谦虚了！你能当老板，领着大公司几百号人马，还能领导不好一男一女两个人？”

豪哥满有信心地说：“既然大家信任，我就有信心。以后有事多商量，争取早日返回家园。”

修卓说：“这个小分队好！要不然，将来报纸电台报道连个称呼都没有。而且走出大山后，咱们还要加入国际绿色和平组织呢！”

小猴子和小狗高兴得乱蹦乱跳，和大家一起叫嚷起来。

在以后的十多天里，他们以山洞为中心，每天早出晚归，左冲右突，但仍然没有走出大山和森林。其中还试图沿原路线重返死亡之湾，在那里起码可以看到河流——汉河或长江。他们猜想，如此大的洪水和灾难，中央肯定采取了许多紧急措施，例如派直升机和轮船沿河搜寻搭救遇难者；或者，他们可以在那里扎起竹筏或扒着大树和棺材顺河漂流——无论是汉河还是长江，总会遇见轮船和向两岸呼救，总比困死原始森林强得多。但这个设想也失败了，他们根本摸不清来时的路线，在山林里转了一天，又毫无收获地返回山洞。另一条令大家充满希望的办法是搜寻作家童九哥——凭着他四十年隐居生活的经验，一定会引导大家走出深山老林。但这一方案也毫无结果，没有发现童九哥的任何踪迹和线索。

更严重的问题是半个多月来，他们吃不到粮食蔬菜，尝不到油盐酱醋，营养不足，体力下降，一个个变成了瘦猴子。季月一直拉肚子，致使眼圈深陷，酒窝消失，脸色苍白，看起来没精打采。痢疾好像传染，也传染给修卓，直拉得他心里毛糙，视力下降，不得不暂停壁画创作。豪哥变成了真正的野兽，开始生吃蛇、青蛙和松鼠，身上散发出血腥的气味，连目光也变得呆滞和充满兽性的凶蛮。

他们毫无回天之力，完全困死在原始森林里了！

现在，季月肚子空空的，像一张皱皱瘪瘪的老羊皮。同时她发现那老羊皮好似还没完全晒干，里边寄生了许多小毛毛虫，始终鼓鼓蠕蠕地不得安生，时而痒，时而疼。而且她还觉得，这种痒和疼又像空气和水一样，总在肛门集聚回旋，蠢蠢欲动，稍有不慎，就会夺路而出，防不胜防。她已有过几次这样的遭遇，虽然量不大，也得到巧妙掩饰和及时处置，但眼下仍让人心有余悸。所以这几天，她很少吃东西，也很少走动，以此防范龌龊不雅的举动和在两个男人面前狼狈尴尬。

说真的，过去，无论小时在老家海边，还是后来进城读大学，自己都很注意饮食卫生，肠胃从未出过问题，更别说拉肚子了。前几天，就是改变前进方向在森林转了个大圈子的第二天，她突然得了严重的便秘，怎么也屙不下，一蹲就是半个多小时，憋得只想用手抠、用树棍捅，甚至想到了破腹自裁，那感觉比女人痛经还难受。后来她悄悄告诉了修卓，他说她吃的都是松子、核桃之类坚果，缺乏水分和油料，所以才得了便秘。于是他搞来许多野菜和山梨，声称这是“果蔬疗法”，催促她连续不断地多吃多用。豪哥后来也知道了，就骂修卓病急乱投医，生菜生梨吃多了，更容易拉肚子。他要她多喝水，水可以稀释肚子里的食物，泥石流就是这样形成的。解决便秘的办法就和泥石流的道理一样，尽管多喝水，水饱和了，加速排泄，再怎么固若金汤的肛门也畅通无阻，粪便就会像泥石流似的一泻而下。他像一个虔诚的护士，不停地打来泉水，不停地督促她多喝多饮。而且，他还捉来两只松鼠，剥了皮，开了膛，用水一冲，然后剁成肉酱，炫耀有水又有油，既稀释又润滑，效果肯定更好，说着就不管不顾地往她嘴里塞。直到现在，她也分不清是修老师“果蔬疗法”，还是豪哥“水油疗法”发挥了作用，更搞不清为什么治好便秘却同时又导致了拉肚子。

季月心急如焚，意识到突围的计划不得不暂时停止，意识到必须在山洞里住更长的日子和生存下去。要生存首先得有火，不然光吃生食身体会马上垮掉。她撑起身子，艰难地挪到豪哥的高台处，想与他商讨对策。她喊了几声，他不在。她又来到前洞，修老师不知什么时候也出去了。

豪哥和修卓都不在，她感到很寂寞，想去外面转转，吸吸新鲜空气，晒晒难得一见的太阳，这样也许能抚平肠肠肚肚的蠢蠢欲动。但她刚走出洞口，却感到没有一点力气，浑身骨骼像散了架，附着在上面的肌肤皮毛连同安装骨架的螺丝也一起化成一摊烂稀泥。她从未有过这样的感觉，即使在棺材里和死亡之湾，也只有恐惧和惊慌，只有外界带来的刺激和冲击。而现在，这种疲惫乏力，这种奄奄一息，这种精神的萎靡与崩溃，却来自内在的肉体和机能啊。病魔！饥饿！她脑海里突然冒出这四个字眼，才算弄明白自己目前的艰难处境正是这两个魔障合力共谋的结果。她一边仔细品评病魔和饥饿的感觉，一边体认生命的脆弱和死亡的可怕。我会死吗？这个念头刚露头，刹那间，求生的欲望立马激起她人性本能的全部冲动，便拼命地不顾一切地撑持着洞壁，拧紧骨骼的螺丝，绷紧骨架上的皮肉，然后如同行尸走肉般地移动蹒跚的脚步。

这时太阳刚刚照拂在洞前的谷地，强烈的阳光使空气发酵。她朝太阳望了望，鼻子连连翕动，接连打了几个喷嚏。喷嚏过后，她觉得浑身舒服极了，几天来的病疴和郁闷好似也一下喷吐掉了。然而，就在她刚刚享受到难得的片刻舒服之际，突然肠胃一阵蠕动，接着肛门骚乱，未及反应过来，屁股就如金阳河水库垮坝似的浊浪滚滚，把一番好心情连同真丝衣裙统统冲决淹没得一塌糊涂。她悚然惊叫一声，连忙躲到一块岩石背后，撩开裙子，撅起屁股，扑哧一下，强劲的冲力裹挟着排泄物直向后面射去。透过胯裆低头倒视，石壁上立即出现一幅比修老师壁画还要光怪陆离的图画。她正惊疑几天滴食未进何以有如此胶状生成物时，突然又是扑哧几声，喷射在石壁上的污秽反弹回来，溅了她满脸满嘴。她只觉一阵恶心，再次失声大叫，一个踉跄跌倒在地，昏了过去。

大约过了一刻时光，她昏沉沉地睁开眼，先是感到被绳索捆绑似的难以伸腿展臂，继而又觉得有无数蝎子和毒蛇吞噬自己的肉体。她定睛一看，不禁毛骨悚然，啊地尖叫一声，触电似的蹦跳起来，拼命抖擞扑打身上的苍蝇、蟑螂和蚂蚁。特别是那些头大腿长的蚂蚁，从她的臀部到大腿，从大腿到胸脯，从胸脯到脖颈，密密麻麻，蠕蠕营营，正在海吃海喝排泄之物和她身上的大血大肉。“妈呀！”她大声叫喊着，失去了理智，疯狂地向洞口跑去。她以为在梦中，又好似在阴间经受上刀山入火海的炼狱之苦。她脚下一个趔趄，摔了一跤，手腕划破皮，渗出了血珠。看到血，她才猛然惊醒，知道眼前一切并非梦，也非阴间，而是真确的现实——是茫茫原始森林和“山顶洞人”的残酷现实啊！她想起修卓，想起豪哥。她使劲喊他俩。但她没有一丝儿力气，病魔和饥饿封住了她的嘴，任凭怎么大呼小叫，而声音却始终微弱得像蚊蝇的嗡嗡声。

蓦然，她面前出现一片大海。她看到妈妈和弟弟驾船向她驶来，向她招手。她扑过去，他们倏忽间又不见了，却见荀伟成独自站在船头向她微笑。船还没有停稳，他就跳下水，拼命地向她扑去，溅了她一身水花。水，是水提醒了她，她立即想起那股给新部落带来希望和欢乐的泉水。她知道这是伟成向她发出的生命指令和爱情信息。这一爱的昭示和本能力量激发起生命的内力，她终于鼓足勇气，不顾一切地向泉水跑去。

水是生命的源泉，是世界的清洁工和美容师。水可以救人于火海，也可以给万物以滋润，还可以荡涤尘世的一切浑浊污秽。此刻，季月全然匍匐在水的凌波之下。水成了她心目中的上帝，成了她久别重逢的母亲和情人。她劈头盖脸地把整个儿肉身交给了泉，也把一颗虔诚的心交给了水。泉水纯洁清亮，一泻而下，哗哗激溅在她身上。她的乌发在水柱中飘荡翻转，宛如一只搏击风雨的山鹰；她的脸庞在水帘中忽隐忽现，仿佛刚从大海浴罢冉冉而升的太阳；她的衣裙在水雾中呼啦招展，犹似天帝出宫的一顶华盖……水涤荡了她身上的一切污秽和臭气，重新把她梳理打扮成一位鲜艳秀美的林中娇娃。她挽起水的手臂，深深吸了口气，心里便有了脱胎换骨的舒畅。

她索性脱掉衣裙和内裤，忘情地揉搓漂洗起来。泉水越过头顶，冲击在肩胛上，像一匹白绫遮掩覆盖了她的裸体。此番，她意识到自己仅仅是作为动物属性而存在的。动物无须羞耻。她又觉得自己不同于动物。因为她突然想起豪哥和修卓，有他俩在，自己仍是个社会人。只有社会人才有羞耻心。羞耻心也是为别人产生的，一个人独守一片领地，还要羞耻心干什么？但她还是突然怀疑起来，警惕起来。是呀，此番，谁能担保豪哥没藏在什么地方偷看她的裸体，修卓没端着相机偷拍她的裸体呢？所以她现在的羞耻感还是很强的，所以她揉搓漂洗的动作也出人意料地干脆利落。

那些质地上乘的衣料，被水浸润后手感极好。一个女孩子能在深山老林有这种雅兴，那是多么逍遥自在的享受呀！但她没有这种雅兴。她知道自己是在用羞耻换取清洁，用清洁挽救生命。她此番真有点做贼心虚的胆怯，所以姿态手势包括眼神，都显得慌乱而快捷，鬼祟而利索。她如此搓呀揉呀，冲呀漂呀，先洗好衣裙和裤衩，接着洗好乳罩和鞋袜。然后她一一拧干，把它们晾在树丛上。一旦离开水的遮掩，羞耻感立即主宰了她的整个意识。怎么办？怎么办？总不能在水里不出去呀！总不能一直光着屁股呀！突然，她灵机一动，顺手折下几枝芭蕉叶，巧妙地掩住刚刚洗涤浸泡得闪闪发亮的胸脯和腰臀。当她接连完成这些应急之策后，饥饿困倦得像断了电的机器，一下子软瘫在草丛里了……

“季月，季月，怎么啦？你醒醒，醒醒啊！……”

不知过了多长时间，她隐约听见有人喊她。她实在疲惫得睁不开眼。她仔细辨听那声音，是父亲吗？是母亲吗？是弟弟吗？是伟成吗？……她挣扎着睁开眼，却惊呆了，原来是修卓站在自己身旁！

她神经质似的惊叫一声，试图喝退他，突然发现自己披着他的衣衫。再仔细一看，却见他裸着脊梁，正在经受盛夏暑热和蚊虫叮咬之苦呐！她哇地哭起来，抱住头，委屈得像个孩子。

“季月，出了什么事？是豪哥欺侮你了？”

“拉肚子，拉了一身屎，把衣裳全弄脏了。你看我这样子，真成野人了。修老师，去拿相机来，给我拍照吧。我不怕羞耻，也不知羞耻。我当模特儿，你就看个够，拍个够，画个够吧！”

他摇摇头，眼眶有点潮湿：“NO，NO！你的苦难太多了，我不忍心再亵渎你的圣洁！”

“但我担心拉肚子会使我死掉。”

修卓从草丛上收回衣裙，交给季月，然后背过脸去：“哪能呢！我找到一种草药，治拉肚子特有效，我只吃了两次，已经好了，不拉了。”

季月穿好衣服，眼里漾起一片亮光：“真的？这么神？”

修卓用泉水洗了几根草药，递给季月：“快吃了，绝对立竿见影。”

季月嘴含草药，一边嚼一边说："修老师，太感谢你了！"

修卓拿起剩下的草药，扶着季月："快别这么说。既然命运把我们捆在了同一条船上，谁又能离开谁呢？季月，回洞里去吧，豪哥恐怕也回来了。"

"他干什么去了？"

"生吃动物，又捕猎去了！"

"这怎么行？没有火，迟早会搞垮身体。"

"是得想办法弄到火。"……

就在季月昏倒的当儿，豪哥气喘吁吁地坐在一棵倒下的树干上，身旁堆放着战利品：一只羚羊、一只山鸡、几只松鼠。这些猎物，有的没头，有的断腿，有的已死，都被葛藤牢牢地捆绑在一起，像一队捆绑的囚犯。豪哥光着胸脯，上衣胡乱缠在腰间，超薄型牛仔裤扯了几片。头发和胡须零乱蓬松，上面粘了许多草叶和兽毛。两眼通红，脸上布满污渍和血迹。他稍歇一会儿，突然嘴角掠过一丝贪婪的怪笑，然后站起来，抓起山鸡，左手钳翼，右手拧头，白晃晃牙齿飞闪，一下就咬住山鸡的脖颈。山鸡嘎嘎怪叫着，翅膀扑打得羽毛乱飞。他再狠咬几下，又一扯，山鸡脖子就出现一个小洞，血汩汩流淌。他举起山鸡，口对小洞，拼命地吸吮。鸡血进入肠胃，他立即觉得浑身燥热，精气回升，四肢拳拳有力。血水从嘴角流出来，抹了他满嘴满脸。他呛了一下，忙将山鸡落下，拎着头，停止吸吮。稍顷，他深深吸口气，又举起山鸡，再吸，再吮。直到小洞断流，他才将山鸡朝地上一扔，坐在树干上回味养神。

豪哥心里很清楚，自从季月用贴面舞和搓二步降服自己欲望之马后，他的情欲再次遭受巨大的压抑和遏制。情欲这东西就像弹簧，压制愈大则反弹愈甚，随之宣泄和冲动的箭矢就更加坚挺尖锐。这个法则对男人犹为适用。不然，那些训练有素的卖笑女，为什么总把它运用得娴熟自如和恰到好处呢？豪哥太熟悉这些花招了！她们首先极尽作秀卖乖之能事，当撩拨得人情欲正旺时，却突然浅尝辄止，继而又把推诿躲闪和羞赧娇嗔的戏文推向极致，最终使男人不得不掏腰包多给小费以完成彼此的交易。皮筋拉得愈长，男人的腰包就愈畅，而女人们的小钱袋也就愈盈。

自然，这种情况只局限于原先尚未发迹的豪哥和后来他不屑一顾的那些空手套白狼的家伙，对于已是庆顺市首富的他来说却并不适用。真的，那时豪哥腰粗腿壮，从不和女人磨蹭讨价还价。无论养小蜜还是包二奶，或是逢场作戏，只要他喜欢并瞄准了的，一律免开尊口，他总是提前出台许多优惠政策，或许愿，或承诺，或当场兑现，乐得小姐们早把乳罩裤衩连同一点儿忸怩羞赧齐撂到阴沟背后去了，唯独剩下赤条条的裸体任由他尽兴把玩。

豪哥顺着这条矿脉一直挖掘下去，期望在金色梦魇中追忆不堪回首的身世和寻找心理的平衡。一想起金矿，他就抑制不住内心的冲动和贪婪。他知道，那一层层永远开掘不尽的矿藏，既是财富和权力的象征，也是他苦难与罪恶的标志。此时他漫步历史的矿道，努力用道义和良知挖掘筛分回忆的矿石，心潮是那样的汹涌澎湃和惊心动魄。

豪哥的祖父是一个贪婪的淘金者，不但家资万贯，并与官府军阀暗中勾结，为非作歹，独霸一方，最终死于共产党的枪下，矿毁人亡。父亲兄弟三人，暗中重振祖业，经过几年重建，刚刚恢复生产，想不到赶上新中国成立，矿藏归属国有，私人无权开采。直到改革开放，父亲带着两个儿子，又私自进山，重做起淘金美梦。由于乱开滥采，最终酿成一场大祸。每当豪哥想起那场可怕的山洪和泥石流，想起父亲和两个哥哥因此毙命，想起整个矿场被夷为废墟，对于连续三年高考不第的他来说，胸中更加燃烧起复仇和贪婪的火焰。他先是钻赌场，从不求甚解的运筹法、优选法和排列组合等粗浅概念中，竟然领略和精通了赌场的一切诡秘伎俩。父亲仅留的三千元成了他破釜沉舟的唯一赌注。赌博没有拯救他，但赌博的过程却使他抓住了机遇。他认识了凉板凳和其他一帮弟兄，炮制了“黄袍加身”的隧洞工程，歪打正着地获得巨大成功。他怀揣一百七十万元巨资，重新回到金阳山，密谋策划，招兵买马，明火执仗地干起了开掘金矿的生意。

金阳山一带蕴藏着丰富的金矿，埋藏很浅，范围很广，含量很高。国家投资几个亿进行勘探规划，建起的赤阳矿务局，是庆顺市财政收入的重要来源。二十世纪九十年代初，当地群众蜂拥而起，搭帮建起几十座小矿场，与国营矿场争资源，争地盘，经常发生群体械斗事件。当地政府为保护地方利益，明禁止，暗支持，问题长期得不到解决。豪哥正是在此形势下，纠集了自诩哼哈二将四大金刚等一群狐朋狗友，横行乡里，巧取豪夺，干了三年，赢利三四百万元。接着，他又将这些钱悉数奉献给县、市、省等有关部门，疏通各个关节，又干了四年，获利一千多万元。然后他又拿出八百多万元更新设备，新开了三个分矿，以此为中心，辐射收买或联帮了几十个群众小矿场，像蝗虫似的把金阳山蚕食得满目疮痍。而他财富的金字塔正是建立在这个满目疮痍的基础上的。

然而，使豪哥万万没有想到的是，在原始森林，在这个只有两男一女的小舞台上，他却无钱抖阔造势——而且，即使有钱，即使许愿承诺的话说到天尽头，季月也不买他的账——相反，她却把毫无激情的贴面舞和搓二步表演得十分认真。那么，她为何把皮筋拉得这么长呢？这真是个谜。正因为是个谜，所以这根皮筋拉得愈长，他久蓄的欲火就愈盛，对情欲的渴望就愈强愈烈。这简直是一种自虐和自裁，是对人性的背叛和无能嘛！每每至此，他就感到一股无名的难以遏止的宣泄欲和本能冲动从天而降，时刻撞击情欲的黄钟大吕。如此耗精损力，而腹内却空空如也，远远满足不了日渐旺盛的精神需求。于是乎，他学着豺狼虎豹，开始捕捉小动物，过起了杀生食肉和茹毛饮血的生活。食欲是情欲的原子反应堆。人要是没了食欲，情欲的烈焰也将随之熄灭。如此说来，生饮生食动物的血肉，无疑成为他情欲的助动器。就这样，好多天来，他一直把自己定位于这样一个循环过程：宣泄（情欲）——饥饿（食欲）——宣泄（情欲）——这个循环过程犹如自然界的生物链，相互利用，相互钳制，一旦揳入，无论如何也难以打破。

豪哥在想这些对他来说并非隐秘事情的同时，已活剥了两只松鼠，锋利的牙齿在一张血盆大口中上下飞旋，犹如一架开足马力的搅拌机，研磨吞咽它们的血肉骨骼和五脏六腑，眼光和嘴角的阴影凶残得令人目不忍睹。

豪哥饕餮大饮大食一阵后，食欲得到极大满足。他站起来，捋了下头发，抹了把嘴角，觉得浑身热血沸腾，所有的汗毛都张扬起来了。他极力扼制住欲望，哼唱着迷乱的舞曲，扛起战利品，趔趄地向山洞走去。

当季月和修卓回到洞口时，豪哥正宰杀羚羊。只见他弯腰站在石坎旁，手拿一块尖锐的片石，凶狠地剥羚羊皮。羚羊侧躺着，头垂下石坎，随着他的动作来回摇摆。半拉子胸腔已经皮肉分离，鲜嫩的肉色像一团晾晒的朝霞。他一会儿用石片剐割，一会儿用双手撕扯，一会儿又用牙齿啃咬，脸和手沾满了血迹，样子十分凶猛可怕。小狗大饱了口福，低下头，只管舔着血污和肉星。小猴子急得搔头挠腮，不住撕扯季月的衣角，吱里哇啦地像告状：为啥小狗能吃肉喝血，唯独我不能？这世界太不公道了嘛！

修卓跑过来说："老板，先开膛。开了膛，皮就好剥了。"

豪哥一把推开他："别多嘴，滚一边去！"

季月说："让修老师给你帮忙呗！"

"这家伙，只会鸟情调！"

"我怎么是鸟情调？"

"整天花呀草呀，闹呀耶斯呀，还不是鸟情调？"

"那你整天吃生肉，该是野兽了！"

"咋地？想和羚羊一样，也剥了你的皮？"

修卓缩着脖子，不敢再多嘴。

季月挽起袖子说："我给你帮忙。"

豪哥血手一指："在那，羊血，快喝，既充饥又养颜，还能治病！"

修卓走过去，端来羊血给季月："快喝吧，羊血的确是好东西。"

季月接过瓢，一股强烈的腥臭味直扑鼻翼："我不喝，一看就想吐。"

他劝她："苦口良药利于病，权当吃药治病呢！"

季月仍推辞着："吃了你的草药，我现在好多了。"

豪哥见状，撇下片石，搓擦一下血手，接过瓢，按住她的头："闭上眼，头一仰，咕嘟几下，就喝到肚子了。有啥作难的？"

季月只好闭上眼，咕嘟咕嘟地喝起来。羊血还没有完全凝固，又稠又涩，又腥又咸，喝得她一时肠胃蠕动，肚子打鼓，不住地闭气干呕。她好不容易缓了口气，豪哥不由分说，再次按住她的头，迫使她咕嘟咕嘟又喝了一阵。眼看一瓢羊血所剩无几，豪哥才松开手，把剩余的羊血和葫芦瓢一起扔给了小狗。修卓气得直瞪眼，却不敢做声，只在一旁咂嘴流口水。

季月"妈呀"大叫一声，像产妇经历一场天崩地裂的阵痛，倒坐在地上两眼直发瓷。

豪哥继续剥羊皮。他干起这营生很内行，就像在卡厅剥小姐的衣服，随着嘶啦声，一撕两扯，一个鲜嫩的胴体就在他的胯下脱颖而出。他把羊皮铺展，把羊的胴体重新放在羊皮上，抄起一块更尖锐的片石，这才开膛破肚。他开膛破肚的动作也很残酷凶狠。只见他双手紧握片石，照着胴体胸膛连连狠砸，然后顺着砸痕，用片石猛力划拉数下，羊的肚子就破了，一股黑血汩汩流淌。接下来他把手塞进羊肚子，使劲拗几下，再一拽，五脏六腑和肠肠肚肚就哗啦掉在地上，血糊糊地堆了一大摊。他顾不得这些杂碎，趁着体温未散，忙用手撕扯羊胸腔的板油。板油热乎乎软绵绵的，又白又亮。他一边把板油放进瓢里，一边拣最优质的往嘴里塞。板油到了嘴里，他嚼也不嚼，就囫囵吞下肚子。他噎得脖子直梗，喉结迅速蠕动，眼睛迸射出自豪和残忍的凶光。

他回头喊季月，要她也吸板油。

他为什么把吃板油叫做吸板油呢？在他看来，板油还保留着体温时，是最好的营养保健品。瞧它，像空气一样稀薄，像酒液一样清醇，像白云一样绵软，像女人乳房一样温馨。面对这一宝贝，就必须用吸的动作和吸的字眼，这样才能体现板油的珍贵价值，才能品尝出它无与伦比的清香和滋润。小时每逢村里杀猪宰羊，他可没少偷着吸人家的板油。当然此番再吸时，就比那时更吸出了许多实惠和水平。

豪哥喊了几声季月，却没有反应。回头看时，原来她领着小猴子，早逃得远远的了。他抹了一下嘴巴，用脚把羊杂碎拨拉到一旁，向画家喊道："你的任务！"

修卓没说话，连忙把羊杂碎往泉水处搬。这些尤物滑溜溜的，光从手里往下掉。泉水距石坎二百多米远，他心里叫苦不迭，他妈的这任务还真不容易完成！但他又觉得这些肠肠肚肚很实惠，很有魅力。到底是什么实惠和魅力？他现在不能说，唯恐被豪哥那个恶棍识破天机。他正这么想着，突然听到身后发出奇怪的声音。他以为是豪哥的脚步声，担心他真的反悔，不让自己完成这个任务了。他回头一看，不由大叫"上帝"，这才发现一串肠子拉在地上，撞得草丛嘶啦直响。他一阵慌乱，脚滑溜一下，硬生生地摔倒了。他没有及时爬起来，而是顺势双膝跪地，用手撕着肠肚上的花油。花油白嫩如玉，上面布满血丝，看起来非常妖娆。他一边把花油往嘴里填，一边小声咒骂："他妈的鬼老板，心短得几乎为零！不让我喝血，不让我吸板油，岂不知花油更具有营养价值。真是傻蛋，猪脑子！"

修卓吃饱了，骂累了，便瞪着小眼珠子，把羊杂碎拉到泉水旁，开始翻肠倒肚。他现在没有一点儿灵感，有的只是食欲，是幻想中用羊杂碎下酒的自斟自酌。他翻开大肠，把里边的粪便一一捋净，然后用泉水冲洗。在整治五脏时，他费了很大的神，才找出苦胆。他知道苦胆不能破，更不能和其他器官混在一起，不然所有杂碎就会污染，苦得连小狗也不吃。但他又懂得苦胆是很好的中药，所以舍不得扔掉，就把它放在一旁晾晒。他冲洗完大肠和小肠，正要冲洗五脏六腑，突然看见豪哥扛着一只全羊向他走来。

豪哥把全羊往水里一撂，溅起一片水花：“还有这任务！”

他惊愕地看着豪哥，没敢表示不满：“Yes，遵命！”

豪哥回头瞪着修卓，骂道：“妈的，整天耶斯哈罗，啥意思吗！”

修卓诡谲一笑：“和你一样，商业机密！”

豪哥没再理他，也没回洞里去，而是在旁边转了一圈，选好一块理想的草地，然后倒下去，不一会儿就呼噜大睡。

第六章

渴望火的时代

不知是修卓的草药疗效好，还是豪哥的羊血起了作用，反正季月的痢疾算是彻底止住了。她知道自己肠胃还很敏感和脆弱，根本承受不了其他生硬的食物，所以很注意饮食卫生，既不吃羊肉，也不吃羊杂碎。豪哥发了火，像强迫她喝羊血那样，拿起一块生肉就往她嘴里塞。她恼怒了，拼命推开他，躲在一边大声喊："让我生吃肉，就等于自杀！与其这样，还不如跳崖摔死算了！"豪哥无奈，不再强求，只好想着法子多采山果，以改善她的饮食。季月现在依然以山果为食，每天只吃一些松子、板栗之类含有高蛋白和油质的野生果实。也亏她饭量小，有两个男人为她采集果实，食物还是很充足的。她只是担心豪哥和修卓。虽然羊肉鲜美，但生吃会引起消化不良和诱发其他疾病，更严重的是时间长了必然导致心理和性格变化。这将会产生多么危险可怕的后果啊！

修老师并没有实现当初要用羊杂碎下酒自斟自酌的幻想。因为羊杂碎虽然是最好的下酒食物，但没有火与调料，吃起来味同嚼蜡。更要命的，一是他的牙不好，生肉和生杂碎蔓蔓串串的咬不动；二是年老体弱，肠胃功能下降，即使能咬动咽下去，也难以消化。但食欲和生理需求又蛊惑他不得不增加肉食，以保持体内的能量需求。所以他吃羊肉和杂碎的方式很特别。吃前，他先要把羊肉或杂碎用石块捣来捣去，直捣成像饺子馅似的糊状，这才细嚼慢咽地吃起来。他吃时的动作也很特殊，像央视“厨艺大比拼”评委那样轻轻慢慢地抿呀，品呀，唯恐里边藏个骨头渣渣。有了这些斯文，嘴就不再吸溜，自然也没了响声。豪哥就骂道：“你老婆真是个大笨蛋！当初如果给你吃生肉，嘴就不响了，也不用离婚了！”他小眼珠一瞪，反驳说：“可惜那时，没有这么好的羊肉和羊杂碎。即使有，又不缺火，怎像咱们生吃哩？”

豪哥却全不在乎这些，他一天吃三顿生肉，晚上还要吃夜宵。他吃生肉和熟肉一个样，其优势主要是牙齿好。也许由于家乡水土关系，也许由于吃惯了生硬食物，他自小牙齿就格外洁白锋利。小时候早晨上学，他总要拿一个窝头在路上吃。特别是冬天，窝头冻成铅球，咬一口一道白茬，但他照样吃得津津有味。还有屋檐下的冰溜子，任凭多硬多冰，到了他嘴里就像吃酥糖。同学们都叫他“豪牙”。偶尔家里吃肉，凡是啃不动的骨头或嚼不烂的肉筋，统统由他包揽。再后来，无论开白酒瓶还是啤酒瓶，都成了他的专利，不用起子，全凭两排尖锐的牙齿，左啃，右咬，砰的一下，盖子和瓶子就一分为二。真的，要不是当初赌博发了小财，他早就拜铁嘴李为师学艺吃玻璃了……有了这些基本功，所以现在对他来说，吃生肉只是小菜一碟，轻松自如得全不费功夫。他的吃相尤为残酷恶劣。瞧那棱角分明的大嘴，就像一台粉碎机，不论腱子肉还是肋条肉，也不论肥肉还是瘦肉，只消塞进去，随着嘴唇翻转和牙齿飞闪，顷刻之间就化为肉浆齑粉。咽的时候，喉结快速滚动，脖子一仰，只听“吱喽”一声，满口的半成品就吞下肚子交给了另一道工序。这“吱喽”声听起来斩钉截铁，不像修卓的“吸溜”声拖泥带水，绝对有贵族气质，有绅士风度。

当然了，他如此狼吞虎咽绝非对生命不负责任，主要是下一道工序也很强劲。由于自小吃东西囫囵吞枣，所以他的下一道工序——肠胃消化，完全适应了这一体制和机制，难度和强度再大的任务都能出色完成。另一个原因就是他善于奔跑活动，无形中促进和加速了肠胃的消化机能。再下来就是发泄，包括体力发泄和精力发泄。他认为，食物营养除了供给人体必要的热量和能量外，更主要的是积蓄和转化为精液。其所以用“精”字，就说明是精华、精粹、精湛、精锐等意思。人活一辈子，全部意义无非就是这个“精”字。但精气太旺或过剩，也不是什么好事，所以必须随时发泄和排遣。发泄和排遣的最好方式就是男女造爱。他把做爱叫成造爱，就有创造能量和消耗能量的双层含义。这完全是生理需要，与修卓所说的精神享受毫无共同之处。但眼下，在原始森林，唯一的一个女人，却任凭他怎么引诱也难以上套。没了客体，这爱可怎么造呀！所以现在，他只能发挥单一的主体作用，一次次地手淫发泄和排遣。有了这些能量和精力的耗损，自然就加快了肠胃消化，并迅速创造出更多的能量和精力；反过来，有了充足的能量和精力，又可尽情地消耗和排遣。如此这般，肠胃消化就始终处于良性循环，还怕什么消化不良和腹胀厌食吗？

就这样，新部落的三个人按照各自进食方式，吃着今天第一顿饭。小狗始终没离开豪哥。他的风格为它的美食提供了优裕的选择空间。小猴子自然特别青睐季月，因为它和她几乎是同一个食物链，吃的方式也基本相同或相近。这家伙很奸猾，等季月刚剥好一个松子或板栗，它就快捷地夺过去塞进自己嘴里，眼疾手快得像耍魔术。当然，季月接受了以前的教训，吃几个坚果就喝一口水，以免再发生进出口问题。只有老画家自斟自酌，吃着羊杂碎馅儿，喝着沙果水儿，仔细认真得犹如阿基米德做物理实验。

豪哥吃完一大块肉，擦着嘴角的血迹，对季月和修卓说：“以后日子长着哩，你俩也得学吃生肉！”

修卓有气无力地说：“光吃生肉怎么行！我老了，死了也不后悔，但你们还年轻，得好好活着呀！”

季月看了豪哥一眼，说：“豪哥，咱们得有火！这样生吃动植物，不但会生病，还会扭曲性格。”

豪哥无可奈何地摊着手：“火？到哪去弄火？”

季月说：“原始人发明钻木取火，咱们也可以试试。”

豪哥:“没有钻子呀!”

季月捡起两根树枝,在手中摩擦着:“摩擦生火呀!”

修卓也说:“还有个办法,就是看能不能在山里捡到火石。我见过有人用它抽烟,火镰往上一碰,就冒出火花,再用火硝引燃,火就生起来了。”

“这种火石我也见过,”豪哥想了想说,“只可惜没有火石呀!”

“说不定能在山里找到。”季月说。

“火石又叫燧石,古代人就靠它生火。既然名字有个石字,就属石头之类。山里到处是石头,也一定有火石。”修卓补充说。

“难道没有火就活不下去?”

“当初火就是这样逼出来的。火标志着人类文明。”

“鸟情调又来了?快闭上你的狗嘴!”

季月忙插话:“真的得弄火,不然连野兽都不如。”

豪哥看看季月,耸着肩:“那我就去山里寻火石,你俩留下钻木取火。现在就行动吧!”

豪哥出了洞口又返回来,指着修卓说:“警告你,好好照顾季月,敢欺侮她,或再偷着找童九哥,决不轻饶!”

修卓正想争辩,季月阻止了,忙对豪哥说:“你去吧,一定要注意安全。大家把希望都寄托给你了!”

豪哥走后,季月和修卓找来几根干燥的木头,轮番摩擦起来。小猴子也模仿他们,在一旁认真地操练着。小狗瞪着他俩,感到莫名其妙:这不是打狗棍吗?我们狗类祖先最怕这武器。可现在,打狗棍不打狗,主人用它摩擦干啥吗?

小猴子摩擦了几下,没摩擦出啥名堂,就将小柴棒夹在腋下,表演起猴子扳苞谷的把戏,夹一个,丢一个,逗得小狗“汪汪”直乐。

修卓和季月摩呀,摩呀,累得浑身乏力,双臂生痛,用手摸那木头,倒也发热,就是不见火花。大约摩擦了一个小时,木头被摩下一个凹槽,仍没生出火来。他们失望了,终于停下来,气喘吁吁地不知如何是好。

“季月，你说说，社会发展到现代文明，很不容易。我们的老祖先，不知为此付出了多么巨大的代价！”

“是呀！而我们只干了一个小时，就体会到昂贵的代价！”

“咱们继续摩吧！”

“修老师，我看这办法难。咱们不如也到外边寻火石，另外还可找引火的东西啊！要是豪哥把火石找回来，没有引火的东西，不是又要耽搁时间吗？”

猴子拉扯着季月吱哇乱叫。季月猜出它的想法，就走出洞口，把刚来时清理的一堆灰烬指给它看。猴子看了看，嗅了嗅，然后怪叫着拉起她就向林子跑。小猴子带他们来到远处山崖上，朝着一棵被雷电劈死的枯树叫个不停。季月惊叹猴子的聪明机灵，忙捡起两块石头，在一起狠砸。石头终于拼出火星，吓得猴子直往后退，两只杏子眼瞪得大大的莫名其妙。修老师笑了声，走过来拍着猴头，摆了摆手，示意这石头仍不是要寻找的火石。猴子沮丧地咧咧嘴，嗖地蹿上一个小土丘，蹲在上面不停搔身上的绒毛。

修卓望着小土丘，两眼直发瓷，走近细看，原是一座坟墓。

季月也发现了坟墓，不禁心头一惊，随之尖叫起来：“真是奇怪！这里怎么会有坟墓呢？谁死了？那么埋葬他的又是谁？”

修卓皱着眉猜测道：“这说明，原先在此居住的最少有两个人。不然，谁能自己埋葬自己？”

季月说：“而且，埋者和被埋者，肯定与三十六个短杠有关。”

修卓觉得不可思议，瓷愣愣站着没一点灵感。

他俩疑惑不解地离开坟墓，沿沟壑绕了一大圈，然后蹚过小溪，来到对岸。对岸树木更加葱茏蓊郁，根本看不见山崖岩石。看不见石头，自然就找不到火石。但他们并不气馁，顺着小溪向瀑布迂回前进。瀑布附近山体几乎全部裸露，在山岚水汽中看起来色彩斑斓，旖旎壮丽。这里到处是石头，既有悬崖峭壁上奇形怪状的岩石，也有天然形成的石坎、石磡、石柱，还有历经风化水蚀的各种片石、卵石、钟乳石等，真像云南石林一样蔚为壮观。此时他俩却为难起来了。是呀，面对如此庞大的石头世界，想找到一块像饼干一般大小的火石，无异于大海捞针！火石，火石，到底是哪块，又藏在哪里呢？他们在山岔、陡壁和溪畔寻找了大半天，仍然一无所获。

他们悻悻然往回走，过了小桥，然后驻足塘泺岸边。修老师拉着季月，来到那块大石头旁，让她欣赏“天下一绝”。石面上图画经过几天露水和山岚的浸润，依然鲜艳如初，魅力无限。

“实在太美了！这就是你那天画的？”

“我只顾画画，忘记时间，才让豪哥钻了空子，背叛了我！”

她忙为豪哥解脱：“你别胡思乱想，没有人背叛你。”

他仍耿耿于怀：“不是背叛，为啥连衣服也拿走了？”

“你要真找见童九哥，还要这衣服干啥？”

“但我没找童九哥！”

“那就更不要胡思乱想。”

“我总觉得豪哥这家伙不怀好意。”

“一切都是误会，你不必想得太复杂，要顾全大局。”

“我还是对这家伙不放心。你以后要多留神。”

季月突然指着天鹅旁边一块斑斓的颜色叫起来：“修老师，快看，那朵荷花真美！你是怎么画的？”

修卓跳上石面，小眼珠瞪得大大的，看着荷花，怎么也想不起来：“真是奇怪，我压根就没画荷花呀！”

“难道，难道是别人添的？”

“别人，这里还有别人？”

“童九哥，说不定他就在附近！”

“童九哥?! ……”

修卓刚要放声大喊，蓦然发现，那花有些稀奇，就没出声。他摸着荷花，手指立即就有了浮雕的感觉，皱褶深深的、纹理涩涩的、花瓣鼓鼓的，中间还突出一撮毛茸茸的花蕊。他更加惊异，眼珠滴溜溜转个不停。他用手指使劲一摁，蘸上一些颜色，先用眼睛瞧瞧，又放在舌尖舔舔，只觉一股腥臭味直冲脑门。他“呸”地唾了两口，连连喊道：“鸟粪，鸟粪！一定是天鹅的粪便！”

季月也惊叫起来：“鸟粪？鸟粪能像荷花？”

修卓神经质地喃喃：“太像了，太像荷花了！……”

“你画的天鹅很逼真，真天鹅就把它当作同类，所以才特别亲近，才敢在它身边屙屎拉尿。好神奇呀，真是天下一绝！”

“也许吧……也许吧……”

他们流连一刻多钟，才恋恋不舍地离开，又徜徉在塘涤边上的花草丛中。这里到处开满山花，品种很多，有的连名字也不知道，被绿浪和信风摇曳着，漂亮极了！特别是六月菊，圆圆茸茸，白白黄黄，一片连一片，像满天星儿，看起来非常妖冶，非常灿烂。季月最喜欢清纯素雅的六月菊，一边连连惊叹，一边匆匆采摘。突然，她发现一种谷穗状的野草，忙指给修卓看：“修老师，快来看，这是什么草？穗子像老鼠尾巴，真有意思！”

修卓走过来，眼睛突然一亮，惊异地说：“这是一种治疗外伤的草药，叫毛拉芯子，引火点很低，可代替火硝用来引火。”

季月高兴地叫起来：“这就是能引火的毛拉芯子？太好了，太好了！”

“好是好，但仍不能引火。”

“为什么？”

“它现在还没成熟，还没风干。”

“那怎么办？”

修卓眼珠转了两下，弯腰在草丛中寻找。

季月忙问：“怎么了？寻什么？”

“只有越冬风干的毛拉芯子才能引火。”

季月也猫腰在草丛中寻找。还是她眼尖手快，最先找到风干的毛拉芯子，高兴得振臂直呼："找到了！找到了！"接着修卓也找到了，他像个外国佬，大拇指和食指相扣，其余三指伸直，连连直呼"OK！"两人喜不自禁，很快采集到十多个毛拉芯子，兴高采烈地回山洞了。

刚走进洞口，小狗就扑上来，咬着季月的裤脚摇尾撒欢。季月见了小狗，突然想起小猴子。她喊了几声，也没见猴子，便惊慌地追问修卓。修卓一眨眼，猛拍脑门，这才恍然大悟。小猴子，小猴子是和咱们一起去的呀，为什么好长时间不见呢？两人大惊失色，忙冲出山洞，大声朝周围呼喊。喊了一阵，仍不见猴子踪影。季月心急了，担心猴子丢失或逃走。她匆匆回到山洞，在洞里四处寻找和呼喊，还是不见小猴子。她没有一丝儿松懈，又气急败坏地冲出洞口，冲进树林，一边大声呼唤一边四处搜寻。修卓紧跟着她，赶前赶后，大呼小叫，恨不得踏平整个山林，也要找回小猴子。如此忙碌两个多小时，依然毫无结果，直到傍晚，两人才疲惫不堪地回到山洞。

回到洞里，季月一个踉跄，顺势倒在床上，悒郁而悲怆地自言自语。小宝贝，多么聪明可爱的小宝贝啊！从它第一次跳在肩上摸自己脸蛋起，她就感到她和它有一种心灵相通的感应，有一种缠绵如水的亲情，人兽之间的距离一下子缩短了。也就在那天晚上，她与它同睡一起。它和她相依相偎，亲昵地在她身上摩挲着，像与它妈妈似的无拘无束和撒娇卖乖。她完全被世间的真情融化了。她紧紧搂抱着它，就像和爱人荀伟成躺在一起那样温馨，又仿佛自己当了母亲搂着爱情结晶而充满母爱的骄傲和幸福。可是，现在，它走了，它抛下自己独自走了。她觉得她的心整个儿破碎了，魂整个儿被它勾走了！她嘤嘤地啜泣："小猴子，小猴子，你在哪儿？……"

修卓劝慰她，也深为自己疏忽大意而内疚："季月呀，我也很喜爱这只小猴子，也看得出你与它建立不同寻常的感情。它的不幸，是我一时大意所为。我对不起你和小猴子，我有罪。"

"修老师，这不关你的事。我是悔恨我自己，悔恨我从此失去依傍和温存。你想想，我一个女子，又刚度蜜月，却失去亲人，落荒原始森林，精神上所承受的压力和痛苦，比你俩都沉重巨大得多！你们男人，感情世界开阔辽远，随时都可以发泄或移情。还有，无论豪哥还是你，有了矛盾和痛苦，我可以从女性的本能出发去关心，去体贴，去抚平。而我呢？虽然你和豪哥也给了我许多帮助，但怎能抚平我心灵的创伤和精神的缺憾呀？只有它，可爱的小猴子！它替代你和豪哥，也替代伟成，给了我多么巨大的精神寄托和生活乐趣啊！它的一蹦一跳、一喊一叫，都牵动我感情的游丝，都给了我无限愉悦和充实。十多天来，白天有它挠抓把玩才使我快乐，晚上有它依偎亲昵才使我睡得香甜。它已是我生活的一部分，我不能没有它啊！”

“季月，季月。你的苦衷，我完全理解。但你不能太悲伤了。森林这么大，珍禽异兽和小动物多得很。你放心，我一会儿就去给你捕捉，松鼠、黄鹂、鹦鹉、锦鸡……如果运气好，说不定还能遇见孔雀和金丝猴呢！”

季月长叹一声，拭去面颊的泪珠，异常惋惜地说：“怕再也得不到像它那样聪明可爱、善解人意的小精灵了！”

他见她恢复平静，满心欢喜：“万物有灵，只要爱心相待，它们也会报以真情。”

“我真希望世界永远如此！人类与动物、与植物、与大自然永远和谐相处，亲善一家。”

“这是你的职业病，和我一样。就说我吧，见了美的东西，就如痴如迷，曾出过不少洋相。说来你也别笑话。西藏刚解放时，我去过拉萨，街上常见一些女人将裙子一旋，就蹲在街上大小便。我以为她们跳一种民族舞，赶忙速写起来。为了观察长裙下腿的姿势，我径自扒开一位姑娘的裙子偷看，被巡逻的解放军抓去关了三天禁闭。还有一次在上海，我发现一位相貌、肤色和线条极美的少妇，就跟踪尾随到她家，要给她画肖像，被人家拿鸡毛掸子打着赶跑了。你说这丢人不丢人?!”

季月瞥了他一眼：“所以你就偷看我的裸体，画裸体画！”

修卓十指穿插抱着拳，尴尬地说："季月，实在对不起，冒犯你了！"

"那天我是生豪哥的气。其实，我很乐意给你当模特儿。"

"不。我一生有过上百个模特儿，男女老幼，各种身份和民族都有。对人体的骨骼、姿态、肌理、线条我都了如指掌，运用自如，只是肤色变幻莫测，难以穷尽。就说你吧，有一种独特质感和光泽，真可谓自然之神韵，天地之灵光。太美了啊！"画家一谈起艺术，就忘乎所以。他顿了一下，然后指着洞壁上的画说："你瞧那乳房，其他颜色都不能达到理想效果，无法替代，所以一直留着空白。那天你给我擦鼻血，立即唤起我的灵感，才用血掺和着眼泪和唾液晕染而成。啧啧！你瞧那效果，古今中外再上乘的颜料也望尘莫及，也难以与之媲美！"

季月打趣道："要不是误入原始森林，要不是被豪哥打得流鼻血，你恐怕还没有这个灵感呢！"

提起豪哥，修卓突然问："不知他会不会找到火石？当时就不该让他一个人去。他会不会逃跑？这家伙鬼祟反常得很，我发现他在林子里手淫！"

季月不无羞涩地说："他吃的生食生肉，发泄一下有利于消化和精神平衡。你放心，他一定会回来。"

天快黑的时候，豪哥回来了。他带回一些捕获的战利品，却连连唉声叹气，说他没找到火石。大家不约而同地长叹一声，失望的情绪使那些上等的战利品也食之无味。

他们陆续找了几天，跑遍山林、溪流和山岩，仍没找到火石。修卓果然为季月捉到三只漂亮的松鼠，并用藤条编了个笼子。松鼠在笼子里高兴得窜来窜去，吱吱乱叫。季月非常高兴，用树叶逗它们玩，用松子喂它们吃。小家伙也很机灵，一边在她手掌啃食，一边用黑楚楚的小眼珠看她。那种贪馋，那种亲昵，那种撒娇卖乖的样子，真令人喜不自禁。她暂时忘记丢失小猴子的痛苦，充满另一番感情和心仪。

翌日早晨，季月觉得胸口发闷，心情烦躁，四肢无力，浑身难受，还不时地干呕。她把自己的感觉告诉给了修卓。修卓眯着眼，惊喜地叫起来：“可喜可贺！季月，你怀孕了呀！”

季月大吃一惊：“不可能，绝不可能！”

修卓固执地说：“你脸上起了几个红疹，我就猜你怀孕了。”

季月抚摸着面颊：“这是青春痘，别胡说八道！”

修卓愕然诘问：“青春痘？结了婚还有青春痘？”

“有的女人，孩子十多岁了，脸上照样长青春痘！”

“我只知道孕妇脸上长红疹。”

“这不是红疹是青春痘。”

“那么胸口发闷、心情烦躁、四肢无力、不时干呕呢？难道这不是怀孕的预兆？”

“这……”

豪哥听见他俩对话，走过来说：“如此看来，更不能没有火！修画家，咱俩这就出发，再去找火石。”

修卓随声附和：“这个主意好，为了季月，必须找到火石！”

豪哥把手一挥：“好呀，现在就出发。这次无论如何也要找到火石！”

说话之间，两个男人已向谷底走去。

望着他俩远去的背影，季月不由心头发热，激动得几乎流出泪来。她首先感激他们为自己敢于赴汤蹈火，在所不辞——尽管她对修卓的话半信半疑，不相信爱情结晶会来得这么突然容易，但他们的热情仍使她感动万分。其次是这两个冤家对头，在自己怀孕和寻找火石上，能这样达成共识，这样步调一致，更是她万万没有料到和最为感动的。特别是豪哥，他的热情，他的虚怀若谷，他的对修卓态度的改变，使她大喜所望。她抱怨自己原先对他的看法过激，带有偏见。他的确是个大智若愚的人，很有贵族气质和绅士风度，不像修卓那样絮絮叨叨、神神道道的小肚鸡肠。她相信通过这次合作，他俩的一切矛盾和隔阂，都将迎刃而解，成为患难中的一对好朋友。这个问题，正是她当前感到最头痛、最担心、最急需解决的事，也是大家能否胜利走出原始森林的关键环节。可现在，问题不是解决了吗？这怎能不令她格外激动呢？

季月回到洞里，完全忘了身体的疲乏和不适，兴致勃勃地逗着小松鼠玩。松鼠瞪着黑楚楚的眼珠子，几根松针似的长胡须颤动着，蘑菇状小脸做出各种表情。一只小调皮竖立着，把前爪打拱似的抱在胸前，继而双爪挠抓小脑袋，做起猫儿洗脸的游戏。季月没有干扰它的表演，而是伸出玉石般的手指，透过笼子和另两只亲热。它们蒜瓣似的小嘴一拱两拱，就挨着她的手指，舔了几下，又收回舌头，耸着小鼻头闻起来。大概没闻出什么农药和脂粉污染，它们就放心地舔她的手指头。那种亲昵，那种温馨，那种爱恋，那种真挚而热烈的感情，简直把人的五脏六腑和四肢皮毛都融化了。那只玩猫儿洗脸的小家伙觊觎了，嫉妒了，也跑过来，争着抢着舔她的手指头。她索性伸出另一只手，不忍心让它们为了爱而打架斗嘴。她认为爱是大家的，就应大家分享。爱也是互动的，付出多少，就会得到多少。而自己呢，现在独享三个小精灵的爱，这该是多么幸福和富足呀！

她和松鼠玩了一会儿，慢慢地，原先身上的那种不适又偷偷袭来，而且越来越厉害。她紧蹙眉头，苦笑着对它们说："小宝贝，我不能陪伴了，你们自己玩吧！"

她回到洞室，躺在床上，倍感迷惘惆怅。按理，如果她真的像修老师说的怀了孕，这对于一位二十七岁初婚少妇来说，该是多么高兴和庆幸的事啊！但她却高兴不起来。一是荀伟成至今下落不明，生死难说；二是自己身陷绝境，前途渺茫。在如此恶劣环境和营养条件下，能保证平安妊娠吗？能保证顺利分娩吗？能保证分娩后婴儿最低的生活需要吗？所以她认为，此时任何奢望，都是对新生命的亵渎和犯罪，也是对自己身心最残酷的折磨和戕害。她真想采取什么办法使之流产，使之夭折在萌芽状态。这并不是她心肠狠毒，丧失人性，而是环境条件不容她有任何非分之想。她何尝不想早日有孩子当妈妈啊！……她就这样胡思乱想着，思想的轴线扯得很远很远。

蓝天。白云。大海。她和妈妈在海边礁石中捡拾小海螺和贝虾。浪花从遥远的海边席卷而来，拍打着礁石，拍打着母亲额头的皱纹，撕咬着她像红萝卜头一样的脚丫。她们假装捡拾海物，实际心却一直注视着大海。母亲等待多日出海未归的丈夫，她等待盼望分别已久的爸爸。如此等呀等呀，直到十多天后，她们才从广播里听到一艘渔船被台风吞没的新闻，才知道再也等不回爸爸了。邻居帮她们为爸爸筑起一座衣冠墓，母女俩放声恸哭了一场。一个月后，母亲又顶替爸爸出海捕捞去了。从此，每天傍晚，她就独自站在礁石上，像当年和妈妈等爸爸那样等着妈妈。就在爸爸遇难的两个月后，妈妈突然感到心情烦躁，浑身无力，呕吐恶心。她要送她去医院，妈妈却悄悄对她说："傻孩子，妈妈有喜了，一定会给你生个小弟弟！"

第二天，妈妈挣扎着和大家一同出海了。那是一个多风多雨的夏季，妈妈也像爸爸那样几天没回来，她心里便有了先前等爸爸时的那种不祥预感。奶奶领着她在礁石上望着大海，等呀，等呀，一直等到第七天，妈妈的船又平安地出现了，靠岸了。晚上，奶奶做了许多好吃的食物款待妈妈。妈妈显得很英勇悲壮，给她讲述海上风浪怎么凶险，渔船怎么颠簸，她和大家怎么躲上孤岛，后来又怎样被解放军搭救……当时，她对母亲很敬佩，认为她是天下最伟大的母亲，最了不起的英雄！自那以后，妈妈的船队还发生过两次险情，但都一一化险为夷。再后来，妈妈果然给她生了个小弟弟，取名季阳，现在是海军东海舰队的一名水兵。弟弟刚三个月时，母亲就给他断了奶，又随船队出海了。弟弟白天由奶奶喂养，晚上就和自己睡在一起。她每晚搂着唔唔哇哇、光光滑滑的弟弟，感到无比新奇好玩。奶奶说："娃搂娃，福气大。"至今，她仍没弄明白，奶奶所谓的"福气大"到底是什么意思？

倏地，她觉得弟弟乱蹬乱抓的四肢迅速变粗变长。她隐约发现那正是伟成粗壮有力的双臂搂抱着她，烧灼的嘴唇亲吻着她，宽阔的胸怀挤压着她。

“季月，你真怀孕了？”

“我们早该当爸爸妈妈了！”

“孩子一定很漂亮！”

“像你一样聪明漂亮！”

哟，好奇怪呢！季月刚打个盹儿，那小家伙就真的生出来了。瞧那小鼻子小眼睛，好可爱噢！婴儿像弟弟那样唔哇哇、光溜溜地乱叫乱踹，乱抓乱挠，抓挠得她身上痒痒的，疼疼的。蓦然，她蒙蒙眬眬地看见孩子的手很怪，还长着毛。她以为是小狗。孩子怎么会突然变成小狗呢？她心头一惊，睁开眼，才发现小猴子正依偎着她抓挠怪叫呢！她惊喜得一骨碌爬起，紧紧搂住猴子，激动得泪水满眶。

“哦哦，小宝贝！你跑哪去了？摔伤了吗？虎狼欺侮了吗？哦哦！可怜的小宝贝，可爱的小宝贝！你终于回来了呀，你可想死我了呀，今后再不能分离了呀！”

小猴子只管挠抓乱叫，然后把一小块黑黑的、薄薄的、云状的石料交给她。她不解其意，想了一会儿，才恍然大悟。啊！火石，火石！我们终于有火石了啊！

季月再也抑制不住喜悦的心情，火急毛燎地跑进前洞，找来那把小铲和毛拉芯子，试着打石生火。一下，两下，火星灼人，毛拉芯子燃起来了。她忙捡来茅草和枯树枝，一点点地引燃，火噼噼啪啪地愈燃愈旺。在原始森林的山洞里，终于燃起生命之火，希望之火，迈出了原始文明的第一步。

季月担心烟熏坏修卓的壁画，就把火堆转移到洞厅中央。她像变了一个人似的，精神焕发，很利索地捡回更多干柴和木料，还在篝火上搭起一个烤食物的架子。她想尽一切办法，在豪哥留的羊肉上割了几块，然后架在火上烧烤。她要叫豪哥和修卓大吃一惊，要叫他们饕餮美餐一顿。小狗围着火堆转来转去，不时汪汪惊叫。小猴子的“人来疯”性格发挥到了极致，不停地给火堆添柴，不停地对着篝火手舞足蹈。火焰像一个巨大的金色舌头，在大厅中央摇曳闪耀，舔亮山洞的每个角落，舔红羊肉的每处蛋白和纤维。随着火焰的飘忽跳跃，脂肪被融化了，发出嗞嗞的响声。烤化的脂肪滴到火焰里，随之引爆一拨儿更强烈的火花，刹那间，洞里弥漫了浓郁的清香。

火光照得季月脸红彤彤的，眉眼鼻口更显得生动娇媚。她抱着猴子，脸颊紧贴在毛茸茸的猴头上，如蜂蝶般地嘤嘤絮叨："好宝贝儿，多亏你呀，你真好！真聪明！真能干！你是怎么找见火石的啊？"

猴子在她怀里吱里哇啦地乱抓乱挠，真有点得意忘形的样子。小狗好像玩累了，也许因嫉妒而闷闷不乐，独自卧在一边打盹儿。

"季月！季月！好香呀！"

豪哥回来了，一进洞厅，便惊奇地喊起来。

"火！火！真的有火了啊！"

季月跑过来，泪水在脸上凝固成生命的火炬，希望的旗帜。

"豪哥，我们终于有火了啊！"

豪哥拉季月坐下来："快说说，你是怎么弄来火的？"

季月亲吻着小猴子，泪水晶亮而辉煌。

"是小猴子找来了火石！"

"啊?!"豪哥做梦都想不到，两个大男人找了几天也毫无收获的事，却让一只小猴子轻而易举地成功了。人真是愚昧啊，真是连个猴子都不如啊！

"猴子给山洞带来火，咱们要永远记住它！"

"该给它起个名字呀！"

"对，干脆就叫火孩儿吧！"

"好，就叫火孩儿！"

"还有小狗呢，它也该有个名字。"

"好的，你随便起吧。"

"叫绿绿或林林。"

“你自个儿决定吧。”

“绿是生命的象征，林是生命的保护神。那就叫林林呗！”

“不错，就这样。”

他们抬着火孩儿举上抛下、亲来抚去地欢呼庆贺。小狗醒来了，望着他们，不住地汪汪叫唤。篝火熊熊。烤熟的食物香气更浓，成为喜庆宴席当之无愧的美味佳肴。

突然，季月发现不见修卓，便急问豪哥。

“咦，怎么不见修老师呀？”

“这家伙和我正爬山，突然不见了。”

“啊?！怎么会呢?！你为什么不找他？”

豪哥忙躲过季月警惕的目光，支吾道：“找了大半天，也没结果。”

“那你更不能独自回来，要继续找呀！”

“他比猴还精，会自己回来的。”

“万一丢失了，或发生事故怎么办？”

“说不定他又找‘右派’朋友去了！”

“不可能！绝对不可能！……”

“在这深山老林，任何不可能都会变成可能，任何可能都会变成不可能。”

季月急得面颊通红，两眼发直：“上次说他去找童九哥，但他并没去！”

“但他背叛了我们。”

“不是他背叛了我们，而是我们背叛了他！”

“好了，别争辩，只能等他回来。”

“等个鸟！”季月气得浑身哆嗦，用了豪哥平时最爱说的这个字眼，继续说，“在这里等？等鸟去吧！怕到时候连个尸首也见不到！”

“那你说怎么办？”

“还能怎么办？找呀，我和你一起找！”

“要找你找，我实在太累了！我要睡觉。”

豪哥说罢，跳上窝铺，真的倒下睡了。

“你……你……哼！……”季月气得说不出话来，喊着修老师，丧魂落魄地向洞外冲去。

第七章

如此决斗方式

他俩都很迫切地去寻找火石，但目的却截然不同。

修卓出于对豪哥的憎恨，自然也包含少许嫉妒和醋意的成分，才把寻找火石当作一件圣事来完成。他恨透了贴面舞和搓二步，认为那是对人性的背叛，是对兽性的屈服，是人向魔鬼的妥协。为此，他多次劝阻和告诫季月，警告她不能在含情脉脉中放松警惕，更不能在豪哥蠢蠢欲动中降下人性的旗帜。但季月却很自信地说：“为了争取豪哥，就得做出必要牺牲。我能把握住分寸，也能坚守心理防线。”他感到诧异，这算什么话啊！牺牲，分寸，防线……你能牺牲得起吗？你能把握得住吗？你能固守得了吗？……而且，这场人鬼媾和的闹剧，竟然在自己眼皮底下粉墨登场，这对他的人格尊严该是多大的挑衅和伤害啊！他恨季月和豪哥，更恨贴面舞和搓二步。他认为，导致这一闹剧的根本原因是没有火。正因为没有火，所以季月才生吃食物，才拉肚子差点被病魔夺去生命，才害怕动摇，才心甘情愿出卖自己的肉体和灵魂。正因为没有火，所以豪哥才茹毛饮血，才扭曲人性，才心安理得地享受生理刺激和情欲宣泄。火，火啊！他多么急切地希望找到火石，找到火啊！只有火，才能带来光明和希望，才能拯救他们的肉体和灵魂啊！

寻找火石对豪哥来说，却是蓄谋已久的一个骗局。他实在无法忍受茹毛饮血所蓄精力和能量的怂恿，无法忍受搓二步对生命和情欲的扼杀。但这一切，都因为修卓的存在而屡屡受挫。他后悔当初收留了他，更后悔多次怜悯没除掉他。他当时错误地认为，他年老体弱，并不会对自己造成威胁。现在看来，这种想法完全错了。修卓早已对季月垂涎三尺，如给她拍照，如给她捏脚，如偷看她的裸体。特别是他的画、他的学识、他的对艺术的高超见解，竟然博得季月的无限青睐和崇拜。崇拜是偷情的前奏。电视、戏剧、小说里古今中外“小姐拐相公”的故事，无不从崇拜开始。崇生敬，敬生情，情生爱，历来如此。特别是知识男女，更是玩弄这一情调的高手。不是么，这些情调已在修卓与季月之间发酵成一坛烈酒，使他们关系变得醉醉醺醺、黏黏糊糊的亲密和暧昧。这是豪哥性格所不能容忍的。他伺机等待，决心除掉这个情场的竞争对手。机会终于来了！当他有意安排修卓和他同去寻找火石时，他已策划好了一切。

修卓并不知道这个阴谋，心中依然呼唤着圣母玛利亚，希望在圣心与神爱的旗帜引领下，他们能很快找到一块赖以生存的火石。他和豪哥顺着谷底的溪流朝下游走去。溪水潺潺流动，时而跌宕，时而徐缓，时而蜿蜒，像老画家手中神奇的狼毫，在两岸壁石上搓擦晕染出一幅幅巧夺天工的图画。那峭壁、那山林、那奇花、那异草、那青苔、那频繁转换的光线以及投入水面的花姿树影……一齐摄入他敏锐的瞳仁，升华为一种强烈的美感力量和艺术冲动。但他牢记上次塘泺的教训，牢记自己的使命，努力把意识的骏马从“迷狂状态”拉出来。他留神辨认目光所及的每块石头，并不时捡起几块互相撞击，像捕捉灵感似的捕捉它们发出的每个声响、每个印痕和每个花火。但灵感始终没有闪现。他有些气馁，额头的汗水和鼻尖的清鼻，打湿了石面的印痕，也打湿了他心中的希望之火。他寄希望于豪哥。豪哥无限虔诚和心有城府的样子，使他不由得生出一个错觉，以为他就是为人类盗火的普罗米修斯。

离开谷地，向左转是一个山口，与谷地两岸山脊走势成九十度夹角。沿着山口进去，越往里走，山口越狭窄，山势越陡险。再后来，慢慢地，山上就没了植被，光秃秃的像人的裸体，皱褶纹理看得非常清晰。岩石奇形怪状，嶙峋峥嵘，有的四棱整齐如一摞摞宣纸，有的斜刺排列如一部部书简，有的勾结纠缠如一团团乱麻；颜色更是斑驳诡异，光怪陆离，有紫色、褐色、赭色、宝石蓝和铁锈红等。而且，颜色是随着皱褶和纹理搭配的，皱褶和纹理是随着颜色转换的，于是面积的广度和体积的深度就得到突现，整个山岩随之立起来了，活起来了！

到底是图画还是雕塑？

修卓拄着一根树棍，站在崖壁下，望着眼前景象，立即感到人的渺小和艺术的乏力。是呀，瞧那皱褶的隆起和凹陷，瞧那纹理的沉浮和走势，无论面积的伸缩还是体积的凹凸，形体背后蕴涵着多么巨大的智慧和力量啊！正如著名雕塑大师罗丹所说，首先要安排好形象的大的面，明显地强调所支配的方向。艺术要有决断。由于线条显然的来龙去脉，才能深入空间而获得物体的深度。要切记，“没有线，只有体积。……千万不要只着眼于轮廓，而要注意形体的起伏。是起伏支配着轮廓。”所以现在再看这些裸露的山体时，便不只是表面线条的秩序，而是透过表象探识内在的深度和力度。

豪哥在前面喊：“老家伙，别鸟情调，快赶路吧！”

修卓揩了揩汗水，急匆匆向前赶去。

没有路，一切都处于原始混沌状态。石头是这里的唯一家族。这个家族仍保留着母系社会的传统，女酋长把儿女分别嫁了或娶了风、雨和阳光，于是就衍化出这么多石头的子子孙孙。它们特立独行，孤守一隅，永远不与人类同流合污。而现在，人类使者亲自来访，它们仍冰冷如铁，狰狞似兽，虎视眈眈地抗争着人类的侵扰。特别是那些流线型石头，表面布满湿软黏密的地衣和苔藓，以及菌类植物的黏液绿毛，像潜伏的鳄鱼脊背，踩上去滑溜溜的，一不小心就会摔倒。不知修卓摔了多少跤，反正手里的棍子已成了三截。他气愤地把棍子向一个深潭扔去，抛物线立即发出“日日”的怪叫，吓得他唯恐鳄鱼吞走他的大腿。他倒吸一口气，连忙离开深潭，避过一个个像鳄鱼一样的大石头，气咻咻地咒骂豪哥："真是强盗！怎么把人领到这个鬼地方？"

豪哥已爬上一块巨大的石矶，喋喋不休地骂修卓："老东西，又搞鸟情调？当心鳄鱼咬了你的老屌！"

"我老了，有那东西和没有一样。不像你，整天硬戳戳的，光给季月打主意。"修卓抓住棱角，一边往石矶上爬一边喊，"拉我一把，快拉我！"

豪哥伸手拉住修卓，但只等他爬了几步，又变戏法似的松开手。修卓来不及应对，骨碌碌滚落下去，摔得屁股生痛。

"大老板，你他妈的太缺德了！"

"是你先丢开手，怎么怪我呢？"

"是你先丢手，还是我先丢手？"

"你没丢手，我会丢手吗？"

修卓想想也是，既然没记住谁抓谁的手，自然也分不清谁丢开谁的手，便不再追究，摸摸屁股，运运气，再次往上爬。这一次他接受了教训，抢先抓住豪哥的手，把主动权掌握在自己手中。他认为这个决策很高明，再摔不下来了，即使摔下来责任也很明确，不会冤枉错怪好人。就这样，他紧紧抓住豪哥的手，脚蹬塄坎，一下，两下……眼看就到顶了。但就在这时，他突然觉得豪哥手腕迅速膨胀，好像要马上爆炸似的。他一阵慌乱，一松手，又从四五米高的石矶滚落下来。这次着实摔得不轻，他躺在地上两三分钟都没动，也没出声。

豪哥跳下来，扶起他："这次责任明确，不能怪我吧？"

修卓推开他，斥问："你手腕乱摇啥？得高血压后遗症了？"

"是你丢开手，怎么又冤枉好人？"

"你的手像猪蹄，不发酵，不膨胀，不乱摇，我会丢开吗？"

"我一拉你，手就发功，一发功，劲就大。还不是为了你好？"

"好好，是为了我好！"

修卓无话可说，咧咧嘴，拍拍屁股，自个儿找窍门往上攀。豪哥偷偷笑着，没再捣鬼，伸出双手，使劲把他往上推。修卓趁机抓住一个石头尖嘴，脚蹭崖壁，猛一鼓劲，终于爬上了石矶。经过连续三次折腾，他累得够呛，脸色苍白，不住地吁吁喘气。豪哥随后也爬上来，坐在他身旁休息。

“你平时利索得山羊一样，今天咋耍狗熊？”

“先问你，跑了大半天，你怎么闭口不提火石的事？”

“这就去找呀！过了这块石矶，再走半个小时就到了。”

“你说得那么肯定，好像不是寻找而是去拿？”

“我昨天观察好了，那里火石很多。”

“那你顺便捎几块，不就好了？”

“给你说过，当时天黑，来不及了。”

“那就快走，别磨蹭到天黑，又来不及了！”

两人说着下了石矶，继续向前跋涉。这时，两边山崖更直，更陡，更狭窄，形成犄角之势，非常险要。抬头向上，只能看见一线天，两岸悬崖摇摇欲坠，随时都会合龙把他们埋葬。修卓为了壮胆，一边摸索前进，一边大声唱起越剧。不唱还罢，这一唱，更显得整个峡谷空荡荡的，使越剧听起来势单力薄，令人毛骨悚然。所以他就不再唱，随着豪哥提心吊胆地向前走。

出了一线天，眼前豁然开阔。左岸山崖已经远远退去，给近处留下一片丘陵，绿色又回到人的眼眸里。而右岸却不同，悬崖依旧，赤裸依旧，陡险依旧。特别是山岩，毫无规则地随意罗列，似乎风稍微一吹，就会垮塌倾覆下来。再向前边看，山体更加破碎，布满鱼鳞似的大小石头，远远望去，极像大型煤矿高大无比的煤堆子。

修卓问豪哥：“大老板，你搞过企业，见多识广。请说说，火石常在哪种石群中出现？”

豪哥抬头看着右岸破碎的悬崖，回答道：“就这儿，在最高的风化山体上。”

修卓靠着一棵树身，仰头朝上看："好险峻！这儿能有火石？"

豪哥说着就要去爬："老画家，你在这棵树下等，我上去看看。"

修卓忙拦阻他："不敢，太危险了！"

"为了找到火石，就该冒险！"

"不行！万一把你摔死了，谁带大家出山呢？"

"找不到火，同样也是死！"

"反正我不同意！"

"又不是在离婚协议上签字，你不同意顶屁！"

"那你保证，要摔死了，可别赖我害死你！"

"我要摔死了，你也活不成！"

"为什么？"

"没人找火，会把你饿死。"

"这……那你要千万小心，注意安全。"

豪哥甩开修卓，径自攀登悬崖："我喝的动物血，吃的动物肉，和动物一样，有翻山越岭的本领。大画家请放宽心吧！"

"大老板，你真是普罗米修斯！"

"什么死不死的，别说不吉利的话！"

"普罗米修斯是神，他为人类盗来了火种。"

"好啊，那我就当一回普罗什么斯吧！"

"我为你祈祷，祝你成功！阿门。"

"老画家，你就在树下等，别乱跑，当心走散。"

"OK，我就在这棵树下等好消息！"

修卓望着豪哥，一方面为他的精神所感动，另一方面为自己对他的偏激看法而自惭。他想，客观地说，豪哥这人还算不错。他机智，勇敢，讲义气。这是男人的基本素质。没有他，就没有季月，也就没有自己。他是自己的救命恩人，也是带领三人走出原始森林的唯一希望。只是……只是他的猪八戒思想太严重了，总是在季月身上打主意。但修卓又想，人无完人，谁能没一点儿缺点和毛病？三十如狼，四十如虎，豪哥正是如狼似虎的年龄，怎能不想女人不想那事呢？况且，在茫茫原始森林，在生命临界线，这点轻薄之念和轻浮之举，又算得了什么呢？自己应该理解和原谅他呀！

修卓目光从豪哥转移到树冠上，突然奇迹般发现，原来这棵独独的树竟然是银杏！他迅即离开树身，仔细观察着树枝树叶，不禁愕然惊叫起来。上帝！银杏，是银杏！他真没想到，在人迹罕至的地方，居然能见到被称为植物活化石的银杏，真是上帝独宠啊！

他跳着抓住一根树枝，用手抚摸着扁圆多纹的树叶，轻捻长长细细的叶柄，心里喜不自禁。他知道，银杏和水杉是十分珍贵而罕见的树种。早在一亿三千万年前，它们就生长在北纬八十度到八十二度地区，以后在欧、亚、北美均有生长。到了冰川期以后，凡冰川所到之处，生物无一幸存，它们也濒临灭绝的命运。直到 1941 年，科学家才在我国中部地区发现银杏，1946 年鉴定定名。在此之前，生物学家看到的只是化石，谁也没见过实物。从此之后，世界上已有五十多个国家从我国引种，日本于 1957 年开始成片造林。他就是那时在日本知道和看到银杏的。随行的一位日本画家感慨地说："中国的银杏和水杉一样，要在未来渐向灭绝的路上走去，所以如不加以特别保护与培植，灭绝时期当在不远！"

再以后，他虽然偶尔也见到过银杏，但那都是公园和宾馆人工培植的，从未观瞻过原始野生的银杏树。而且，瞧那树身，高大粗壮，须两个人才能围拢。树皮斑驳笼统，像刚刚出炉淬火的铁板，能感到铮铮的刚劲和韧性。上面流线型的枝杈，每根都有碗口粗。他猜想，也许它就是银杏之母，是冰川期孑遗的有限的植物。今天，能见到银杏之母，这的确是个好兆头。他高兴得在心里大喊："有这棵神树保佑，我们会像银杏树一样，逃过这场劫难。豪哥一定能找到火石，我们一定能走出原始森林！"

修卓这么想着，敏锐的眸子似乎扑棱了一下，凝聚了一下，辉耀了一下，心便被旁边的小溪紧紧抓住了，被溪水里晶莹的鹅卵石紧紧抓住了。那是多么美丽漂亮的小石子啊！瞧那形状、花纹、光泽、色彩……随着溪水波动，像一只只金鱼和蝴蝶，真的游起来了，飞起来了！呵呵，这尤物，这精灵，为什么现在才出现呢？……修卓如此这般地惊叹着，赞美着，禁不住走下溪水，弯着腰，伸出手，划破清凌凌的水流，忙不迭地捡拾起来。一枚、两枚……不大一会儿，他就捡了一大堆。然后他爬上岸，一掬一掬地把它们运到银杏树下，这才仔细欣赏把玩起这些小卵石。

这是怎样的一些鹅卵石呀！大者如拳，中者如卵，小者如荔。像雨花石，却比雨花石温润；像太湖石，又比太湖石刚厉。质地坚硬而晶莹剔透，色泽纯正而镶玉嵌翠，纹理细腻而朦胧多幻，形态奇离而各有意趣。如此质赋其形，形赋其色，色赋其理，理赋其质，尽将精、气、神、韵凝于一身，真乃天之尤物，地之珍奇矣！

对于美玉奇石，修卓曾见识不少，也偶有收藏。但他从没见过如此珍奇美幻的小石，便爱不释手地一一领略意会它们的娇容美趣，早将自己的使命忘得一干二净。突然，他发现一块掌大的乳白色片石，形状酷似一座高耸云天的山峰。半山之中，独独雕出一位铅灰色的神人。瞧那神人，四肢分列，棱棱有力，被四条铁镣紧紧关锁。啊！普罗米修斯，这不就是普罗米修斯吗？于是，他由普罗米修斯想起了火，由火想起了火石，由火石想起了使命，由使命想起了豪哥。豪哥！豪哥怎么了？他一阵怵然，神经质地站起，山羊一般从银杏树下蹦跳出去，爬上一块岩石，担惊受怕地朝山上疾喊。

"豪哥，豪哥！你在哪？没事吧？大老板……"

然而，就在这时，突然一阵滚雷似的轰隆声从头顶压了下来。未及修卓扭身，一股股烟尘石屑裹挟着一个个巨石从天而降，转眼间将银杏树砸得粉身碎骨。好险哪！修卓惊得目瞪口呆，抱头缩脑，一个踉跄跌在石缝里再没动弹。

一阵山崩地裂过后，豪哥才慌慌张张地跑下来，站在树旁急喊修卓。

“老画家，你在哪？”

修卓醒转过来，窥视着豪哥，眉头紧皱，没做声，觉得心里沉沉的。

“修卓，老东西！你在哪？死了吗？”

“哈罗！大老板，我在这呢！”

“啊！？”豪哥心头一惊，忙向他走去，“你怎样？没砸着吧？”

修卓撑起身子，走下岩石：“我没问题。你呢？也没问题吧？”

豪哥擦拭着脸上汗水：“我没问题。不小心，踏落一块巨石，引起连锁反应，发生了山崩。”

“山崩来得好玄乎！”

“只要没砸着你就好。”

“嗳，看，你受伤了。”

“不要紧，划破一点皮。我真担心会砸死你呢。”

“我不是好好的吗？大难不死，必有后福。”

“我也一样，大难不死，必有后福啊！”

“豪哥，我发现小溪里卵石特别漂亮，比金陵的雨花石还美！”

“是火石？能打火？”

“咳，我把这事忘了！”

“你这老东西，光知道鸟情调！”

修卓像没听见，走近石堆刨着：“带些小卵石回去，让季月玩耍。”

豪哥不耐烦地催促他：“别搞鸟情调了！快跟我走，说不定前面那座山上有火石哩！”

“你不是说这里火石很多，应该找找呀！”

“我说的是山上。”

“难道这石头不是从山上滚下的？”

“这点石头太少，命中率几乎为零。”

“再少也是有，说不定机会就在这里藏着！”

“你这老狗，”豪哥嗵地坐下来，恶狠狠瞪着修卓，“刚才就该让滚石把你砸死！”

“但我命大，死里逃生。”修卓望着银杏，叹息着，“只可惜这棵神树了！”

“什么神树？又是鸟情调！”

“你知道这是什么树吗？”

“在原始森林，谁还稀罕它！”

“这是银杏，又叫白果树，是植物的活化石。”

“咱们只找火石，别管什么化石！”

“看来你根本不懂石头，怎么能找到火石呢？”

“你一会儿化石，一会儿卵石，把我也搞糊涂了，能找个鸟火石！”

修卓摇摇头，不再说话。他茫然无措地在乱石堆里刨来刨去。石堆上空还飘散着浮尘，有些石块仍没有最终定位，能听见互相抵触的吱吱声。他捡起许多小片石，仔细地撞击着，分辨着。片石毫无规则，很沉，茬口布满了云母，闪闪发亮。他不认识火石，但他认准一条理，凡能撞出火花的，就离火石不远了。所以他注重于撞击火花，把眼睛分辨的功能舍弃了。他忙碌了一阵，也没撞出个子丑寅卯，顺手拾了几枚小卵石，站在旁边望着银杏树发愣。树冠已不复存在，侥幸露出石堆的枝杈，伸出痛苦挣扎的手臂。树身被乱石掩埋了，只能看见折裂的新茬。茬口白花花的，像一个个在刑场被砍掉脑袋的囚徒。惨啊！一个好端端的植物活化石，就这样毁灭了！难道物种就是这样灭绝的，化石就是这样形成的？真是人间惨案，可悲可怜啊！

修卓正嗟叹哀怜，突然山上又滑落一股风化碎石，吓得他连滚带爬。豪哥趁机虚张声势，大喊：“快跑呀！地震了！”修卓更加惊慌，不顾一切地朝旁边冲去。

“好险呀！差点和银杏树一样，咱俩也成化石了！”

“咱们找的是火石，别他妈的再提鸟化石！”

“那你刚才为什么不找？”

“我看过了，没有火石。”

“那你把我领来干啥？”

“还有别处呀！看，过了丘陵，那座山上肯定有火石！”

逃离险境后，俩人掉头向左边丘陵地带前进。修卓对豪哥的话半信半疑，再联系起刚才的山崩，一种不祥的预感油然而生，一路上不再说话。

这里地貌很奇特，说是丘陵，实际是十多个低矮的山冈，独独的，圆圆的，像刚出笼的热馒头。山冈与山冈互不相连，中间布满了沼泽和矮树林子。太阳好像特别青睐这块地方，把三伏天特有的热量毫无节制地抛洒下来，蒸烤得沼泽和矮树林热浪滚滚，连空气都发酵似的氤氲缠绵。风可以灭火，也可以助火；既能带来凉爽，也能带来烧灼。而这里的风只有助火与烧灼的份儿，吹在人身上就像烙铁烫了似的，随时都会把一根根汗毛烧焦烤化。

修卓气喘吁吁，汗流浃背。实际他这时的背并不是穿着衣服的背，而是指裸体的背，因为他脱了上衣，将一个稍显弯曲的光溜溜的脊梁直接面向太阳。风和阳光轮番燮舔他的项背，舔得汗水直淌，已打湿他的半截裤腰。他手拄一根树棍，银白的长发随风飘洒，远看像一棵歪着脖子的蘑菇。他艰难地穿过一片树丛，爬上一块草坡，就势倒下来，再也走不动了。

“老东西，又磨蹭啥？快走呀！”豪哥在前面大声催促。

“热死了，累死了，实在走不动了。”修卓有气无力地说着。

“再不快走，天黑了怎么办？”

“你一个去吧，我在这里等你。”

“你他妈的够狡猾，让我找来火石，你好向季月献殷勤？”

“我现在连我都保不住，谁还顾得管她？”

“你不去，我就把你塞进沼泽里喂鳄鱼！”

“沼泽里有鳄鱼？”

“没有鳄鱼，就淹死你！”

豪哥说罢，真的冲过来：“看我淹死掐死你这老东西！”

修卓心头一惊，立即来了精神，抄起树棍，架起马步，应战豪哥。原来他并非如此劳累疲惫，一切都是麻痹豪哥而做出的假象。但豪哥丝毫没发现这个阴谋，仍步步向他逼近。到了跟前，豪哥正要扑过去夺他手中的树棍，没料到这老东西真的狠心下手，抡起棍子朝他打来。他机灵地一躲，棍子重重地打在他后臀上。他不再躲闪，顺手抓住棍子，一抻，一搡，再一拽，就轻易夺过棍子。他扔掉棍子，一个老鹰叼食，将修卓按倒在地，扼住他的脖子。修卓根本不是豪哥的对手，只反击挣扎了几下，就像羔羊似的任由他宰割。

“说吧，去还是不去？”

“你掐死我吧，在这儿死比在那儿死强。”

“为啥？”

“在这还有个尸首。”

“在那儿呢？”

“你把我喂了虎豹豺狼，连个尸首也没了。”

豪哥哈哈大笑，随之松开手：“你这老儿，临死还这么幽默！”

修卓坐起来，摸着脖子：“我知道你不会掐死我。”

“又为啥？”

“我死了，你和季月跳贴面舞，谁当观众？”

“我们不跳舞了，堂堂正正做情人，真真实实去造爱！”

“那也该有个佣人呀！就像堂吉诃德，身边还有个桑丘呢！”

“那好，就留下你这个丧球（桑丘），给我做佣人吧！”

“这还差不多，像个大老板样子。”

“那你说，还跟我上那座山去不？”

“真要能找到火石，我当然去。”

“现在就出发吧！”

“该吃饭了，吃饱了才有精神。”

“吃啥呀？”

修卓捡回上衣，解开来，原来里边裹着一只烤鸡。

“当然有吃的，看，烤鸡！”

“你这老东西，就是想得周到。”

他俩吃着烤鸡，各人想着各人的心事。

其实豪哥并不打算在此对修卓下手。他的戏还没演完，不愿突然半途落幕。按理说，在原始森林收拾一个六十多岁老头容易得很，稍微出手就会置他于死地，也不会留下任何痕迹。譬如，在翻过大石矶时可以用石头砸死他；譬如在“一线天”不费吹灰之力就能掐死他；又譬如滑坡山崩，如果计划周密点，也能置他于死地；再譬如现在，只要自己乐意，把他推进沼泽里淹死闷死，也只是举手之劳。但他不想这么快、这么利索地让他死。他之所以转这个大弯子，就是要折磨他，蹂躏他，累垮他，然后等他精疲力竭时，再下手结束他的狗命。这样更有乐趣和刺激性，也更符合他的性格。

修卓却不然，虽然山崩使他对豪哥起了疑心，但总归是怀疑，没有根据。而且，他不曾把他估计得那么坏，两人无冤无仇，他为什么要置自己于死地呢？既然他要害死自己，对于这个土匪强盗来说，简直容易得不能再容易了，而他为何要如此大受周折和劳累呢？所以他仍对他寄予幻想，认为他没有完全被兽化，还多少保留着一些人性的温情，绝不会发展到兽性大发、草菅人命的程度。但他多虑狡猾的性格，又不得不时时提醒自己：在这像死一样寂寥沉默的原始森林，自己必须多一个心眼，决不能掉以轻心，麻痹大意。所以他刚才装狗熊，耍赖皮，不愿再走再上山。他要试探一下，看看豪哥是否心怀鬼胎，看看自己是否怀疑正确。刚才，他没有把自己掐死，没有把自己塞进沼泽里，就证明自己推断正确，他的心怀鬼胎和自己的心存疑虑，都只有百分之一可能。所以他现在心情好转，吃起烤鸡也格外响。

吃完烤鸡，两人沿丘陵边缘继续跋涉，走了约一个多小时，攀上另一座山峰。这里山势更陡，更险。他们攀登着，寻觅着，在山上忙碌了大半天，也没见火石的影子。太阳终于移到头顶，群山浮荡起万千气象。特别是远方那些峥嵘裸露的山脊和峰峦，挤挤挨挨，相扶相携，在阳光照射下更加妙趣不尽，奇幻无比。

“大画家，”豪哥站在一座崖畔前，惊叫起来：“快来看！你看左边那座山峰，太美了，太漂亮了！”

经过那场山崩和沼泽险情后，修卓虽然得出一个百分之一的结论，但仍对豪哥放心不下。他突然对百分之一这个数字很反感，很憎恨。世上许多事情都是这样，看似不可能的，却奇迹般成了可能；看似可能的，却意想不到成了不可能。所以现在他心里那个可恶的百分之一，他妈的简直就是一副绞索，正套紧自己的脖子！他必须冷静，必须警惕，决不能让百分之一的可能，在自己疏忽大意下，陡然飙升为百分之百的现实！所以他没靠近豪哥，始终和他保持着一定距离。

“老画家，你看左边向阳处，那群山，真像季月的裸体。最高的那峰顶是头，阴坡的是头发，坦而长的山脊是胸脯，胸脯上对称的两个圆形峰头是乳房，再远再高些的两山是撑起的两条大腿……瞧，连两腿之间的隐秘之处，也看得清清楚楚……”

“大老板，你太卑琐不屑了吧？”

“艺术家都很浪漫，难道你不想女人？”

“我老了，不像你那样雄激素过剩。”

“你说得很好！他妈的真是没办法，我一闲下就想女人，一想女人就想弄那事。”

“嘿嘿，我有个偏方，可以解你一时之困。”

“什么偏方？快告诉我，让我试试！”

修卓贫薄的嘴唇嗫嚅两下，神秘地说：“你用手指头轻轻地、慢慢地、似有似无地摩挲你的乳头，那快感绝不亚于和女人做爱！”

豪哥惊乍地叫道：“真的？真那么神奇？”

“不信你试试看！”

“我才不哩！我嫌那是手淫！”

“这和手淫是两码事，本质根本不同嘛！”

“那好，你先试试，给我做个示范！”

豪哥说着疾步上前，抓起修卓一只胳臂，狠狠地将他拉拽到陡崖前沿，“让我揉你的乳头，看看你这老狗，到底会有多么快乐……”

“NO！ NO！！妈的……”修卓猝不及防，正要反抗挣脱，突然被豪哥使劲一推，将他推下了悬崖。他顺手抓住一棵小树，脚在崖下胡乱蹬踏。啊！他这才大梦方醒，不可能变成了可能，百分之一果然飙升成百分之百！他喋喋不休地大骂豪哥，“你他妈的，纯粹是鸡贼大盗，土匪流氓！”

“骂得好！只可惜，我没把你这老狗鸡奸了！”

“你不会鸡奸我，你的野心是占有季月。”

“除掉你这老狗，季月就是我的了。”

“你只配和野兽交媾，季月绝不上你的当！”

“我会像对待你一样对待她。”

“你他妈的是野兽、畜生、bad guy！……”

修卓拼命向崖上纵，手中的小树摇晃着，发出可怕的折裂声。他敏捷地丢开小树，双手抓住沿坎，脚蹬石缝，使劲往上爬。

“哈哈，戏该结束了！”豪哥抢上去，恶狠狠地踩着他的手。

“No，啊！……”修卓痛得松开手，惨烈地大叫一声，掉下万丈深渊……

第八章

熊的恋子情结

修卓一直认为豪哥将他推下悬崖，是狗熊像接篮球似的接住并搭救他的。其实不然，也不可能。因为一个人从二十多米或更高处落下，其自重和加速度所产生的力，即使十个二十个狗熊也无济于事。而真实情况则是，他从崖顶坠下五六米时，慌乱中先是抓住一根粗壮的葛藤，葛藤将他抛向几棵大树，然后经过树冠的缓冲反弹，他又被弹向另几棵大树，偏离了悬崖的垂直方向，最后滚落在一座坡度较缓又长满葛藤树丛的山坡上。

很明显，他慌乱中能抓住葛藤是求生本能使然，但之后“三级跳”式的缓冲反弹又是什么神力支配的呢？他一无所知。所以，当他不知躺了多长时间突然睁开眼时，第一个看到的就是守在身旁的狗熊，从此就错以为他是被狗熊像接篮球一样接住的。他根本不知道“三级跳”的情节，如果目睹了这一惊险场面，他不被摔死也会被吓死的呢。他也根本不知道狗熊因死了儿女而悲伤和因发现他而惊喜的情景，如果他亲眼看到这场“兽恋人”“母恋子”的神话的话，他也不会将这个善意的错觉拥抱得那么痴迷执拗。但不管怎么说，“接篮球”也罢，“三级跳”也罢，总之在以后与狗熊相处的几天几夜里，他真正感受到了从未体验过的世间的另类礼遇和温情。

那天，当他还在阎王殿为自己生死存亡争辩时，狗熊正好从身旁徘徊哭泣而过。它是为失去儿女而悲伤，为自己过失而自虐。几天前，刚满三个月的一双儿女在崖畔玩耍，儿子调皮贪玩，攀高沿低，不料一脚踩空，从悬崖摔了下去。姐姐手忙脚乱，急着去抓弟弟，谁料脚下一滑，也随之摔下悬崖，与弟弟一起死了。狗熊采食回来，左等右等不见孩子们回家。它一阵烦躁，忙跑出树洞，到处呼叫寻找。

嗟嗟！嗟嗟！

山林一片寂寥，只有它凄凉的呼叫声四处回荡。

它找遍竹林各个角落，也找遍周围所有的水泊和山坳，依然没见儿女踪影。天慢慢黑下来，它还四处转悠，心里越来越惊慌不安。一群蝙蝠落在头顶葛藤上，吱吱叫着好似安慰它。它没理睬它们。它折转身回家，蹲在洞口等它们。它知道人间有个守株待兔的故事。既然能等待兔子，为什么就不能等待自己的孩子小熊熊？这是它从人类朋友那里学到的大学问，现在经过简单的思维处理，就产生了这个不同凡响的决策。是呀，说不定儿女现在也四处找妈妈呢！要是继续找下去，你找我、我找你，找来找去，找到什么时候才是个头？所以只能守株待兔。它望着天上星星，小眼珠格外明亮。也许它根据有熊座的方位，正在预测儿女的吉凶。几只狐狸在它身旁游荡，它也不过问它们的事。这一来，狐狸就特别放肆，连番向它排泄臭气，好好臭的！蓦地，这些臭气激活了它的嗅觉。它仰起脖子，伸长嘴巴，耸着小鼻头，接收过滤黑夜散发的各种信息。但它还是闻不到儿女特殊的气味。然而，就在狐狸走开的时候，风突然改变方向，一股强劲的西南风扑面而来，使它立即嗅出儿女们的气味。它没敢怠慢，拔腿朝气味飘散的方向跑去。

嗟嗟！嗟嗟！

狗熊终于跑到悬崖下，看到的却是两具血淋淋的尸体！它不顾一切，山呼海啸般地哭嚎起来。它悲伤极了，愧疚极了！它紧紧抱着一双儿女，在原地躺了整整一天一夜。直到第三天，它仍然不吃不喝，眼睁睁看着儿女的尸体慢慢腐烂。也许这是动物界特殊的送葬方式，只有亲眼看着死者被蚊蝇蟑螂馊为齑粉，化作尘埃，与山林土石融为一体，才算生命的升华。所以它整整三天都没离开它们，亲自把儿女们送上了天堂。

离开儿女殉难之地，狗熊整天孤独地在山林中转悠哭叫。这天下午，当它经过儿女遇难之处时，突然发现旁边山坡上躺着一个异物，跑去一看，先是一惊，继而一喜，接着就伸出双掌拉扯摩挲那异物。它认识这是人，是自己几年前相识的众多朋友中的一员。

那时，它也和儿女们一般大，住在另一片山林。一天，妈妈带着它在浅林区寻食，突然一声枪响，母亲倒下了。它不知发生了什么事，正抱着母亲哭咽，这时冲出几个异物，把它和母亲尸体一起掠夺走了。正当那几个异物要动手杀害它时，突然又跑来更多的异物，赶跑那几个异物，才把它带回村子。从此，它被好心的异物饲养起来。后来它搞清了，他们就是所谓的人，是世界的首领和主人。它和人类生活了半年，结识了许多朋友。主人对它可好了，有漂亮的房舍，有吃不完的竹叶和山果。许多小朋友还给它喂爆米花和虾米条，那东西可好吃啦！而且他们还给它画画，画得挺像的，很好玩。还有几个陌生人给它拍照片，照片就登在杂志上，他们还让它看来。好好漂亮喔！它当时真有点人类的自高自大。再后来，它长大了，能独立生活了，朋友们这才把它放归另一片山林。它很留恋和想念它的人类朋友，但它又非常害怕那几个另类人和他们手中黑乎乎的枪口，所以它永不回头地一直朝森林深处走去，从此再没走出山林和见过那些人类朋友。

狗熊像抚摸儿女一样抚摸那人的头颅，擦拭他脸上的血迹。他动了动，终于苏醒了。它看见他那和自己当年初见人类时一样惊惧的神情，就更加热情友好地搂抱和摩挲着他。他睁开惺忪疲惫的眼睛，觉得自己好像躺在白云或棉花包里，身体软绵绵的，充满了热量和温馨。他一时意识混乱，错以为那白云是季月的裙子，那温馨是美辰的拥抱和亲吻。他一阵惊喜，刚要爬起来，身上却疼痛难忍，嘴角抽搐几下，怪叫一声，又闭上眼睛昏过去了。

直到第二天早晨，他才真正清醒过来。但他仍觉得身体软绵绵的，热乎乎的，仿佛躺在女人的热被窝。他很久没有这种感觉了，复又闭上眼睛，仔细体味着久违了的爱抚和温存。当他突然想起昨天发生的一切时，不由一惊，身体便微微战栗起来。他不知自己现在何处，这个满身白毛的家伙是人还是鬼。他再次睁开眼，却胆怯地不敢正视，只是偷偷窥探它身上的白毛。这种毛雪白雪白，很柔软光滑，不像猴子的毛，也不像狗熊的毛，更不像老虎和豹子的毛。难道是白毛仙姑，是白毛女？一想起白毛女，他更加觳觫不安，立即联想到童九哥。难道，难道是他？他怎么会长出一身白毛呢？他仍然假寐，没敢动弹，小心翼翼地把目光从它身上移到周围环境。他这才闻到一股刺鼻的腥臊味。仔细一看，发现这原是一孔树洞，和他在新部落的洞室一般大小，只是没有衣服和缸子、瓢之类生活用品，更谈不上照相机和那本《公鸡打鸣天不亮》的奢华。洞里除了一些凌乱的柴草之外，再没有别的东西。他又从它的腋下向外望，可以看到洞口有一片箭竹林，边沿已被践踏得一塌糊涂。

他现在才明白，这家伙既不是白毛女，也不是童九哥，准定是熊猫或其他食草类动物。然而，就在他把视线从洞外收回的刹那间，它的目光恰好和他的目光碰撞在一起。他不禁惊异，那是一双多么善良温柔的目光啊！一张尖尖的嘴巴，一个问号一般的头和脖子，像一团降落的白云。两只小眼睛就藏在白云里，非常慈善柔和，犹如黑夜明媚的星星。狗熊！白狗熊！他的心一下子松弛了，分明感到一股温情正在融化疼痛，融化恐惧和隔阂。

狗熊似乎也很高兴。只见它转动笨拙的脖子，“嗟嗟”大叫几声，然后用舌头不住舔他的伤口。它的舌头很绵软，分泌的黏液也很稠浓，舔得他痒痒麻麻，浑身像通了电。它的鼻孔很小，鼻息却很饱满灼热，像熨斗似的随着舌头缓缓移动，痒麻中就不禁透露出几分熨帖之感。他猜想那一定是一个独特的治疗程序，于是便心安理得地享受着它的爱抚和救助。再后来，当狗熊把它的乳头往他嘴里塞时，他几次挣扎着要坐起来，都被它按住不动了。他小时死了母亲，从未吃过奶，即使现在乳业这么发达，品种花样翻新，他都一概不吃奶，更别提在现场吃狗熊的奶了！但他无法选择，这是他眼下唯一充饥的途径。他只好硬着头皮，衔住它的奶头，毫无章节地吮吸着。奶水很少，却很稠浓。他没吃过任何奶，自然分不清它的奶与人奶或牛奶羊奶有什么不同，所以就一股脑儿地吃着，连浓重的腥臭味一同吞咽下去。

修卓有生以来第一次感受母爱的幸福，可想而知，此番心情该是多么激动和兴奋啊！虽然他不知道狗熊是怎么搭救自己的，也不知它是怎么把自己搬回树洞的，但从它对自己的温情和爱抚中，能感受到它当时焦虑和爱怜的心情。他由此看到了希望，获得了寄托，心态和精神也大为好转。这时肠胃已有了动作，开始加工提炼熊奶，然后又把营养精华徐徐输向全身。他耸了耸会动的耳朵，似乎能听到营养精华汩汩流淌，正在激活各个器官和生命机能。他感到身体慢慢有了力气，有了精神，有了人的思想和欲望。更奇怪的是，被摔打碰撞得遍体鳞伤的肉体，突然奇迹般地不疼不痛了。他忙用手去摸，原来伤口已结起一层细薄的嫩痂，所到之处，只有麦芒刺扎似的痒痒麻麻，全然没了疼痛的感觉。他暗自惊奇。自古至今，熊掌就被列为山珍海味，难道熊的舌头和鼻子更具有起死回生的神奇功效？呵呵，真是不可思议！

有了肉体和精神的好转，善于幻想的画家便试图与狗熊进行交流。他不懂兽语，但他知道世界上有肢体语言这个说法。从生物学角度考虑，无论飞禽走兽还是爬行、脊椎或两栖类动物，它们除了靠叫声交流外，更多的是依赖肢体语言进行沟通。这对画家来说并不难，他立即设计了几个动作，开始人兽之间的第一次对话。

他推开它的奶头，在上边拍了两下，意思是：我吃饱了，谢谢！

它仰起脖子，大叫：嗟嗟！

他坐起来，又在它奶上拍了两下，意思说：谢谢你搭救了我！

它扼着他躺下，依然大叫：嗟嗟！

他这时犯难了，不懂它的意思，索性省略掉中间环节，直接站起来，在它嘴巴上吻了一下。这自然是亲密热情的表现，他相信它懂得这个道理。

然而，他刚“叭叭”吻了两下，它却翻起右掌，毫不留情地把他推倒在地，然后“嗟嗟”大叫着用尖嘴抵住他的额头。

他如坠云里雾中，原先设计的肢体语言全乱套，一时慌了手脚，不知如何是好。他只好躺下来，闭上眼，不得不继续仰仗它的鼻息。相持五六分钟，它大概看他睡着了，这才离开他，自个儿坐在洞口愣神。他猜想，它一定是等自己的夫君和儿女。它们夜不归宿，这怎能不让它牵肠挂肚！再说，它昨晚收自己留宿，男女同住，不明不白，又如何向自己的夫君解释清楚呢？所以，所以，它才强迫他闭上眼，睡大觉。这样一来，既防止夫君见了他吃醋，又免得他在夫君面前尴尬。

修卓想到这里，不禁哑然失笑，暗自感叹。真是菩萨心肠，低级动物！这么简单的问题，还值得如此煞费苦心？要么放走自己，要么让自己躲藏起来，问题不就解决了？他同时也很惊讶，原来动物和人类世界一样复杂，居然也有夜不归宿，也有争风吃醋，也有男女绯闻？所以，无论如何，自己都得想办法逃离这个是非之地，不能充当破坏人家夫妻感情的第三者！

他这么想着，不由翻了个身。

它立即向他大叫一声：嗟嗟！

他不顾一切地坐起来：哈罗！

它敏捷地冲过来，又是一声大叫：嗟嗟！

他没有躺下，想继续发挥肢体语言的作用。但它根本不给他动作的机会，长嘴巴已死死抵住他的额头。他无可奈何，只好乖乖地躺下睡觉。

大约过去一个多小时，也许他昏昏沉沉似睡非睡根本没有时间概念，反正隐约之中他突然觉得眼前亮了一下。他睁开眼，发现狗熊不见了，洞口阳光直刺眼睛。他心想这可是个好机会，应该立即逃脱狗熊的控制。他艰难地爬起来，把头伸向洞外，耳朵一动一动，小眼珠滴溜转动，煞像一只鬼祟的老狐狸。他窥视了一阵，没发现狗熊的踪影。这时伤口又剧烈疼痛起来。他忍受着刺骨疼痛，爬出洞口，观察着地形方位。这里和一线天的丘陵差不多，只是没有那地方大，也没有沼泽。脚下是一大片箭竹林，林子背后是一座很陡的山。他还能辨认出来，豪哥就是在那山上把自己推下来的。林子与山脚之间，有一条石坎包抄过去，是最理想的逃跑途径。他拿定主意，迅即离开树洞，隐身在杂草丛中。疼痛还纠缠不休。他咬咬牙，把疼痛丢于脑后，连滚带爬地穿过一座土岗。他靠着一棵树身，正要向石坎冲去时，突然传来“咔嚓咔嚓”的响声。他觉得奇怪，仔细辨听着，那声音来自箭竹林。他猜想一定是狗熊进餐，这个机会难得，必须跑步冲上石坎，只要到了那里，就逃脱了狗熊的视野。

他察看了一下伤口，掂量自己是否具备逃跑的身体条件。好在，他没有伤筋损骨，只是脸和四肢多处划破，臀部肌肉受挫，并无大碍。于是他鼓足劲，拔腿就跑，没跑几步，伤口更加疼痛。就在他稍稍踌躇的瞬间，脚被葛藤一绊，重重地摔倒了。可能是他的叫声惊动了狗熊，只听竹林里哗啦乱响，接着果见狗熊急匆匆向他跑来。他知道狗熊白天视力不好，想躲藏起来，侥幸骗过这个黑瞎子。他一骨碌滚进几蓬树丛，匍匐在地，屏着呼吸，静静等待。使他吃惊的是，这个黑瞎子并不瞎，正不偏不斜地朝这边奔来。他偷偷窥视着，这才看清它的全身和憨态可掬的样子。它的头很大，嘴巴尖而长，耳朵高耸，与庞大的躯体组成一个毛茸茸的流线体。全身毛发雪白，走路一颠一颠，蹒跚中透露出一丝儿顾此失彼的可笑。它离自己越来越近，分明能看见白毛里露出粉红的肉色。近了，更近了！它那两个小小的鼻孔，像海葵的触角一样，飞快地颤抖着，蠕动着，是那样敏锐和准确。天啊！原来它是凭嗅觉找到自己的！

此刻人类的虚伪性大大地派上了用场。他无奈地解开裤子，佯装大便，以此掩饰自己逃跑的企图。他觉得自己太狡猾，太不讲信誉，太忘恩负义了。人家（应该称为牲家）救了自己命，自己却不辞而别，企图逃跑。这算什么人嘛，算什么灵长类动物嘛！他实在感到脸红，感到无地自容，所以就施以大便假象。岂不知，他这种弄虚作假、蒙混过关的做法，更暴露了人类的劣性。但狗熊认识不到这一点，被他轻易地骗过去了。它信以为真，“嗟嗟”叫了几声，蹲在旁边等候。过了一会儿，他未及勒好裤带，它就抢上来咬住他的裤腰，又拉又拽，一步步把他往树洞处搬运。这个场面太让人感动了！他终于明白过来，原来昨天，它正是用嘴噙的办法，把自己从对面山坡上搬到树洞里的呀！它的爱心使他倍感愧疚。他不忍心再欺骗它，不忍心让它再为自己受苦受累，便趁机挣脱开来，拼命向树洞跑去。

他跑进洞，当即打消了逃跑的念头。他想，根据伤口疼痛程度，自己独自一人根本无法回到新部落。所以他横下一条心，干脆住下来，安心和狗熊过几天日子。为了表示诚意，他自觉躺下，装出一副十分安详的样子。狗熊回到洞里，见此情况，便放下心来。它又用舌头为他舔了一遍伤口，然后坐在他头旁，一直守候着。到了晚上，它给他喂过奶，就搂着他睡觉。

他怎么能睡着呢？他依偎在狗熊的怀抱，翻来覆去难以入眠。他现在没兴趣憎恨豪哥，他不配自己憎恨。他认为，对这种禽兽不如的家伙想得多了，就会污染脑细胞和脑空间，侮辱人性的崇高和圣洁。所以他刻意把豪哥从自己意识王国赶出去，暂时不提也不想他。他现在想得最多的是救命恩人（应称为恩牲），是这个只有一只动物的动物世界。说来也怪，直到天黑，他都没见它夫君的影子。它干什么去了？莫非也和自己一样，夫妻离异？再者，按理说，它能给自己喂奶，而且奶水很充足，说明它正在哺乳期，应该有儿女呀！可它们呢？莫非，莫非它们像自己儿子那样，也嫌弃老子离家出走？……咳，这真是个难解之谜！他想了大半夜，也没想出一个比较令人信服的结果。

又过了一天，他的伤口恢复得很好，疼痛也减轻了许多。他现在懂得了狗熊的一些肢体语言。譬如它用嘴抵他，用掌按他，不住地

“嗟嗟”大叫，都是为了挽留他，不许他走动，要他安下心来养伤。他完全理解它的好意，它比自己还懂得自己。但他仍搞不清它的身世，有一种不祥的预感，不知它遭遇了什么不幸，还是有什么难言之隐。不然它为何孤零零独自生活在这里？他决计为它做些什么，以报答它的救命之恩。可等他刚一动作，它就“嗟嗟”叫个不停，并用掌按住他，用嘴巴抵住他。他只能屈从，静静地躺下，接受它舌头和鼻息搅拌着时间的魔水，继续为自己治疗伤口。

狗熊暂时忘记失去儿女的痛苦，把人类赋予它的一切关爱，也无一保留地回报给这位不幸的人类朋友。虽然，这里没有玉米棒、糯米糕、山萸和牛排，但却有取之不尽的山珍野味。它“嗟嗟”不止地叫着，不知怎么采来许多山果，又如数家珍地一一奉献给它的朋友。嗟！嗟嗟！它一边发出母性般的轻唤，一边看着他慢嚼细咽。声音是那么温柔，目光是那么慈祥。特别当它将乳头塞进他嘴里并有了被吸吮的感觉时，它幸福自豪得犹如伟大无比的圣母玛利亚。

他在经历这场奇遇后，对生命有了一番全新的领悟。生命原本是地球为保护自己而生的一群寄生物，只有动植物之分，却无优劣之别，大家都在一条生物链下相得益彰，和睦相处。只是后来人类脱离了动物并有了思想和欲望，才慢慢打破这个平衡，才慢慢演变出人类善恶之辩的主题。生命本身并没有生命。生命是一种像阳光、空气、幽灵一样非物质的东西，只有种在肉体和土壤中才能生长出生命。生命对动植物意味着个体的繁衍，对人类却是产生欲望的沤肥坑。人类因为欲望而发展，又因为欲望而堕落。人生的真正意义就是弃恶扬善，把丑恶撵出人性的国度，从而使自己也使世界变得愈来愈崇高美好。

然而，人性与兽性并无明显界限，兽性常包含着人性的许多美德，而人性又常暴露出兽性的诸多恶迹。豪哥和狗熊不正是最好的例证吗？一个要害他，一个要救他；前者行凶，后者施爱。孰人孰兽？恶也善也？现在一切都泾渭分明，一切都清清楚楚。如果说，自己以前对豪哥只是善意埋怨的话，那么山崩袭击就是对他朦胧的怀疑，而坠崖事件则使他将他的阴谋彻底洞穿。豪哥连野兽都不如。二者相比，豪哥的灵魂多么凶残卑琐，狗熊的灵魂多么美好高尚啊！对于他，在经过这场劫难后，更真切地感受到生命的珍贵和无限。生命有时脆薄如纸，有时又执拗顽强得令人难以置信。但只要有一片赤诚和真情，生命就会创造奇迹。所以他更加珍惜失而复得的生命，更加对赐予他第二次生命的狗熊倾注出全部的爱心和热情。

直到第三天，他的伤口基本痊愈并适应了这种人兽同居的生活。他开始着手为狗熊做好事。他帮它重新整理树洞，为它铺设了一个舒适的窝铺。他发现它走路不稳，左后掌有点拐，他就给它认真检查，原来掌上扎进好几个木刺。他轻轻地用指甲抠着，用手指捏着。有一枚刺很细，扎得很深，用手拔了几次也无济于事。他只好张开嘴，用牙齿咬，一点点地拔了出来。就在细刺拔出的一刹，他的鼻尖掉下一滴清鼻，恰好掉进刺孔里。他想，既然狗熊的舌头和鼻息能为自己治伤，那么自己的鼻涕抑或对它也有医疗保健作用，所以他有意识没擦，让鼻涕流进熊掌深处。与此同时，他似乎看到了刺眼里的肌肉，嗅到里边散发出的特异气味，于是便懂得了熊掌何以那么珍贵、那么被人类格外觊觎。

每每闲下时，他就用手指在狗熊雪白的皮毛上摩挲呀，梳理呀，舒服得它只是闭起眼睛默默养神。突然，他发现它脖子上戴着一根项圈。他感到诧异，惊奇地辨认着。链子是不锈钢的，双股合成，粗细如小拇指，顶端有一个环扣。他隐约发现环扣上还有文字。他连忙擦掉环扣上的污垢，仔细辨认，果然认出一组阿拉伯数字：1988。狗熊大概看出他的惊讶和疑惑，就用笨拙的前掌拍拍他的肩，又拍拍它的胸膛，然后仰着脖子，嗟然大叫起来。他明白了：“嗬，原来你是人类放归森林的，那咱们可是老朋友了！”它高兴得用长长的嘴在他肩上摩擦，煞是乖巧亲昵。

他惊讶它的聪明和善于驯化，更感叹它对人类的眷恋和怀念。他先后发出几个指令，它都一一领会并做出准确无误的反应，乐得他不时捧腹哈哈大笑。他大笑，它也大笑。他后悔没带照相机，不然给它拍张照片，那该多好啊！他叹息没有斧凿，否则他要为它雕刻一座像《青铜时代》一样轰动世界的雕塑。突然，老画家双目闪耀着近似稚童和情人的波辉，登时被一股强烈的创作欲望震撼了。他苦苦设想着，构思着，决心为狗熊画一幅画，画一幅比西班牙委拉斯开兹的《矮子摩拉》还要独具个性特征和艺术魅力的图画！

他像打哑语似的用肢体语言把自己的想法告诉给了狗熊。它先是嗟然一叫，继而闷头沉思片刻，接着就做出几个错误而滑稽的反应。最后，当他连连摇头摆手时，它竟然变得异常不安和烦躁起来。

筹思片刻，他径自拉狗熊坐在树洞前，为它理理毛、擦擦脸、调整好身体姿势和四肢摆放的位置，这才走出两三米远，弯着腰，叉着腿，双手箍成圆，对准它，“咔嚓咔嚓”地喊了几声。接着，他又从地上捡起一根树枝，时而端详观察它，时而在空中抹抹画画。狗熊突然想起来了，当年在村子时，也有人为它拍照，还有许多孩子为它画画，那种场面使它感到从未有过的荣耀。它终于明白了，忙走过去，仰起脖子，向着他“嗟嗟”大叫。

嗟嗟！这两个简单的单音节，具有非常丰富的内容，既表示着笑，也表示着哭，还表示着怒、嗔、愁、痛等多种含义，必须根据它当时的情绪和肢体语言综合分析，才能得到较为合理的诠释。现在，他基本掌握了它不同“嗟嗟”的不同思想，反应就轻松自由多了。他明白狗熊明白了他的意思，乐意给自己当模特儿，乐意让他为它画画。他把狗熊拉到洞后一堵石壁前，让它坐好，又顺手采来许多花草和果实，开始为它画画。它端坐如神，目光充满母性的慈祥和温情。他银发飘洒，神采飞扬，很快就用花草的汁液勾画出它的轮廓。旁边石块上有他搜寻的两种颜料，是风化剥落的岩石粉末，一种铅灰色，一种铁锈红，用水调兑好，是不可多得的绘画颜料。他用一种很厚很硬的植物枝条作板擦，开始着色晕染。

突然，狗熊在它轮廓两旁指指点点，嗟嗟呼呼地尖叫起来。他不懂它的意思，以为它要求给它身旁各画一丛花草、石头或树木。他扫视了一下周围，分别拿了或指着这些东西向它比试，但它只是摇头怪叫。他丈二和尚摸不着头脑。它突然跑过来，用嘴在他腿上拱了几下，然后跌跌撞撞地朝山下跑去。

狗熊跑的姿势就像跷跷板，头和屁股一上一下，节奏非常明显，看起来滑稽可笑。他跟着它跑上石坎，来到豪哥推下他的峭壁旁。在一块凹形石槽里，他看到了悲惨的一幕：两只小狗熊尸体腐烂发臭，只剩下两张皮毛，仍被无数蟑螂、蚂蚁和苍蝇包围着。狗熊脖子转来转去，不停地嗟呼嚎叫，听起来非常惨烈凄厉。他银发飘洒，嘴唇神经质地抽搐，小眼睛已充满泪水，顿时坠入悲痛的深渊。啊啊，这是多么巨大的不幸和悲哀啊！但就在这不幸和悲哀之际，狗熊，它却为自己倾注了多少深情和爱意？啊！人性旗帜上那些最圣洁崇美的东西，竟然在一只野兽身上反照出如此灿烂的光辉，这是人类如豪哥之流能与之类比的吗？现在，他豁然开朗，完全理解它的心情，懂得了它的意思。它是要自己给它身旁画上一双儿女，永远眷恋和纪念着它们啊！

老画家一激动就神经质，一神经质就激动。这两种情态在他身上完全可以画个等号——激动等于神经质，神经质等于激动。作为这幕悲剧的唯一观众，他现在把激动和神经质的界限全打乱了。他激动得一时忘了人的高贵，嗵地长跪在地，神经质地使劲摇摆着头，放声恸哭起来：“天呀，地呀，原来如此呀！这是为什么呢？可怜的小狗熊，小宝贝！是谁把你推下悬崖，是谁把你害死的？难道，难道这里也有谋杀，也有豪哥那样的强盗恶棍？呵呵，太悲惨了，太恐惧了！这是为什么呀，为什么呀?！……”

狗熊虽然不懂他说的话，但知道他是为自己儿女伤心落泪。它蹲在他身旁，雪白的身躯托起尖而小的嘴，高高地伸向天空，像电视接收塔似的，插转播放这里发生的悲剧，倾诉自己和一位人类朋友的衷情。它的叫声由单音节变成复音节，除了“嗟嗟”之外，还夹杂着

“喔哇”“嗷吆”等，随意搭配连贯起来，就赋予了感情色彩，谁听了都会感激涕零。

修卓在一阵神经质似的发泄之后，变得异常专权和武断。他决然省略与狗熊沟通的肢体语言，更不理会它同意不同意，自作主张地要为小狗熊设计建造一座坟茔。他的神经质还没有消退。处于神经质的人是不顾及其他感受的。所以现在，伤痛对他来说已不复存在。他的小眼睛里，闪耀着只有精神病患者才有的那种游离而执拗的光芒。

他首先清理了石槽，用树棍把小狗熊的骨殖拢成两堆，然后用各自的毛皮包裹起来。他又采来许多花草果实，撒在石槽里，覆盖了它们的尸体。接下来该是搭建土石结构的建筑了。他紧紧裤带，给手心吐口唾沫，搓搓，就开始搬运石头。这对伤势初愈的他来说谈何容易！但他现在不需要容易。他觉得越容易越丧失人的尊严，越淡化他与狗熊的深情厚意。他现在是代表人类和动物打交道，怎能尽选容易的事呢？他搬运石头的姿势特酷，也特痴。只见他咬着牙，嘴角迅速抽动。嘴角每抽动一下，会动的耳朵随之摇曳不止，能感到那是浑身血液澎湃和力量勃发所引起的连锁反应。他怀疑自己是否真的疯了，哪来这么大劲呀？但就在这连连怀疑之中，他居然抱起一块又一块大石头！他给石槽盖上四块长而扁的石头，然后在上面垒起一个锥体的石堆。他端详了一番，觉得石头缝隙太大，必须用沙土填充。但附近沙土很少，怎么办？

就在他忙碌的这段时间里，狗熊坐着没挪窝，一直单音与复音并用，死去活来地哭嚎，就像人类送殡一样，家属只顾哭天抢地，掩埋封土等都是帮忙人干的事儿。它根本没留意他的忙碌和劳累。但这时，当修卓正为找不到沙土犯难时，它突然停止了哭嚎，突然懂得了他的难处，就引着他，朝下面的竹林跑去。竹林里到处是沙土，可距离太远，怎么搬运呢？还是人类比动物聪明。他的小眼珠一转，略加思索，便毫不犹豫地脱下自己的裤子。他用藤蔓绑扎了裤腿，然后用手给裤子里装沙土。装满沙土，他手攥裤腰，就往肩上扛。但他的伤口实在太疼痛，一连试了几次，也扛不到肩上。他只好改变策略，挨着地面拉运。这下狗熊可有了用武之地，嘴巴噙住裤腰，拉起就跑。这是它的看家本领，加之力气大，轻松自如得不费吹灰之力。到了拉第三回时，狗熊索性不许他插手，刚等裤子装满，它用嘴一噙，拉着沙土自个儿跑了。

就这样，他装沙土，狗熊拉沙土，拉了七八次，才开始填沙封土。蚊蝇蟑螂大部已被驱逐，即使残余的顽固分子，也将因沙土隔绝空气而一命呜呼。这一点很重要，也是他想尽千方百计拉沙土填充的根本原因。他要使墓穴保持真空状态，这样就不会让细菌生存，小狗熊的尸体便有了一个相对完好的状态。

他这样想时，突然眉头紧皱，连连拍着脑门叹息："他妈的，真是老糊涂了！石槽里没填沙土，怎么就垒起墓堆呢？"他摇摇头，嘿了一声，只好返工，动手拆除石堆。狗熊可帮了大忙，用长嘴和有力的前掌，前拱后扒，石堆哗啦啦垮塌了。他连忙揭开石槽，把沙土往里边填。填满沙土后又用脚踩踩，盖上石条，然后重新垒石头。再后来，他就一股脑地把沙土往石缝里灌，直到把沙土灌完，把石缝全部封堵，才像一台疯狂运转的机器突然断电，结结实实地累倒了。

狗熊还在欣赏这座土石结构的建筑。看得出它心里很满足，也很羡慕人类的发达和文明。嗟嗟！它大声叫着，仿佛在说：人类实在了不起！活着时住豪华宫殿，死了还睡高级坟墓，真是奢华至极，文明至极！……

修卓休息了一阵，突然想起为狗熊画画的事，便一骨碌爬起，拉着它就往回走。走了几步，才发现自己没穿裤子。他回身捡起裤子，往身上一穿，小眼珠立即惊呆了。原来拉运沙土时，裤子早被摩擦成烂索索。他捏捏露出来的屁股蛋子，自我解嘲地笑笑，紧上裤带，跟着狗熊走了。

来到石壁前，修卓让狗熊坐回原处，然后拿起板擦和花草，擦擦画画，涂涂染染，不大时辰，狗熊身边就出现了两只活泼可爱的熊仔。

它端坐在石壁下，眯缝着双眼，安详地看着身旁栩栩如生的一对儿女。

修卓看看两只幼仔，又看看它们的妈妈，激动与神经质立即画成了等号。

“母爱！多么伟大的母爱啊！”他大声叫嚷着。

狗熊高兴地转转脖子，拱拱头，样子无比慰藉和幸福。

“多么诚挚的亲情啊！”修卓又大声叫嚷着。

就这样，修卓饱蘸母爱和亲情的菁华，搓搓擦擦，晕晕染染，终于完成这幅题为《人性与母爱》的杰作。狗熊高兴极了，走过来，伸出前掌，抚摸着他的头和肩膀。他再也忍不住了，含着热泪，紧紧抱住狗熊，他（它）们拥抱得那么热烈悲壮。

六天过后，修卓身体完全恢复了健康，不由惦念起新部落，惦念起季月。他唯恐季月渡不过妊娠难关，唯恐她遭受豪哥的凌辱和伤害。但他又舍不得离开狗熊。在这难忘的六天六夜里，他享尽了狗熊单纯、简单、混沌的抚爱和温情，深感了它舌头和鼻息医术的高明，饱尝了它乳汁的甘甜和山果的芳馨。它那嘴的抵触、掌的按压、“嗟嗟”的大叫、雪白的绒毛、温暖的怀抱、搬运沙土的卖力，以及走路一拐一拐的姿势，全都输入他意识的深层，融入他滚烫的血液。他和它建立了深厚感情，完全称得上患难之交、生死之交呀！他怎能舍得离开它呢？怎能忍心抛弃它呢？……修卓心事重重地抚摸着狗熊，陷入从未有过的极度矛盾之中。但人类虚伪自私的本性，迫使他最终还是做出告别野兽，回归人类的抉择。这就是说，他必须背叛像人一样善良的白熊，去投靠比野兽还凶残的豪哥。天啊！无论从感情还是理智上，他都难以接受这个残酷的现实呀！……

狗熊一直很温顺地依偎着他，任由他抚摸扑簌，不再扭脖子，不再“嗟嗟”叫唤。它大概摸透了他的心思，内心也经历着一场强烈的感情风暴。它蠕动着鼻头，高耸起耳朵，身后寸长的小尾巴摇摇摆摆。这是它独特的思维方式。修卓完全理解狗熊此刻的心情，它何尝愿意离开他呀！在经历了此番生离死别的缠绵缱绻之后，他不得不想方设法利用肢体语言，把自己的想法告诉给狗熊。它懂得他的意思，更理解他思念亲人的心情。它突然用嘴拱拱他的手，引领他走出洞口，仰起脖子，向着远处“嗟嗟”长嚎。

得到狗熊的理解和同意，他便热烈地和它拥抱告别，然后转身启程。但狗熊一直跟着，任凭他怎么谢绝，它也不回首。他突然灵机一动，心想，何不带它一起回新部落呢？他心里暗暗高兴，觉得这是个英明决策。所以他不再谢绝它，高高兴兴地与它结伴而行。

他带着狗熊，绕过箭竹林，穿过石坎，开始翻越那座山峰。狗熊对这里的地形非常熟悉，有它引路方便快捷了许多。爬上山顶，他有意观察了一番山势走向，寻找豪哥把他推下的悬崖。这里，这里，就是小狗熊摔下的地方，他分明看到他为它们新筑的坟茔。同时他也看到半崖上突兀生长的几棵大树，以及紧挨它们衍出更多的大树和盘绕其间密实的葛藤草丛。他恍然大悟，原来自己就是被那几棵大树以及衍出更多大树像“三级跳”似的反弹传递着，才免于粉身碎骨。天啊！太惊险了，太神奇了！同时他又想，那么，为什么小狗熊没有被反弹传递，而偏偏自己却被反弹传递了？这是巧合，还是天意？他莫名其妙，连连惊叫不已，真是不可思议！天啊！难道，难道小狗熊为自己祈求了神灵，神灵才保佑自己逃脱了这一劫难？否则，小狗熊罹难之处，就是自己葬身之地呀！

离开悬崖，离开自己遇险和小狗熊罹难的地方，他一路沉默寡言。翻过山，来到沼泽地，狗熊突然耸起鼻头，竖起耳朵，似乎嗅到了什么或接收到什么信息，表现得格外兴奋。它站在一块石头上，四下望望，没见什么动静，又跟着他往前走。路过山崩滑塌之处，他捡了几枚鹅卵石和风化片石，看了银杏树几眼，开始穿越一线天。出了一线天，翻过大石矶，刚走到深潭边沿，狗熊再度兴奋起来。只见它仰起脖子，一个劲地朝深潭对岸“嗟嗟”大叫。他不知道发生和将要发生什么事，正在踌躇，突然发现对岸也有一片箭竹林，林子里跑出另一只狗熊，一样的浑身雪白，一样的“嗟嗟”大叫。他大吃一惊，天啊！它那么娇情，那么兴奋，原来看见了自己的夫君或情侣！它果真是那只夜不归宿、花心不败的公熊？

片刻思索后，修卓突然发现它已离自己而去，正要绕过深潭开溜。他一阵沮丧，抱怨它不辞而别，和人类一个毛病，见了情人忘了朋友，算什么生死之交嘛！他正要转身赶路，却见它突然跑回来，用嘴巴拱拱他的腿，然后直立站起，亲昵地依偎着他。他也很激动，抱着它的脖子，紧紧和它拥抱在一起。过了一会儿，它用前掌拍拍脖子上的项链，又拍拍他的胸膛，轻轻地“嗟嗟”叫唤。他立即明白了，它要把项链送给他作纪念。他毫不推辞，忙打开环扣，取下了项链。他拍拍它的头，比划着，要它和他走，一起去新部落。它用嘴拱拱身体两旁（幼仔），摇摇头，惨烈地嗥叫几声，然后头也不回地走了。他懂得它的心思，它不愿离开一双儿女，不愿离开儿女的葬身之地啊！

他愣愣地站着，目送它绕过深潭，跑向箭竹林。与此同时，另一只狗熊已离开林子很远，也跌跌撞撞地向它跑来。它们在深潭对岸，相向而行，近了，更近了，眼看就要相遇了。它们像一对久别重逢的夫妻，一边跑着，一边相互对叫。

嗟嗟！嗟嗟！

嗟嗟！嗟嗟！

这是怎样一个感人的场景呀！

修卓望着它们，完全惊呆了。他既不懂它们此时叫声的含义，也不懂它们将要发生怎样悲壮的故事。但他为它们高兴，为它们祝福！当他走出二三百米，再回头张望时，已看不见它们的踪影。他不禁哑然失笑，眨巴着小眼珠子，大声笑骂起来：“哈哈！母熊，狡猾的家伙！分明恋着情人（熊），却美其名曰离不开儿女，和人类一样，虚头巴脑的，没一句实话咯！”

第九章

谋杀还在继续

大约正午时分，豪哥还躺在铺上出神弄怪。

他浑身赤条条的，连裤衩也没穿，能清楚看见腿上的腱子肉和黑茬茬的胸毛。他过去睡觉就不穿裤衩，认为那个被称为命根子的玩意儿实在可怜，整天糗在黑裤裆里，是该放放风自由自由的了。所以它现在不但自由而且格外强势和尖锐，彪炳着生命力的旺盛和蓬勃。他用手使劲摩挲那物儿，越摩挲越难受，只觉得里边有电流直往外蹿，身上散发出一股强烈的荷尔蒙气味。洞里虽然很凉快，但他身上却毛躁灼热得受不了。他觉得这种毛躁和灼热不是来自心里，而是产生于肌肉，是来自生命内里迅速膨胀和爆发的本能，是无法遏制的渴望和冲动。上帝用一种叫生物钟的机能，召唤和激励人性最旺盛和张扬的东西蠢蠢欲动，跃跃欲试。

他原先并不懂也不相信生物钟这个说法，现在设身处地遭遇了，才对它有了彻心彻肺的感受和认识。他突然想起“凉板凳”说的话，他说据公安部门统计，强奸犯罪百分之八十发生在正午和黎明前后。为什么呢？因为这时人体造血功能强盛，而生殖器得到最大限度的充血，促使海绵体迅速膨胀，随之而来的是浓厚的荷尔蒙气息，这就有了晨勃和午勃这两种奇妙现象。所以无论是男是女，一到正午和凌晨前后，情欲就比其他时间强烈好多倍。十七八岁小伙子表现最为强烈，焦灼难耐得只担心那东西会突然爆炸，甚至三四岁小孩也有反应，只是没有欲望罢了，不信摸摸他们的小鸡鸡，竟那么硬，那么直，翘得能戳破天。对女人来说，由于她们善于忍耐和调控，所以再想再难受也能熬过去。而男人却不同，想方设法不择手段也要排遣和发泄。这就是强奸犯罪多发生在正午和凌晨的秘诀，也是生物钟最有力的证据。他当初听了这话，只当“凉板凳”胡编瞎造，压根不相信也不在乎。因为他周围美女如云，随时都可以排遣释放，不存在生物钟这个概念。但现在却不同，自从进了原始森林，自从失去所有排遣发泄对象后，每当正午和凌晨，他身上就好似装了炸药包，随时都会爆炸。他妈的这生物钟来得太准时了，太激烈了！

就在他把修卓推下悬崖的当天晚上，也是凌晨时分，生物钟准时敲响，召唤起他周身的全部情欲。他下定决心，要排遣，要发泄，要把它们变成实实在在的行动。他爬起来，只穿一件裤衩，光着脚，踹了一下小狗，跌跌撞撞地闯进季月洞室。他穿裤衩不是嫌丢丑，而是怕火孩儿突然攻击，他已领教过它的厉害。他蹑手蹑脚地进门，脚被树棍绊了一下，但没绊倒。他知道这是季月设的机关，专门用来防他，就使劲一踩，咔嚓一声，树棍成了两段。

咔嚓声首先惊动火孩儿，接着季月也被惊醒。

“谁?！”季月警惕地喝问。

“还能有谁？”豪哥以问作答。

“这么晚了，你来干啥？”

“给你做伴，就像在死亡之湾一样！”

“我有火孩儿，你快出去！”

豪哥把火孩儿推下床，摸着季月：“今晚必须和你睡！”

季月慌忙躲避：“咱们有约定，我只和你搓二步！”

“别提鸟搓二步！别用它耍我！”

“你要理智，不能蛮横无理！”

“我现在是野兽，没理智了！”

季月蜷曲着双臂，瑟缩在墙角里，拼力抵抗他的侵扰。豪哥跪在铺上，眼睛射出贪婪的光芒，使劲拉扯她的腿。他每拉一下，她的两只脚就乱踢乱蹬，他根本无法近身。他试图像对待修卓那样，打消耗战，等她耗尽精力、疲惫不堪时再搞定拿下。但生物钟明显有了感觉，下身憋得实在难受。于是他改变主意，一把将她抱起，再放到床中央，然后用自己魁伟的身躯镇压她的反抗。季月在他胯下奋力挣扎，脚乱踢乱蹬，手乱抓乱舞。豪哥眼疾手快，趁机剥掉她的上衣和奶罩，接着手一抻，脚一蹬，又扒下她的裙子和短裤。他的肌肤、他的胸毛、他的汗水和气息，立即就与她的身体交融在一起。他同样也接纳了她的肌肤、汗毛、汗水和气息。他觉得她的肌肤异常光滑、柔韧、温馨和富于弹性，肉感极其美妙。汗毛和汗水搅拌着生命的菁华，既黏密，又均匀，痒痒麻麻的直让人产生幻想。还有她的气息，虽然不时夹杂一些诅咒谩骂的短语，但总的还属于呻吟和呼喊之类的叫床语言——所以她的气息犹如她的肌肤、汗毛、汗水一样可触可摸且更具性感的魔力。这些感受都是一刹那间的事，通过感官输送立即传遍全身，自然也反馈给生物钟管理中心。这样就为他下一步“先入为主”提供了时间和物质条件。蓦然，一眨眼工夫，他就像耍魔术似的把自己身上仅有的裤衩扔得不见踪影。两个纯粹的肉体顿时扭成一团，撕扯成一堆，根本分不清谁是谁，都是白晃晃一堆肉和赤裸裸上帝的儿子。

这是一场真正意义的灵魂决斗。

这是一场真正意义的生命博弈。

季月仍然顽强抗击，腰臀快速扭摆，四肢做仰泳状，疯狂地划动挣扎。豪哥一只手箍住她一只胳膊和后臀，两条腿缠压着她的腿，另一只手开始操作。两个人都不说话，语言显得很累赘，行动代表了一切。那些“哼哧”“哎呀”类似叫床的短语，只不过像破机器发出的摩擦声。他们就是一台破旧机器，摩擦和反摩擦的战斗正酣，发出的响声非常沉闷和混乱，震撼得整个山洞都眩晕了。小狗林林不停汪汪吠叫，看家本领使它分不清谁是主人谁是贼。火孩儿两眼瞪得大大的，以为主人正在制造小猴仔，急得搔头挠腮，吱里哇啦乱叫，好似埋怨他们，即使生小猴仔也没必要这么惊天动地噢！

豪哥的手还在操作。他觉得她的反抗明显减弱了，就腾出另一只手，双手配合着操作运行。生物钟更剧烈地激励他，怂恿他，眼看就要先入为主了。季月在长时间的消耗中，已精疲力竭，身体开始抽搐和痉挛。慌乱之中，她突然想起火孩儿，立即恢复了语言功能，尖声呼叫：“火孩儿，火孩儿！快上，快咬。火孩儿，火孩儿！救命呀……”

火孩儿犹如离弦之箭，迅即跃上床，扑将过去，撕咬挖抓着豪哥的后臀和大腿。豪哥背后受敌，大吃一惊，飞起一脚，把小猴子踢翻在地。火孩儿毫不畏缩，再次扑上去，直取他的裆间。这一招使豪哥不曾预料，任凭他怎么力大无比，也防不胜防，难以招架。他左躲右闪，虽然没受到伤害，但那蓬勃如虹的所在早被甩成麻雀脑袋，生物钟突然不再嗡嗡作响了。

一场灵魂决斗和生命博弈就这样收场……

此刻，豪哥越想越沮丧，越沮丧生物钟越强势。他时而撇撇腿，时而弓弓腰，时而又蹭蹭屁股。靠洞厅处有一根横躺的钟乳石，每晚他都是抱着它睡的，已被磨蹭得光滑无比，形如一只海豚。他索性故伎重演，紧紧抱着钟乳石，嘴里呼呼喘着粗气，眼睛火辣辣地喷着火花。他真的看见了火，看见由一个孔洞透进来的火光。孔洞有盘子一般大小，他平时就是通过它观察洞厅现场，窥探季月举动的。他现在更需要窥探，更需要摇曳生物钟的铃铛。

他妈的女人！他一想起那晚的惨败，就暗自咒骂。哼，他妈的，女人都是假正经！和谁弄不一样？在原始森林，还守他妈的鸟贞节！他这样骂着，眼睛已投向孔洞，看见季月正站在火旁烤食物。火光把她的线条勾勒得那么清晰，那么富于性感。瞧那姣妍的脸庞、粉嫩的脖颈、高耸的胸脯、饱满的小腹和略显突兀的后臀，真他妈的勾曳人，刺激人！豪哥傻瞪着眼睛，喉结快速滚动，不放过她的一举一动。他还设想了许多细节和动作，全神贯注地走进虚拟情境，努力裹挟着她同赴快乐的天堂。突然这时，他觉得头脑“嘭”的一下，生物钟终于膨胀了，爆炸了！他猥琐不堪，狼狈不堪，紧紧抱住钟乳石，完成了预设的全部细节和动作，变成一只海豚，蔫不溜秋地躺着不动了。

“豪哥，吃饭！”季月不但语气显得生硬，而且坐着没挪窝，更别说到洞里叫他了。她平时很少到他的洞室里去，最多在门外喊他或说几句话。今天她更不会到他洞室喊他吃饭。她还为那晚的事忌恨他，所以就一直坐着没动，只是例行公事似的喊着他。

“豪哥，吃饭吧！”

豪哥没做声。虽然季月最后一句多了一个字，但他仍觉得冷冰冰的、硬戳戳的，就像他怀里搂着的钟乳石一样没有生命和感情。他不理她，一声也没吭。

“豪哥，快吃饭吧！”

豪哥心想，喊吧，就是再多成千上万字，我也不吃你做的鸟饭！

“豪哥，别生气，先吃饭。下午我陪你跳舞。”季月又多了几个字。

随后，虽然季月一而再、再而三地增加了一串串字，但还是不见他的动静。她不由慌张起来，忙把石头上烤的松子刨成一堆，把茶缸煮的小鱼端下火，一边甩拉手上的烧灼，一边吸溜着嘴，匆忙地向豪哥洞室走来。啊呀！埋汰！不看不要紧，这一看，羞得她惊叫一声，赶忙捂住脸，跌跌撞撞跑出洞口。

“野人，野人！简直连野人都不如！我只知他晚上不穿短裤，谁想他大白天也一丝不挂？天呀！这是为什么，为什么呀？”

季月坐在洞口，面向谷地，嘤嘤地啜泣起来。

茫茫原始森林，只有他们两人，孤男寡女，怎样才能处理好这种关系呢？如果满足他的要求，自己将来怎么面对伟成？如果拒绝他的要求，他要撇下自己跑了又该如何是好？她不得不重新审视现实，重新审视自己的处境。

那天，当豪哥说他把修老师丢了时，她就预感到这个可怕的后果。她冲出洞口，放声大喊大叫了一阵，但并未真正去找修卓。这种表现充其量只能称为发泄，或者说尽尽心而已。因为她很清楚，在原始森林无人区，要想找到一个人，不啻大海捞针，是根本不可能的！何况，修老师现在是死是活，更是个未知数。她越来越对豪哥的话大打折扣。他讳莫如深的表情和飘忽躲闪的眼神，预示背后隐藏着一个很大的阴谋。她一想到这里就不寒而栗。怎么办？我该怎么办？她在周围转悠了一个多小时，也没想出主意，又恹恹地回到洞里。

那天晚上，预感的事情果然发生了，豪哥果然向她发起了攻击。要不是火孩儿参战，他的阴谋早就得逞了。接下来的几天，她的精神彻底被击垮，整天像丢了魂似的惴惴不安。她首先疑虑的是修卓，一个活生生的人，怎么就悄无声息、不明不白地消失了？她总感到他俩之间隐藏着一种杀机，甚至接连几夜都梦见二人决斗的场面，而且每次都是修卓被暗算的同一个结局。他们不可调和的矛盾是什么？难道真如豪哥当初说的“多了张吃饭的口”？但现在并不缺少食物呀！那到底为什么？……难道，难道为了自己，为了一个女人而争风吃醋？季月想到这里，慌忙用手捂住头，羞辱得不愿再往下想了。

另一个原因是自己与豪哥同住一处，这使她本该噤若寒蝉的心，更加提心吊胆和如坐针毡。她完全丧失了自我保护能力，原计划亲自执导的贴面舞再也无法导演下去了。她心灰意冷，万念俱灭，像僵尸似的任凭他贴面、搂抱和搓二步。在他疯狂粗鲁的揉搓之下，她早已成了一堆烂泥和软面条，唯一庆幸的是女人圣洁的领地依然固若金汤。其原因一是自己拼死反抗；二是几次都是火孩儿出其不意地蹿上去，猛抓狠咬，最终挫败了豪哥。她悲叹自己身单力薄，长此下去，不被折磨死，也将遭受他兽性的蹂躏和玷污。一想起这些，她就无比惧怕和忧伤，不吃也不喝，只是抱着火孩儿和小狗林林嘤嘤哭啼。

对豪哥来说，这无疑是魔鬼的一大庆典，是主耶稣的最后一次晚餐。随着与世隔绝的时间与日俱增，他的情欲的烈火在末日绝望中愈燃愈旺。他企图在苟延残喘中抢占季月，以发泄久蓄的能量和享受最后的快乐。

如今没了修卓，他满以为季月会垂手就范，从此任他随意摆布玩弄。谁料这个清高自信的女人，却只是在贴面舞和搓二步中与自己玩“猫抓脑”。这种“猫抓脑”愈演得真切，愈使他热血沸腾和急不可耐。更可恨的是该死的火孩儿，每每当他“先入为主”时，都是它扑将上来，干扰和破坏他的美事。真是可恶至极，可恼至极！他真想把猴子弄死。但他又一想，火孩儿颇通人性，对自己今后大有用处，所以就不忍下手。他想来想去，最后决定把它捆绑起来。不然，自己的裸体在它的攻击下将不堪一击，“先入为主”的计划仍难以实现。

“豪哥，你起来，咱们好好谈谈。”季月在洞口哭泣了一阵，实在没有什么好主意，只好又转回来向豪哥说好话。“现在只剩下咱俩，不要再别扭了。这样怎么能走出森林呢？”

豪哥没有反应。

“再说了，三四天没吃的，这怎么行呀！你快起来，吃点我采的松子，咱俩一起去找食物。”季月知道他喜欢和自己一起采食物，就想以此来引诱他。

但豪哥此时并不乐意和她去采食物，更不理睬她的引诱。他三四天不去采食物，就是要试一试她的能力，看看她离开自己将是怎样一副狼狈相。他要把这个试验继续下去，直到她俯首投降为止。他不相信女人的意志力会那么强大持久！所以他现在一声不吭，压根不理睬她的引诱。

“那我自个儿采食物去了。石头上有松子，缸子里有鱼，你自己吃吧。”季月也想试试他，看他的人性底线还有多大。作为男子汉，怎能忍心让一个女子独自闯荡深山老林？摔了怎么办？遇见野兽怎么办？她相信他不至于堕落得如此毫无人性，他一定会来找自己。

季月连哄带吓，强行把林林留下来，带着火孩儿采山果去了。

三四天来，豪哥彻底罢工了，不再采摘食物。他只是觉得肚子饿了，就独自进林子找食吃，松鼠青蛙什么的，生剥活吃，浑身沾满血腥味。他根本不在乎她的存在，更不关心过问她的食物。所以，这儿天季月都是自己亲自采集果实，才混饱了肚子，没被饿死。也多亏火孩儿，有它这位跳高能手帮忙，再难再险的地方都可以到达，不愁采不到足够的食物。

季月带火孩儿在一片松树林里盘桓转悠，腐殖质有一两尺厚，上面布满了蕨藻类植物，形状千奇百怪，非常旺盛鲜嫩。松子也很多，只是不注意很难发现，必须拨开草丛，才能看到珍珠似的小脑袋。这里的松子非常丰富，松鼠根本吃用不完，所以许多都是多年囤积起来的。年代越久，果皮越灰暗，有的已发霉变质，用指头一捏一包黑水。有的虽然没霉烂，但里边果仁也沤坏了，剥开来一股霉腐味。这些天来，她主要以松子、板栗、核桃等有壳的油料植物果实为食，剥得手指又损又痛，有几颗牙齿也嗑得松动了。她实在吃腻了这些硬壳果实，很想采一些新鲜水果。所以她没在松树林久留，向前下了一道沟，来到一片杂树林。这里野果的确不少，有山杏、李子、沙果、草莓、野葡萄等，只要耐心，都寻找得到。正值盛夏季节，有的尚未成熟，有的已经败落，有的正在盛期。她哪管这些，见什么摘什么，摘什么吃什么。一时之间，酸辣苦甜咸五味俱全，使舌苔的味蕾大为兴奋，让肠胃饱尝世间珍馐。她似乎已忘记一切不痛快的事，只把自己当作天地之女，尽情享受着大自然的馈赠。

火孩儿不愧跳高健将，从这棵树跃到那棵树，又从那棵树跃到这棵树，像一只幽灵四处跳荡。它自己一边摘，一边丢，一边吃，吃得少丢得多，样子非常滑稽可笑。它也很聪明，为了给主人送果实，摘时就专门带着枝叶，手里拿几颗，嘴里噙几颗，等送到她面前时，丢得只有嘴上的了。更可笑的是，它把核桃当苹果吃，绿皮又涩又苦，吃得它龇牙咧嘴、搔头挠腮真好玩。它最为有效的采摘办法，就是使劲地摇树枝，成熟的山杏纷纷落地，而沙果、核桃之类却安然不动，气得它吱里哇啦地乱叫。山杏过于成熟，大部分落地就烂了，杏肉黄灿灿地铺了一层。季月最爱吃山杏，又酸又甜，对长期没尝过醋的她来说，真是雪中送炭，大饱了口福。这里的山杏都是利核，而且核仁是甜的，所以尽管大部分稀软破烂，但她还是捡拾了许多较硬的，准备带回山洞。还有草莓，虽显皱巴瘦小，倒也水灵爽甜，听说还具有降压活血、压惊安神等作用，她也采摘了许多，要带回去给豪哥吃。一想起他，季月心里又生起气来。大半晌了，他并没来找她，并不关心她的安全，完全丧失了人性，成为一个冷血动物。咳！她长吁了口气，心里又作难起来。上帝为啥没长眼，偏偏让自己遭这么大罪，遇上这样一个流氓无赖？她真的没办法和他相处，也没办法预防他的一次次侵扰呀！要不是牵挂伟成和母亲，她真想涅槃在这里，像一枚山杏和草莓，慢慢地腐烂，慢慢地风干，慢慢地化为山林坡坎的一撮泥土和气光。

一阵凉风刮来，刮得树木沙沙作响。太阳挂在头顶，周围附着一圈光晕，看起来没精打采。阳光从叶隙泻下，投射在身上，晕晕乎乎的闷热。突然，她发现坡下不远处有几只山鸡，便藏匿起来，蹑手蹑脚地向它们靠拢。她一直不知道豪哥凭什么高超技艺，很容易就捕捉到山鸡、野兔、羚羊等动物。她现在赌气也要捕捉一只，给他看看，离开他自己照样能够生存。火孩儿心领神会，像一位行动神速的捕快，机敏地向山鸡潜行而去。不料这时，她脚下一个趔趄，把树枝撞得哗啦响动，山鸡闻风扑棱棱全飞了。但就在山鸡飞起的地方，她奇迹般发现一种熟悉的野草。她不由惊奇，仔细辨认，果然认出那原来是绞股蓝。这是一种名贵中草药，俗称第二人参。伟成他爸就爱喝绞股蓝，她曾托同学从江西给老人家买过，效果真的不错。她开始用手拔绞股蓝，心想原始森林的绞股蓝药用效果一定更好，应带一些回去送给公公。绞股蓝枝叶很柔嫩，拔一阵手就染成了绿色。她用藤条把绞股蓝捆绑起来，用衣襟兜了些山杏和草莓，带着火孩儿回去了。

“豪哥，我发现绞股蓝了！”季月进洞喊，想借此打开僵局。

洞里没有回音。林林向她亲昵了几下，就与火孩儿打闹起来。

她以为豪哥还在赌气，就朝他洞室探头喊：“绞股蓝是珍贵中草药，可以给你泡茶喝。”

但豪哥没在铺上。她登时慌了神，山果从衣襟撒在地上乱滚。她放下绞股蓝，在洞厅看看，也没见他人影。她脑子嗡的一下，惊慌地自言自语："他怎么能这样呢？真的走了，真的丢下我不管了？天啊！这可怎么办？怎么办？"她跑出洞口，歇斯底里地大声呼喊："豪哥，豪哥！你在哪？回来吧，快回来吧！我害怕，豪哥！豪哥！"

峡谷静悄悄的，没有一点回声。那两棵水杉A字形草庵上落着一只老雕，被她的叫声惊动了。老雕先是俯冲十多米，接着迂回一圈，然后向高空仰飞，直至化入远处的空蒙。

林林看着远逝的老雕，"呜儿"怪叫了几声，听起来非常诡异。

季月悲哀极了，恐惧极了。眼前的现实对她来说，无异于灭顶之灾。她重新审视着那晚的事情和对豪哥的态度，怀疑自己的拒绝和反抗是否正确，是否客观和明智。她思想混乱不堪，什么头绪也没有。她成了行尸走肉，懵懵懂懂地回到洞室，倒在铺上呜呜恸哭起来。

直到傍晚时分，她才被火孩儿和林林的一阵吵闹声惊醒。接着从豪哥洞室传来沉闷的叫骂声："猴子，他妈的少张狂，不然就把你掐死！"

他没走，他又回来了！季月暗自窃喜，原是一场虚惊。她埋怨自己太多敏善感，神经紧张。他只是赌气，只是耍赖，怎么会背叛自己独自逃走呢？但她没理睬他，佯装睡着了。她也要赌气，也要使点性子。她认为女人使起性子来，要比男人执拗得多，效果也大得多。所以她必须给他一点颜色看看。不然，他会一直捏她这个软柿子。就这样，她被赌气的面纱遮掩着，昏昏沉沉地进了梦乡，一夜平安无事。

直到第二天，也就是修老师失踪的第六天，豪哥在林子钻了整整一上午，回来时身上散发着刺鼻的血腥味。他一回来就倒在铺上睡觉，根本不理会季月的存在。他不理她，她也不理他。她似乎觉得这种状态很好，情愿就这样永远保持下去。她简单地吃了些山果，也上床睡了。

这时恰好是正午过后，豪哥的生物钟又悄然来临。他今天已拿定主意，不再干手淫之类的无用功，必须付之行动，要有一个实质性突破。等到生物钟最强盛之际，他决然跳下铺，拿来上午备好的藤条，把火孩儿缠绕捆绑得结结实实。猴子觉得好玩，高兴地呜哇乱叫。

“火孩儿，火孩儿！……”季月轻声喊着小猴子。

“火孩儿让我捆了！”豪哥来到季月床前。

季月脑子嗡的一下晕了，紧紧地闭起双眼，活像一条死鱼，直挺挺躺着，毫无招架之力。蒙眬中，她似乎看见豪哥烧灼的嘴唇和下身丑陋可怕的东西。她彻底绝望了！她麻醉自己，意识一片空白，只能在听天由命和顺其自然的无奈中，承受命运的宰割和杀戮。她使劲地撑持着，挣扎着。突然，就在豪哥正要“先入为主”的刹那间，一根粗壮的棍子从天而降，迎头劈来。豪哥尖叫一声，从季月身上滚落在地，右肩被打破一道口子，鲜血直流。

“修老师！”季月睁开眼，惊喜地叫起来。

豪哥忍痛爬起，见是修卓，大吃一惊，刚要说什么，却见那棍子再次向他劈来，便奋力抵抗。他夺过木棍，将修卓摔倒在地。修卓趁机抓住豪哥一条腿，使劲一绊，豪哥踉跄倒下，两人滚打成一团。他哪是豪哥的对手，只三下两下，便被对方死死扼住脖子。

“掐死你这老狗！”

“我已被你弄死一次，可是又活过来了，活着就是要报仇！”

“真后悔没从崖上把你摔死！”

“你想摔死我，却被狗熊救了。你他妈的连野兽都不如！”

“没摔死，算你命长，今天让你死个利索！”

豪哥仍紧紧掐住他的脖子不放。季月猛醒过来，扑上去，发疯似的一连打了豪哥几个耳光，并连连破口大骂：“畜生！禽兽！还配做人吗？还有一点人性吗？你给我住手！……”

豪哥只好松开手，站了起来。

修卓也爬起来，脸对着豪哥的脸。

一对仇敌相持着，之间燃烧着愤怒的烈火。

两双眼睛对视着，相互喷射着仇恨的烈焰。

豪哥终于抵御不住正义和良知的拷问，目光退缩了，黯然了。他瞪着眼前这对男女，将修卓使劲一推，哼了声，捂着肩上的伤口，扬长走出山洞。

季月哇地大哭一声，跌倒在地，哭声凄厉而悲凉。

修卓扶季月躺在床上，劝说着，安慰着，然后从腰间掏出一条像链锁一样的东西。

“这是狗熊的项圈，它肯定是人类放归自然的。豪哥把我推下悬崖，是狗熊救了我。我和它生活六天，临分手，它把项圈送给我了。”

“要它干啥？”

“勒死豪哥！”

“怎能这样啊！”季月仿佛不认识他似的，推开他，“这是犯法的事，千万不能这样！”

修卓眼迸凶光，大叫起来：“现在到了他死我活的时候！有他就没有我，也没有你的安宁。我已计划好了，今晚等他熟睡就动手，勒死这个魔鬼，为人民除害！”

季月一把夺过链锁，藏在床头柴火中，很有心计地说：“你平安回来就好，咱们两人，再加上火孩儿，他不敢胡作非为。所以，现在没必要和他记仇，等走出森林，法律会对恶人做出惩罚。”

他长吁一声，消了气，叮嘱说：“季月，以后要留神，多长个心眼。”

季月点点头：“我会加倍小心的，请你放心。修老师，快看火孩儿去，它被豪哥捆起来了。”

“这个恶魔！”

季月没收了铁链，但修卓并未死心。相反，随着身体恢复，体力增强，他的复仇心理越来越强烈。他要亲自除掉豪哥，为自己报仇，也为季月报仇。他要把她从淫荡迷乱的贴面舞和搓二步中拯救出来。他认为自己有这个责任和义务。

几天来，他懒得作画，懒得观察洞外的山水风光，也懒得和别人说话，只是一个人坐在洞口纳闷。他不再想任何人和任何事，因为他早已耗尽脑汁，早已对身前身后的人事物理道德规范形成一个顽固的思维定势，简化成独独的两个字：复仇。他曾设想过三个方案。一是搞塌豪哥床铺上的洞顶，将他活埋在钟乳石中。他现场勘察过几次，还偷偷用石块狠砸，但那洞顶铁板一块，纹丝不动。二是等他熟睡后用石块砸他的头。但他知道，豪哥睡觉姿势无常，时而头朝东，时而头朝西，加之洞里漆黑，难以掌握，一旦砸不准，后果不堪设想。三是捉毒蛇，放进他的窝铺，让蛇咬死他。但自己最害怕软体动物，别说毒蛇，就是青蛙，他也不敢用手动。想来想去，他觉得还是用铁链最好。首先铁链体积小，容易藏匿携带；其次是钢性强，便于攻击；再次是具有铁与血的刺激，更符合他的复仇心理。他打定主意，趁季月不在时找回那根铁链。但他翻遍季月洞室，却找不见铁链。他知道季月对自己有戒备，铁链肯定是被她藏起来了。所以，这几天，他一边暗暗抱怨季月，一边偷偷监视她的行踪。

这天下午，豪哥和季月又在高台上跳贴面舞和搓二步，洞里只剩下他一人。他点着一支火把，在洞前洞后仔细寻找了一遍，仍毫无收获。他怏怏地走出山洞，绕过泉水，从侧面趴上高台，窥视着季月和豪哥的一举一动。

自从有了火，季月吃了煮熟的山萸、红枣、小鱼和鸟蛋，脸上气色好多了，身条也恢复了笔挺袅娜的姿态，翩翩如仙女下凡。豪哥的绅士风度蜕化成落草匪寇，不住地哼着舞曲，脸和手早已蠢蠢欲动。

豪哥左手把季月右手使劲一抻，说：“你的手老举在空中，不嫌累？”

季月的手固执地反弹回来，笑道：“交谊舞基本常识是，女右手侧举，左手搭男肩，两胸隔拳，成V形，这是几百年不变的规则嘛。”

豪哥再次将季月手拉回胸间：“咱们跳贴面舞、搓二步，你把手举得像旗杆，哪有一丝儿情调？”

季月右手一拽，又弹到空中，直直的像一根旗杆：“豪哥，还是换个方式吧。不然，搓二步会使你更难受，更失去理智。”

“好呀！你说说，该换个什么方式？”

“譬如，就像这样，”她做出标准舞姿，“正儿八经地跳舞，该多么高雅文明啊！”

“除了跳舞，还有什么方式呢？有公园剧院吗？有网吧桑拿吗？有卡厅包厢吗？有电影电视吗？有象棋麻将吗？有妻子儿女吗？有小蜜二奶吗？……得了！一切都没有。面对野兽，面对原始森林，还谈什么正儿八经，还谈什么文明高雅？季月，你能忍受我却不能！”

“你太悲观了。只要走出森林，你不是又拥有一切了吗？现在最重要的是团结，只有同心同德，才能战胜困难，战胜自己。”

“团结，怎么团结？修卓这个老狗，还和我争风吃醋？不除掉他，你就不得安宁，也别想走出森林！”

修卓听到这里，气得浑身哆嗦，真想冲上去和这恶魔拼个你死我活。他强忍下这口恶气，把身体猫得更低，静静地躲在树丛里偷听。

“你说得太严重了。其实，修卓对你很敬重，对我也没有坏心，他只是对美的事物特别敏感而已。”

“别骗人！他和你整天黏黏糊糊，难道我看不出来？”

“他是画家，我也喜欢艺术，所以就爱在一起交流沟通，就像你爱唱歌跳舞一样。如果你也喜欢谈艺术，我会常和你一起交流的。”

“反正我对这家伙很反感！”

“有看法可以保留，但你不该加害于他。上次真要把他摔死，你就闯祸了，犯法了。”

“在原始森林，谁会知道？”

“我知道。”

“要不是他侥幸未死，你也知道？”

“一个人总不能平白无故消失了呀！”

“但你没有证据。难道在这深山老林，你能找到他的尸体和我的作案工具？即使找见了，也不知咱们能不能走出森林，法律还有什么意义？”

“你真是个诡辩家。”

“我还是个实践家。”

“那你就努力实践，带大家走出森林，到时候肯定轰动全国，你将成为鲁滨孙式的探险家。”

他将脸贴在她脸上：“只是有人不让我探险。”

她无奈地央求：“豪哥，求求你，别和修卓再闹了。你要珍惜生命，振作起来，带领大家走出森林！”

他终于降落她右手的旗帜，双手搂着她的腰，陶醉地说：“好的，答应，为了你，我答应。”

她屏住呼吸，闭着眼，脸上毫无表情，身体僵硬得像一袋宁夏河套的香米，任由他揉搓摩挲。

林林在草丛中跑来跑去，闻闻嗅嗅。

火孩儿沮丧地蹲在一旁捉虱子。

修卓越看越气，正要撤离，却见季月推开豪哥，说她肚子胀，要去撒尿。豪哥扫兴地瞪了她一眼，站在一边愣神。季月径自走下高台，从后边绕到泉水旁边的一堆石块旁。修卓感到奇怪，尾随着她，藏在树丛看动静。季月转来转去，总算选好一块石头，撩起裙子，蹲下去排泄。等她排泄完走了，修卓猫腰蹿过去，仔细观察那块石头。这块石头是被人垒起的，上面已有多处大便。他疑惑这一定是她前几天排泄的。那么她为什么选择这个地方呢？他灵机一动，立即搬开石块，两眼顿时贼亮。啊，铁链，原来铁链藏在这儿！他如获至宝，伸手抓起铁链，又将石块放回原处，然后匆匆回到山洞。

铁链是由两股不锈钢折合而成，一端有个环扣。修卓把股拆开，铁链就长了，约有两米长，很光滑。他使劲抻抻环扣，将一端穿过去，组成一个像绳套一样的环，然后套住脖子，拉拽另一端，套子就很平滑灵活地慢慢缩小，终于扼住自己的脖颈。他一连试验了几次，都很顺利，便放心地将铁链藏在窝铺里。为了使计划做到万无一失，一次成功，他点起一根火把，详细察看了豪哥洞室和窝铺现场，这才长吁一口气，来到篝火旁。他给篝火加了几根柴，火焰更旺了。他走进一个阴冷的角洞，拿出一只开膛了的山鸡，架在火上烤制，洞里立即弥散出阵阵芳香。不大一会儿，山鸡就被烤得油渍渍、香酥酥的。他撕下一只腿，贪婪地大嚼大咽起来。虽然没有调料，但他觉得今天的烤鸡特别香。他吃完一只大腿，又顺便吃了几块脯肉，然后站起来。他的脸上抹满油汁，嘴里打着饱嗝，一副大腹便便的样子。

当他把剩余的鸡肉偎在火堆旁时，季月和豪哥回来了。两人情绪都不错。豪哥还为终于降下季月矜持的旗帜而沉醉不已，哼唱曲子的声音都有点颤抖。季月也为降服豪哥的精神烈马而沾沾自喜，脸红扑扑的，显得柔媚而自信。

“哎呀，好香哟！”

“是好香，修老师肯定备好了晚餐。”

“二位贴面有功，特烤山鸡一只，算是酬劳。”

“雕虫小技，不值一提。多谢老画家。”

季月忙拿出原先炒好的栗子、松子等，又在灰烬里刨出几个山芋，放在一块石面上。

修卓撕下另一只鸡腿，递给季月。

季月：“修老师，我爱吃鸡翅，你吃鸡腿吧。”

修卓：“我已吃过，那就犒劳大老板吧。”

豪哥接过鸡腿：“老画家，我冒犯了你，特向你道歉。”

他没抬头，也没做声。

季月：“修老师，既然豪哥已认错，你就别记仇了。咱们要团结起来，同甘共苦，争取早日走出森林。”

他将脸背过篝火，苦痛地说：“我还记什么仇呢！只要平平安安走出森林，当牛做马也心甘情愿。”

季月顺手端起搪瓷缸，见里边还有半缸开水，便兴奋地说道：“好，为修老师和豪哥重归于好，为早日走出原始森林，以水代酒，大家轮流干杯。豪哥，你先干。”

豪哥喝了几口，将缸子传给修卓。修卓也喝了，缸子又回到季月手中。她将剩下的开水一饮而尽。火孩儿接过缸子，一边敲打，一边蹦跳起来。

季月兴奋地向大家说：“火孩儿和老画家平安返回，豪哥和修老师重归于好，而且有了火，所以我提议，咱们应该庆贺一番。”

豪哥站起来：“好啊，我拥护！”

季月看着修卓，他只好站起来，说：“我也一样。”

于是，大家围着篝火唱起来，跳起来，新部落荡溢着多日来未曾有过的欢乐气氛。

……

夜幕到了原始森林就显得拖泥带水，所以它的厚重感和密实度陡然增强了许多。月亮还没出来。森林支撑不起夜的帷幕，黑暗就一股脑儿塌落下来，把整个山林都包裹得严严实实。天上只剩下几枚挂夜幕的钉子，闪闪烁烁，仿佛随时都要收起大幕似的。大幕下，夜游的小插曲已经收场，生命万物皆处于睡眠和窒息状态，恐惧和死亡笼罩了整个世界。

此刻，只有新部落还闪耀着一星半点篝火的余辉，像天上掉下一枚挂夜幕的银钉，伴着洞主人款款进入梦幻之国。豪哥的鼾声时起时伏，撞击得钟乳石也发出嗡嗡回音。季月梦呓呢喃，好似还在甄别贴面舞和搓二步的道德底线。林林今晚特别得宠，独自陪伴女主人安寝。火孩儿好似赌气，吱吱哇哇地不知是打鼾还是说梦话。

唯独老画家久久不能入眠，善于捕捉灵感的眼睛，这时已变成两束蓝荧荧的鬼火。刚才的欢庆晚会上，他本该要讲达·芬奇《最后的晚餐》的故事，但又怕泄露天机，所以没讲，只唱了两段家乡的越剧。现在想起那场面，《最后的晚餐》的画面和人物故事仍在眼前浮现。这幅画取材于《圣经》。逾越节晚上，耶稣得知他将要死去，就与门徒们共进晚餐。突然他说：“我现在告诉大家，你们中有一个人出卖了我。”

门徒们大为震惊，做出不同反应。达·芬奇就是抓住这一瞬间，生动、逼真和传神地刻画出每个人的举止神态。特别是左边第四人，眼望耶稣，身体倾斜，手握钱袋，表情异常惊慌。他正是出卖耶稣的犹大。从此犹大受到惩罚，并成为被世人唾骂了千百年的罪恶的化身……这画面和篝火晚会是多么相似巧合啊！豪哥就是犹大，是亵渎季月的色鬼，是戕害自己的恶魔，也应受到诅咒和惩罚！

他对《最后的晚餐》和篝火晚会、犹大和豪哥作了以上比较后，复仇的决心更坚强，除恶的情绪更激烈。他把铁链仔细检查一遍，蹑手蹑脚下了铺，猫似的窜进里洞，又一纵，悄无声息地跳上豪哥的窝铺。篝火一闪一闪，隐约中可见豪哥正酣睡如豕。他头枕石坎，脚向外，两腿叉开，双手紧紧抱着光滑的钟乳石。他将铁链一端很顺利地从石坎空隙绕过豪哥的脖子。豪哥突然翻了个身，脖子压住已穿隙而过的铁链，而铁链的顶端却无遮无拦，恰好提供了穿扣的有利空间。他眼疾手快，轻而易举地完成了这一关键环节。铁链一端穿过另一端环扣，一分，一厘……紧了，更紧了。篝火熊熊，铁链幽幽。他终于看清了豪哥的嘴脸，看清了犹大上绞刑架前绝望的丑态。他咬着牙，鼓足劲，正要实施致命一击时，豪哥突然将蜷曲的左腿冷不丁向下一甩，叉开来，复又鼾声如雷。他吓了一跳，连忙屏住呼吸，鼻尖吊着清鼻，将铁链一端穿过那孔小洞。他敏捷地跳下铺，绕过石柱，从小洞外面抓住铁链，拼命地拉拽。豪哥大叫一声，想挣扎爬起，却来不及了。他不知发生了什么事，脚乱踢乱蹬，腰身像蛇似的蠕动，嘴不时发出恐惧的尖啸。孔洞那边的修卓双脚蹬石，双手死拉铁链，全身已经腾空。如此力点和力臂所产生的巨大拉力，使孔洞那边垂死挣扎的豪哥毫无反抗之机。

“大老板，你他妈的就是犹大，我代表主耶稣惩罚你！”

“啊？修卓，原来是你！我真后悔，上次没摔死你……你这条老、老狗！”

“我要叫你死个明白。你，侮辱季月，杀害我。今天，我要报仇，除掉你这个色狼魔鬼！”

“修卓，我……我日你妈，日你……你奶！”

“我叫你骂，叫你骂！”他拼命拉紧铁链。

豪哥四肢颤抖，没了挣扎气力，只是惨烈地尖叫：“季月，季月——救命呀！……”

季月被吵醒来，带了火孩儿一起跑进洞厅，见状不由大骇，扑上去，照着修卓就是几个耳光。

“松手！快松手！”

“NO！ NO！”

季月无可奈何，只好张开嘴，在他手上狠狠地咬了几下。火孩儿也扑上去撕咬他的大腿。修卓痛得哇哇叫，手一松，铁链掉了，倏地缩进孔洞。这时，豪哥只能呜呜地换气，嘴已不能再言语了。季月转过身，跳上铺位，将豪哥身体放平，双手使劲摩挲他的胸脯。

“修老师，快把缸子水端来！”

“我才不当菩萨呢！”

“好，你不端，我就碰死给你看！我也不活了，留下你找童九哥去！”

他被震慑住了，只好端来水，递给季月。

豪哥喝了几口水，噗噗呛了两下，然后闭上眼，不再呜呜喘气了。

季月摸了下豪哥的腕脉，听听他的心跳，又在他鼻翼试试，这才松口气，瘫坐在一旁。火孩儿知趣地偎在她怀里，不叫也不闹。修卓并没死心，仍站在洞孔外唉声叹气。

“不除掉这个恶魔，就别想走出原始森林！”

“他是恶魔，那么你呢？你杀人未遂，难道不是犯法，不是罪犯？”

“我就是当罪犯，挨枪毙，也不能放过他！”

“以暴易暴，只能互相残杀，毁灭生命！”

“这一切都是为了你！”

“别说了！为我，怎么为我？今天这事，他能饶了你？恐怕只能增加仇恨。他对你有多大仇恨，就会对我有多大侮辱，这个道理你懂吗？”

“那你为什么和他跳贴面舞搓二步？”

“你……你给我住口！”季月再也忍受不了巨大的精神创伤，抱着火孩儿恸哭起来：“你知道吗？为了消除他对你的仇恨，为了争取他带领咱们走出原始森林，我已走到了道德边缘和生命极限，这一切，难道不都是为了你吗？你还有什么理由嫉妒和争风吃醋？”

“但他不该置我于死地！”

“正是为了不再发生此类事件，我才付出巨大牺牲！你懂吗？理解吗？”

修卓脑子嗡的一下，豁然了，明朗了。一切的一切，原来都是如此！他为她忍辱负重而感动，也为自己对她的误解而羞愧。他知道自己又犯了大错，趴在铺沿，悔恨地叹息着。

这时，豪哥突然醒了，吃力地坐起来，对季月感激道：“季月，是你救了我，我太感激你了！从今往后，我一定报答你的救命之恩。”

“不行！”季月吃惊自己不知哪来这么大的力量和豪气，霍地站起来，乌发一甩，挥动双臂，像武打片中女侠似的指着豪哥，厉声喝道：“不能光嘴说，要跪下，对天发誓！还有你，修卓，一样！”

修卓率先跪下，连连说：“我发誓，今后再不对豪哥报复！”

豪哥支起身子，跪下了：“我也发誓，今后不再伤害任何人！”

季月也嗵地跪在地上，泪水哗哗向外流：“跟着我，一起对天盟誓！”

两个男人跟着一个女人，在黑夜，在原始森林，在新部落山洞里，发出一声声血泪誓言，结下一字字生死盟约：

“我发誓：在走出原始森林之前，我保证不骂人，不打人，不记恨，不复仇，大家团结一心，同舟共济，争取早日走出原始森林，早日回归社会！此誓苍天在上，良心在胸，绝不食言，绝不反悔！”

誓言像天籁之音，在夜空久久回响，使山水陡然齐喑，天地为之动容……

第十章

花斑马和狼吃娃

平息两场风波，新部落终于恢复平静，加之有了火，吃上熟食，大家的体力开始恢复，精神也焕发了许多。豪哥伤势无妨大碍，仍独来独往，常常一个人钻进林子吊嗓子发泄。修卓又开始了壁画工程。经过两次生死搏斗，他现在变得沉默寡言。季月看到两个男人重归于好，心情也很舒畅。她的怀孕反应只持续了十多天，现在一切都正常了。偶尔她也为肚子里的小生命担忧，但总体说来还是乐观的。她想，原始森林能哺育滋养那么多生命，怎能不容妊娠和抚养人类一个后代子孙呢？所以她现在想开了，既来之，则安之。能生就生，不能生拉倒，只当和荀伟成压根儿没那回事；能养就养，养不活也不后悔，只当被计划了。有了这种心态，她便整天乐呵呵的，跑出又跑进，忙这又忙那。她不但给大家料理家务，还给每人编了一双草鞋，闲下时就阅读童九哥的书。这是新部落唯一的奢侈品，唯一的文化载体，也是唯一的娱乐节目。所以她现在读这本书时，就觉得比过去深刻得多，有趣得多。

这天，季月正全神贯注地读童九哥的书，突然小腹痛胀，下身痉挛，浑身发冷。她惊慌地用手往下一摸，手上沾满了鲜血。她大为惊骇，以为流产，登时手忙脚乱，不知如何是好。修卓听到她的叫声，慌忙离开壁画，来到她床前。他看见她手上沾满血迹，吓得大惊失色。

他拉住她问：“天哪！你怎么了？”

她羞赧地说："没……没什么……"

"那，哪来这么多血？"

"没事……你别问了……"

"季月，到底发生了什么事？你快说呀！"

"这……"

"说呀，把人快急疯了！"

"可能……可能小产了……"

"啊？ God ！怎么会这样呢？"

他忙把季月搀扶到床上，让她躺下，询问了前后情况，这才恍然大悟，原来并非流产，而只是月经来潮了。真是一场虚惊！他安慰她几句，便走了出去，又忙着画一幅题为《死亡之湾》的壁画。

他走后，季月开始料理起女人最麻烦、最讨厌、谁也躲避不了的功课。但她翻遍洞室，却找不到任何有用的东西。她毫无办法，只好打开公文包，在里面翻来找去，也没找到卫生纸和其他替代物。一捆捆钞票摆了一床，闪耀着金子一样的光辉。她此时才感到金钱无趣，四十八万，如今却连一卷卫生纸也不值啊！她看见童九哥的书，想用它代替，又觉得肮脏和可惜。这时她才明白，由于长时间恐惧惊吓和饥饿劳累，所以月经期推迟了，原先认为怀孕只是一种假象。咳，现在，没卫生巾可怎么办呀？她实在想不出一个能代替的物什，便把破搪瓷缸顺手塞到下边，让经血往里边淌。她只觉小腹下坠，血像蚯蚓似的徐徐往出爬，一会儿就滴了小半缸。她突然想起有人说经血可以医治眼疾，正要喊修老师时，他又急匆匆闯进来，手里拿着一块布料。

"季月，我刚才太大意，把这事忘了。"

"修老师，什么事呀？"

"快垫上，别害羞，我知道你很为难。"

"哪来这块布？"

"别问了，身体宝贵，不可大意！"

"太感谢修老师了！"她趁其不备，忙将布头垫了，生硬地说。

“咦，我突然想起来，既然是流产，怎么会来月经哩？”他不解地问。

“不是流产，而是原本就没有怀孕。”

“唔，原来如此！我怎么连这个道理也不懂？”

“因为担惊受怕，过于劳累，所以经期推迟了。”

他恍然大悟：“这就是说，怀孕和月经是一对势不两立的矛盾，怀孕了就没有月经，有月经就没有怀孕？”

“是呀，这是常识呀！”

他背过身，使劲拍着脑瓜，苦笑道：“嘿，我好浑，真是老糊涂了！嘿嘿……”

季月也苦笑着，突然眼睛一亮，发现他上衣后摆少了一大块布，激动地叫起来：“啊？修老师，你怎么把衣服扯了？真让我过意不去！”

“说这话干啥？身体比啥都金贵。”

季月的心激灵一下，端过搪瓷缸，羞涩地说：“修老师，听说经血能治眼疾，你试试吧。”

季月说着，把缸子递给他。修卓见了经血，只觉得眼前一片通红，像火焰，像朝霞，炫耀得瞳仁几乎也流出血来。在漫天血色中，他仿佛看见尸体遍布、血水横流的恐怖场面。他眯缝着眼，光线和色彩奋然展翅，在他脑海翱翔翻飞。呵呵！他终于颖悟出来了，终于捕捉住了！老画家一阵狂喜，神采飞扬，连声呵呵端着缸子走了。

修卓回到壁画前，给瓢里滴些水，又掺和一半经血，旋即站在即将缀红的《死亡之湾》前，像神父为婴儿洗礼似的用手蘸着血水，向画面随意撩洒。那山峦、湾汊、草甸、暴雨、洪水、云霭、山岚，还有水面漂浮的木料、大树、屋架、棺材以及横七竖八的人、猪、羊、牛、马的尸体等，顷刻间全都泼染上一层意想不到的朦胧透明的血色。接着他来回走动，长发飞飘，展臂在空中神经质地挥舞了几下，遂将缸中所剩稠浓的经血幡然向画面左下方的洪水泼洒而去。末了，他长叹一声，嗵地坐在一块石礅上吁吁喘息。

画面在篝火辉映下，气势磅礴，色调怪异，光线反差对比强烈，景物写实逼真，极具情绪化表现力，抽象而逼真地揭示了人与大自然的关系，于死亡之中张扬起强烈的生命意识和人性张力。真是一幅创世之作和生命的启示录！

季月垫好布，解决了这个在正常情况下根本不是问题的问题，走出洞室，来到修卓跟前。她看了这幅壁画，惊讶得连连称赞。

“修老师，这画太美了！”

“是真正的鲜血与生命之作！”

“我已感受到了这一切。”

“感受到了？那么，你说说，这大块的红色，是用什么泼染的？”

“是花呀，花与果的色素！”

“NO，NO。季月，那是用你的经血泼洒而成！”

“啊？经血?!”季月只觉得血液上涨，心潮澎湃，话语颇具表演和抒情色彩。“修老师，你真伟大！你把我的血液融入你的作品，以唤醒人类的环保意识，该是多么辉煌的创举啊！人们的血没有白流，生命在死亡中呐喊，大自然从来不善待那些违背客观规律的愚顽之辈！”

“好啊！朗诵得真好啊！”这时豪哥走了进来，一边拍手，一边不住赞扬。

季月说：“豪哥，快看，这画画得多好！”

豪哥看了看，也赞许道：“是画得不错，很有刺激性！”

修老师这才从创作激情和艺术创造中走出来，兴致勃勃地说：“我要像《圣经》故事一样，把咱们遭遇的一切全都画出来！”

豪哥说：“好么，那你以后就好好画。不过，现在咱得动手储备一些食物和柴火，我觉得马上要下雨了。”

三人于是走出山洞。

峡谷唯一的一点天空，果然乌云漫卷，雾气沉沉，一派大雨即临的气势。他们没敢走远，在山洞附近搬回许多枯死的树枝和毛柴，又在岗后林子采集了足够的食物，才一个个疲惫不堪地歇息下来。

这一天没下雨，大家就围着篝火闲聊。直到第二天，雨才淅淅沥沥地下起来，再后越下越大，后半天已成了瓢泼大雨。豪哥伸腿展腰，已经埋头大睡。修卓开始了另一幅壁画创作。季月领着火孩儿和林林，站在洞口欣赏雨景。

季月真的一时糊涂起来，分不清自己是在雨中观景，还是在景中观雨。山景与雨景就这么相依相偎，相印相叠，毫无分界地纠缠糅合在一起。你中有我，我中有你。像修老师挥洒泼染的水墨画一样，朦胧缥缈，凄迷壮美。……蓦然，她觉察到，乌云正伸出凉飕飕的舌头，从她的身旁擦肩而过，披发和睫毛立即便有了被舔的感觉。而雨呢，不像是从高处一次凝固的，倒像是自上而下一路分层集结，最后才成群结队倾泻下来。于是，森林张开巨大的绿色滤网，雨被层层消力分解，于是下面的山石泥土得到天然保持与固结。由于草木的这种神奇功能，隐约中，雨水和山洪像冲浪滑雪一般平滑迅捷地从绿网上一划而过，身前身后溅起一堆堆雪白的浪花。浪花过后，山林依旧，绿色依旧，水土依旧。一切都自自然然地山归山，水归水，土归土，石归石，看不到一丝一毫的滑塌、冲刷和水土流失的痕迹。大自然和谐统一的规律，使生命万物显得如此从容不迫和优柔壮美。

这画面突然在季月脑海叠印出金阳山一带的悲惨景象：树木稀少，尘土飞扬，河流浑浊，山体破碎，水库淤积，满目疮痍……瞬间，暴雨如注，洪水滔天，江河泛滥，水库垮坝，农田淹没，铁路中断，城市被毁，人为鱼鳖，灾难毫不留情地降临在人们头上……两种画面，两种结果，反差极大。这是人类自毁家园，是大自然的无情惩罚啊！想到这儿，她突然记起《世界自然资源保护大纲》中的一句话："大地不是我们从父辈那儿继承来的，而是从后代那儿借来的。"这句话她曾多次在论文中引用过，今天再想时才真正体会到它的深远意义！她在心中默默地大声疾呼：现代人哟，面对这个世世代代繁衍生息的大地，我们应该效法前者还是后者，是继承还是透支啊？

火孩儿看到季月的表情变化和自己遭遇的冷落，以为她生气了，忙跑进洞厅拉来修卓。

“雨好大啊！”

“太美了！太让人浮想联翩了！”

“说说看，有何感想？”

“首先，”季月仍感慨良多地说，“面前的景象使我想起金阳山水土流失和那场大洪水劫难。”

“职业病，和我一样。我一生云游了全国和世界许多地方，对此问题深有感触。我去过北非的撒哈拉大沙漠，在连绵八百多平方公里区域，考察了三个多月。在海拔一千多米的恩哲尔山脉，我看见了水牛、鸵鸟的浮雕；在利比亚费然山岩石上，我观赏了平原水草的代表物——栩栩如生的马拉车壁画；在古塔法萨特河与底默索伊河之间宽阔的谷地，我参观了几十座新石器时代的村落遗址……这些都证明撒哈拉大沙漠古时曾是一片土肥水美的大草原，生长着茂密的热带草原动植物。但今天为什么变成令人恐惧却步的‘干旱死亡之漠’呢？还有欧亚大陆的古丝绸之路，又是什么魔力把当年富庶繁华的十多个古代都城埋进沙漠土石之中呢？曾经为人类做出巨大贡献的玛雅人，何以能使他们连同他们创建的玛雅帝国和玛雅文明也一并在地球上消失了？……这就是人类抗拒自然力所付出的代价，是历史让人类自鉴的面镜了。”

“修老师，没想到你对人类生存状况和生态环境如此关注！”

“其实，咱俩是同一职业。你是搞生态环境的，我是搞心灵环境的。生态滋养心灵，心灵保护生态，二者相辅相成，缺一不可。而现在更为严重的是，无论生态或心灵都陷入一种误区，打乱了和谐秩序，所以强化生态意识比实施生态工程尤为紧迫和重要。在有生之年，我正是将创作题材主要放在这一领域，用我的画唤醒人们的心灵，共同关心和保护人类共有的家园。就像眼前的青山绿水一样，永远美丽漂亮，自在和谐。”

“你说得太好了！要说呢，绿山清水就是人类的摇钱树和聚宝盆！”

“真不错！这话更有深度！摇钱树，聚宝盆……”

“什么摇钱树、聚宝盆？”豪哥这时也来到洞口。

“说了你也不感兴趣。”修卓抢先回答。

“为什么？”

“因为你是大老板，只关心钞票和效益。”

“还有精神，比如现在，我的心灵就需要美化一番。”

“那就欣赏壁画。”

“要是不愿或不会欣赏呢？”

“这，这……这就没办法了！”

“所以说，用你的画美化心灵，很不靠谱，大家难以接受。”

季月忙插话：“我知道豪哥心灵该怎么美化！”

修卓问季月：“还不是贴面舞和搓二步？”

豪哥梗着脖子说：“我恨透了贴面舞搓二步！”

修卓问：“那该怎么美化？”

季月说：“豪哥嗓子特好，比得上陈凯歌和童安格。他现在需要用歌曲美化心灵！”

“好呀，欢迎大老板唱一首！”

火孩儿和林林也吱吱哇哇地叫起来。

……

雨，急急缓缓，下下停停，一连持续了三天三夜。本来深山老林就够令人寂寞，阴雨又使他们的生活空间变得更加狭小。起初，大家坐在篝火旁有说有笑，但时间一长，觉得索然无味，便各自散去，躺在床上熬时间。

修卓已懒得再画壁画，但又不得不在自己肌肤上文身。那次被豪哥推下悬崖，多处受伤，伤口被绿叶染了，所以给胸部和脖颈留下几道明显的印痕。这立即使他想起有人给手腕刺字和美国青年文身的事，于是激起灵感，决定利用文身的办法记日。开始他没给任何人透露这个秘密，只是自己偷偷干。可是文了几天，却把来的时间搞混了。应该从发大水那天算起，还是从逃离“死亡之湾”算起，抑或从创建新部落之日算起？而且，凭自己的记忆，怎么也想不起那几个关键日子，自然也搞不清已在原始森林度过多少个日日夜夜。他必须把这个数字搞准确，所以不得不向季月请教。

季月一听蒙了，直怨自己大意，怎么把这个大事也忘了！她想了一阵，还是没想出来，就去问豪哥。豪哥更是大蜡座子，说当时只顾逃命，谁还管子丑寅卯？于是三个人坐在一起，进行回忆和推算，为这个简单得不能再简单的问题，颇费了一番精力和周折。

豪哥说：“我只记得，我和亲爱的越越才认识第五天。”

季月回忆道：“我与荀伟成六月十一日领的结婚证，第三天乘飞机到庆顺市，四天后到金阳县，之后就跑来跑去，全乱套了，什么也没记住。”

修卓忙插问：“你再好好想想，从下飞机到发洪水算起，这之间总共有多少天？”

季月想了想说：“大概半个月呗。”

修卓扳着指头算：“十一加三，再加四，是十八天，再加上十五天，该是七月一日吧？”

豪哥突然叫起来：“我想起来了，就是七月一日！”

季月问他：“你为啥这么肯定？”

豪哥肯定地说：“市上提前三天动员撤离。最后一天，我突然接到市上一个领导电话，他通知说，今天是党的生日，各级党政领导，都要带头撤离，并检查各自单位群众，不得滞留一个人，要以实际行动度过党的生日！结果我只顾和越越耍，把这事忘了。不料几个小时后，洪水真来了。可怜的越越，可爱的越越，至今也不知道她在哪呀！”

季月说：“看来，真是七月一日发洪水的。但谁能搞清，我们又在洪水中漂流了几天呢？”

豪哥不假思索地说：“三天，整整三天。这个我记得清清楚楚。”

季月接着说：“那就是说，我们是七月四日进入原始森林的。”

修卓闪动着小眼睛："但问题又出来了。我们只知道起自时，却不知道现在时，中间的经历时该怎么算？"

"这……这……还真是个难题。"季月为难地眨着眼睛。

"糊里糊涂过，想得那么复杂干吗！"豪哥不耐烦地转身走了。

"季月，你好好想想，我们在森林里大概待了几天？"

"估计有半个月吧。"

"好，就按半个月算。明天就是第十八天了。"

季月眉头一皱，好奇地问："修老师，你问这干啥？"

修卓毫不隐瞒地说："记时，记日，咱们总得有个时间概念呀！"

"怎么记？用啥记？"

修卓想了一下，诡谲地笑笑，挽起左裤腿："嘿嘿，现代化日晷……"

季月两眼瞪得大大的，抚摸着他那花斑马似的腿，连连惊叫："这怎么行，这怎么行？这不是自虐自残嘛！修老师，快别这样作践自己了！"

修卓滑稽地说："美国青年人都喜欢文身，我只当赶一次西洋时髦。别大惊小怪！"

"不行，绝不许这样！"

"总得有个记时的办法呀！"

"在石头上记。"

"可惜没有笔墨和刻刀。"

"像你画壁画那样，用花草色素。"

"那是艺术，是大写意；而这是科学，必须准确无误。"

"还有钻木结绳，原始人就是这么记数的。"

"哪来绳子？"

"可以用藤条。"

"藤条不方便，也难以保存。"

"反正你不能这样作践自己！"

“这不是作践，是创造。我还靠它申请吉尼斯纪录哩！”

“你呀，真拿你没办法！”

就这样，季月默认了修卓的这一创举。

豪哥也不反对，戏称他是花斑马，并私下对他说：“要是住个十年二十年，看你还在哪文，总不能连鸡巴也文呀，那不成花斑马了？”

他反唇相讥：“那又咋？不像你，整天手淫，把那东西都剥成了狮子头。”

“狮子是森林之王，随时都会吃掉花斑马！”

修卓不再做声，尽管在腿上文花斑……

现在，从腿腕到膝盖，左腿已文了二十一圈，正文第二十二圈。他用一种木质很硬很尖锐的树刺扎入皮肤，然后精心地绕腿轻轻划过，伤痕上立即渗出一圈血印。他擦去血痕，再将几片嫩草揉碎，顺着划痕使劲挤压摩擦，草的汁液就渗入肌肤，蜇得两眼直冒泪花。小松鼠在笼子里看着他，吓得小眼睛瞪得圆圆的，只是吱吱哇哇地发呆怪叫。

……

季月拿出童九哥的书想看，无奈光线太暗，字迹模糊，只辨认着读了两三页，就无心再读下去了。她一放下书，眼前立即就出现伟成的面容，于是心情又变得沉重和烦躁起来。为了回避对伟成彻心透骨的思念，减轻心理负担和情感压力，她只好再硬着头皮继续读书。读了半页，思想老跑毛，又心慌意乱地放下。就这样捧起又放下，放下又捧起，接连反复多次，只觉得眼皮发涩，昏昏沉沉地进了梦乡。

这是她最好的解脱。这些天来她一直暗自认为，现实成了梦，梦又成了现实；只有梦才是真实的，而现实却是虚幻的。尽管这梦很难说，或恶或善，或好或坏，但总能与亲人相见、与恋人共度良辰美景啊！所以，她此番的心路是那么匆促，思绪是那么迷离。她只顾自己超越飞升，连心爱的宝贝火孩儿和小狗林林也冷落忘却了。

豪哥更是毛躁得不得了，躺在高台上翻过来倒过去既不想睡也不想想，愈不想想而想却愈想得翻江倒海，令人愈想愈想想。人的大脑其实就是一台录像机，时间和空间在这儿被压缩成指甲盖大的一盘磁带。想想时，它就像蒙太奇似的叠印出现，不但可以使时间倒流或从头重新开始，也可以把空间放大到曾经涉足或未曾涉足的任何地方。豪哥最忌恨想，所以只侮蔑性地称那不过是手淫而已。然而现在，他又不得不借助这个武器来重复再现已失去的时间和空间，以打发寂寞难挨的雨天。

豪哥不承认爱情也从来没有过爱情。他认为，所谓爱情只是像宗教一样的精神寄托。无论卿卿我我还是海誓山盟，人类都在为自己制造一个自作多情的玻璃笼子，并最终把自己囚禁起来。男人与女人，不过像天与地、水与火、正电与负电等物种的两个方面而已。男女之间的事简单得不能再简单了，一是生育过日子，二是享受人生快乐。实际上前者也应归于后者。生孩子和过日子不也是为了享受人生快乐吗？

所以，在他人生的履历表上，都千篇一律地填写着四个字：享受快乐。他对快乐的解释也很简单，只有两个字，即：纵欲。他认为这就是人类所谓的爱情，就是社会主义初级阶段的爱情最高形式，如果真有爱情的话。上帝很公平，既给人带来许多灾难，又毫不吝惜地给了人这个自娱自乐的工具。他的这一观点萌发于少年的懵懂幼稚，验证于中年的醉生梦死，所以根深蒂固，难以动摇。每每当他无论与两个妻子还是两个情人或包厢小姐做那男女之事时，脑海总浮现当年偷看公羊与母羊、公猪与母猪、公牛与母牛、公马与母马交配时它们那激动亢奋、山呼海啸的情景。而那情景与眼前自己正做的事情又有什么不同呢？正是基于这种理论与实践、历史与现实的统一，所以他从来不承认什么爱情的忠贞纯洁和文明高雅，所以他总是把感情置于生理刺激和兽性肉欲的廉价地摊之上——自己反以为高贵潇洒哩！

“好高贵潇洒哟！”

在越洋跨海的日本国，能听到如此娇滴顺耳的乡音，对谁都是一种莫大的诱惑和安抚。豪哥循声觅去，尖锐的眼睛马上在万头攒动的赛马场栏杆前发现一位女郎正向他招手。他还她以飞吻，并横冲直撞地在这些小日本人面前就像欧洲人在华人面前一样显得鹤立鸡群，不费吹灰之力就挤到她跟前。

“你是留学生？”

“大学刚毕业，却被人坑了。”

“如今骗子满天飞，都成了跨国集团！”

“我是想在国外发展。”

“嗨，国内钱照样好挣！”

“现在想回国都没了路费。”

“财神爷不就在你身边嘛！”

“你贵姓？”

“就叫我豪哥吧，庆顺市一家大公司总裁。你呢？”

“我叫韩冬雪。从你下注的表情，我就看出你非同凡响。”

“你早注意我了？”

“到处都是外国人，我还能注意谁？”

“真有点爱国热情！”

“亲不亲，故乡人呗！”

“干脆回国跟我干吧！”

“我学的园林艺术，对口吗？”

“什么园林艺术，全都一文不值。光你这脸蛋和身段，就是最大资本！走吧，咱们去富士。”

“富士山？”

“你真傻，连东京最豪华的五星宾馆都不知，好傻帽！”

“赌注不要了？”

“不就是几万元么，算我输了。”

“这怎么行！就是赞助，也得赞助给中国边少贫地区。”

“好，那就等吧！赢了全归你。”

“我才不要你的钱呢！不过，我怎么总是看不懂赛马的规律与行情？”

“和中国赌博一回事。譬如今天，我绝对大穴，无论怎么大波乱，我不是复胜，就是单胜，因为我买的是马连……”

“哎呀，你说得这么复杂！什么大穴、大波乱、复胜、单胜，我越听越糊涂。”

“听我说。大穴就是爆冷门，大波乱是大起大落，复胜是前三名，单胜是第一名，马连是几匹马联在一起下注。我买了三匹马，从前几轮结果看，只会赢不会输。”

当最后一轮赛局敲定时，大屏幕电子显示器上果然出现了豪哥的号码，获得复胜，即第二名。他去清仓，连本带利共计三万八。

“呀！钱这么好挣！”冬雪惊讶得发呆。

“给，归你了。”豪哥把钱塞进冬雪的小坤包，一招手，一辆豪华轿车快速而至。他把冬雪往车里一推，对司机说：“回富士！”

在富士酒店极富弹性和幻想的泡泡床上，豪哥把“社会主义初级阶段的爱情最高形式”发挥运用得达到了精益求精和炉火纯青的地步。随后，他带冬雪游览了日本风景名胜。回国后冬雪自然成了他的第二个情人，即长包的二奶。当他在自己豪宅与韩冬雪重新演绎他的爱情理论时，不料第一个情人楚翘闯了进来。两个二奶，在庆顺市发生了一场醋房大战。豪哥不得不在夜总会主持第一轮和谈。和谈结果是：豪哥为双方各建一座豪宅，各购一辆桑塔纳小轿车。楚翘在金阳县继续经营美容院，韩冬雪留庆顺市当保龄球馆老板。豪哥在金阳时归楚翘，在庆顺时归冬雪。楚、韩二人各执其事，不得互相骚扰。和谈协议执行得很好，无论楚翘还是韩冬雪，都在二比一的势力范围中得到了满足与平衡。但她们不承想，如果不是吴小越遇难，二比一将成为三比一。要是再加上卡厅、包厢等各种场合的衍化，怕早成了十比一、二十比一或更小的百分点了！

这样的回忆真他妈的勾魂摄魄。豪哥从未品尝过这种想的滋味，所以想得很细腻，很出神入化。当他终于走出灯红酒绿的回忆时，才发现自己却陷于连乞丐和野人都不如的残酷现实。这是多大的反差啊！他心灰意冷地爬起来，下了高台，向洞口走去。他看了会儿雨势，又逗了会儿松鼠，便与修卓搭讪起来。

“花斑马，你会狼吃娃吗？”

“啥叫狼吃娃？该不是狮子头吃花斑马吧？”

“狼吃娃，是一种游戏。”

豪哥说着，找来许多小树棍和小石子，给地上横竖各画五条线，组成一个棋盘。然后一人用小柴棒，一人用小石子，开始操练博弈起来。

“这是关中农村的一种游戏，很有意思。”

“只要狮子头不吃花斑马，我就陪大老板玩狼吃娃。”

豪哥如此这般给他指教一番，两人就栽起阄儿。豪哥用小柴棒，老画家用小石子。他总归是新手，很不得要领，自己的娃连番被豪哥的狼吃了；而自己的狼却一直派不上用场，只在外围转圈圈，要不就被豪哥的娃围攻打死了——自己的狼成了豪哥狼吃的娃，豪哥的娃成了吃自己狼的狼。很快，二十五个接点还没栽满，第一局就结束了，老画家输得一塌糊涂。

“告诉你，这个戏法始于汉朝，当时飞将军在沙漠戍边作战，士兵们闲下来实在寂寞，才发明了这个游戏。以后慢慢流传到内地，至今仍在关中一带盛行。它的意义在于提倡和培养狼的精神。”豪哥赢了第一局，十分兴奋，所以第二局话就特别多，“哎，花斑马，你知道狼的精神吗？”

老画家随口答道：“就是坚忍不拔，勇猛拼搏，团队作战。”

豪哥继续说：“能得四十分，不及格。所谓狼的精神，核心是竞争称雄。两军对阵，有你没我，有我没你，只有打败敌人，才能保全自己，获得全胜。李广利正是凭狼的精神，才百战百胜，成为飞将军。”

“大老板说得很有道理，只是飞将军是李广，并非李广利。”

“只差一个字，没啥了不起，反正就那个意思。”豪哥说着，又来了个“双狼吃娃”，掐掉修卓一个阄儿，得意忘形地说着，“商场即战场，特别是市场经济，更应发扬狼的精神。狼的凶猛，狼的残忍，狼的孤战，狼的贪婪，狼的六亲不认，狼的不择手段，等等，都大有用武之处，都值得大大发扬。”

修卓越听越不对劲，不知这家伙葫芦里装的什么药，眼睛瞪得直直地问：“大老板，你这话是啥意思？难道在这原始森林，狮子头真要吃掉花斑马？”

豪哥不屑一顾地道：“快栽阄儿吧，我可没这个意思。不过，我真的对狼的精神很推崇，也善于身体力行。我的所有财富，就是凭这种狼的精神争来的，抢来的。西北人自称西北狼，还有一种服装品牌叫七匹狼，我都格外青睐。”

“说说你的发迹史吧。”

“商业机密，无可奉告！”

“啊？你怎么吃了我三个阄儿？”

“这叫群狼吃娃，歼灭战！”

“你这家伙，真是一只凶恶的狮子头！”

“那你就是花斑马，任由狮子头宰割了！”

“什么是花斑马、狮子头呀？”突然季月走过来问。

“这老东西把腿文得像花斑马。”豪哥指着他笑骂。

“他……这家伙才是狮子头。”修卓说完，又觉失口，后悔得脖子都红了。

“狮子头又是啥呀？”季月好奇地问。

豪哥神秘地笑着：“他说我把那剥得像个狮子头？”

季月仍不明白：“那又是什么呢？”

修卓摆手阻止：“NO，NO！快别问了！实在难以启齿……”

豪哥催他快栽阄儿：“妈的又是闹，闹闹闹，闹是啥意思嘛？”

修卓不知给豪哥还是季月卖起关子：“商业机密！”

季月刨根问底：“修老师快说嘛，那到底是什么？”

修卓越支吾遮掩越激起豪哥的兴趣，他顺手又吃了他一个娃，然后望着季月诡谲地哈哈大笑：“那呀，就是我给你嘴里喂尿的东西，他说那像个狮子头。花斑马，老东西！真是下流至极，可笑至极！哈哈……”

“流氓，一对流氓！……”季月羞得脸腮通红，嗔骂着转身做饭去了。

做啥饭呀？这问题的确让季月为难起来。她想，如今在现代都市，人们感到最难最烦的莫过于做饭和吃饭两件事。说它烦，因为每天都是“老三篇”——馒头、面条、大米饭，怎么排列组合也脱离不了这三大要素，如此翻过来倒过去重复循环，怎能不叫人烦而又烦呢？无怪乎每每到做饭时，无论精于烹饪的家庭主妇，还是滥竽充数的伟丈夫，抑或初试厨艺的巧儿女，无不摇头叹息：“咳，又做饭了，真烦人！”说它难，因为虽然大棚菜四季有鲜，又有鸡鸭鱼蛋佐餐，但无论如何花样翻新，都哄骗不了舌苔的腻味与疲怠，加之“恐污染”和“恐癌症”的心理作用，所以每当吃饭时人都诚惶诚恐、磨磨蹭蹭入不了境，以至发出“无饭可吃”和“吃啥都不香”的苦叹。

说实话，她和荀伟成也有过这种感受，都不爱做饭，也不会做饭，所以结婚时商定好了，不置办炊具，不起灶做饭，每天三次进饭馆解决肚子问题。但现在，她真没想到同一个感受，同一个问题，竟然在原始森林又遇见了。当然，在这里，问题的根源不是厌烦“老三篇”，也不是惧怕污染和致癌，而是第一没调料，特别是没盐，再鲜美的山珍海味也味同嚼蜡；第二是没主食，整天都是山果、野菜和动物肉，吃着吃着，就让人肠满倒胃口。她站在篝火旁，嘴不住念叨着米饭、馒头、面条和盐巴，双手在胸前来回搓擦，仿佛手心真能搓擦出“老三篇”和盐巴来。她思前想后思索了好大一会儿，也没想出该做什么饭，该怎样改变一下大家的口味。

季月将披发向后一甩，给篝火加了几根硬柴，只好重复以往做饭的程序。原先的木架是三角形，已被篝火烧焦，重新搭起一个木架。

现在的木架像长方形，两端架在石头上，空间比三角形大得多。这都是修老师的主意，他善于也喜欢做这些事。豪哥从不插手过问，他只消把猎物拿回来，就算万事大吉。做饭的事他并不关心，做什么吃什么，不做了就自个儿吃生肉。他的味觉似乎很宽泛，吃啥都非常香。修卓很佩服，说他是返祖现象，要不就是他还没从茹毛饮血的原始社会脱胎而出。

季月在木架上挂好一只山鸡，然后给缸子续满水，放到火旁煨烤。再下来，她就站在篝火旁看着，等着。整个程序就这么简单。问题是，看着和等着时必须不停翻动山鸡，翻动越勤烤出的效果越好。不然烤得过火就产生焦臭味，火候不够又成了夹生肉。而且勤翻动可以避免脂肪烤化流失，有利于肉体收汁收味。硬柴的火焰很直，冲劲很大，舔在肉体上，一会儿就滋滋作响，还不时传来柴节“嘭”或“叭”的爆炸声，再加上缸子里水的咕嘟声，听起来非常优美。此刻，季月的嗅觉和味觉似乎业已退化，感觉器官的兴奋点全在听觉上，全在美妙的音乐之中。她甚至怀疑，如果没有这乐声，让她光看看闻闻那焦黄腻歪的山鸡，就会猝然闭气昏倒。音乐与火焰拯救了她，才使她没有闭气和昏倒，才使她把令人烦恼讨厌的做饭转化为一种行为艺术。

她站着不坐是不能坐，因为木架与火焰有一定距离，火焰的外焰与地面也有一定距离，这样一来木架上的山鸡恰好位于胸口处，坐下根本够不着。实在要坐下也可以，但每隔半分钟还得起来，如此坐下又起来，起来又坐下，反反复复，就显得拖泥带水，自然而然地破坏了刚刚转化的行为艺术。至于山鸡为什么要与外焰保持一定距离，修卓说外焰火力最大，烤出的食物味道最好。但不能把食物埋进外焰里，而只能挨着边儿，保持若即若离的状态，这样烤出的食物绝对色香味俱佳！有了这些科技含量，她更不能坐下而必须站着，使行为艺术最终进入艺术造化的情境。此时，透过熊熊火焰，只见她时而站立，时而走动，时而弯腰，时而翻转山鸡或给缸子加水加蛋……啊！太美了！简直就像女娲补天，像凤凰涅槃！……可惜修老师不在，如果他看到此番景象，一定会神经质般蹀躞连连地进入“迷狂状态”。

大约两刻光景，就在她从火中抽出两根硬柴的同时，也摘下两团金灿灿的火焰——不，应该说两朵红霞更妥帖。她双手握起一根尖锐的树枝，用力插入像红霞似的烤鸡肉体，眼疾手快地把它们放到一块石板上。石板油乎乎的，烤鸡一放到上面，原先残留的油渍立即就被融化了。鸡腿压住一些灰烬，她试图挪个地方。她吸溜着嘴，一边哈气，一边抓住鸡爪往旁边拽。这一抓一拽，好生滚烫，痛得她双手像天鹅展翅似的扇动不停。好大一会儿，大约疼痛被扇动得差不多了，她就把剩余的疼痛连同手指头一起塞进嘴里吞吐吸吮，不时发出吧唧吧唧的响声。只是这响声既没有修卓的拖泥带水，也没有豪哥的斩钉截铁，而是充满了惊吓和慌乱。在她与疼痛如此纠缠缱绻了一阵后，才对自己的厨艺增强了自信，才想起还在洞口对弈的两个男人。

“开饭喽！烤鸡加蛋汤！”

两个男人还在推搡争吵。

“你怎么又吃了我的娃？”

“我是双狼，双狼吃娃！”

季月走出来，用衣袖揩着额头的汗珠，嚷道：“吃什么娃，快吃饭吧！”

“这家伙黑吃黑，把我的娃全吃完了。”

“你这老东西，硬把娃给狼嘴里喂，还怪狼吃娃？”

他俩如此嬉笑怒骂，不计前嫌，真让季月打心眼里高兴。她瞧着他们笑了笑，没再说话，径自走进洞厅，用芭蕉叶把烤鸡包裹起来，捧着放在棋盘上。接着她又进去端来汤，匀在两个葫芦瓢里。然后她把缸子当的一声往棋盘上一蹾，就将一只烤鸡分头捧给他俩。

“吃呗，吃完再下棋。我也想搞清什么是狼，什么是娃。”

“这是关中人玩的一种游戏，叫狼吃娃。”

“咿呀，季月，你怎么不吃？”

“我不想吃，一看见就腻烦。”

“那怎么行，好不容易吃上熟食，你却厌食？”修卓说着撕下一只鸡大腿，递给季月，“快吃吧，别饿着！”

季月推回鸡大腿，踌躇一下，双手衔接对称，五指扇形组合，像一对凤头似的按住烤鸡，拗了几下，一只鸡翅就款款在手。继而，她把鸡翅含在口中，细细啖食，样子看起来既疲惫又优雅。

豪哥只顾大吃大嚼，丝毫没有推让的意思。在他眼里，吃饭完全是本能需要和自觉选择，没必要推让拉扯，想吃就吃，不想吃拉倒！所以他现在把他的钢牙利嘴发挥到了极致，惹得林林不住吠叫，馋得火孩儿只是瞪着眼睛转圈圈。自从有了火，修卓就改变了进餐方式，不再用石头砸生肉，吃的速度也明显加快。这样一来，他又自觉不自觉地恢复了原先吃饭很响的特性，声音大得就像和豪哥比赛。一个吸吸溜溜，一个叽叽嘎嘎，两人一唱一和，组成一曲激越高亢的合奏曲。在这原始森林，既没有聚会宴席，也没有群贤毕至，还怕谁讥讽指责呢？这对季月来说，不但不是什么秽行陋习，而简直就是生命对生命的感知和享受。

修卓吃完一只鸡腿，空出油乎乎的手，端起瓢，喝了口蛋汤，脖子一仰，只听“吱喽”一声，哽在喉咙眼的食物才迟迟落下肚。他乜斜季月，发现她的缸子没有汤，顺手把自己的瓢递给她。

“你不吃肉，也不能不喝汤。”

“你俩快喝，我已喝过了。”

“斑鸠蛋营养很高，多喝有好处。”

“我喝得不少，真的不想再喝。”

“那就别喝。暴饮暴食，容易发胖。”

修卓伸手撕下另一只鸡腿，突然发现豪哥已把半拉鸡吃完了，惊得瞪着小眼睛连声嚷嚷：“这家伙，半只鸡，眨眼就填进肚子了，真是狮子头！”

豪哥瞪着他，哼了声，没有反击，端起瓢，出了洞口。修卓讨个没趣，也不再做声，默默吃着鸡腿。他一边吃着，一边端详着自己的腿，好像在鉴别两种腿的优劣和异同。

季月看见他花斑马似的腿，随便问：“修老师，今天是第几天？”

“文了二十二圈，也就是第二十二天。”修卓啃着鸡大腿，手一抖索，几滴油渍掉在腿上，使花斑更加油光发亮。他舔了舔手，回答着季月提出的问题，但始终没说“原始森林”之类的字眼。

“二十二圈，就等于二十二天。”季月重复着他的话，也闭口不提“原始森林”这几个字。

过一会儿，豪哥端着瓢，走了进来。他的胡须有些颤抖，脸上堆着狡狯的笑容，把瓢递给季月，道：“快喝了，有盐巴，味道不错。”

一听有盐，季月眼睛登时亮起来，不再推辞谦恭，接过瓢，饥不择食地喝了几口。她舔着嘴，眨着眼，怎么也不敢相信，这就是自己烹制而又令她厌弃反胃的斑鸠蛋汤？

“盐，是盐，咸咸的，嘴里马上就有味道了！”

听了季月的话，修卓馋得直流涎水，迫不及待地要夺瓢，被豪哥在手背用力拍了几下，只得缩回神经质颤动的手。

“他妈的，像变魔术似的，转个身就有了盐巴？真是狮子头！”

季月又喝了两口，这才把瓢交给修卓。

修卓尝了一口，咂咂嘴，连喊“好味好味”，接着便仰起头，咕嘟咕嘟将剩余蛋汤一饮而尽。

“太好了！有火又有盐，实在太好了！”

“大老板，你真了不起！从哪弄的盐？”

“商业机密，无可奉告！”

第十一章

可怕的遗忘

新部落在豪哥和修卓无聊的“狼吃娃”中，度过了几个窒息发霉的雨天。奇怪的是，从此之后，好似有一种莫名其妙的魔力支配着，大家都不再提原始森林和走出大山的事，心安理得得好像他们原本就是这里的永久性居民。

这天正午过后，生物钟如约莅临。生物钟在季月和修卓身上的表现，就是没精打采和昏昏欲睡，所以他俩已进入祖先千百年流传下来的午睡状态，躺在各自洞室睡着了。唯有豪哥仍被生物钟摇撼得难以入眠。他现在有了新的满足和快乐的途径，不再为排遣和发泄犯愁。经过多次试验和训导，他已与小狗林林达成了默契。狗的本性就是舔小孩屁股和饭碗，但眼目下，既无小孩屁股，也无饭碗，失去舔的日子实在无趣。豪哥正是抓住林林这一心理特点，引导它舔了几次自己的屁股，继而又诱惑它舔自己的那个地方。林林很兴奋，大概它也懂得，反正舔什么都是舔，何必追究舔的对象呢？而且，它懂得，主人分泌的这种亮亮、黏黏、咸咸的液体，比起小孩屁股的稀屎和碗边的饭痂，不知要高级多少倍！所以它现在非常从容大度，仔细虔诚，把主人舔得只是“呜啊”失声怪叫。

刚才，就是午饭前，豪哥领着林林在树林里经历了此番消受，生物钟已提前获得了回应，所以现在表现很安静，吃完饭上了高台，不大一会儿就搂着钟乳石睡着了。他的鼾声一起，另一个男人却不安生然袭击了美国三分之二的面积。当时《纽约日报》这样报道："昨天，一场黑色风暴裹挟大量沙尘，自蒙大拿州以西一千五百英里受旱各州而来，在空中形成高达数千英尺的尘云，遮天蔽日，横扫全美各州。"沙尘暴历时三天三夜，势如摧枯拉朽，搅得天昏地暗。城镇断电，车辆停开，商铺关门，有的政府官员只好钻进地下室办公。风暴过后，整个美洲大地满目疮痍，一片狼藉，民不聊生。大批牲畜因吸食高含沙食物而死亡，许多人患了呼吸道感染引起并发症而奄奄一息。肥沃的西部大平原从此萎缩退化，有的成为寸草不生的荒漠。人民流离失所，成群结队地迁徙逃亡。这场灾难直接损失高达数千亿美元。

造成这场灾难的直接原因，就是滥砍乱伐森林。自哥伦布发现新大陆后，大量欧洲移民涌入北美，疯狂地砍伐森林、开垦土地、掠夺资源，使千百万年形成的原始生物链和生态环境遭受灭顶之灾。二十世纪初期，这个浪潮更加凶猛，致使二十亿亩森林被砍伐或垦荒，同时导致一百五十万亩生产用地沙漠化。仅仅时隔二十年，可怕的自然灾害又降临另外两个大国——苏联和中国。从一九五四年起，赫鲁晓夫发动了一场规模空前的大垦荒运动，大肆开垦中亚、哈萨克和西伯利亚草原，翻耕面积达六亿多亩。大自然反应非常灵敏，刚刚过去两三年，一场迅雷不及掩耳的黑色风暴，从里海北岸自西向东，穿越巴什基尔、哈萨克斯坦，直到阿尔泰草原。新垦的沙土尘埃、盐碱粉末、枯枝败叶，以及刚刚出土和尚未出土的种子，像蘑菇云似的横扫了苏联东南大部分地区。又过了两三年，黑色风暴再次光临苏联大平原，受灾面积六千万亩，搬运的沙尘多达十亿吨。与此同时，连续三年严重干旱席卷中国南北，以饿死数十万人的大饥馑对"大跃进"做出了相应的惩罚。

面对这些血淋淋的教训，人们才不得不引起警觉，不得不反省人类自己的行为。一些专家学者首先提出善待自然、珍爱和保护地球的理论，并开始了这方面的科学研究。世界环发大会发表《我们共同的未来》，阐述了人类面临的危机，呼吁全球迅速行动起来，以拯救日益危难的地球。也就在一九八八年那场热浪过后，美国《时代》杂志邀请三十多名各国科学家和政府首脑，专门研讨气候变迁、人口控制、废物处理和物种保护等问题。会后发表评论说：一九八八年，“没有一个人，没有一件事，比这个由石头、土壤、水和空气组成的人类共同居所更发人深思，更值得突出报道了。”

豪哥，酋长，你别急，我并没脱离主题。我讲这些，无非想说明两点，一是我第一次接触生态问题，二是我绘画生涯发生重大转折的心理触发就来源于此。从此之后，我的艺术生命也包括画题和画风都开始转向生态环境。为此我开始了漫长的世界旅游，在南美洲考察亚马逊河热带雨林和巴西因开发森林而付出的沉痛代价，在南亚亲历了尼泊尔、印度的水灾和印度尼西亚的海啸，在非洲撒哈拉沙漠亲眼目睹了干旱、沙尘、疾病和饥饿横加在人民头顶的厄运。特别在苏丹、利比亚、阿尔及利亚，满目黄沙望不到尽头，狠毒的太阳像炒板栗似的烘烤着大地，走在上边直令人头晕目眩。中午还是五十多度酷暑，到了晚上却要忍受零下二十多度严寒。我们骑着骆驼，仿佛走到了生命尽头，一切都那么荒凉、沉寂和萧疏。偶尔遇到头顶水罐和衣着褴褛的难民，给人的印象只有大自然的无情和生命的无奈。但奇怪的是，在海拔一千米的恩阿哲尔山里，古代崖壁上居然刻着无数水牛和鸵鸟，而没有骆驼；在利比亚费然山出土的壁画中，绘画的马拉战车居然那么惟妙惟肖；在现已干涸的塔法萨塞特河与底默索伊河谷地，居然分布着一百多座新石器时代的石建村落……面对古代先民高超的绘画和建筑艺术，我不禁唏嘘惊叹，这些本该属于大草原的物种和器具，为什么会出现在被称为“死亡之海”的撒哈拉大沙漠呢？

同行者有位姓宁的中国记者，指着黄沙滚滚的不毛之地，告诉我，公元前八千年至两千年，正是后寒武纪潮湿期，撒哈拉还是一片辽阔丰茂的大草原，生长着种类繁多的热带草原植物。到处流水潺潺，泉水叮咚，雨量充沛，草木葳蕤。先民们在此放牧、狩猎、捕鱼，日出而作，日落而息，过着无忧无虑的群落生活。公元前四千年开始饲养牲畜，再后来就能制造矛、盾和战车，保卫自己的部落和领地，满怀信心地朝着文明社会迈进。

这位姓宁的记者四十出头，大学毕业后从事国际新闻工作，近几年特别关注生态问题，几乎跑遍世界各地，撰写了大量文稿并出版了专著，对全球生态问题和地球危机有着不同凡响的观点和理念。能在万里之外遇见中国同胞，那种喜悦和信赖的心情可想而知，更重要的是为了同一个目标，我们才有幸同宿一晚。我们没住旅店，而是在费然山下一个叫巴哈的部落，亲身体验了当地土著居民的生活。使我吃惊的是，社会前进了三千多年，但他们仍未走出“马拉战车”的历史。食物和水奇缺，粮食靠世界粮农组织的有限支援，水靠头顶水罐到几里外山上去取，每天大部分时间都花在了取水上。住的是地窖加茅棚，基本上不分男女老少，通铺混睡。

豪哥别激动，这里毫无黄段子可讲。因为大家又累又饿，性欲早已退化成篝火晚会和深夜不倦的鼾声。只是一次例外，当我给他们画像时，有个年轻女子（估计是部落酋长之女），竟将我拉到一个茅屋，跳起了裸体舞。她那黧黑的肤色、健美的肌肉、卷曲的乌发、洁白的牙齿、初育饱满的乳房，使我难以相信在如此艰苦恶劣环境下，居然有这样朝气蓬勃的姑娘。我不得不为他们顽强的生命力和乐观心态暗自叹服。我的情绪大受感染，创作冲动遽然而来，连续为她画了几幅速写素描。

那一夜我基本未睡，专注地聆听宁记者讲述许多关于生态危机的事，内容真是闻所未闻，触目惊心。他说地球的末日与我们越来越近，最有力的事实就是一九八八年的环球大灾难。日本遭受春季暴风雪，导致五十列火车停运，二百五十列火车晚点，农作物损失难以估量。历来干旱少雨的非洲，却遭受了百年未遇的特大洪水，二百多万人被围困；与此同时，撒哈拉沙漠以南诸国约一亿零五百万亩农作物遭受严重虫灾，庄稼颗粒无收。美国三个月滴雨未下，农作物大量枯死，引发火灾六万七千起，烧毁林地五千一百万亩，著名的黄石国家森林公园大火持续四个月，七十多万亩森林化为焦土。七八月，巴西发生特大火灾，一座自然公园被毁，烧死珍稀动物一百余头。八月，尼泊尔与印度接壤地区发生强烈地震，一千多人死亡。五月至九月，孟加拉国遭遇特大洪灾，三分之二面积被淹，二千一百万亩农田被毁，一千八百人死于非命，五十万人感染严重疾病。中国水旱灾害更甚，受灾一千三百多个县市，造成经济损失数百亿元。其中仅湘赣闽暴雨、浙江台风、云南地震共死亡千人。最为恐怖的是飓风，“雨果”自瓜德罗普岛登陆，继而横扫蒙特塞拉岛、安提瓜岛、维尔京群岛、波多黎各和加勒比海诸岛，直逼美国沿岸。所到之处，房屋倒塌，大树折裂，车辆倾覆，桥梁垮塌，公路被毁，铁路中断。十月，“霍安风”袭击加勒比海和中美洲，其中尼加拉瓜卢菲尔慈沿岸百分之三十五城市夷为平地，五百多人死亡；牙买加成为一片废墟，损失达八十六亿美元。十一月，“鲁比风”和“斯基普风”侵袭菲律宾和孟加拉国，两千多人罹难，数百万人流离失所。十二月初，苏联亚美尼亚共和国发生里氏七点一级地震，列宁纳坎市五层以上楼房全部倒塌，基洛瓦坎市半数建筑物毁于一旦，五十座村庄化为乌有，五万五千人遇难，一万三千人重伤，五十多万人沦为难民。

一九八八年，灾难的一九八八年！地球居民应该永远记住这个日子！宁记者说着说着，突然坐起，像与人争辩似的继续说开了。他说，一九八八年只是地球向人类发出的一个警告，它愤怒之时就是人类毁灭之日！造成这个局面的根源除了毁坏森林和湿地外，还有污染这个元凶。首当其冲的是二氧化碳，煤炭、石油、天然气、液化气、木材等的燃烧，释放出大量二氧化碳。人类既离不开二氧化碳，又备受超量二氧化碳的煎熬。还有丁烷和氯化烃的大量使用，自己发明毒气毒害自己。冰箱、喷雾器、发泡剂、洗净剂等花样翻新，使氯化烃成了臭氧层第一大杀手。蒙特利尔大会提出全球削减氯化烃百分之五十，伦敦“拯救臭氧层大会”更是加大了力度。英国首相撒切尔夫人赞成二十世纪末减少氯化烃百分之八十，美国总统布什提出研发代用品逐步停止使用氯化烃，欧共体同意二〇〇〇年全部停止氯化烃生产。听听这些骇人听闻的数字，人们还能再怀疑温室效应的存在，还能再将臭氧层空洞像哥白尼天体论一样视为异端邪说，还能再无视生态环境而肆意践踏和虐待地球吗？

说实话，我真佩服宁记者，他思维敏捷、观点新锐、语言犀利，对生态问题研究得深刻透彻。听了他的话，我深受启发感染，更增加了投身生态环境的决心和信心。我是去年回国的，计划对祖国主要江河进行一次实地考察，用照片和绘画唤起人们对环境保护的关注。汉河是我考察的第四条河流，从川陕甘三省交界的汉源出发，跋山涉水，刚来到庆顺市，不料却遭遇了这场毁灭性的特大洪水。八年，距离宁记者的话仅仅过去八年，地球就再次发怒，再次向麻木不仁和屡教不改的人类做出了惩罚！季月，还有豪哥，你们说说，也许这是上帝有意安排，才让你俩在死亡之湾救了我，又在原始森林创建起新部落，尽情享受这一尚未被人类奸污的清净乐园。

豪哥别发蒙！我用奸污这个字眼自有来由，不是随便乱说。看看人类对自然环境的种种陋习恶行，不正像你尿硫酸、充食盐和让小狗舔鸡巴那样猥亵龌龊吗？哈哈！这是我唯一要讲的酸话和黄段子，故事到此结束。酋长大老板，对你的调侃和不恭，要骂要打随便，现在就可以开始了。

第十三章

大老板发家史

我的故事很现实，不像老画家他妈的那么云遮雾罩，漫无边际。什么生态环境，什么地球危机，八辈子挨不着边儿的事，与我们何干？据我所知，地球诞生了二十亿年，要毁灭早该毁灭了，还能轮到我们今天对它评头论足，高谈阔论？再看看如今那些当官的，无论乡长厂长还是县长市长，都发疯似的贷款，发疯似的招商引资，发疯似的大把花钱，发疯似的大搞开发区和高新科技园——只要自己为官一任潇洒风光多出政绩，那管下一届下一辈子的事？所以说，你那些危言耸听的理论，完全是看三国流泪，替古人操心，没一点现实感。我的观点和那些官僚一样，人活一世，首先要对得起自己，该夺取的就拼命夺取，该享受的就尽情享受，至于下一届或下一辈子，四舍五入，完全可以舍去不计。这才是最人性化的生命哲学，是应对这个乱哄哄世界最现实超脱的活法。

季月，别瞪眼！这话虽有些不合时宜，但却是大实话。我在县长市长面前都这么说，他们只是笑着打哈哈，根本不屑反驳也无法反驳。就说我的一个乡长朋友吧，他叫梁攀登，取攀登科学高峰之意，但当时大家都叫他凉板凳。他正是凭着这个理论，不但当上县长而且很快又当上副市长。要说呢，人的眼光总归有限，只要把握住现实，再具体点说，只要抓住眼前利益，就足以享受一辈子。你们想想，作为一乡之长，能和我这个赌徒流氓交上朋友，还算共产党的好干部吗？嘿嘿，你别说，这家伙还真有点贵族气质。贵族气质，你们懂吗？就是把什么人都不放在眼里，把什么事都不当回事儿，大不咧咧、傲不叽叽、牛皮烘烘、酸不溜溜的那种做派。他到赌场从不带钱，都是现场欠账或借债。起先大家瞧不起他，以为他和其他官员一样，是个空手套白狼的家伙。但每次事情过后，他却主动向赌友还债，而且只多不少，大方得好似他家开着银行。看看，现在的官员，谁能如此守信用讲交情？所以后来，哥们就对他不再怀疑而更加信任。但大家还是不明白，他为什么要这样呢？这的确是个谜，我一时也摸不着头脑。直到后来公安人员抓赌，这个谜底才真相大白。

那晚飘着雪花，屋外非常寂静。我得了一手好牌，正要扔炸弹时，突然听到外边有响动，而且是公安人员才有的那种诡秘响动，便说了声“有猫”，立即翻窗而逃。窗户很高，唯有我够得着，手一趴，腿一耸，嗖的一下就过去了，快速敏捷得像神行太保。这些招数都是我在赌场长期修炼的，眼尖、耳灵、手快，每次都能巧妙逃脱，化险为夷，从未被抓住罚款。后来听人说，那晚公安人员把其他人逮了个正着，搜身时却没搜出凉板凳一分一文钱。两个小警察正在纳闷，他这才亮出乡长身份，说：“我刚才路过，发现他们耍赌，就闯进来处理。既然公安人员赶来，我就不必多嘴了，这事交给你们吧。”另一个年纪大点的警察认识他，忙说：“别呀，乡长正处理，我们不好插手。看来他们也是小打小闹，批评教育一下就行了。乡长亲自抓赌，为一方治安操劳，实在令人敬佩！”乡长大咧咧地摆着手：“那里，那里，我只是路过，偶然为之。确保一方平安，还靠你们这些公安干警哩。你们辛苦了！”……听听，看看，这家伙多么心有城府，多么贵族气十足！自那以后，我特别佩服他，慢慢地我们就成了铁哥们儿弟兄。

我的发家史也因乡长而起。对了，现在该谈谈为什么叫他凉板凳。那时党委领导一切，书记是个手脚勤快而又心胸窄狭的人，他大权独揽，把一切事情都管完了，所以嘛，乡长啊，只好晾在一边啦！他觉得憋屈，就自我解嘲地称自己是凉板凳。你还别说，他的确称得上货真价实的凉板凳——开会只点头不说话，下乡只哼哼不点头，求他办事不点头只摇头——唯独到了赌场，才显示出昂扬的贵族气质，该点头就点头，该摇头就摇头，绝对一言九鼎，敢说敢为，毫无凉板凳的迹象。有一次，他输了不少钱，独自在小酒馆喝闷酒，我知道后就去劝他。他显得疲惫沮丧，说他想辞职回家当万元户。那时改革开放不久，钱非常值钱，谁有一万元就不得了，就是致富明星。所以那时人人都想当万元户，都想实现共产主义那样的宏伟目标。

我听后忙劝他："老兄别泄气！东山不亮西山亮，说不定等几年，时来运转，你还会飞黄腾达哩！"

他喝了口泸州特，摇着头说："如今提拔都凭政绩，像我目前这个凉板凳，想干政绩也插不上手，还怎么提拔？"

也许刚才无意说出东山不亮西山亮的话，不知怎么搞的，我突然就想起西山，想起西山下的金阳河，忙不迭对他说："我倒有个好主意，能立竿见影出政绩，不知老兄愿不愿采纳？"

凉板凳霍地站起来，狠踢了一脚身后的板凳，连忙抓住我的手："兄弟快说，你有什么好主意？越一鸣惊人越好，越立竿见影越好！"

我拉他坐下，重新斟满酒，一杯见底后，说："西山北部平原不是很旱吗？如果能把那条河引过去，二三十万亩旱地就变成了水田，这不正是你建功立业的机会吗？"

他激动得满脸通红："好是好，可隔着一座山，怎么把水引过去？"

"简单得很，凿个洞洞，就把河水引过去了。"

"洞洞？你说洞洞？五六里长还是个洞洞？你说得太简单了吧？"

"听说'大跃进'时就有这个设想，后来因为没钱才告吹了。"

"现在更没钱，更不能实施。"

"正因为没钱才要干，这可是弄钱的引子。"

"引子？怎么引法？"

"你想想，如今当官的为啥都喜欢搞工程？正是用工程做诱饵，一年年拖延工期，一次次追加预算，才能引蛇出洞，把国家的钱源源不断地引诱出来，任由你搭配花销，潇洒风光，还能出不了政绩？”

“你快说，具体该怎么办？”

“我表哥是省水利设计院工程师，得请他们勘察设计。”

“设计出来还得政府一级级审批，那要等到猴年马月呀！”

“时间就是金钱，不能等。马上把山口炸开，让河水乱跑，熊管娃，花儿开，看他政府管不管？”

“这怎么行，这不是先斩后奏吗？”

“这叫黄袍加身，逼着政府上龙廷。听我表哥说，现在许多工程都是这样逼上马的。如今当官的急着出政绩，谁还在乎这些！”

“要不，明天咱们去现场看看，再最后定夺。”

第二天我们赶到西山，现场观察了地形地貌。他的兴趣很大，热情很高，让我立即去省城找表哥，他开始着手炸山口。半个月后，当开山炮炸响时，不但震惊全县，也使省市领导大受惊骇，大小车辆在河对岸排了一长串。

小金河在距大金河入口二十余里的左岸，山岔被炸开一个大口子，河水汹涌澎湃，向南改道直接流入汉河。几个水利专家拿着图纸和现场比照，一个个惊得目瞪口呆。乱弹琴！这口子是一九五八年设计的导流口，没有审批，没有开工令，谁敢随便炸开?！真是无法无天，大胆妄为！市长问县长，县长问乡长。乡长不在，关键时候干什么去了？这个凉板凳！那就让书记说说，这到底是怎么回事？你们乡上太大胆了，这山口是随便能炸的？炸口子想干什么？万一发生事故怎么办？你们眼里还有没有县上领导，还有没有省市领导？

乡书记早吓得浑身哆嗦，结结巴巴地说：“这是凉板凳偷着干的，我一点不知道。这家伙，平时都坐凉板凳，这下可发烧了，膨胀了，爆炸了！”

这时恰好有几个放炮的农民走过，接着书记的话说：“其实梁乡长也是一片好心。这个工程早该修建了！在这里凿个洞，山背后两三个乡镇都成了水浇地，咱们也该当万元户啦！”

市长听后，忙问水利专家："这个方案可行性怎样？"

一位老工程师指着图纸说："可行性没问题，图纸一九五八年就设计好了。"

市长又对县长说："那好，你们立即组织班子，做出设计和实施方案，争取工程尽快上马。"

县长自然高兴，连连点头答应，随后又对乡书记说："你们要加强巡护，不要发生水患。另外等梁乡长回来，让他立即来县里见我。这个凉板凳，真是蔫驴踢死人！"

其实那天，梁乡长和我，还有我表哥，正在省城忙着哩。这是我有意安排的，不是逃避而是进攻，不是害怕而是稳坐钓鱼台，要的就是这种效果。果不其然，市长惊动了，县长宣召了。第三天见县长我没去，凉板凳独领风骚，风光到家，把跟我学的理论说了个天花乱坠，乐得县长书记直夸奖："这哪像个凉板凳么？思路清晰，意识超前，有胆有识，分明是一员改革开放的闯将嘛！昨天常委会已做出决定，西山隧洞立即上马，你为总指挥，县财政先划拨四十万元，抓紧前期准备工作。"

有了这个尚方宝剑，他当晚就赶回乡上，立即招来那些赌友，还特意把派出所刘所长叫来，痛痛快快地玩了一个通宵。末了，他对大家说："这是最后一顿晚餐，三天后都跟我上工地。从今天起，告别麻将桌，谁再敢耍赌，我就让刘所长把他的手剁了！到工地大家好好干，干个一年半载，我保证让你们个个成为万元户！"紧接着他又给大家做了分工，刘所长管治安，我管后勤，三宝管宣传，七八个赌友人人各有其职，唯独剩下屠户牛二没个合适差事。后来还是我提的建议，说牛二哥会杀猪宰羊，懂得肉食行情，干脆让他管灶，给咱把伙食搞好。牛二立即来了精神，说他保证让大家天天有肉吃。梁乡长点头同意，最后强调说："其他副指挥由县上安排，技术由省市专家负责，但工地现场就由我们这些人管理，是核心，大家必须抱成团，修好工程，致富每个人。"

几天过后，一干人开进工地，接着几十个民工开进了工地，再下来一台台推土机和挖掘机也开进了工地。所谓开工前的“三通一平”工作，就是通电、通车、通水，平整施工场地。就这样，在没有审批、没有立项、没有开工令的情况下，隧洞工程全面启动了。说实话，那几个月里，我和乡长可没少出力，什么修路呀、清场呀、拉电呀、备料呀、征地呀、接自来水呀，等等，把人忙得够呛。还有那些县市领导和水利专家更是马不停蹄，今天论证呀，明天勘察呀，后天现场办公呀，工地上整天小车不断线，热火得凉板凳再也坐不成凉板凳了。嘿嘿，真没想到，修个洞洞，竟有那么多程序，那么多麻烦，真他妈的始料未及。如此紧锣密鼓地折腾了两三个月，工程终于立项了，开工了！总投资八千多万元，等于把嘴塞进了国家的洋面口袋，对我来说更重要的是懂得了国家机器运转的许多秘诀。

工程进展很顺利，哥们也没丢脸，个个都干得非常出色。刘所长全副武装，警车整天在工地四周呜呜响，吓得青蛙都不敢叫唤。三宝配了高级照相机，没事就去工地摄影拍照，而且笔下生花，作品屡屡登上省市报刊显著位置。牛二更卖力气，吃饭不收钱，不限量，顿顿都能大块大块地吃肉。至于我么，把水泥、钢筋、沙石料供应和隧道施工，全包给我的亲戚朋友。你们想想，除了这些，工程还有什么实际内容？说白了，其实我就是整个工程的包工头。我不能白包给他们，一律按费用百分之六抽彩。八千万元，那可是四百八十万元的纯利润呀！当然，这些钱我不能独吞，我只拿了一百八十万，剩余的全部交给梁指挥，让他打发上下左右各个关节，为今后发更大财、升更大官铺平道路。你还别说，凉板凳这家伙很有贵族气质，剩余的钱他一分也没要，全都施舍给有关部门和官员。听清了吗？是施舍，不是贿赂。之所以用施舍这个字眼，有两个根据。一是当时他腰粗腿壮，红极一时，从精神上看毫无行贿的羞涩和胆怯；二是他的贵族气质，大咧咧地把钱信手拈来，往桌子上一拍，那不是施舍是什么？

有了这些铺垫，随后的形势更是大放光明。当年追加预算两千八百万元，而且梁乡长被提拔为副县长。之后，工期一拖再拖，每年都要追加预算两千万元左右。嘿嘿，追加预算很麻烦，不是随便张口就能办成的。我们有两个杀手锏，一是虚报事故，譬如挖隧洞，挖了塌，塌了挖，人为制造的事故现场，连省上专家也难辨真伪，只好签字画押。另外就是搞影子工程，譬如前边搞的护堰、砌石、开挖、回填等项目，一次次重复上报，一次次虚报冒领。好家伙，那么大场面，谁能一一核实工程量，谁又能核实得清？还有导流口，更是个填不满的无底洞，大雨小雨都塌方，塌方了就追加预算。至于到底塌方没塌方、塌方量是多是少，等天晴后省上人赶到时，现场早已不复存在。众口一词，都说现场被洪水冲跑了。是呀，水火无情，谁又愿意和暴雨洪水较劲呢！河水更是个创造效益的家伙，什么削坡弃土、工程垃圾、石料废渣等，只管往河里倒，水完全代替了车运人拉，而报表上的运输费、场地费等却一分不少。气得省计委党专员不敢到工地来，逢人就骂："他妈的凉板凳，就那个小洞洞，修了五六年，花去三四个亿，真是长虫尻子没深浅。我算服这家伙啦！"

党专员说的一点没错，一年工期拖成六年，县上因此大发其财。后来我听说，六年工程，县上起码赚了一个多亿。一个山区县，能有这么多钱，牛得还不像广州五牛城？嘿嘿，瞧那些官僚坯子，也一个个牛得世上都没马了。无车的买了车，有车的换了豪华型。车好了路就得配套，于是街道翻掉重修。街道上了档次，原先的建筑就显得蹩脚，接着又大兴土木。县委县政府焕然一新，宾馆饭店拔地而起。当然还有学校，盖起教学大楼和图书馆，安装了暖气，感动得城关中学校长要把校名改成凉板凳中学。后因种种原因虽没改成，但却在全校师生中开展了一场"向凉板凳学习"的活动。数九寒天，孩子们心里总是热乎乎的，再不觉得屁股下的板凳冰凉了。

花斑马，你这老东西别笑！你那爱动的耳朵一动，我就知道你狗嘴里吐不出象牙。你以为我要滑头，把责任全推给凉板凳？那你就小看我了，我可不是那种推脱责任、不讲交情的人。举个例子就能说明问题。有一次凉板凳开车轧死人，吓得他要自首蹲监狱。我二话没说，把责任全盘揽了过来，随后又想方设法疏通公安机关，花了三十多万元，私了这场人命案。你现在该知道我是怎样一个人了吧？我嘛，其所以从凉板凳讲起，只是为了叙述方便，就像唱戏一样，顺着一条主线，循序渐进，步步为营，慢慢就把主角引出来了。要说呢，前边那些把戏伎俩，都是我出的主意。这一点我不否认，也毫不忌讳。其实当时人都知道，凉板凳就是豪牙，豪牙就是凉板凳，一个元帅，一个军师。啥？豪牙？豪牙就是我呀！因为我的牙齿特别白，豪光闪闪，什么硬骨头都敢啃，所以大家就叫我豪牙。花斑马，这事我早就讲过了，你他妈的真是猪脑子！

嘿嘿，要说政绩，这就是政绩，不但二三十万亩旱地变成了水浇地，而且县城焕然一新。现任县长书记哪个能比？市上省上领导哪个不夸？果然，凉板凳这家伙官运亨通，步步青云，扶正还不到两年，又被提拔为副市长，角色转换得像川剧变脸一样快。他还是副县长时，就劝我也转换角色，弃农从政，并许以县企业局局长。但我有自知之明，不愿吃国家粮饷，想自己拉杆子大干一番，发誓要成为现代红色资本家。他问我想干什么。我就把我的身世告诉了他。他听后立即从凉板凳上跳起来。嘿嘿，他妈的我搞混淆了，不是凉板凳，而是从豪华沙发上跳起来，拍着脑袋大叫："他妈的豪牙，你这凉板凳坐得比我还凉！真没想到，咱县有这么多金矿，更没想到你是个黄金世家。你为何不早说？早说了咱也不至于端着金碗四处讨饭！就这么定了，我完全支持你开金矿，支持你成为当代红色资本家！"

现在该主角出场了，那就说我吧。我的身世，你们大体知道一些，但问题是，那次大滑坡后，一直没找见我父亲和哥哥的尸骨，至今还埋在土石里。处于当时形势，乡亲们象征性刨了两天，就草草收场了。之后，母亲每天带着我，一边哭喊流泪，一边挥动板镢，依然挖山不止。看到母亲双手布满一串串血泡，脸被风刮起一道道血丝，我不由放声大哭，发疯似的用手狠挖山石，把手都刨烂了，血淋淋的像十根红萝卜头。母亲抱住我哭得天昏地暗，从此死了心，不再挖山，让父亲和哥哥的魂灵永远和大山融为一体。但我却没死心。就在与梁副县长谈话的当天，我赶回家乡，跪在山下给他们烧香跪拜，号啕大哭：“父亲呀，哥哥呀，我回来了，我现在有钱了！我要继承你们的遗志，重操旧业，开办金矿！我发誓把整个山翻个个儿，也要找见你们的骨殖，让你们魂灵永远安息！”

当时村里流传，说我在外边赌博发了财，腰里揣着几十万元，财大气粗，和他爷他爸一样，又要开金矿了。这话只对了一半，其实那时我已有二百多万元资本，当然这些钱不是赌来的，而是我在工地抽彩头挣来的。我没理会这些闲言，除了刘所长已升为县公安局长外，我收编了工地原班人马，一个矿业公司招牌很快就挂出来了。开始阻力不小，主要是村民刚分田到户，舍不得丢掉自己的山地，就勾结起来起哄闹事，有的还躺在推土机下阻拦。哼，这算啥，不过小菜一碟，何须大动干戈？现在的豪牙，可不是过去张嘴白吃的浑浑！二百多万，硬扎扎的二百多万元人民币！我也效法凉板凳，除了买必要设备花掉一百多万外，剩余部分全都给了村镇干部和村民。在当时情况下，每户能有几千元进项，又能在矿上干活挣钱，谁还聚众闹事反对？

再下来就是怎么放炮、钻探、安装设备、开采、筛矿、冶炼、销售等过程，这些事他妈的太枯燥乏味，可以省略不提。至于效益可没说的，有凉板凳支持，一切尽如人意，财源滚滚。要说的是，我这么一带头，附近乡镇的人也眼红了，不到一年，呼啦啦冒出几十个采矿点。那时我的势力已非常强大，他们毫无竞争力。但我没有压制他们，而是像收编隧洞工程原班人马那样，一个个游说，一个个并吞，把他们统统纳入我的麾下，成立了矿业总公司，并建起两家冶炼厂。这样一来，建于南山背后的国营冶金厂坐不住了，三番五次寻衅闹事，官司一直打到省上。还有县上一些水利工程师，他妈的也凑热闹无事生非，到处上访告状，说我们无序开采，破坏植被，给河里倾倒矿渣，造成严重水土流失和环境污染。哼，什么植被破坏，什么河流污染？

纯粹是无稽之谈嘛！

季月，你是环保专家，你说说。好，你不说了我说。为什么把树木花草称为植被？植物后面用个被字，这个命题很有学问。被？指代很明确，是指植物被怎样、被如何等等，说明性质尚未界定，还是个悬案。既然没界定，是悬案，那就有两种可能，要么被保护，要么被开发。也就是说，从字面而言，植物被开发利用并未超越植被范畴，我的行为有什么可指摘的？……还有河字，三滴水旁一个可字。可什么？这意思更清楚，是说可以倒垃圾，可以倒废渣，可以挖沙取石，还可以拉屎尿尿，总之什么都可以。水的温情，水的包容，水的流动，把一切都涤荡了，遮掩了，净化了。以水为净，这可是老祖先总结出千古不灭的真理，还值得这么大惊小怪无理取闹嘛！……嘿嘿，你别说，我的这些理论一出口，那些水利专家一个个目瞪口呆，羞得只好回家抱着《康熙字典》仔细研究汉字的奥妙和深邃。

季月，别激动！你的心激动得突突乱跳，我一听就知道你要争论。我奉行总设计师邓小平的政策，先干事，不争论。所以你坐下，别打断我的话，好好听。如果有什么不同意见和看法，到了明天晚上，轮到你讲时，再发表宏论，我也同样不争论不打断你的话。

绕了这么大圈子，现在该点明主题了。他妈的，不是花斑马提示，我差点把主题忘了。主题是什么来着？对，对对，是人活一世，要注重眼前，该夺取就夺取，该享受就享受，别操心他妈的什么下一届或下一辈子的事！仅仅七八年，我的话就应验了，下一届的问题就显现出来了。八年县里换了三届班子，为了政绩，一个比一个敢贷款，一个比一个敢花钱，结果财政背上三个多亿的债务。原来，历届搞的那些工程除了国家投资外，有一半属地方配套资金，虽然各级银行大开绿灯，但贷款总是要还的，天下没有免费午餐。三个多亿？好家伙！沉重的债务，使全县的繁荣和领导们的政绩统统成了肥皂泡沫。泡沫！你们知道吗？就是后来说的泡沫经济，像肥皂泡沫一样，呼啦了一阵，最终统统成为泡影。干部职工工资发不出去，老百姓到处上访告状。学校烧不起锅炉，孩子们冻得突突打颤，只好再坐凉板凳。为了渡过难关，县上加大苛捐杂税，逼得小商小贩和农民连连罢市抗税，把县委县政府围得水泄不通。咳，唯有我是个鳖大头，八年交税七八千万，全县干部职工都靠我养活。这时我突然想起党专员的话，县里也是个长虫屃子没深浅，所以我必须转型向外开拓。

再后来，我就到了市里，搞起房地产开发。还是原班人马，还是那种搞法，很快就占领了全市房地产市场。其实房地产开发简单得很，只要买通银行和政府，有钱又有地，傻子也能成大亨。嘿嘿，他妈的冷门！真的，当时房地产还是冷门，没人敢吃这个螃蟹，我就独占鳌头，像圈地运动似的征了大量地皮。要说梁副市长的成功得益于凉板凳，那么我就是靠冷门发迹的。隧洞工程和开矿使我完成了原始资本积累，而真正成就我的却是房地产开发。没过几年，地价突然暴涨，我不但空手赚了一两个亿，而且公司也成为全市名副其实的房老大。你们说这事玄不玄、妙不妙？嘿嘿，他妈的不想发财都不由人！

这就是我的发家史。花斑马整天刺探商业机密，今天我全抖搂出来了，也不怕你向检察机关举报。原因一是咱们新部落就三个人，没有公检法，谁举报和给谁举报呀；二是其中猫腻都做得很到位，不露一点蛛丝马迹，谁也发现不了。如今社会上流传着一句话，说是法律越严，越有利于贪官污吏规避风险。啥？为啥？因为法制社会一切都凭证据，只要把戏耍得好，别露出狐狸尾巴，案子再大告状人再多，也不立案，也没人管。除非你拿出真凭实据。但老百姓是弱势群体，从哪里弄真凭实据？这不就像保险柜一样保险？至于那些被挖出来的蛀虫，仔细查查，个个都是笨熊傻瓜蛋，把戏耍得不好，露出马脚，自己给自己挖坟墓，活该！

说到我和凉板凳的事，那可是双保险，保险得保险公司都没事干了。一是有凉板凳的大红伞罩着，二是有我的钱一路疏通，更重要的我们弄的是国家钱，又不是榨取人民血汗，所以老百姓根本不关心他妈的什么真凭实据，所以至今凉板凳仍是副市长，我仍是全市第一大佬。笑啥？花斑马，有屁就放！什么？国家的钱也是纳税人的钱，也是人民的血汗？这话没错，我一时疏忽，把这层关系忘了。但不管怎么说，人民都拿我们没办法，只好向下一届或下一辈子罢市抗税去吧！嘿嘿，这才叫画龙点睛，把主题一下全点明了。你们说说，我的理论是不是颠扑不破的真理？

现在，言归正传，该说黄段子了。这可是我的强项，那些有钱有权的家伙，无论开会出差还是聚会赴宴，都喜欢和我在一起。只要我在场，绝对气氛活跃，绝对笑声飞扬。黄段子大概起源于明代，过去评书大鼓说的就是黄段子。社会发展到今天，电影、电视、麻将、收录机、游戏机、录像厅、歌舞厅、桑拿浴、卡拉OK等层出不穷，娱乐形式五花八门，黄段子才慢慢退避三舍。但这几年黄段子又有所回潮，首先在民间悄然兴起，接着传入上流社会。特别在官场，由于政治敏感、纪律约束、关系微妙等原因，官员们聚在一起常常言不由衷，无话可说，所以黄段子就乘虚而入，充当了彼此交流沟通和感情磨合的媒介。有了官家参与，黄段子更加风靡一时，备受青睐，成为主流文化不可缺少的补充。他妈的，我怎么像个教授，越说越远了。嘿嘿，你们还别说，我过去读书时就喜好文科，要不是我爸我爷的问题，肯定能考上大学，也肯定能当个教授！

好了，现在说黄段子吧。因为有季月女士在场，我就拣几个酸度黄度较低的讲给你们听。说是很早，有个女人结婚一月多，突然丈夫暴病而亡，儿子是个墓生。哼，怎么，连这也不懂？墓生就是父亲死后生的孩子。你们想想，旧社会，寡妇养娃，谈何容易？更可惜孩子是个弱智，长到二十七八岁还不懂男女之事，每晚都要和母亲睡一个被窝。母亲长期守寡，性格严重扭曲，但仍坚守贞节，更不会做出伤风败俗的事情。直到儿子三十岁那年，隔壁麻五爷见她娘俩可怜，就从外乡领回一个流浪女，张罗着给她做儿媳。结婚当晚，儿子死活不入洞房，依然缠着要和母亲睡。寡妇和麻五爷再三比划劝说，儿子虽然和媳妇睡在一个炕上，却一夜风平浪静，没有一点动静。过了一个多月，情况还是如此，寡妇就病急乱投医，想出一个绝招。那几天媳妇恰好不在，儿子又要和母亲睡。她搂着儿子，想方设法挑逗他。至于怎么挑逗，那细节他妈的有些龌龊，我就不说了。反正儿子终于有了感觉，有了欲望。其实这时，寡妇的欲望比儿子更强烈。但她总归是个正派女人，单怕不慎怀孕惹出是非，便引导儿子在自己肛门试验。试验结果证明，儿子生理功能一切正常。她喜出望外，接连试验了三个晚上。媳妇回来的那晚，她和往常一样，躲在阁楼上偷看。嘿嘿，你别说，儿子经过调理，还真像那么回事，仅一小会儿就显出强势，进入境界。不过他只认后门，不知前门。寡妇这才恍然大悟，后悔自己当时糊涂，不忍心给儿子教这个程序。正当她懊悔不已，只听媳妇小声喊："前门，走前门喔！"儿子仍轻车熟路，说："一样的，从后门进去，就到前门了。"媳妇着急喊："不一样，这怎能一样？"儿子吸拉着鼻涕说："我妈都这样，走的后门嘛！"寡妇一阵觳觫，心一惊，连同遮掩的筛子一起从阁楼掉到儿子炕上了。

哈哈！季月别害羞，花斑马也别他妈的光笑！其实呢，我们现在和那个寡妇没啥两样，把人性全让林林舔着吃了！滚滚，林林，你这狗仔，就像那个儿子，傻不叽叽，只知后门不知前门，真是个大笨蛋！还有火孩儿，整天猴颠颠的，人性大搓而猴性越显疯张，真他妈的活受罪！……唔，现在该讲什么了？干脆这样，我念几首时下最流行的歌谣，黄度和酸度也很可观。

听着，第一首关于婚前性教育，丈母娘警告女婿：闺女小，门脸紧，进门留神甭使劲。女婿说：丈母娘，放宽心，知疼知痛并不深。女儿说：娘呀娘，我明白，进得越深越欢欣！……嘿嘿，季月，别不好意思，也别骂我流氓。其实那些有头有脸的县长市长，最爱听这些歌谣。要说呢，我更佩服那些民间作家，怎么会编排出如此形象逼真而又脍炙人口的作品，把时风和人性的骨髓精华全抖搂出来了！花斑马，你这老狗怎么不屑一顾？难道没有你那壁画好、没有你那蹩脚艺术更具有广泛的读者群和传播基础？……好了，我也不和你争辩，还是用事实说话吧！下来，我再说一段关于卖淫女的歌谣，更是精华的精华。说的是：卖淫女子做买卖，固定资产随身带。投资少，见效快，一个晚上几百块。既舒服，又实在，低头一看货还在。洗洗刷刷继续卖，反复使用无大碍。如今政策真不赖，咱也缴税买光彩！

咋都不笑？没意思？嘿嘿，要听我亲身经历？那好，我讲一个在国外的故事。前几年，企业兴起出国热，我就和凉板凳结伴去了一次欧洲。那地方他妈的国家小而多，一眨眼一个国家，一眨眼一个首都，出境就像在国内出省出县一样容易。不过，人家那环境的确非常好，到处是青山绿水，庄园别墅，看不见工厂和工地，使人担心他们不发展生产可怎么生活呀？天很蓝，水很清，草木很茂盛，空气清新得好像没有空气。城里更是一片繁荣文明景象，仿佛高新科技都用在打扮各类建筑上了，仿佛时代前进的步伐都缠绕在车轱辘上了。嘿嘿，像我和凉板凳如此有模有样的人，走在街上他妈的也自惭形秽，怎么都张扬不出一丝一毫的贵族气质。

在法国巴黎，我俩专找小巷背街溜达，以便挑剔一点儿资本主义社会的瑕疵。你还别说，真要挑剔巴黎的瑕疵却很难。我们正为这座世界著名都市佩服不已，突然一位时髦女郎向我们走来。她操着蹩脚的汉语，邀请我们到小巴黎夜总会休闲，说着就把我们带到夜总会门前。门脸装修得很豪华，很有艺术造诣，看不出一点儿色情服务的痕迹。我还在踌躇，门迎小姐突然用英语哇啦起来，刚才那位女郎立即翻译说："我们有正式发票，可以回国报销！"我大吃一惊，想不到这些卖笑小姐，竟把中国社会风气摸得如此深透，仿佛夜总会是专门为中国官员开的，仿佛正式发票也是专门为中国官员准备的。我一时气恼，朝着她们喊："他妈的狗眼看人低！中国官员可不都那么堕落！譬如这位副市长，就没用公款旅游，没用公款逛妓院！他的钱，都是我这个大老板掏的，报什么销？让正式发票见鬼去吧！"其他小姐听不懂，只是惊吓得窃窃私语。翻译忙笑着对我说："资本家支持官府，官商一体，历来就有，不足为奇。正因为如此，你更应该为副市长服务好，让他轻松潇洒一番。真的，巴黎女郎很妖冶多情，不享受一下，你们会遗憾一辈子！”

进了夜总会迎客厅，他妈的凉板凳就像一个傻子，一直坐着凉板凳不说话。我看了他一眼，他只是眨眼摇头摆手。但此刻我情欲的大旗早已呼啦啦迎风招展。我撇开小姐，走到凉板凳跟前，郑重其事地征求他的意见。看态度，他的确很疲倦，再三推辞，说他不行，白撂钱，划不来。他让我尽情玩乐，别管他，他就在外边等着。实在无奈，我就让小姐把他引到茶座，热情招待，自个儿跟着翻译进去了。

小姐的确不错，栗色长发，白皙而健美的肤色。特别是那美丽的眼睛，荡漾着热烈奔放的波涛，既有西方美女的性感与激情，又有东方女子的羞赧与含蓄。她的花样更是繁复多变，无与伦比，痛快得我几乎都不是人了。她也和我一样，当正处于高潮忘记自我时，无意的几声呻吟呐喊，却彻底把我从感情峰巅击落下来。“哥呀！真痛快！和外国人弄，就是没中国人痛快！”她居然会说汉语，居然是个中国姑娘！我彻底败北了，覆在她身上像一只笨拙的狗熊。她很沮丧，很负疚，好像为自己国家的人没有服务好，总觉得心里惴惴不安。后来我才知道，她是云南人，几年前偷渡到印度打工，后转渡法国，在饭店当服务员。时间不长又被解雇，流浪几个月，经人介绍，才从事了这个职业。听了她的话，我心里很沉重。这次我没像在日本带回韩冬雪那样收编她，而是多给一些小费，劝她好自为之，就匆匆出了夜总会。

我的故事讲完了。至于其他隐私，花斑马这家伙像小偷掏腰包一样，早偷得干干净净了。说真的，在我这几个女人中，最令我渴望和思念的要数韩冬雪。她不但人漂亮，而且有学识，懂经营，会管理，和我儿子关系也处理得很好。她如今在哪，情况怎样？……现在想起来，我真的很后悔，当初就不该认识小越，不该和她在豪宅里天翻地覆地折腾。不然，也不会被洪水冲到死亡之湾，更不会误入原始森林受这份洋罪！他妈的什么生物钟，什么狗林林，什么硫酸和盐巴?！统统是蹂躏人性，统统是吞噬人性的恶魔！

第十四章

季月蜜月历险记

你俩讲的都很精彩，故事性也非常强，真让人感动。这大概就是我的弱点，也是所有女人的弱点，容易激动，容易拨动感情的琴弦。你们也许已经发现了，今天我很少说话，思想很沉默。但你们只知其外，不知其里，实际我内心正经受着从未有过的思想斗争和感情风暴。我真搞不清感情是一种什么东西，为什么那样毫无顾忌地纠缠和折磨人，又为什么那样执拗贪恋地挠搔人性最敏感的痒痒处？你们说说，这是真善美还是假丑恶？但作为我，却全然是善良愿望和美好祝愿，没有丝毫矫揉造作和装腔作势的意味。真的，我发誓，这两天我深深被你们的故事所感动，所震惊，所掳掠。我想，女人之所以容易动感情，或喜或悲，都是感情脆弱的表现。而我现在，正处于或喜或悲的故事里难以自已，一方面为我们的美好明天而欢欣，另一方面又为人类的末日而悲哀。

就说修老师的身世和他讲的故事吧，的确令人振奋，令人敬佩。从他为环保所做的点点滴滴，从宁记者如箭在弦的奔走呼号，从各国元首对世界的承诺，从世界环发大会的决议和宣言等，我们已看到人类为环境保护所做的种种努力，看到我们共同的地球家园的美好明天。这些信息使我无限喜悦。这种喜悦就像母亲久病初愈的那种自然流露，像爱人死里逃生的那种情不自禁。特别是在非洲部落为黑人女子画像的细节，更搔痒人性的敏感处。黑人女子旺盛的生命力实在太让人感动了！还有，修老师观察事物的仔细和对生命闪光点的敏感，一下拨动了我感情的琴弦。那不是一个女人的蹀躞，而是整个非洲向世界的蹁跹，是儿女对母亲撒娇亲昵的投怀和呼唤。真的，当时我已被这个细节感染得潸然泪下。这不全是环保职业的缘故，从心理角度分析，这大概就是审美通感，是人类对大自然与生俱来的一种依赖和渴望。

再说豪哥的故事吧，同样令人无比振奋，无比震惊。一个穷山区的孩子，一个在时代前进道路上迷失方向的赌徒小混混儿（豪哥你说过的，你觉得这个称呼很亲切，所以我也这样称呼，你不忌讳吧？），经过十多年拼搏奋斗，成为拥有几亿元资产的企业老总，的确不简单，也不容易。我佩服豪哥的本领和胆识，也深为你的成功而高兴。时代造就英雄，英雄无愧时代。这就是改革开放的最大成果，它为每个人提供了展示才华、实现自我价值的机遇和平台。无论隧洞工程还是开掘金矿，也无论夜总会还是房地产，都为当地创造了巨大财政收入，为老百姓开辟了一条致富之路。但最感动我的，还是你和母亲挖掘父亲哥哥尸体的场面。那是与非洲黑人女子同样的蹀躞，同样的蹁跹，同样的向亲人的投怀与呼唤。听到这里，我也同样泪流满面，为你父亲和哥哥的不幸而伤心，为你和母亲的深情而感动。但是豪哥，你想过没想过，这场悲剧的根源是什么，又是谁把你父亲和哥哥推向死亡之渊的？修老师，你坐下，别激动，别打断我的话。要我说，凶手就是他们自己，这一切是破坏大自然的恶果，是上帝的严厉惩罚！大自然的体制和机制是漫长演化的结果，就像人的器官和你家的房屋，有一定秩序和规律，并非随心所欲地任意罗列。试想，如果谁把你的心脏剜了，或把你家房屋的檩条抽走了，你还能活吗，房屋还能岿然屹立吗？

豪哥，至于你后来在父亲和哥哥亡灵前发的宏愿，决心要把大山整个儿翻个底朝天，我首先持否定态度。你对亲人的真切感情完全可以理解，但你发誓报复大自然却是不明之举。根本原因是你没从父兄的悲剧中吸取教训，错误地把仇恨记在了大自然身上，以为这样就对得起父兄，就满足了自己的心理平衡。可是你错了。在强大无比的自然力面前，我们人类渺小得如同草芥，能报复得起、抗衡得了吗？说得难听一点，你的这种以暴易暴的思想，只不过是阿Q精神胜利法而已。想想说说可以，但真正付诸实施，只能重蹈覆辙，使父兄血淋淋的悲剧重演。

豪哥你说过的，我讲时你不反驳。现在我网开一面，你可以提出不同看法，争论争论也许更有意思。什么？不屑反驳？那好，我就继续讲，有不同观点下去交流。关于我的身世，已给你们讲了，不再赘述。我与伟成的恋爱也很一般化，主要是志同道合，没有惊天动地的爱恨情仇。豪哥你别急，要听黄的酸的，实在对不起，的确没有什么可让大家开心的。只是……只是……不说了……偷食禁果的事，人人都有，还值得丢人现眼？哼，豪哥你真损！无怪乎修老师说你猪八戒思想严重，这不是强人所难嘛？……好，既然一定要听，那我只好厚着脸皮讲，也许会使你感到失望。

偷食禁果就在海滨游泳那次，身上污渍洗不掉，我们就进了一家淡水洗浴中心。中心刚开张不久，设施很简陋，分为男女池。我们的爱情在太阳烘烤下，在海水浸泡下，的确已达到发酵程度。但突然被隔离开来，那感觉真的比现在还让人难受。我看到各式各样女人的裸体，意识不由就跑到伟成身上。当然，那边的他也和我一样，面对一个个男人的裸体，也使他产生了某种焦虑和渴望。你们说怪不怪，在海边，在沙滩，尽管我们相拥相抱，耳鬓厮磨，也没有过这样的冲动，也没有过这样的欲望和企图。但这时，一旦被隔离，一旦使爱情的锻件突然淬火，这种心理作用反而变得格外强烈，格外急切，格外一发而不可收拾。我一时懵懂起来，搞不清爱情到底是什么，是精神还是物质？就这样，带着新奇和焦虑，带着爱慕和倾心，我们走进了迷茫的伊甸园，在一间隐蔽的更衣间里把肢体语言变成实实在在的生命交融和吸纳。我不完全同意豪哥的性观念。男女之事固然是人性的本能，是生命最张扬的自在享受，但更重要的还是一种依靠和责任。如果没有后边这个条件，那么我们和林林、火孩儿又有什么两样呢？

有了这个依靠和责任，我们才算真正成为恋人，成为一对志同道合的情侣。荀伟成是个办事极认真而很有责任感的人，自从当了环保杂志记者，我不敢自夸，他虽比不上宁记者那么卓有成效，但也称得上一位忠实的环保卫士。那时人们环保意识还相当差，只停留在绿化的初级阶段，谈不上生态理念。有一次，我去大西北出差，在宁夏参观了造林防沙建设，回来时谈了观感，他立即嗅出一种危机，感到一种使命。经总编批准，他两下东北、华北、西北，历时一个月，行程数千公里，深入广大沙漠化地区调查研究，写成《再造一座绿色长城》的调查报告。文章发表后，引起国家高度重视，划拨巨额投资开始“三北防护林”建设。还有陕北，他实地采访半个多月，发表了题为《南泥湾的老镢头该不该歇一歇》的长篇通讯，社会反响非常强烈。时隔不久，中央就出台了退耕还林政策，并发出建设“秀美山川”的号召。除此之外，他还陆续报道披露了长江中上游水质污染、太湖蓝藻成灾、山西煤炭无序开采等重大环保事件，成为一个被地方官员和某些企业厌恶的“绿头苍蝇”。

就说这次来庆顺市吧，你们只知道我们旅行结婚，并不知道我们另有使命。豪哥别激动，你答应不打断我的话，所以现在免开尊口。说实话，我们是冲着金阳山地区无序开矿、乱砍滥伐、造成严重环境破坏而来的。豪哥，至于你的矿场是否在此之列，我一无所知，也没必要一一求证。现在不是追究责任的时候，而是金阳山的生态灾难实在令人触目惊心。就说植被，国营矿场给我们播放了民国和新中国成立初的电影资料片，这里原先是一片多么茂密旺盛的森林呀！可现在，我们虽无幸坐飞机从高空鸟瞰，但站在山顶俯视，到处是千疮百孔、破败不堪、狼藉荒漠的惨状。森林砍光了，小草在乱石中悲哀哭嚎。山体肢解成一个个堑壕和深沟，里面流淌着黄汤汤金子般色彩的泥水。矿渣弃物随处倾倒，像人体剖腹后遍地乱扔的肠肠肚肚。推土机冒着浓浓黑烟，在周围肆意蚕食吞噬，履带轧轧叫着碾过大地的一根根肋条。太阳非常狠毒，把土石烘烤得滚烫滚烫，大风一起，尘土飞扬，遮天蔽日，扑打得人睁不开眼睛。不知眼里钻进沙粒，还是心里难受，总之我两眼模糊，泪湿面腮，觉得眼前支离破碎的不是山体，而是我们祖先的坟茔和骨殖，太让人痛心疾首了啊！

开始，我们按正常程序进行，但一路云遮雾罩，处处碰壁，根本无法开展调查。后来只好改变途径，私下在山区四处溜达。伟成很焦虑，不多说话，只是跑上跑下忙着拍照。那天傍晚，我们走进一个小村庄，来到一户山民家里，谎称旅游迷路，想借宿一晚。一位大娘正准备晚饭，厨房里烟雾沉沉。两个孙子在炉灶里烧山芋，朦胧中像两只打斗的小狗。大娘听说我们是旅游的，双手慌乱地在额头一拢，立即就从烟雾和白发中理出了头绪。她异常警惕，像防贼似的把我们打量了好一阵子。随后，她扭转身，径自揭开已经蒸熟的馒头，眨眼烟雾和白发又混成笼统。

我向她哀求道："大娘发发慈悲，让我们留宿一夜吧！"

大娘舀了一碗蒸锅水，递过来说："喝水吃饭行，万不能过夜哟！"

伟成不解地问："大娘，那是为什么呀？"

大娘随手递过两个馒头："不让过夜就不让过，问那么多干啥子哟！"

两个小家伙推搡嬉笑，终于有一个忍不住，嘴里含混地说出"特务"两个字。

伟成弯腰摸着他的小脑袋，开玩笑说："又不演电影，哪来特务？"

"记者特务！"

"环保特务！"

"环保？你们知道环保？"

两个小家伙正要回答我的提问，大娘走过来，训斥孙子，并顺手抄起一根柴火棒，将他们撵了出去。这时烟雾已经散尽，我们才看清大娘的脸，原来她双目失明，有烟雾和没烟雾一个样。

我望着她局促不安的神色说："大娘，我们是旅游结婚，有结婚证。”

她仍愣愣地打量我们，不留意根本看不出是个瞎子：“唔，那该贺喜啦！”

伟成说：“我们贪玩，来不及回县城，你就留我们一夜吧。”

她端出一碗土豆烧粉条：“先吃，先喝。”

我忙掏出一只熏鸡，让她吃：“我们带着干粮，你也吃烧鸡吧。”

伟成撕下一只鸡大腿递过去：“大娘，五香熏鸡，快吃吧。”

“金儿！银儿！”大娘接过熏鸡，只用嘴唇舔了舔黄灿灿的肉皮，便大声喊着孙子。

“大娘，你自个儿吃吧！”我又从背包掏出几个香肠递给她，“还有香肠，够他们吃的哩！”

“我牙不好，咬不动烧鸡。”她随手把鸡腿塞给大孙子，“和弟弟分着吃。”

“不用分，这里还有。”伟成撕下另一只鸡腿，逗着小孙子：“叫叔叔，叫了就给你，还比那只大。”

小家伙叫了声叔叔阿姨，啃着鸡腿追哥哥去了。

我剥开一个香肠递给大娘：“那你就吃香肠吧，很酥软的。”

她咬了一口说：“真好吃！你们也吃嘛！”

看着她吃得很香甜，我便顺手端起水碗，喝了一口。谁知这水又涩又苦，刺激得我直咂嘴吐舌头。再一细看，原来那水像玉米粥一样浑浊黄亮。而伟成手里掰开的馒头，更是死巴巴的，皱缩得像一团柿饼。

大娘听出我的咂嘴声，叹息道：“没办法，这里水不好，又苦又涩。”

我忙问：“过去也这样吗？”

她将塌鼻子一皱说：“哪能呢！自从开了矿，水才变少变苦了。”

伟成问：“那么，馒头为啥死巴巴的？”

她长叹一声说：“还是水带的灾，水不好，面就发不开么。”

“大娘，你的眼睛是怎么瞎的？”

“医生说，山里风大，眼里刮进沙土，慢慢就瞎了。”

“村里像你这样的人多吗？”

“几个年岁大的，都和我一样。”

“为什么不治疗？”

“年纪大了，又不碍事。再说，矿上每月发两元补助，钱也不够呀！”

“矿上还发补助？”

她似乎觉得自己说漏了嘴，又警惕起来：“你们吃了喝了，快走吧！”

我仍哀求：“大娘，你能狠心撵我们走？”

她嘴角一撇：“不是我狠心，是矿上定了制度，不准留客。”

我焦急地叹息：“天黑了，我们去哪过夜呀！”

“矿上有宾馆，只五六里，不算远。”

“哎哟，我实在走不动了！”

“那就坐下歇歇，等我儿子回来好送你。”

我们这才在堂屋落座。这里天黑得特别早，还不到六点，夜幕已包裹了整个院落。一只十五瓦灯泡吊在当屋，四周飘散着密密层层的尘埃粉末，光线异常灰暗。床边和桌凳落满灰尘，手一触摸能感到颗粒的存在。那个叫金子大点的孩子埋头写作业。小点叫银子的趴着窗台，在窗玻璃上乱涂乱画。玻璃落了一层厚厚的尘土。他一边给手指头蘸唾沫，一边用湿指头涂呀，画呀。玻璃上画满了小猫小狗。我说手指头来回在嘴里鼓捣，会把尘土吃进去，不卫生。他咧着嘴，牙齿染了一层黄亮的泥土，傻笑着说不怕，他要和爸爸一样，镶上满嘴金牙！我苦涩地朝他笑笑，没再做声。伟成拿出照相机，眼疾手快，连续拍了几张特写镜头。小家伙一见照相机，立即惊慌起来，扑打着不准拍照。

“特务！照相的都是特务！”银子一边抢照相机一边叫喊。

“矿上不准照相，看见了就没收照相机！”哥哥金子扭过头说。

大娘听见照相机，忙闯进门，严肃地说：“千万别在矿区照相，不然就会被抓走。”

“我们旅游，拍的都是风光照。”

“反正得小心，不要胡乱照相！”

这时院门响了，黑暗中走来一男一女。银子喊着爸爸妈妈冲出门迎接。金子放下作业，端来一盆水，让父母擦洗。大娘把我们介绍给儿子儿媳。我留意观察着盆子里的水，本来就很浑浊，经他们洗刷后，简直就成了一盆稠浓的泥糊涂。

银子突然指着我们喊：“他是特务，还照相！”

大娘在他头上拍了一下，斥道：“净瞎说！特务还能给你吃鸡腿？”

丈夫打量着我们，一边擦脸一边说：“我马上送你们去宾馆。”

妻子刚洗的面颊还留着几道金子一样的污痕，她根本没发现，尽管插话道：“吃了饭走也不迟。”

丈夫坚决地说：“不行，得马上走，免得惹麻烦。”

我们实在无奈，只好随他去了矿上的宾馆。夜行五六里山路，艰难曲折的程度可想而知。我摔倒了三次，其中一次跌进一个水坑，滚成一身泥。多亏那位山民力气大，和伟成轮番背着我，跋涉两个多小时，才跌跌撞撞赶到宾馆。在路上，从山民吞吞吐吐的话语中，我们才知道，由于这里生态环境恶化，曾引起环保、水利、土地、农业等部门注意，多年来一直向上级反映，但始终没有结果。万不得已，他们便借助新闻媒体，费了很大周折，终于在省城一家小报上披露了金阳山环境严重破坏的事实。消息传出，立即吸引来更多记者、专家、大学生和环保人士。为此矿上采取金钱收买、威胁恫吓、武力胁迫等手段，事情暂时得到平息。但明察暗访依然不断，上访告状依然不断，干扰麻烦依然不断。所以后来才有了山民的每月两元补助，才有了夜不留宿的土政策。临分手时，山民还一再叮咛我要藏好照相机，不敢让人看见。他说原先有个记者，就是死活不交照相机，结果被打成脑震荡，关了半个多月。

豪哥，不知你的矿场是否也在小金河，是否也像他们那样无法无天，你不表态，说明你并未与他们同流合污。反正，我认为这个矿场不但造成严重生态灾难，而且采取黑社会手段为自己的不法行为保驾护航，闻所未闻。说实话，当时听了那位山民的话，还有吧台小姐跟踪和保安反复盘查，把度蜜月的好心情全冲得一干二净，整整一个晚上都难以安眠。伟成胆大心细，一进房间，随手关上门，接着就拿出照相机取胶卷。他先把胶卷藏在提包的小兜儿里，试试仍不放心，又拿出一个大号香肠，轻轻揭开塑封，用刀子小心翼翼地剜个洞，然后装进胶卷，再粘好塑封，香肠就完好如初，纵使福尔摩斯也难辨真伪。我们稍稍擦洗整理一番，他便关起门打手机。他说，看来举报人讲的都是事实，明天就得和他们见面。电话打到县水利局，接电话的是门卫师傅，很热情，答应马上去叫龚总。十多分钟过后，龚总才匆匆赶来接电话，他一听是北京杂志社的，激动得话都说不出来。他哽咽着说，群众上访告状了七八年，却没人过问，再这么耽搁下去，金阳县就要大祸临头了！伟成安慰他几句，约定明天在金阳河水库碰面。

第二天我们起得很早，坐头趟班车来到金阳河水库。龚总和两个退休工程师坐了辆破吉普车，早已在库区等着我们。他们显得非常激动，话语神态中把我们当作救星一样看待。相互寒暄问候一番，我们便徒步迂回到一个山岔，仔细观察水库淤积情况。山岔口有一座小型抽水站，由于水库淤积，水位上涨，现已淹没，像一条死蛇蜷伏在水泊中。近旁一个临水而居的村庄被迫搬迁，水中的断垣残壁看起来十分狼藉。库西有一股浑黄的浊流，缓慢地旋转着向下游流去，中泓拉拽得两边库水出现一条条浑浊的丝带。我从伟成手中接过望远镜，向上游望去，能清楚看到浑水淹没的农田屋舍。

从山岔返回拦河坝，库水距坝顶不到一米，弯腰就可撩到水。我们从坝顶向放水洞走去，老远看见一股浊流排空而起，水雾遮天蔽日，迎面扑来，人立即就成了像修老师一样的花斑马。河床下游已被泥沙淤平，排泄的库水毫无规则地四处漫溢，分不清淤泥和水流的颜色。两岸乱石遍野，滩涂暴晒，寸草不生。龚总拿出一本观测资料，上面数据显示，金阳河水库每年六月份至九月份百分之九十时间处于超警戒水位。入库水含沙量平均百分之四十三，出库水含沙量平均百分之三十一。这就是说，金阳河水库淤积了百分之十二的泥沙，剩余百分之三十一的泥沙排泄到下游，最终流入汉河，成为汉河水库的凶恶杀手。

当天晚上，我们返回县城，住在县委招待所。第二天，天刚一亮，几个人又乘坐吉普车赶到大金河。小金河与大金河都在汉河左岸，同属汉河的支流。前者流域面积较小，只局限于金阳县及邻近两县；而后者流域面积却很大，不但横贯金阳县全境，而且包括邻近四五个县的大部分地区。吉普车沿大金河左岸石子路颠簸前进，沿途看到的是比小金河更加目不忍睹的场面。山体一个个开膛破肚，推土机和挖掘机像一只只赖狗，疯狂地蚕食着每一块土石。隐约可见几处皮带运输机快速运转，似乎要掏空大山的五脏六腑。各种车辆川流不息，自卸卡车和四轮拖拉机互不相让，争先恐后地向河里倾倒土石废渣。河水凝滞而无声地流淌着，河面顷刻之间蒙上一层厚厚的云翳，像一位白内障老人似的迷迷糊糊。路旁饭馆、商店、旅店也一个个瞪着贪婪的眼珠子，仿佛漫天弥漫的尘土也包藏着很高的含金量。老板和小姐眼眸里闪耀着金子般光芒，希冀生活在金子堆里的人，也能像金阳山那样慷慨地为自己创造更多的利润。行人显得混沌而亢奋。有几个小子挡道拦车，手拿几条项链使劲晃荡，不时用牙咬咬金项链，海口叫嚷："纯度百分之九十九，名副其实的金阳货！"

沿水库向上便进入金阳山腹地。我们下车步行，察看了一座小型水利工程运行情况。这是一座隧洞引水灌溉工程，十多米高的溢流滚水坝已被泥沙淤平，河水翻坝而过，浊浪滚滚。隧洞几乎全部淤塞，只剩下五分之一圆弧，像冬夜一弯清冷的月牙。据龚总说，山后二三十万亩灌区，现已大部分弃耕，变成了一个个采矿点，所以群众不愿清淤，隧洞实际没多大用处了。伟成拍了几张照片，正要去后山观察现场时，突然远处疾驰来两辆面包车。还没停稳，车上跳下七八个人，把我们团团包围。

一个自称保安部长的人问：“你们是记者？”

伟成指着我抢先答道：“我们旅游结婚，顺路来这里玩玩。”

部长一边打量我俩，一边大声质问：“这里有什么好玩的？”

我忙解释：“我们真的是旅游结婚，不信可以看结婚证。”

伟成偷偷给我使了个眼色。我懂得他的意思，忙拿出结婚证让部长看。就在他看结婚证的当儿，伟成装着一副急促的样子，解着裤带转身去一旁撒尿。一个小子站在身后，警惕地监视他。

部长看着结婚证问：“既是旅游结婚，也该去山清水秀的地方，为什么跑到寂寞荒凉的破山沟？”

我不假思索地回答：“越是寂寞荒凉，才越具有大自然的原汁原味，才更显示爱情的甜蜜幸福。”

部长把结婚证还给我，继续盘问：“你们已在矿区转了三四天，拍了许多照片，这是旅游结婚吗？”

伟成走过来说：“我们拍的都是风光照。”

龚总也忙着帮腔：“他们是我的亲戚，在省水利厅工作，连旅游结婚带看我，我就请来看隧洞工程，希望通过他们给水利局拨一笔款。”

萧工程师也连声说：“真的这样，我们都是水利局的，想给县上要点钱。”

“水利局的人更值得怀疑！”部长把手一挥，向其他人喊道：“快点动手，没收照相机，把人统统带走！”

经过一番推拉撕扯，我们被带上两辆面包车。车刚要开动，龚总突然强行扑下车，大声向吉普车司机喊：“回去告诉老许，就说我有事不得回去。如果你忙，就给他打个电话，千万记住打电话！”

吉普车司机向他招招手，跳上车，风驰电掣地前头走了。

面包车走得很慢。一路上他们还算客气，不像山民说的那样带黑社会性质。部长说他们也是出于无奈，现在记者和环保人员太猖狂，为了一个八辈子不沾边的生态环境，整天挑刺搜事，使人防不胜防。

他安慰我们，说到了场部，只要没问题，他们立即放人。如果是记者捣乱，恕不客气，真的还得吃几天苦。我们都没说话，默默想着心思。车刚下了一个大坡，突然龚总大喊肚子憋得难受，马上要屙裤裆了！部长只好停车，并让两个人跟着他。

龚总躲在一块大石头背后，褪了裤子，蹲了下来，持久地屙着屎。五分钟过去了，十分钟过去了，仍不见他完事。气得一个跟随的小子不住咒骂："屙辘辘还是屙井绳？真他妈的没完没了！"大约过去一刻钟，只见龚总提着裤子，刚系好裤带，突然嘟囔着又扭头退了回去："金阳河水有问题，喝了光拉稀！"又过去七八分钟，他才蹒跚地走出来。

龚总还没上车，我忙从提兜里拿出卫生纸，让部长再等一下。部长有些不耐烦，伟成解释："她这几天来月经。"部长瞪了我一眼，撇着嘴说："女人真麻烦！快去快回，别耽搁时间！"我在石头背后磨蹭了约有十分钟，面包车这才徐徐开动了。

金阳河水库坝顶是通向场部的必经之路。从坝东，到坝西，车子刚要离开坝肩，突然迎面开来两辆警车，挡住我们的去路。车上下来五六个警察，与面包车下来的保安狭路相逢。

部长问警察："你们是哪个派出所的？"

一个警察说："国营金矿派出所，我姓葛，是所长。"

部长说："是赤阳县的，跑到我们金阳县干什么？"

"我们的几位客人被人劫持了。"

"他们是可疑分子，要带回去审查！"

"这是绑架，是劫持，是犯法！"

"在金阳县地盘，你们别张狂！"

"我们是专程来带人的，谁敢阻拦，连他一起带走！"

"你们敢带人，当心连你们也走不了！"

这时吉普车也赶来了，司机向龚总喊："快上车！"

我们闻声跳下面包车，向着吉普车跑去。

部长向手下人喝道："拦住他们！拦住他们！"

几个保安和警察同时跑到我们跟前，互相拉扯起来。我们也加入警察一边，和保安人员扭打成一团。伟成守护着我，左右应战。部长看自己势单力薄，一时火起，抢起了警棍，疯狂地乱抽乱打。萧工挨了几棍，痛得一个劲地破口大骂。两个警察扑过来对付部长，但这家伙力大无比，警察根本制伏不了。葛所长眼疾手快，趁机猛扑上去，夺过警棍，抓起衣领使劲一摔，就把他摔到水边。部长成了落汤鸡，爬上岸，瞅准机会，猛力一蹿，扑到我跟前，出人意料地紧紧抱住我。警察一个个全都愣住了。

部长掐着我脖子吼叫："全都滚，滚回赤阳县去！不然我就掐死她！"

葛所长掏出手枪，指着部长道："你已经触犯刑法，我完全有理由打断你的腿！但只要放了人，可以既往不咎！"

部长气焰更加嚣张，恶毒地叫骂："日你奶奶！你敢开枪，我就掐死她！"

葛所长忍无可忍，向空中连打了几发子弹，其他保安被镇住了。就在这时，我突然灵机一动，用屁股在他腹下使劲乱撞，果然撞在他的命根上，痛得他哇哇乱叫。伟成立即扑上来，将他推倒在地，两人抱着滚打起来。这时其他警察一拥而上，按倒部长，给他戴上手铐。我们几个人这才脱身，匆忙上了吉普车。警察一字排开，一边向后退，一边举着手枪瞄准对方。

部长看到大势已去，爬起来，抖着手铐大骂："我日你奶奶！把人带走了，也该给老子打开手铐呀！真他妈的土匪警察！"

葛所长站在车门前，朝着他喊："手铐不要了，给你留个纪念。要是打不开，就去找你们县公安局左局长，他是我的同学，会教你怎么打开手铐！"

临到国营矿场，我依然惊魂未散。实在不敢相信，刚刚发生的一切都是真的。现实生活就像演电影，太残酷了，太激烈了啊！原来，国营矿场和水利局几位老工程师，已在长期斗争中结成了秘密组织，龚总的检举信也是国营矿场的重大举措。我和伟成不住赞佩龚总他们的斗争智谋和策略。

龚总看看司机，诙谐地说：“今天这一仗，头等功该记给刘师傅。他及时给国营矿场许工打了电话，不然咱们也无法脱身！”

司机刘师傅回过头，笑眯眯地说：“要论头功，应该给荀记者。”

伟成问：“为什么？”

司机：“不是你急中生智，胶卷早被他们搜走了！”

我好奇地问：“伟成，你把胶卷藏哪了？”

伟成的脸涨得通红，只是支吾敷衍：“反正胶卷完好无损。”

白工说：“还有季小姐，例假来得很适时，为刘师傅传送情报和派出所及时赶来争得了时间。”

萧工：“既然来了例假，部长掐脖子时，怎能有那么大力气，偏偏就撞到他的命根子？”

大家被逗得哈哈大笑起来。

我的脸登时红成了鸡冠子，只是偷偷地看伟成。他迎了我的目光，会心地微笑着。我一阵激动，紧紧依偎着他，享受着蜜月的满足和幸福。

我们在国营矿场待了四天。他们的调查资料很齐全，不但有民办矿场和采矿点的数目、开始时间、注册与否、机器设备、矿工人数、日出矿量、日弃渣量、占地亩数、植被毁坏等统计表册，而且还有大金河、小金河、金阳河水库、汉河水库历年的来水量和含沙量观测资料，以及矿点分布图、现场照片等等，非常丰富翔实。在国营金矿场的帮助下，伟成撰成两万字的调查报告。接下来，按以往采访程序，最后一关就是会见地方领导，向他们进行通报。矿场领导和龚总要派人保护我们，说金阳县情况很复杂，必须提高警惕，以防不测。但伟成一一婉言谢绝，认为正义事业就该光明正大，没有必要偷偷摸摸。真要出了事，也会产生社会效应，唤起民众的环保意识。我也赞成他的意见，劝大家放心，我们会利用法律保护好自己。

我和爱人伟成来到金阳县，却怎么也打听不到环保局。后来才知道，原来县上根本没有环保局，只是在建设局下设了个环保股。到了环保股，股长一听我们来意，连连摇着脑袋：“我们的职能只是负责城区绿化、污水和垃圾，对于开矿，实在鞭长莫及。也许，这事属土地局管，你们可以找他们反映。”股长的懵懂和无知，让人既气愤又哭笑不得。我们去找局长，局长都不在。办公室主任的话和环保股长说得一模一样，好像他们刚刚打过电话统一了口径。

没有办法，我们只好去土地局。一个副局长回答得很干脆：“土地局只负责企事业单位征地和农村庄基地审批，至于土地使用权我们无能为力。如今实行土地承包，群众想种什么、想干什么，我们无权过问。”我问：“那么土地安全呢，生态安全呢？”副局长瞪着一双浑浊的眼珠，比我还吃惊：“什么，你说什么？土地还有安全？偷不了，抢不了，摔不破，打不坏，土地还有啥子安全哟?!”听听，这就是金阳县父母官的认识水平。我们感到无比震惊和悲哀。

我们又匆匆赶到县委县政府，一位副书记接待了我们。他的态度很和蔼，让手下人安排我们先住下来，等县长和书记回来再说。但我们婉言谢绝了，一再表明我们已来了七八天，不能再等了。后来，副书记与县长通了电话，便代表县委县政府和我们做了简短谈话。他一头银发，戴一副近视眼镜，看起来很斯文。伟成简单通报了情况后，他慢条斯理地说：“环境保护很重要，县上四大班子也很重视，正在想办法重点整治。而我，马上就要退下来了，一直为这种状况忧虑。问题是，矿场虽在我们县，但却属市里注册企业，我们无权过问。要不，你们可以去市里反映，只要市上下定决心，我们坚决执行，决不打一丝一毫折扣。是这样，我还有一个重要会议，就不陪同二位了。我县有个金阳河水库，想去游玩，我让人安排，绝对把你们招待好。”

我和伟成呆若木鸡。看起来温文尔雅的他，只三言两语，就把我们打发掉了。如此冠冕堂皇，如此有理有节，如此干净利落，如此让人难以插话和挽回。这等于吃了闭门羹，我实在气愤，正要反驳时伟成用臂膀撞了我一下，我才没做声。他已经习以为常，并不生气，照样和副书记微笑着握手告别。出了门，我埋怨伟成："今天得软骨病了？为什么不和他争辩？"他依然憨厚地一笑，说："他的话冠冕堂皇，无懈可击，怎么争辩？""难道就这样完了？""怎能呢！他说是市上企业，我们就找市上，看他们怎么说。""这不是踢皮球吗？踢来踢去，真是的！""足球就要看踢来踢去，这样才能看出门道，看出意义。马拉多纳要是没有脚和头上的花样，一脚踢进球，还有什么看头呢？还能称为球王吗？""唔，你真聪明，我完全明白你的意思。"

在庆顺市，我们没有迂回，直接找了市委市政府。恰好那几天召开经贸洽谈会，一个领导也找不着。政府办公室给介绍信上签了几个字，又把我们推给环保局。环保局长很为难，一方是他的通天上级，一方是他的直接领导，这一步棋真不好走。他思索再三，不得不和直接领导通了电话，终于得到市长的口头指示。局长打完电话，走进会客厅，坐在我们对面，胸有城府地说："对不起，最近召开经贸洽谈会，市上领导忙得不可开交。你们能到庆顺市来考察指导，我代表市委市政府领导表示热烈欢迎！金阳山地区植被萎缩，水土流失严重，这已引起我们高度重视，市上也下定决心进行彻底治理。市水利局已给省水利厅报了治理方案，只要一立项、国家投资一到位，治理工程将全面实施，再也不能等待拖延了。至于开矿企业，现在都推向了市场，全靠经济杠杆这只无形的手操作运行，政府不好出面干涉。我看是这样，你们还是先和企业谈谈吧，有什么问题直接找我，我全力支持你们工作，市委市政府领导也全力支持你们工作！"

好家伙！一个偷换概念，一个金蝉脱壳，把我们一下推得远远的。这样的领导，这样的态度，和他纠缠还有什么意义呢！我们又折回金阳县，斗胆去找金阳矿业总公司。通过各个关卡，好不容易见到经理，谁料他更把责任推脱得一干二净："实在对不起，我虽然是经理，但没有法人代表资格，矿场只是总公司的一个下属企业。总公司在庆顺市，董事长兼总经理才是企业法人代表，你们应该找他去谈呀！”

赶回金阳县时，已是下午五点多，我们实在太累了。而且此时，突然天空乌云漫卷，阴风扑面，只一会儿工夫就下起瓢泼大雨。我们只好住进县委招待所，等明天再去庆顺市，再找董事长兼总经理。然而，就在我们对这位总裁寄予无限希望时，一场噩梦向我们偷偷袭来。凌晨四点多，一阵沉闷恐惧的轰隆声把我们惊醒，接下来就是洪水滔天，就是房倒屋塌，就是我和伟成先爬上屋架后躺进棺材的疯狂逃命，再后就遇见你们两人……我的故事讲完了，丝毫没有黄度和酸度。

不过，有两件事的确值得玩味，这也是我讲述时打下的两个埋伏。一个是，那天我根本没来例假，只是为了拖延时间而已；另一个，你们猜猜，伟成到底把胶卷藏在哪了？怎样，猜不着吧？谅你们也猜不着！告诉你们，他呀，把胶卷藏在裤裆里了！哈哈！……豪哥，修老师，这该有些含笑量吧？真的，直到现在，我也难以想象，只眨眼工夫，不知他是怎么鼓捣的，竟使所有人都没看出破绽来！但同时，他也为此付出了沉重代价。你们想想，胶卷又硬又尖锐，塞在裤裆里能好受？果不其然，晚上一看，那地方摩擦得血拉拉的，吓得我两眼直冒泪花花。

第十五章

人与豹子大战

本来，前两晚，两个男人讲的故事都很感人，给新部落带来些许欢乐，也使三人的关系变得更融洽。大家一起采果，一起捕猎，一起拾柴，一起做饭，一起围着篝火野餐。虽然两个男人时不时揪住对方故事里的黄度和酸度不放，又是磨牙拌嘴，又是嬉笑怒骂，但总的气氛还是蛮好的。如此吃饱喝足，然后，季月去考察山水林草，修卓画他的壁画，豪哥在林子里练膀子吊嗓子。他们和睦相处，相安无事。

但昨晚，自从听了季月的历险故事后，豪哥情绪一落千丈，不但对修卓态度蛮横，而且对季月也非常冷淡。老画家暗自猜想，大概是豪哥的生物钟又在作怪，所以对大家态度不好，只是一味宠着林林，希望它能以新姿态满足主人的生理需求。

季月在豪哥的故事里已隐约感觉到一些什么，尽管他有意回避而闭口不提金阳山和大金河、小金河，但根据自己掌握的地理环境和事情的来龙去脉，加上他听了自己历险故事后的反常表现，便暗自推断，豪哥就是庆顺市特大洪水的元凶，是自己和伟成费尽千辛万苦要找的金阳矿业总公司法人代表部明雄。但她没有揭穿这个谜底，觉得揭穿了于事无补，反而会加大与他的隔阂。而豪哥却更加讳莫如深，对谁也不透露，只是瞪着眼睛颐指气使，目光里仿佛隐藏着一个人命关天的秘密。这样一来，到了第四天晚上，该由修老师继续讲故事的事便不得不中断，原计划“一千零一夜”的故事自然就泡汤告吹了。

翌日，三人谁也不理谁，各自在森林里游荡了一个上午。豪哥回来最早，他刚一走进洞口，就发现笼子里三只松鼠正和一条蛇殊死搏斗。松鼠有两只受了重伤，但它们团结一心，毒蛇仍然不能得逞。豪哥觉得很刺激，很好玩，就站在一旁坐山观虎斗。突然，季月回来了，一见这场面，吓得只是跺脚惊叫。她瞪了豪哥一眼，怨恨他没有丝毫爱心，怎能让它们互相残杀呢！她鼓了鼓腮帮，刚要轰赶毒蛇，豪哥却疾步上前，推开她，踹坏笼子，一把抓住了蛇的尾巴。只见他使劲抖动着手，蜷曲的蛇身立即直溜溜垂下去，然后他抡起蛇在石崖上狠狠摔打，不一会儿，蛇就硬生生被摔死了。季月拢起受伤的松鼠，眼泪哗哗往下流。老画家一回来，见状，立即给松鼠作了一番包扎治疗，季月的心情才慢慢好转起来。

提起三只松鼠，季月对它们的娇惯绝不亚于对火孩儿和林林的宠爱。她给它们各自取了画家、队长和小月的名字，分别代表新部落的三位主人。三只松鼠给了她无限乐趣。她常常一个人在洞里时就与它们逗趣玩耍，交流对话。它们甚是乖巧可人，向她做出各种媚态。它们互相舔着绒毛，闻着鼻息，追逐打斗，玩得很开心。有时，队长欺侮画家，追咬得它吱吱乱叫。每每此时，小月就出面干涉，队长才无可奈何地收敛起来，直望着小月愣神。相反，队长对小月却是若即若离，含情脉脉，好似它们之间有着某种默契。每当季月从林子给它们带回松子等食物时，它们那像舞台上十字光束似的小嘴就在她掌心啄食，轻柔温存得直挠人的心尖儿。火孩儿见了这般情景，就嫉妒似的张牙舞爪，吓得它们缩头缩脑地不敢再出声。除非女主人把猴子撵走或教训一场，它们才旁若无人地又追逐打闹起来。特别有两个晚上，队长率先钻出笼子，然后带领画家和小月，竟然躺在她的披发里酣然入睡，毛茸茸尾巴恰好遮住她的鼻孔和嘴唇。如果不是火孩儿与它们吵闹起来，她还以为是伟成揪扯她的头发呢！

就是这么活泼可爱的小松鼠，却遭到毒蛇的攻击，她怎能不焦急痛心呢！更可怕的是，松鼠身上的毒气一直无法排除，当天下午队长和画家就死了。季月非常伤心。她独自将伤势较轻的小月带到林子，放了它。小月恋恋不舍地不愿离开，她就一边张开双手轰赶，一边眼含热泪哄劝："小月，回家去吧！或许你的爸爸妈妈有办法治好你的伤口，祝你一路平安！"

当季月送走小月赶回新部落时，恰好豪哥从溪边回来，手里提着两条鱼，快快不乐地向她走来。

季月问："豪哥抓到鱼了？"

豪哥不屑地："难道抓鱼也破坏环境？"

季月惊奇地叫道："这鱼怎么怪怪的？"

"娃娃鱼！"

"呀！这就是娃娃鱼？"

"很有滋补价值！"

季月迟疑了。她虽然不认识娃娃鱼，更没吃过，但却知道娃娃鱼是稀有动物，也在电视上看过一些罪犯捕捞倒卖的报道，所以她懂得这件事的分量。

"豪哥，娃娃鱼是国家一级保护动物，不能捕捉呀！"

"什么一级保护？人都无法保护，还保护个鸟动物！"

"这可是违法的事，应该放归自然。"

"在这地方，法不管我，我也不管法！"

"这怎么行！法是每个公民都应自觉遵守的，有人无人一个样。不然，生态怎么保护，环境怎么保护，还不和金阳山一样？"

豪哥恼怒了，冲着她大喊："别提金阳山，一提起我就恨你！"

季月毫不相让："你为什么心虚？难道金阳山环境破坏与你有关？"

豪哥更加气急败坏："快闭上你的臭嘴！什么环境，什么生态，我才不相信这些鸟科学！"

修卓插话道："大老板，你这话就不对了。绿色小分队的义务就是保护生态，保护环境。如果咱带头违法，将来怎么加入世界绿色和平组织？人家会接收吗？"

季月乘机从豪哥手中夺过娃娃鱼。这鱼还真像个胖娃娃头似的，哭丧着脸，在她手中摆动挣扎。

季月对豪哥说："你在洞里休息吧，我和修老师把娃娃鱼送回小溪，再抓些别的鱼，保证让你今天美餐一顿。"

豪哥扑上去，正要抢夺娃娃鱼，到了季月跟前又突然停下来。他瞪了她一会儿，无奈地摇摇头，哼一声，扭头走了。

季月和修卓把娃娃鱼放回小溪，果然抓了许多小鱼，精心烹制，准备了一顿丰盛的晚餐。但豪哥却不吃不喝，只管躺在铺上生闷气。季月透过孔洞给他说了许多好话，讲了许多关于生态和环境保护的知识。豪哥越听越气，后来终于忍不住了，爬起来，指着孔洞，像一头公牛似的，嗷嗷大骂：

"你以为你是谁？是皇帝老子？是慈禧太后武则天？凭什么对我趾高气扬！你给我滚开，滚开吧！"

修卓慌了，忙趴上铺，坐在豪哥身旁，天上地下、古今中外地闲聊海侃起来。豪哥此时对老画家有了好感，认为这是男人心灵相通的缘故，所以不再生气，便与他说个没完没了。当修卓要豪哥下去美餐时，才发现季月不见了，火孩儿和林林也没了踪影。两人一时惊慌，分头在周围林子寻找。

而此时，季月独自坐在那棵被雷电烧焦的大树下啜泣。火孩儿和林林一左一右，静静地卧在她两旁。她面前筑起两座小小的坟堆，每个坟堆上都摆放着松枝和鲜花。她给两只被毒蛇咬死的松鼠送葬。她很痛心，暗自为队长和画家的遭遇忏悔落泪。她怨恨自己不该捕捉它们，囚禁它们，使它们失去自由，失去父母，失去生物链相互依存的屏障。自己简直就是戕害它们的凶手！所以，刚才当豪哥斥责怒骂她时，当她甩袖走出洞口时，首先就想起这两个小精灵，想起它们的可爱，也想起自己对它们的伤害。所以她才独自捧了它们尸体，为它们举行庄严的葬礼。她选择了这块草坪，恰好与那个无名氏坟墓遥遥相对。她用树枝和石头狠命地挖呀，刨呀，手指擦破了皮，指甲盖也撞烂了，鲜血染红沙土和落叶。她终于掘好两个洞穴，把它们放在里面，队长在左，画家在右，接着盖沙覆土。随后她又捡来许多残瓣落花，一瓣一瓣地向小溪抛去。晚霞给四周涂上一层血色，那棵被雷电劈死的大树仿佛活化了一般，睁开满是云翳的眼睛，目送着随水漂流的花瓣和两个永不回首的亡灵。

季月一边向溪水投掷花瓣草叶，一边喃喃啜泣。

“队长啊，画家啊，请带上一个年轻女子的忏悔和祝愿，上路吧，远行吧！无论到什么地方，都记住，在茫茫原始森林，有三个人永远为你们祝福和祈祷……”

“还向你们保证！”突然有人打断她的话，她扭头一看，才发现修卓和豪哥站在身后。修卓继续说，“我们保证再不捕捉你们的爸爸妈妈、兄弟姐妹！请你们放心吧，我们一定善待它们，一定善待这里的一切生命万物！”

……

时间就这样，在修卓腿上文下渗血的印记。

令人吃惊的是，新部落的人对这里的一切似乎十分适应和满足。其表现，一是他们都矢口不再提说走出原始森林的事；二是在与世隔绝的环境中，他们已形成自己的生活方式和行为秩序，一切都心安理得，自自然然；三是思想开始麻木，对什么都无所谓，漠然置之地在死之舞中等待命运的裁决。时间在这里只代表文身的印记，不在乎老画家腿的胖瘦粗细和芒刺留下划痕的曲折长短。每文一圈就是对昨天的一段记忆，也是对拥抱死亡的每个八万四千六百秒的超度。空间被压缩成“新部落”三个方块字。人们不再为航班晚点和半夜越洋电话而烦恼。三个方块字就是三个超度灵魂的墓碑，死亡对空间毫无意义。活着只是为了活着，生命的价值已简化等同于动物一样的生存。这就使新部落一时成为介于生与死之间的无时空境界，无怪乎大家对此都习以为常和心满意足。

当修卓在左腿文了四十六圈不能再文而又在右腿文下十二圈时，季月突然从这种无所事事、死气沉沉、坐以待毙的噩梦中惊醒，不由吓出一身冷汗，愕然惊叫：“天哪，这怎么行！这不是解除武装吗？不是坐以待毙吗？不能，不能这样，绝不能这样啊！要觉醒，要振作，要走出去啊！”

修卓也在花斑马似的文身中猛然觉醒：“是呀，再这样下去，怎么得了呀！”

只有豪哥仍在动物做爱交媾的刺激中执迷不悟：“我要永久住下来，完成一项宏伟计划！”

修卓两眼发瓷，问：“该不是像童九哥那样隐居吧？”

豪哥嚣张地说：“我要开发这片原始森林！”

“什么?！你说什么？”季月和修卓同时惊叫起来。

豪哥两个多月没刮胡须，现已半尺长了，从两鬓到唇边和脖子全都毛毛丛丛，活像当年闯进美洲大陆的一个淘金狂。只见他左手捋着胡须，右手指着周围山林，故弄玄虚地说：“瞧，这么大的原始森林不开发利用，实在太浪费了。我要在这里开矿山，办工厂，发展旅游，把它们转化为巨大的经济效益！”

修卓眼睛瞪得更大：“大老板，你说梦话吧？这里能开矿办厂？连车都不通，人怎么来呢？”

“嗨，这不用愁，全部用直升机！”

“真那样，我也不想走了，在新部落办画展，办书画院！”

豪哥仍滔滔不绝地说：“我已经观察过了，猴国那座山有硅矿，一线天右岸有磷矿，储量都很丰富，我要开矿办厂，开发森林资源，在这里建起一座现代化都市，彻底结束原始森林的历史！”

季月想不到豪哥如此无知和狂妄！这不但是对她事业和人格的挑战，也是对法律和大自然的挑战。她再也不能忍让和妥协了！她面颊涨得通红，目光犀利，向豪哥道：“你的这个计划，不要说开矿，就是旅游，都是异想天开和痴心妄想！国家不会批准，当地政府不会批准，如果让我审查我也不会同意！难道要让金阳山的悲剧在这里重演吗？

难道要让更多的人民生命财产遭受灭顶之灾吗？”

豪哥一听金阳山，气不打一处来，与季月针锋相对地争辩起来：“请你放心，国家会批准的，政府会批准的，你这位专家也会同意的。因为我有钱，几个亿，可以用它打通各个关节和收买各级官员，将一路大开绿灯！”

“几个亿？几个亿能买来那场洪水的损失？能买来千万个遇难者的生命？……你那点钱，与交给大自然的学费相比，不过是九牛之一毛，沧海之一粟！何况，你的钱只能收买极个别自绝于人类、自绝于大自然的腐化堕落者，绝不会收买党，收买政府，收买国家！”

“季月女士，请别激动！告诉你吧，我就有这么大的能量和神通！当年金阳山矿业总公司不就是这么干的吗？不就是这样通行无阻并一举成功的吗？”

“啊?！难道你是？……”修卓惊得两眼直发愣，不敢相信自己的耳朵。

“难道，难道你就是部总裁?！”季月也惊愕地质问这位自称某大公司老板。

豪哥毫无掩饰地回答：“事到如今，也不用隐瞒了。说实话，我正是金阳山矿业集团总公司的总裁部明雄，人称豪哥！”

果然是他，果然他是元凶！季月完全丧失了理智，像一只暴怒的母狮，疯狂地扑过去，狠劲捶打面前这个像野兽一样凶狠的男人。

“你这个丧心病狂的赌棍坏蛋！你害得我好苦呀，害得老百姓好苦呀！你赔我的伟成，赔所有遇难的无辜百姓呀！……”

豪哥起先并未还击，任凭她随意发泄。后来看到自己衣服被撕烂了，手臂被挖破了，嘴角也被抓得流出了血，便使劲一搡，把她摔倒在地。

修卓忙跑过去，扶起季月，指着豪哥破口大骂：“你他妈的真是野兽，凶手！我差点上了你的贼船！他妈的什么开矿，统统是破坏，是犯罪！金阳山被你毁了，金阳县被你毁了，庆顺市被你毁了，你还想再毁掉原始森林?! 简直是井里捞月，是癞蛤蟆想吃天鹅肉，休想！你胆敢如此，我就上法庭告你，进国务院告你，去世界绿色和平组织告你！”

豪哥坐在一块岩石上，一边擦嘴上的血，一边气咻咻地谩骂：“老画家，你别他妈的煽风点火，狗咬吕洞宾！你能肯定洪水是金阳山开矿造成的？嘘，还不是让自称环保专家的大美人迷惑了，怂恿了？警告你，休要在这里胡搅和，不然我就废了你！”

修卓扶着季月，让她坐在一棵树下，复又走到豪哥面前，一副批驳争辩的架势。

“大老板，郜总裁！不要盲人骑瞎马，夜半临深池；也不要拉虎皮作大旗！我是一位‘九三学社’成员，愿与你这位共产党大老板公平对话。先不说金阳山开矿是不是那场洪水的元凶，也不说你‘宏伟计划’的可行性，咱们先讨论一下眼前这片原始森林的作用吧！你一定以为，这么多土地、矿藏和森林是空间的浪费，这么大资源不开发利用是巨大的损失。其实不然，这是大自然为自己织造的一个保护圈，是人类呼吸的交换器。如果丧失它们，地球将会怎样？人类将会怎样？看看如今席卷全球的热浪、干旱、洪水、沙尘、污染、泥石流、温室效应、臭氧层空洞等等，不都是乱砍滥伐森林的恶果吗？如果你一年四季不穿衣服，或者摘除了你的肺叶和鼻子，你能生存下去吗？你能不暴怒和反抗吗？我的大老板，快收起‘老子天下第一’和‘人类沙文主义’的鬼把戏吧！不然，别说难免金阳山的悲剧，怕到时连这个避难的‘诺亚方舟’也不会再有了啊！”

豪哥理屈词穷地争辩道：“画家老儿，你别他妈的得寸进尺！我正是为了后人不再重演我们‘山顶洞人’的悲剧，才要搞这个开发计划，这也是响应中央西部大开发的号召！”

季月抑制住自己昂愤的情绪，走过来庄重而严肃地说：“郜总裁，你的想法恰巧违背了西部大开发的精神！恕我直言，金阳山的悲剧已经够我们心灵流血了，再在原始森林导演一场悲剧和闹剧就是自取灭亡！历史的教训不堪回首。黄河每年搬运的沙量多达十五亿吨。过去清澈如许的长江，如今变成了一条黄龙，每年投入黄海的泥沙陡增至五亿多吨。号称东北‘大粮仓’的黑土带，每年流失的土壤多达一百亿吨。为什么水土大量流失呢？罪魁祸首就是乱砍滥伐森林。亚马逊原始森林面积约五千五百万平方公里，是地球气候的调节器和人类最大的氧气基地。二十世纪六十年代末，巴西政府为了开发森林资源，输入大量移民，修了六千多公里的公路，并以优惠政策吸引来大批外国投资者，但这个梦想很快就破灭了。促使梦想破灭的原因正是人类自己。短短几年，暴雨成灾，水土流失，作物歉收，家园被毁，新的居民区不得不自行解体。在过去三十年中，印度森林面积减少了百分之四十，导致恒河每年暴涨，泛滥成灾，一九七八年暴雨淹死两万多人，损失二十多亿美元。喜马拉雅山南坡森林被砍，植被破坏，致使由此发源的三条大河屡屡泛滥。孟加拉国常年遭受洪水困扰，一九八八年大洪水使全国成为一片汪洋，首都达卡被围，三千万人失去家园，两万多家工厂企业被淹，一千三百人丧命。还有，美国的洪水、非洲的干旱、巴拿马运河水量减少、埃塞俄比亚的饥馑、印尼的水荒、菲律宾水力发电能力下降、泰国水路受阻等，都与滥砍森林不无关系。这一切，就是你要效法的榜样，是你所谓‘宏伟计划’的可悲结局！”

豪哥不以为然地讥笑道：“用不着拿大话吓人，也用不着教训我！告诉你们，‘宏伟计划’我铁心已定，无法改变！”

修卓异常气愤，大声喊：“痴心妄想，自取灭亡！你要知道，生态环境不只是一个社会学和人类学或生命伦理学问题，而是涉及生存的基本哲学问题，是人与世界、人与自然的关系即一般人文学科或交叉学科所难以涵盖的问题。人类必须理性地思考和把握，绝不能有任何感情色彩和功利主义的阴霾！”

季月也滔滔不绝地说：“地球是人类的母亲，最早说这句话的人肯定是一位伟大的预言家。问题是我们应该把它融入人类所有成员的生存意识，融入每个人的情怀和生命状态。郜总裁先生，我要向你大声疾呼：你错了，完全错了！改革开放也罢，西部开发也罢，都不能以破坏自然力与生态环境为代价，不能杀鸡取卵。否则，就会遭受大自然的惩罚，就会使亚马逊和巴西的悲剧在中国重演。正如那位宁记者所说，生态危机不再是与我们相去甚远的奢侈话题，也不再是危言耸听的无稽之谈，而是每个地球公民必须立即做出选择和自觉行动的当务之急！”

“够了！”豪哥跳起来，气急败坏地挥手阻止季月，“不要再给我讲这些大道理！无论如何，我永远不想走出原始森林！”

季月一针见血地指道：“你想与童九哥一样逃遁出世？不敢正视金阳山的悲剧？郜总裁，你是共产党员，是大型企业法人代表，应该正视自己，正视现实。逃避是逃避不掉的，只有吸取教训，回头是岸，才是唯一出路。而且，洪水的真正成因，目前尚无正式结论，只是我的推测猜想，或许还会是另一番结果。所以，你的这种心态大可不必。另外，刚才我太冲动，冒犯了你，请原谅。”

豪哥挥手大叫：“不必同情怜悯！你们走吧，走吧，快走啊！”

修卓拉起季月，向豪哥怒气冲冲地嚷道：“我们走，马上就走！剩下你大老板搞你的开发去吧，搞你的‘宏伟计划’去吧！”

……

新部落再次出现剑拔弩张的气氛。

这次僵局不像前几次那样容易化解，而一直延续了十多天。对季月来说，这是原则问题，在原则问题上绝不能退让。修卓呢，他认为，豪哥已成为一名货真价实的罪犯，他们与他的矛盾发生了质的飞跃，转化成不可调和的敌我之间的斗争。对豪哥来说，却是铁板钉钉子——铁了心，以不变应万变。火孩儿始终站在季月与修卓一边。林林是豪哥手淫的最大受益者，当然不能背叛主人。三比二，形势对豪哥极为不利。

豪哥坐在山岩上，望着野兽追逐撒欢、交媾做爱的情景，继续完善他臆想中的“宏伟计划”。这是距新部落山洞仅有四五里的一片阔叶林，由于四面环山，水肥草美，杂果遍野，所以成为野兽活动的天然场所。主要种类有獾、狐、狼、猴、羚羊、山猪、黑熊等。这些动物有时也在新部落周围出没，只是大家都不轻易呐喊追打，所以未惊动它们，也未给新部落带来什么威胁。虽然豪哥彪悍强壮、力大无比，但他还是很谨慎，唯恐惊动它们，招来无谓的麻烦。现在，他就藏匿在一堆乱树丛中，屏声敛气、蹑手蹑脚地窥测动物们的活动。

这里不但成了他臆造“宏伟计划”的场所，也是他寻找刺激的理想天地。真的，如果说他的发家史是在赌场和认识凉板凳开始的，那么他现在“宏伟计划”就是在野兽交媾追逐中得到启发激励的。野兽能在原始森林开辟一片生存空间，而自己为什么就不能呢？的确，自从那天晚上听了季月的惊险经历，特别是经历了那场论战后，他才算真正产生了巨大的精神压力和思想震撼，总觉得有一种犯罪感和末日感愈来愈使他心惊胆战。他想，真要如季月所说，那场灾难正是由于金阳山乱砍林、乱采矿所致，那自己不成为十恶不赦的罪魁祸首了吗？那样的话，别说自己几亿元家业和上流社会生活，恐怕早该关进监狱甚至连脑袋也保不住了！与其如此，倒不如为实现“宏伟计划”破釜沉舟、背水一战；要不然，就死心塌地地像童九哥一样和野兽为邻了此一生吧！……

突然，豪哥发现不远处有两只金钱豹正在亲热撒欢，挑逗寻情。公豹机灵矫健，但没有母豹高大壮实，总是降服不了对方。它急得鬃毛张扬，嗷嗷嗥叫，看得出已到了急不可耐的程度。而母豹却是那样躲躲闪闪，总是不肯就范。它们就这样一会儿相偎相依，一会儿撕咬滚打，把情场的细节演绎得十分逼真有趣。须臾，当公豹正要发动实质性攻击时，母豹飞起前掌把公豹摔倒在地，长吼一声，飞快地跑进林子里去了。公豹遭到拒绝，情绪烦躁沮丧，只是围着一棵无花果树兜圈子仰天长啸。

豪哥很同情公豹，心里便有了与它同样的感觉。当他正在骚动和渴望中苦苦挣扎时，突觉身后有一丝微微的凉气飘来。他以为遇到野兽，不敢立即扭头看。大约迟疑了十多秒钟，眼睛余光才发现一个裙子的下摆，回头一看，原来是季月。

“郜总裁，你不能异想天开，更不能自暴自弃，要振作起来，带领大家走出原始森林。”

“我是罪犯，我是元凶，有什么资格带领你们？”

“大家没罢免，你仍是‘绿色小分队’队长呀！”

“我的决心已定，不成神，便成鬼。你们走吧，别纠缠我！”

“你难道不挂念独生儿子？你难道不关心等待你的两个情人和吴小越？再说，如果金阳山真是那场灾难的主要原因，也是一个极其复杂的社会问题，怎么能让你一人承担责任呢？请你相信人民，相信法律的公正。所以，我劝你，咱们还是一同走吧！”

一听见法律二字，豪哥更加反感和冲动，使劲推了一下季月，怒道：“你们走吧！快点把法律拿来，把判决书和手铐拿来，我不会跑，就在这里等着！”

季月被推了个趔趄，顺手抓住一根树枝，瞪了豪哥一眼，扭转身走了。

“站住！”季月刚走了几步，突然豪哥又喊住她，并匆匆走出树丛，“要我跟你们走可以，但有一个条件。”

“什么条件？”

“造爱！”

还未等季月震怒发作，豪哥已扑上来把她推倒在地，并动手撕扯她的衣裙。季月猝不及防，真想不到他至今如此下流，本性不改。她被突如其来的攻击气昏了头，在慌乱中奋力抵抗着，挣扎着。灵与肉、善与恶、情与法的大搏斗就这么赤裸裸地在两人之间展开了。豪哥硬扎扎的长胡子和滚烫的嘴唇，在季月的面颊、脖颈、胸脯留下一个个污秽淫邪的印章。豪哥已脱掉季月的衣裙，撕下自己的长裤。季月在豪哥雄壮有力的胯下，被揉搓得像一只光滑的蜗牛。正如那只公豹一样，当豪哥刚要进入实质性阶段时，火孩儿突然蹿上来，在他手上狠咬了几口。季月趁机抽出右手，给了豪哥几个有力的耳光，然后两脚狠劲一蹬，才把他蹬出一米多远，捡起衣裙，踉跄地连跑带喊：

“修卓！修老师！老画家！——”

豪哥还在拒绝的渊薮中左冲右撞。突然，他隐约发现那只被拒绝的公豹正向季月背后扑去。一种无处发泄的烈焰燃烧着他，不待多想，迅速穿好衣裤，箭步冲去，把季月推倒在地，只身和欲待发泄的公豹展开殊死搏斗。公豹来势很猛，掀起可怕的前爪，直取他的脑壳。他机灵地一闪，再一躲，它扑了空，落在地上更加气势汹汹。公豹锐气正盛，张开血盆大口，纵身一跃，脖子恰好架在豪哥的左肩上。他使劲抱住公豹的脖子，试图用手将它扼死。豹子立即清醒过来，拼命挣扎扭动着身躯，趁势在他的背上咬了一口。豪哥大叫一声，手一松，公豹脱身了。

季月惊吓得团团转，不知怎么帮助豪哥战胜公豹。她穿好衣裙，找来一根木棍，但豪哥与公豹扭打在一起，她总是下不了手。后来她把木棍扔在豪哥身旁，以作为他乘机运用的武器。这一来倒提醒了她，便搬来许多木棍和石头，扔进他的战斗圈里。豪哥看见了，向她大喊一声：“快跑，快回洞里去！”季月这才想起修卓，率着火孩儿飞也似的向山洞跑去。

豪哥从地上捡起一根木棍，跨着腿，架起虎步，迎战公豹的第三次攻击。豹子改变了战略，围着他左扑右撞地佯攻，寻找他的疏漏和破绽。豪哥也以虚对虚，前防后御，不轻易出手。双方就这么你来我去地虚张声势，相持着转圈圈，一直对峙磨蹭了四五分钟。豹子有些不耐烦了，向左一扑，接着急转直下，调头扑向他的右腿。他敏捷地向左一闪，公豹又扑了空。豪哥顺势挥起木棍，朝豹子屁股打去。但迟了一步，豹子一躲，木棍砸在石头上，咔嚓一声断了。就在他弯腰再捡木棍时，豹子瞅准时机，一跃而上，将他扑倒在地。他觉得背上一阵尖锐的疼痛，右脚本能地向上猛踢过去，不偏不倚，恰好踢在公豹的生殖器上。豹子痛得跌倒在地，嗷嗷乱叫。豪哥翻身跳起，冲上去，攥起拳头向公豹头上猛击。豹子并未受到致命创伤，片刻阵痛后，气势更加凶猛。它先从豪哥的拳击中逃脱出来，稍作喘息，又疯狂地向他扑去。豪哥多处受伤，体力消耗很大，已感到力不从心。几个回合过后，他终于躲避不及公豹的轮番进攻，与它紧紧纠缠厮打在一起。

但他立即发现，公豹已反应迟钝、精疲力竭。双方旗鼓相当。但不同的是，豪哥是人，有思想，这是他的优势。所以他暗中给自己鼓劲打气，等待时机，要一鼓作气置公豹于死地，快点结束这场惊心动魄的人兽大战。突然，他发现时机来了！就在公豹张口吞咬他的背时，它的两只后腿恰恰暴露在他眼前。他巧妙地把身体一转，双手一膀，牢牢地抓住公豹的两只后爪。公豹正欲弯腰向他咽喉吞咬时，他迅即站起，攥住它的两条后腿在空中旋转起来。强大的离心作用使豹子完全失去接近他并向他发起攻击的机会与力气，飘忽得像纱巾似的在空中兜着圈子。豪哥一边旋转，一边声嘶力竭地呜哇狂叫。“妈的，母豹不让你弄，竟敢向老子发泄，看我怎样送你见阎王！”转了五六个圈子，豪哥猛地丢开手，公豹惨叫一声，撞在岩石上。豪哥也应声倒地，有气无力地呻吟着，血肉模糊得分不清是人还是鬼。

豪哥稍休息了一会儿，蒙眬中看到公豹的眼睛还在动。它看着他，他也看着它，好像不认识似的，谁也不想叫一声，谁也不想动一下。还是人多了个心眼，不然鹿死谁手，尚难定论呢！豪哥这样一想，又振作起来，挣扎着搬起一块石头，走到公豹跟前，一下，两下，直砸得公豹脑袋开花，血浆四迸，这才扔下石头放心了。

然而，就在他扔下石头的刹那间，突然背后又受到沉重一击。他猛然惊醒，扭头一看，天呀，原来是母豹！它看到自己情侣死于非命，兽性大发，疯狂地舞动爪子向他扑来。他一连躲过母豹的多次攻击，试图夺路而逃。但来不及了！母豹已堵住他的逃路，将他死死逼在一处悬崖上，并再次向他发起更加凶猛的攻势。他不得不挣扎应战。当母豹扑向他的一瞬，他挥起双手抵挡，正好和它撞了个满怀。他两手紧紧扼住母豹的脖颈，双方脸对脸，能感到对方的气息。母豹舞动前爪，疯狂地抓挖拍打他的肩膀和后背。正在相持不下之际，突然几道奇怪的白光从空中划过，母豹惊慌地推开他，跳下一块巨石，向林中落荒逃走了。

“部总，好样的！”豪哥惊悸未消，却见修卓拿着照相机站在身旁。

豪哥并未做声，只是丧魂落魄地瘫坐在地上。修卓忙扶起他，察看着他身上的伤痕，并对季月喊：“快给大老板敷草药！”

“你们跑来干什么？不用管我，你们走吧！”

季月小心翼翼地给豪哥敷着草药：“部总，你伤成这样子，我们怎能扔下你呢！再说，你为我受伤，是我的救命恩人啊！”

修卓过来帮着为豪哥敷药：“英雄，大英雄！一人独战二豹，真是当代武松呀！”

豪哥背上到处都是豹子用牙齿和爪子抓咬的血口子，草汁往上一抹，痛得他哇哇直叫。

“这是刺苋，先止止血，等回到山洞，再用毛拉芯子包扎，两三天就好了。”

“好了好了，你们走吧！以后的事我自己知道怎么办。快走吧，你们快走吧！”

修卓停止了涂抹，气愤地问：“你真的不走？”

“说不走就不走，还啰嗦什么！”

“好好，你就住下来，实现你的‘宏伟计划’去吧！”

修卓说完拉着季月要走。季月回头又望着豪哥说：“你还是再想想吧，不要意气用事。”

豪哥暴怒了：“走开，你们走开，我永远不想见到你们！”

季月长长叹了口气，跟随修卓回山洞去了。

第十六章

甄别历史陈迹

当修卓在腿上文下第九十三圈时，天气渐渐冷了。季月用兽皮碎片为每人做了一件上衣，制作方法也很简单，先把兽皮弄成四大块和若干条小皮筋，然后用小皮筋把兽皮按前后襟和左右臂分别连缀起来就行了。修卓完成最后一幅作品《人兽大战》，宣告壁画工程全部告竣，共计八幅，真可谓洋洋大观。豪哥伤势也已好转，但依然强硬地不走。催得紧了，他就大喊大叫："如果怜悯，就留下林林，你们快走吧，我一分钟也不想见到你们！"季月和修卓毫无办法，只好收拾行李，撇下他，带着火孩儿出发了。

"季月，豪哥真的不愿走，要死在原始森林？"

"他才不会死呢！这种人，样子看起来不怕死，但真正死到临头，却比谁都怕死。"

"真不敢想象，他一个人怎么在这儿生活？"

"你放心，过几天他肯定会追来。"

"为什么？"

"因为他舍不得那些情人和几亿元家业。"

"难道他对你死心了？难道他对开发计划死心了？"

"对我，即使我背叛伟成，委身于他，他能真对我好？笑话！这完全是欲望受挫后的无奈，是寻找刺激和宣泄。一旦走出森林，他会立即翻脸不认人，去采新的野花野草。你想想，我怎能傻到如此程度？

再说他的开发计划，这正是他怕死的表现，是流氓无赖惯用的伎俩。不过，他的一派胡言，也的确反映了一些人对西部大开发的误解和错觉。所以，他不会永远待在原始森林等死，更不会也不可能实现他的开发计划。”

“他会追赶我们？”

“完全可能。所以，该给他留下路标。”

“怎么留？”

“你的铁链该发挥作用了。”

“铁链？”

“用铁链在树上锯下印痕，就像你文身一样，不就有路标了？”

修卓拿出铁链，在一棵大树身上留下第一个印痕。

“太滑稽了！”修卓看看印痕，又看看铁链，突然大发感慨。“嗬，真是滑稽有趣！铁链原是狗熊留给我作纪念的，想不到我差点用它勒死豪哥，更想不到现在却成了挽救他生命的符咒！”

季月带着火孩儿一边攀援一边深有感触地说：“是的，世界就这么丰富多彩，无奇不有。水火相克、正误相驳、生死相约……然而，生命万物就在这相克、相驳、相约的过程中，获得了新生和发展。修老师，你说呢？”

修卓跳过一条沟堑，赶上季月，敬佩地说：“想不到你年纪轻轻，看问题却如此深刻透彻。”

季月用花草编好一个草帽，戴在火孩儿头上，直起腰看着修卓：“是的，经历了这场灾难，使我对人生有了更深刻的认识。人生就好似一枚铜钱，翻过正面是生命，翻过背面是死亡。虽然正反两面永不相遇，但生命与死亡早在熔炉里就被熔铸成一体，终日厮守，心心相连。所以，人不能把生命看得太绝对，也不能把死亡看得太悲哀，这样才能把握各自的脉搏，才能于大喜大悲中张扬起生命的旗帜。”

修卓用铁链锯下又一个路标：“我完全同意你的看法！生命来之不易，更要珍惜和爱护！”

他们就这样，时走时停，有说有笑，对突围充满信心和希望。一路上，山高林深，荆棘遍野，阴风飒飒，猿啼鹤唳，甚有一番刺激和挑战性。大约午后时分，当他们爬上一座山头时，想不到眼前却是一段悬崖峭壁。伸头窥去，但见岩石刀劈斧砍似的笔直，崖下烟雾缭绕，一股股寒气直袭心怀，令人头晕目眩，胆战心惊。

修卓仔细观察着山势地形，招手喊："季月，正面无法通过，只好朝侧面走，说不定能碰到另外的缓坡，再走下山去。"

季月攀过来看了看，只好点头同意："绕过这段悬崖，也许山势会徐缓一些。"

于是，两人来个九十度大转弯，朝着侧面走去。走了一程，侧面又兀自竖起一座山头，而正面悬崖却愈来愈缓。修卓向正面崖坡攀去，并连连向季月招手呼喊。季月鼓足勇气，扶着石壁，抓着藤条，终于赶上修卓。她向修卓吐了下舌头，做个鬼脸，继续朝前走。季月翻过一条沟堑，爬上一块巨石，还没站稳，突然脚下一滑，尖叫一声，滚下悬崖。修卓大吃一惊，上前看时，季月已架在陡坡的两棵大树之间，一动不动，像落下的一只蝴蝶。

"季月，季月！你怎么样？……"

修卓慌了手脚，不知如何是好。火孩儿拼命地沿崖顶向侧面奔去，不大一会儿，竟奇迹般跳到季月身旁，抓挖摩挲她的身体。修卓仔细观察着，这才发现季月摔落的地方原是岩石横向折裂的一条皱褶，很窄，却很长，一直延伸到另一座山的缓冲段。皱褶上长满葛藤树丛，成为天然堑道，给青灰色崖壁束上一条碧玉带。火孩儿正是从碧玉带一端攀援到季月身旁的。修卓拼命喊着季月，但仍没有回音。他心里更焦急，也顺着火孩儿走的路线来到这条仅容一人的堑道，一步一颤地向季月攀去。

大约一个多小时，季月在昏迷中突然听到火孩儿吱吱哇哇的叫声，接着又有了被抚摸依偎的感觉，这才相信自己并没有死。她睁开眼，看到火孩儿，长嘘口气，不由伤感，抱着火孩儿忍不住就想哭。突然，她想起修卓，不知那一刹那间，他会不会也和自己一样摔下悬崖。她抬起头，向上下看了一眼，吓得“妈呀”大叫一声，赶紧闭上双眼。天呀，太危险了！上面是峭壁，下面是悬崖，而自己就像一个飘在半空的风筝随时都会断了线，随时都会坠下摔死啊！她眯缝着眼，不敢向上向下看，只是自言自语喊着老画家。山风吹乱她的乌发，山鹰在身边盘旋，崖壁诡异的回音更使她感到恐惧。

“修老师，老画家，修卓！——你在哪啊？……”

她越恐惧越想修卓，越想修卓越想喊，越喊越感到恐惧。天啊！要是修老师出了事，我可怎么走出原始森林呀？啊！火孩儿，火孩儿，你说该怎么办呢？……

火孩儿突然敏捷地蹿上栈道，向季月吱哇怪叫。季月两眼遽然一亮，惊奇地发现了那条栈道，发现了那条束在半山腰的碧玉带。她轻轻地哦了声，眼睛闪耀着希望的光芒。哦，风筝，风筝！牵曳它飞翔的线绳不就是那条碧玉带么？她一阵惊喜，努力支撑着身体，站起来，这时才发现自己大腿肌肉损伤，面部多处划破，右脚腕严重扭伤，每动一下，都钻心般的疼痛。她不敢走动，唯恐一个趔趄摔下悬崖，只好紧紧抱住树身，用手揉搓脚腕。

“季月，季月！……”

突然有人叫她。她回眸睃巡，终于看到修卓正战战兢兢地从栈道上蹑手蹑脚地摸索过来。

“修老师，我在这儿，你要小心……”

“季月，你没事吧？我来了，我来了……”

季月不敢挪动，眼看着修卓一步步向她靠近，近了，更近了……终于，两双手抓在了一起，两颗心靠在了一起。

“太惊险了！季月，我以为再见不到你了……”

“我真的重新捡回了一条命。”

“伤得怎样？看，脸都破了。”

“不要紧，只是右脚腕扭伤了，不敢动。”

“让我看看。不能走路，这麻烦可大了。”

修卓揉捏着她的脚腕，痛得季月不时发出凄惨的叫声。

“怕不能离开悬崖了。”

“我背你，也要把你背出险境。”

“栈道那么窄，又满是葛藤，一不小心，就会摔下悬崖。”

“那……那，那该怎么办？”

“不然，先住下来，等脚好一点，再离开这儿。”

“这敢住？忒深忒窄，夜里风又大，哪行呢！”

“可以用藤条树枝搭个窝棚嘛。”

“这……让我看看地形。”

修卓向周围察看了一番，对季月说：“先让我给你捏捏脚，再搭窝棚，等明天脚好一点，就可上路了。”

季月摸着火孩儿，点了点头。

修卓捏弄起她的脚。修卓在美院学习过人体经脉骨骼，再加之上山写生常发生此类事情，所以稍懂一些跌打损伤的学问。他仔细揉搓着季月的脚腕，不时询问她的感觉，最后确认为筋脉扭伤，并未伤及骨骼。

“不怕，没伤骨头，趁热捏捏，就能走路。”

“现在会好吗？”

“现在不行，一走动，筋脉又反复了，等于没治。”

“那就快搭窝棚吧，等明天再走。”

“好的，你躺着，千万别动，我来搭窝棚。”

修卓在附近选好几根粗壮的葛藤，拼命拉扯过来，缠绕着两棵大树的树身，把另一端紧紧绑在崖壁的树根上，这样就搭起窝棚的骨架。然后，他又折了许多藤条和树枝，一层层编结成篱笆，再给四周布满树枝树叶。一个仅容两人的窝棚就这样在悬崖峭壁上搭成了！修卓显得异常激动，他要给窝棚照张相。提起照相，季月突然一惊，这才想起她的皮包，想起那笔巨款。

“皮包，我的皮包不见了！”

“皮包？难道掉下悬崖？”

“修老师，你快到周围找找，千万不能丢了啊！”

“好，我和火孩儿去找。”

修卓走出窝棚，站在栈道朝周围睃巡。只一会儿，他发现皮包挂在树杈上，未及细想，火孩儿已噌噌爬了过去，拎着皮包，又敏捷地返回来。季月接过皮包，并未打开，紧紧抱在怀中。

“这下好了，我放心了。”

修卓拿了相机，站在栈道一个拐弯处，摄下悬崖峭壁中这个像鸟巢似的窝棚。也许是接二连三的厄运使生命承受力达到了最低界限，也许是艺术想象力和创作激情已在壁画工程中消耗殆尽，总之，随着四肢所刺花纹的增多，他的灵感愈来愈冷淡，所以此刻只像拍生活照一样，并未作种种艺术夸张和想入非非的渲染。拍完照，他将相机交给季月，率了火孩儿，爬过栈道进林子采食去了。

修卓走后，季月长长松口气，这才感到太累了，太困倦了。她极力控制思绪，放松四肢，真想好好睡一觉。风从缝隙钻进来，冷冷的，痒痒的，夹杂着可人的花草清香，仿佛把五脏六腑都灌醉了，把四肢皮毛都融化了。忽而，她觉得自己像是被原始森林特有的风云和雾霭抬拥着，推举着，一眨眼就飘飘欲仙地飞向太空，飞向月宫，伴着嫦娥在桂花树下翩翩起舞……

不知她在桂花树下蹁跹了多长时间，也不知她在月宫游览了多少琼台楼阁，但她却清楚地发现，当她刚躺进王母娘娘的瑶台丹池沐浴时，是他，是豪哥偷走了自己的羽衣霓裳，害臊得她始终走不出瑶池，始终在丹池中经受羞耻的煎熬……

“季月，季月！……”

突然有人轻唤，她以为是豪哥，没吭声，也没睁眼。

“季月，快醒醒，喝口水。”

季月睁开眼，却见修老师正捧着一个塑料袋给自己喂水。她真的感到口干舌燥，张开嘴，水从塑料袋小口汩汩流进嘴里，滋润着她的口舌和肠胃。

“修老师，山里会有塑料袋？”

“哪能呢！这是包照相机的，正好用来盛水。”

“修老师，你经验真丰富，如果没有你，我怕早没命了。”

“别说这样的话，都是患难中人，理应相依为命。来，我扶你坐起，快吃些食物。小心，脚别动。”

所谓食物无非仍是野果之类，季月早已厌烦。修卓见状，又拿出几枚荔枝。季月双眸生辉，忙捡起一枚，剔去果壳，便将一团鲜嫩晶莹的荔肉含入口中，食之如饴。

“真想不到能吃到荔枝！”

“纯粹野生，绿色食品，怕克林顿也吃不到呢。”

“太好吃了！”

“那就多吃些吧。”修卓把衬衫包的荔枝全递给她。

“修老师，讲讲杨贵妃吃荔枝的故事呗！”

修卓剥开一个橘子，一边吃着，一边讲起来：“唐明皇独宠贵妃杨玉环，正如白居易《长恨歌》所写，后宫佳丽三千人，三千宠爱在一身。唐明皇对玉环百依百顺，无不满足。玉环爱吃鲜荔枝，他遂下旨，命取涪州荔枝进贡。送荔枝的人将鲜荔枝装入竹筒，密封了，再骑上快马，日夜兼程，行数千里，等到达京城长安时，仍鲜嫩如初，色香味俱佳。可见传送速度有多快！”

“杨玉环也真是，为了吃荔枝，竟那么兴师动众，劳民伤财？”

“不仅如此，杨玉环生日时，宫中艺班还专选了三十名十五六岁的艺童，排演了《荔枝香》新曲，备受杨玉环喜爱赞赏。关于杨玉环吃荔枝的故事，后来不但被写成传奇、戏剧，还屡屡出现在墨客骚人的诗词中。如唐代杜牧诗云：‘长安回望绣成堆，山顶千门次第开；一骑红尘妃子笑，无人知是荔枝来。’宋人曾巩诗云：‘玉润冰清不受尘，仙衣裁剪绛纱新；千门万户谁曾得？只有昭阳第一人。’九十年代初，我根据这些故事创作了《红尘一荔妃子笑》的国画，被一华侨收购，现藏于印度尼西亚国家美术馆。”

季月齿唇微启，捻指成朵，款款地将一枚荔枝含英在口：“为什么杨玉环那么爱吃荔枝，难道荔枝真有养颜美容效果？”

“杨玉环出生蜀中，而蜀中盛产荔枝，她自小爱吃，因此进宫后这一嗜好益甚，也可说是一种恋乡情结。至于美容，多吃水果都有美容作用。但偏吃或养成嗜好，反而会产生负作用。杨玉环正是荔枝吃得太多，所以得了齿病。因为荔枝产于南方，酷热，多食生火，自然牙痛。”

“那我真不敢多吃了。不然发热，我也会牙痛的。”

“不用怕，你尽管多吃无妨。既是热性，多吃就可暖身，要不，晚上会冻坏的。”

这时，天已全黑，季月真的感到冷，不由想起在崖下豪哥抱她睡觉的细节，便紧紧靠住修卓。

“修老师，我怕，我冷，你抱着我睡吧。”

“季月，莫可造次！这样不就是豪哥的贴面舞么，不就是对你的亵渎和猥亵么？”

季月很感动，嘴唇一颤一颤地说：“修老师，你太好了！……”说着，她翻转身，紧紧依偎着修卓，眸子里盈满异样的泪光。

修卓大吃一惊，好长时间才反应过来，迟钝地伸出双手，爱怜地抚摸着她的头发和肩膀。

“季月，你要冷静，要控制自己的感情。原先，我对你只是艺术冲动，并未夹杂一丝一毫的感情因素。也许我真的老了，不但没有了感情冲动，怕连艺术冲动也不再恣肆……你放心，我不会像豪哥那样凌辱你，也不会抛开你不管。要么一同突围，要么同归于尽……季月，季月，我会像对待我的学生和儿女一样尊重你、服从你和呵护你。咱们一定能走出原始森林，你一定会和荀伟成鹊桥相会……”

季月终于忍耐不住，嘤嘤哭泣起来，把修卓抱得更紧：“修老师，快别说了，一想起这些，我就肝胆俱裂，痛不欲生……”

火孩儿乖巧地躺在季月臀下。

修卓和火孩儿的体温使季月倍感舒适温暖。她不再流泪，也不再言语，恍恍惚惚进了梦乡。

第二天，季月右脚虽然不再剧痛，但却肿得厉害，淤血已使脚脖子胀成了紫色。修卓给她捏弄了一个多小时，然后采来一种叫连翘的中草药，让她吞食几根，又将草叶揉碎，在脚脖子上摩擦。就这样，修卓长时间用手捏弄摩擦着季月的脚，一直到傍晚，脚才开始消肿，淤血也慢慢化解了。又经过一夜恢复，第三天早晨，淤血和肿胀完全消失。当修卓要季月站起试着走路时，才发现她的鞋不见了。那是一双银灰色的高跟凉皮鞋，为了便于攀登，她让豪哥掰掉了高跟。这样一来，登山方便了，但却失去平衡，总有一种推力将她往下推。季月恍然大悟，原来自己摔下悬崖正是鞋的缘故啊！她把这个发现未告诉修卓，只懊悔自己没有多编一双草鞋。此时修卓已脱下自己的登山鞋让她穿。季月还要推辞，修卓不由分说，已捧起她的一只脚塞进鞋里，接着又给她穿上另一只鞋。

“这鞋柔软，防滑，又有护腕布和带子，绑紧，可起到固筋防扭的作用。”

“那你穿什么呢？”

“有你编的草鞋，要是穿坏了，就再编，森林里不缺这些材料。”

季月试了试，就开始踏步。踏了约四五分钟，一切恢复如初，感觉也好起来了。

“修老师，可以出发了吗？”

“可以了，走吧。栈道很窄，你要千万小心，紧拉着这根藤条。”修卓说完，又怕不保险，便将藤条绑在她的腰上，又递给她一根棍子：“拄着棍子，拉着藤条，别朝下看，步子要准要稳，不要怕。”

“走吧，我记住了。”

于是，火孩儿在前边探路；修卓挎着提包和相机，手抓藤条；季月拄着棍子，紧抓修卓手中的藤条。这支奇特的队伍出发了，悬崖峭壁上出现一道亘古未有的风景。

他们顺利地走出栈道，走出悬崖峭壁，生命的意义因此而显得更加绮丽多彩。

他们吃了些山果，稍事休息后，又开始艰难地跋涉。

这是一座较缓的山坡，山上植被茂密，遮天蔽日。到了半山腰，山体扭了九十度，愈来愈缓，一直过渡到对岸的半山腰，形成一个U形的缓冲带，地理学上称为鞍部。他们顺鞍部走过去，爬上对岸的山，又投归到原先出发时的方向。这是一座顶面平展、四周陡峭的方山。沉积岩形成后，由于受到强烈挤压作用，岩层接近水平，顶部为坚硬岩层，再经流水长期侵蚀分割才形成这一独特地貌。他们加快了前进速度，大约半天时间，就穿过方山，山下是一片比新部落洞前宽阔得多的谷地。他们七拐八绕，沿着较缓的山崖下了方山，来到谷地。

这里的地形地貌与新部落的谷地截然不同。四周群山环绕，形成一个椭圆形盆地，有两三万亩。盆地灌木成林，杂草丛生，乱石密布，栖落盘旋着成群的鸟类，各种各样鸣叫声使人如临飞禽王国。修卓兴奋得叫起来，目光紧紧追着两只刚刚起飞的天鹅。突然，在天鹅消失的地方，他奇迹般发现旁边山体大多支离破碎，并留有明显人工开掘的痕迹。而且，在盆地的草丛灌木中，偶尔还可以看到房舍的残垣断壁和像坦克大炮一样的机械残骸。修卓一阵惊喜，以为到了原始森林边缘，便向季月大喊大叫起来。

“季月，快看，这里驻过部队，我们走出原始森林了！”

“真的？真的驻过部队？”

“你瞧，那草丛中有半截房子，旁边还有坦克大炮的残骸。”

季月顺着修卓指的方向望去，果然看到那些怪异的物件。

“但旁边山体为什么破坏得这么严重？”

“或许是炮击的结果。”

“炮能击得那么整齐？”

“Yeah，那又是为什么？”

“旁边石壁上似乎还有字。对，是字。”季月认真辨认着崖壁上的字迹，“总某某，对了，是总路线万岁，大跃进万岁……肯定是五八年‘大跃进’移山填沟的产物。”

修卓高兴地跳起来：“总路线万岁！大跃进万岁！我们终于走出原始森林了！……”

季月眉头一挑，突然又迷惑起来：“既然到了原始森林边缘，但为什么如此大片土地却被废弃荒芜了？”

“这？……”修卓也犯难了，拉着季月说，“走，去那破屋看看，就一目了然，说不定里边还住着人呢。”

他们向盆地深处奔去，惊吓得一只只鸟儿扑棱棱四处飞散。越向里走，地面越湿，越滑，越软，上面布满草丛青苔和网状的寄生物。火孩儿向前面径自冲去，修卓紧追着它。季月正要提醒注意死水潭，但还未等张口，突然修卓惊叫一声，双腿陷入泥沼之中。他拼命挣扎，却毫无作用，腿越挣扎陷得越深，眼看就埋没了大腿。季月慌忙跑过来拉他，但未跑几步，也陷了进去。她眼疾手快，顺势抓住一棵小树，挣扎几下，才爬上一堆树丛。她围着树丛急得团团转，只是着急没有办法搭救修卓。树丛里有棵枯树，无枝无叶，摇摇欲坠。她发疯似的摇着，拽着，树根却纹丝不动。她退出几米远，咬着牙，鼓足气，像一只发怒的母狮，耸肩向树身撞去。只听哗啦一声，她和树干一起倒下。衣服扯了，肩头划破了，她忘记疼痛，拼命拽着树干。这时，淤泥已到了修卓的胸部，他两手胡乱挖抓着，嘴里只是喁喁地喘着粗气。季月不顾一切地爬在泥沼上，手抓着树干，像蛇一样蠕动着朝修卓爬去。

“修老师，快，快抓住树干！”

“季月，当心，别也陷下去！”

“不会的，我躺着，面积大。你快抓住树。”

修卓终于抓住树干，一纵两纵，只是纵不出来。

“快，快抓我的手！”

“不由人，好像底下有人拉我的腿，只往下陷。”

修卓一手抓住树干，一手抓住季月的手，两人一拉一扯，在泥沼里折腾了一刻多钟。季月的拉力与修卓的挣脱力合为一体，克服了泥沼巨大的吸力和摩擦阻力，终于爬出泥沼，趴着季月的肩膀放声大哭。

修卓一生很少哭泣。久不哭的人一旦哭起来就格外悲痛，特别对以感情为命脉的艺术家更是如此。

“God！太可怕了！是命运折磨吗？是上帝惩罚吗？……”

“修老师，你不要太悲哀！上帝不是又把你放归了吗？”

他们已分不清悲喜的界限。

他们泥滑得犹如两只泥鳅。

“修老师，快抓住树干往出爬吧。”

“爬吧，爬吧……”

修卓刚抓着树干爬了几步，突然想起照相机，忙又扭头往回爬。

“怎么啦？”

“照相机！我的相机！”

正在这时，火孩儿背着照相机蹦跳过来。他满心欢喜，回过头，抓住树干，鼓鼓蠕蠕地爬出泥沼。两人都成了泥菩萨，满脸泥巴，相互对视着。季月说，看来走不了了，得住下。修卓点点头，说是的，是得住下。

他们离开盆地，在山下寻找栖身之地。几经周折，他们在侧面的山下找到几个山洞，看得出这完全是人工挖掘的。他们选择了一个洞，走进去，果然看到遗弃的许多生活用品，有破盆、破碗、油毛毡碎片、竹笆、铁锹等。他们顾不得考证山洞的历史和惊叹它的奢华，忙捡来几根木棍、几块油毡，开始生火。有了火，他们可以洗衣服、烤衣服、取暖和做饭。所以眼下第一件事就是生火。季月打开皮包的小袋，取出火石和毛芯子，递给修卓。修卓开始打石生火，一下，两下……火石点着毛芯子，毛芯子点着油毛毡，油毛毡点着木柴，一堆篝火在洞里熊熊燃烧起来。

季月想起修卓给她垫月经的那块布，这是大家唯一擦脸洗身的毛巾，出发前她将它放在了皮包里。几天奔波忙得无暇顾及，现在该好好洗刷一下。然而，当她打开皮包时，却全然惊呆了。啊！钱？四十八万元巨款，怎么全变成了树叶！她尖叫一声，将树叶统统倒出来，里边仍没有分文。

修卓莫名其妙地问："钱，四十八万，怎么不见了？"

季月气得狠劲甩打着皮包："这是谁干的？太卑鄙下流了！……"

修卓看看树叶，气愤地说："还有谁？大老板么，这个恶魔！"

季月将皮包摔到一边，用脚狠踩着树叶："恶魔，真是恶魔！"

"但当初他为什么要扔掉这些钱？他不是有几个亿不稀罕吗？"

"那是在死亡之湾，当时他并未料到误入原始森林，也未料到洪水毁掉他的全部财产，自然毫不在乎这四十八万元。但一旦知道这一切，他会对金钱更加贪婪和凶暴。他是为走出原始森林攫取资本，用金钱买法，用金钱打通各个关节，用金钱为他东山再起铺平道路……"

"他妈真是大流氓、大骗子！"

"狗性不改，无可救药！"

季月怒气难消，仍在一旁跺脚大骂豪哥。这也许是她有生以来第一次开口骂人。但对这个流氓无赖，除了怒骂之外，她又有什么办法呢？

修卓给火堆加了几根柴，然后拉季月走向洞口，劝慰道："别生气了，让他拿去，这又是他的一大罪状。另外，你不是说他会追咱们吗？到时再要回来不就行了。"

季月长叹了口气："也只能这样了。"

他们走出山洞，在山下找到一个水潭。两人先分头擦洗了脸和身子，然后又揉搓冲洗了衣服，再把洗净的衣服晾晒在草丛上。季月戴着乳罩，穿着裤衩，坐在一堆树丛旁。修卓只穿一条裤衩，躺在离季月不远一块石头的背阴处。

“修老师，你在想什么？”季月突然喊道。

“我在想，”修卓坐起来，望着令他丧魂落魄的泥沼和远处的崇山峻岭，感叹道，“我们真像唐僧西天取经，要历经八十一难，不知后边还会有多少磨难呀！”

“修老师，难道你气馁了，动摇了？”

“人生真是不易，想不到我快七十岁了，还经受这一人间炼狱。如果我是作家，一定要写一部书，把咱们的遭遇真实记录下来。”

“但你可以作画，可以创作一部《东游记》系列画呀！”

“《东游记》？”修卓突然皱起眉头，迷惑地问，“季月，你说咱们是朝东走的么？”

“是呀，根据太阳判断，咱们应该是朝东走的。”

“那么你说说，我们现在到底在什么地方，这山这林又叫什么名字？”

“这？……”季月坐起来，思疑片刻，说，“虽然我不能准确说出名字，但可以推知大体方位。修老师，不知你注意了没有，自从离开死亡之湾进入这片原始森林后，我发现这里的树木多是常绿阔叶林品种，如楠、柑、橘、柚、茶、桐、漆、竹等。而常绿阔叶林只生长于亚热带湿润地区，我国的主要范围在秦岭与淮河以南直到南岭地区。淮河与南岭区域可以排除，那就只剩下秦岭以南至长江以北的这一空间。我分析，死亡之湾在汉河干流上，而汉河又是长江的支流，所以推知，这片山地和森林应属川、陕、鄂三省交界的大巴山区一带。”

“神农架！大神农架！”

“但据我学习的知识和掌握的资料，神农架没有这么大范围，更不会上百天走不到尽头呀！”

“或许我们只是在深山密林里转圈圈，自然就走不出去了。”

“还有，如果是神农架，国家早列为自然保护区，总该有保护和管理机构，但为什么连个人影也没见呀？”

“这，这……”修卓眯缝着一对艺术家的眼睛，突然道，“是的，我也一直这么想，真是个谜。要不然，怕是虚拟的一场演习，一个虚幻的梦，一则可怕的童话……而事实上这片山林并不存在，我们也只是在梦中而已。”

季月站起来，惊诧地叫道：“修老师，你该不是说梦话吧？该不是被吓得发昏了吧？”

修卓理理蓬乱的银发，很郑重地说：“NO，我没说梦话，也没被吓昏。我的意思是，即使这片森林并没有这么大，即使我们只被围困了一个月或更短的时间，即使我们的遭遇并不像眼前这么残酷激烈，我也要用虚构和夸张的手法把这一切讲出去，画出来，以引起全社会的思考和警示，使人们更加热爱生命、热爱生活、热爱大自然、热爱人类共有的同一和唯一的地球……”

“说得好，我完全赞成你的观点！”季月说时已给胸前和腰部缠了一圈树叶，像一位母性氏族部落酋长，走出树丛，登上一块石头，指着泥沼说，“就说面前这片开阔地吧，其实它不叫盆地，也不是沼泽和湿地，而是发育在中度湿润条件下的一种非地带性植被类型，地理学上称为森林草甸，即林间空地上的草木群落。它是山地不可缺少的组成部分，是山脊与山脊、山峰与山峰、山麓与山麓自然缓冲和过渡的连接带……”

“像人的肚脐，也叫神阙，内通五脏六腑，外连四肢皮毛，调理阴阳，培补精元……”

“修老师比喻真好！可是，在那‘人有多大胆，地有多大产’的狂热年代，人们异想天开地征迁这儿（也可能是军垦部队或囚犯），试图开发利用这片被称为闲置浪费的土地资源，扩大生存空间。他们乱轰乱炸，乱垦乱伐，结果破坏了此间的生态平衡，造成严重滑坡和泥石流，淹没了垦区和房舍，所以他们又被赶出草甸，赶出原始森林。虽然这儿面积并不大，但它和巴西开发亚马逊河的性质完全一样，也是一场惨痛的悲剧！”

“啊？季月，照你的说法，这儿还不是原始森林的边缘？”

“是的，我们并未走出原始森林。”

“根据呢？不会是猜测臆断吧？”

“第一，你陷下去时，我仔细观察了地层和泥沼的成因，它并非原始未扰动的岩石和土壤，而是由抛置的碎石沙砾和泥石流淹没沉积而成，已失去原先森林草甸的基本特征；第二，我也观察了此处的植被，依然是常绿阔叶原始森林状态，并不具备森林边缘过渡带的植被表象；第三，修老师，你来看，这里有拖拉机残件和五八年‘大跃进’时用的手推车，说明这正是那个时代的产物。”

修卓穿了半干的裤子，裸着上身，走到季月身旁，果然在树丛中看到一堆锈迹斑斑的铁件和一辆被土石掩埋的手推车。季月捡起一块铁件，擦擦上面的铁锈泥污，指给修卓看。修卓像考古学家似的仔细辨认着，终于认出“东方红”三个字。

“东方红，是东方红拖拉机，五十八马力。那么，那些坦克大炮呢？”

“恐怕那也是拖拉机或推土机的残骸呗！或是灾难突临，来不及带走这些机械，所以抛弃了，成为历史的见证。”

“真是不可思议！”

“这就是历史的沉痛教训。”

“Yes，”修卓突然想起什么，将铁件扔进草丛，惊异地说：“既然拖拉机能开到这里，肯定有通向山外的路！”

“不见得。它完全可以拆成零部件搬运。”

“这谈何容易！”

“难道长城上的方砖、条石容易？难道泰山、华山上的亭台楼阁容易？”

“反正，我总觉得已到了原始森林边缘，或有一条大道正迎接我们。”

“那好呀，咱们快回山洞，明天就投奔那条大道。”

两人穿了洗净的衣服，急急匆匆地向山洞走去。

第十七章

金钱、野兽和情欲

豪哥睁开眼，看到的却是一片黑暗。他挪了挪枕头，蜷曲的身体像一根发条，先是腰身松弛开来，接着后臀晃荡一下，随之两腿便自然伸直了。就在两腿伸直的当儿，他的一只脚恰好撞在小狗林林头上，痛得它汪汪直叫。他没理会小狗，又本能地挪了挪枕头，脚一蹬，索性把林林踹了下去。正是生物钟来临之际，他却无动于衷，只一个劲梗着脖子，眼睁得大大地注视着枕头。枕头是一捆钱，四十八万，捆扎得四方四正。但眼前黑洞洞的什么也看不见。其实，此刻，对他来说，睁开眼和闭着眼一样，白天和黑夜一样，活着和死了一样。他的意识也像这山洞，一片模糊，一片混沌，一片漆黑。只有枕头——这捆闪耀着金子光辉的人民币，才是他生命的全部希望。

自从季月和修卓走后，豪哥就把自己完全融入原始生命状态。他不需要火，不给篝火加柴，任其自生自灭。他恢复了茹毛饮血的生活，把剩下的羊肉全都生吞活剥地吃下肚，随之就发挥强势的消化功能，源源不断地制造出臭气熏天的粪便。这个造粪过程成了他最为自在的享受。原先“情欲——食欲——情欲”的三段论全被打乱了，现在的食欲和性欲毫无关系。性欲对他不再那么重要，更不是生命的主要内容。他一丝不挂，裸着身体，毫无羞耻。新部落只剩下他独自一个，没有外人也就没有了羞耻。他不再想搓二步，不再想季月，也不再搞手淫，更不再容许林林占自己的便宜。他现在对小狗林林很反感，不轻易让它接触自己的裸体，甚至看见它就不由产生女人被奸污的感觉。他之所以把它留下来，并非修卓怀疑的生理需要，而纯粹出于精神考虑。偌大一座原始森林，没个伴儿，这时间可怎么熬过去啊！

他的思想很矛盾，特别在去留问题上，根本没有一个明确选择，可以说完全出于意气用事，是和季月闹别扭使性子。直到现在，他仍说不清自己执意留下来的真正目的。是真的要开发原始森林吗？是真的怕承担金阳山环境破坏的罪责吗？是真的想逃避特大洪水的法律惩罚吗？是真的要像童九哥一样在原始森林了此一生吗？……这些问题他原先没想过现在也不想想，一切都来自男人的个性，来自怪戾乖张的贵族气质。季月的历险故事，还有她和修卓的高谈阔论，都是激发男人个性和贵族气质的性激素，是加速自己与他们彻底决裂的导火索。作为庆顺市赫赫有名的首富，怎能忍下这口气，怎能与这些无名之辈一路同行？正是在这一心理矛盾和性格特点驱使下，他才赖着不走，才执拗地与他们分道扬镳。两天来，他简化了一切思维和语言，除了捕食动物外，就是睡大觉，轰隆的鼾声吸引来几只山鹰长时间在洞前盘旋。

其实，正如季月所说，豪哥是最怕死的。原因一是舍不得抛下巨大家业；二是留恋花天酒地的生活；三是不甘心葬送日渐高涨的情欲——如果临死前没有这一恣肆和满足，将是他一生的最大遗憾。所以他比谁都渴望早日走出原始森林，早日恢复用金钱和权力嫁接的奢侈生活。但那晚，听了季月的历险故事，他不觉大吃一惊，暗自叫苦不迭。上帝！他现在特别厌恶和憎恨上帝，觉得人在失去精神平衡时，最好的发泄和埋怨对象就是上帝。哎呀上帝！他妈的真是太巧合了！原来北京的环保专家就是她？原来他一直觊觎垂涎的女人就是自己的冤家对头？更要命的是，她竟然把金阳山环境破坏的现状掌握得那么仔细，那么全面，那么有根有据，即使任何环保意识淡薄的人，也会被她的话一一打动，被自己的罪恶一一震怒。可恶的上帝，无情的上帝！为什么偏偏让自己和她相遇，又为什么偏偏是这样一个相遇的方式？真是不可思议，太残酷了啊！

起先，他对季月抱着极大渴望，企图占有她，有这位时髦靓丽的青春小姐和自己在原始森林共筑爱巢，那绝对是人生一大幸事——即使不能走出原始森林死在她的怀抱，他也无怨无悔。后来，由于修卓的种种干扰和季月毫无激情的搓二步的敷衍，虽然屡屡失望，但他也没像现在这样悲哀和绝望啊！季月的故事无疑给了他当头一棒，使他完全丧失了对她的一切追求和企图，也完全丧失了走出原始森林的勇气和希望。按季月的说法，这场特大洪水的元凶是汉河水库，汉河水库的元凶是金阳河水库，金阳河水库的元凶是金阳河，金阳河的元凶是金阳矿业总公司，而自己则是金阳矿业总公司的法人代表，如此直线上推，自己不就是这场灾难的罪魁祸首吗？现在看来，金阳县城被洪水毁灭了，庆顺市也被洪水劫洗一空，损失不仅是自己的几个亿，而是成千上万亿的财产啊！是成千上万人的生命啊！这一切，难道不足以称自己罪大恶极，难道不足以将自己绳之以法甚至枪毙处决？……正因为如此，他才抛出那个“开发计划”，才佯装要和童九哥一样葬身林海。当然这些都是歪打正着，是他的计谋。

但与此同时，他又对独自走出森林抱着侥幸心理和诸多幻想。是啊，有副市长凉板凳，有自己的贵族气质，有那么多铁杆弟兄，有用金钱编织的庞大的关系网，还担心跨不过什么沟沟坎坎？还有必要如此悲观失望和哀叹自怜？一想起这些，他的贵族气质立即就高涨起来；贵族气质一高涨，自然金钱的魔力就倍加抖擞。可是现在，钱在哪？没了钱，那些贵族气质还能张扬吗？那些铁杆弟兄还能听话吗？那些关系网还能发挥作用吗？钱钱钱！一向对钱嗤之以鼻的他，现在却为钱犯起愁来。钱此刻在他脑海里搅和得比任何时候都执拗猖狂。他的目光不由落在季月身上。她打开皮包，正埋头数着那一捆捆钱。她总是这样，像给人炫耀，又像怕湿怕潮，常常独自倒腾抚摸着这些钱。看到这些钱，他立即有了一个大胆设想。他考虑是否要把这笔钱的保管权弄到自己手里。虽然只有四十八万，虽然在自己眼里微不足道，但现在毕竟不是过去，其使用价值还是难以估量的啊！

于是，他开始打起那四十八万元的主意。他知道季月很珍惜这笔钱，一直装在皮包里当作枕头使用，保管得很好。但他更清楚，这些钱在原始森林完全失去使用价值，更不用担心被小偷偷走或被骗子骗走。他一生最恨小偷，宁肯大把地给小姐花钱，也不给小偷留下任何行窃之机。记得他还是一个赌徒时，有一次坐班车回家，路上只顾看售票员漂亮的脸蛋，没留神，不料让小偷像“狸猫换太子”一样换走了自己的提包。临下车，临到家，他仍被蒙蔽没发现。回到家，他向媳妇吹嘘说，他这次手气特好，发大财了！媳妇不相信他的话，动手打开提包检查。这一查不要紧，却让他惊骇不已。天呀！八千元！整整八千元！他妈的怎么会突然不翼而飞?！正是年关时节，气得媳妇把提包连同里边装的雪里蕻一起扔出窗户，领着儿子跑回娘家过年去了。从此，他就和小偷结下深仇大恨，无论隧洞工地还是矿场，也无论房地产还是夜总会，都制定了严酷的防盗措施，凡是抓住小偷统统亲自审问，并施以严刑。可是现在，人生转了个大圈子又回到起点，他不得不向小偷学习，不得不施展那个“狸猫换太子”的狡猾伎俩。

正如他估计的那样，季月虽然非常珍惜这笔钱，但她却很大意，更想不到仅有三人的原始森林，同样也有小偷和“狸猫换太子”的把戏。豪哥摘来许多树叶，虽然叫不出名字，却都是精心挑选的，很厚实，很柔韧。他先把树叶折叠得四方四正，再用藤条一一绑扎了，看起来很像董存瑞投向敌人碉堡的炸药包。修卓奇怪地问他，弄这炸药包干啥？他说这种树叶有降压作用，做成枕头保健效果很好。修卓当真了，季月也当真了。而豪哥却等待时机。就在季月和修卓收拾好行装即将出发时，他略施小计，把他俩骗出洞，自己趁机拿走钱，然后把炸药包装进皮包，完成了“狸猫换太子”的全部细节。直到分手，直到季月抱着皮包消失在莽莽森林，她也丝毫没发现什么蹊跷和破绽。她满怀信心的表情，比自己当年下车回家还懵懂无知。他踢了林林一脚，愤愤骂道：“妈的笨蛋！连钱都保护不好，还保护鸟生态环境！”

然而，他失算了，他万万没有料到，一场更大的灾难正向他步步逼近。

豪哥在自相矛盾的意识中自相矛盾地胡思乱想了一阵，这才爬起来，小心翼翼地藏好枕头也就是钱捆，接着赤身裸体走出山洞。他伸展了一下胳膊腿，痛快尽兴地打了几个喷嚏，然后凝神静气地欣赏“新部落”三个字。过去他很少留意这三个字，更没有这个鸟情调。但今天却很反常，不但格外留意，而且在鸟情调中读出了许多内涵。他佩服修卓的学识，这三个字用得极妙，把人类历史和自己的思想情怀全浓缩包含在里边了。新部落，新部落！赌场不是新部落吗？隧洞工地不是新部落吗？矿场不是新部落吗？房地产开发不是新部落吗？夜总会不是新部落吗？还有，将来要走出森林东山再起不也是新部落吗？……嘿嘿，他妈的，想想自己走过的路，时时处处都像个部落酋长，修卓的话果然玄秘应验啦！……他轻声念着“新部落”三个字，目光不由滑落在自己的裸体上，嘴角就明显挂起一丝狡狯的讪笑。林林虽然感到主人的冷淡，但依然孜孜不倦地在他脚下闻闻嗅嗅，希望能挽回失恋的局面。豪哥根本不理睬它，一边伸胳膊甩腿，一边哼哼唧唧地向谷底走去。

豪哥在溪水中徜徉，周身溅起一簇簇水花。胸膛和大腿布满密密麻麻的汗毛，被水花扑打得湿溻溻的，更加凸现出腱子肉的健美和膂力。林林对主人还抱着幻想，以为腱子肉上流淌的依然是人体菁华，便站在岸边不时“呜儿”叫唤。溪水非常清澈，即使掉下一根针也看得清清楚楚。岸上的花草在水中波动，水中的动物在花草中浮游。眼前景象使他立即想起季月常挂在嘴边的一个词：保护生态环境。但他一时糊涂起来，搞不清是生态保护环境呢，还是环境保护生态呢？他自相矛盾的意识懒得细想，只骂了声“他妈的鸟情调”，就追赶着几只浮游动物朝前蹚去。

前面一百多米处有个水潭，是娃娃鱼聚集的地方，上次他就是在那里抓到娃娃鱼的。一想起那次季月的无理，他至今仍窝着一肚子气。

什么动物保护法?!真他妈的黑发白发，洋人的金发，纯粹是奇谈怪论么！在生命的尽头，在只剩下人和动物时，还奢谈什么动物保护，难道人就不该保护？所以，他今天要弥补那次损失，多抓几条娃娃鱼，让动物也好好保护一下人，好好慰劳一下他这个原始森林唯一的主人。

这样想时，他的眼睛就变得异常明亮和犀利，行动也调试出蹑手蹑脚的警惕。他双手握着一根粗棍，不是横在空中，而是垂直水面，只要娃娃鱼一露头，垂直的粗棍就迅雷不及掩耳地捅入水中，准确无误地砸昏娃娃鱼的脑袋。这是他在原始森林的最大收获，也是总结人工捕鱼的最有效办法。为什么不能横打呢？因为木棍横打时面积大，水的浮力大，浮力一大速度自然减慢，这就给娃娃鱼提供了逃命的机会。当然了，垂直打也有缺点，与横着打相比力臂较短，用的力就大。这一点恰恰是他的优势，随着情欲的消退，茹毛饮血所积蓄的强大能量，现在正需要尽情发泄哩！

豪哥一边慢慢蹚水，一边敏锐地在水中睃巡。其他鱼类时有发现，他全然不理它们，只是一个心思地等待娃娃鱼。这期间，先后有几条娃娃鱼从脚下溜走了，但他并不灰心，仍耐心等待时机。大约过去半个多小时，他突然眼睛一亮，发现一条娃娃鱼正从上游向他游来。他不慌不忙，纹丝不动，水里的脚和腿像一根树桩或一块石头。鱼悠闲地向他靠拢，近了，更近了。他眼疾手快，使劲一捅，粗壮的木棍非常准确地砸在鱼的头上。水面立即有了血色，紧跟着掀起一阵红白相间的浪花。看见红白相间的浪花，林林的情绪就非常亢奋，知道主人有了收获，自己也将得到肠肠肚肚的犒劳。所以它撒着欢儿，朝着主人又叫又跳。豪哥没注意林林的表现，扔掉木棍，向前追赶几步，果然抓住一只二尺多长的娃娃鱼。鱼在手中拼命地挣扎摇摆，溅了他满脸血水。他把鱼向岸上扔去，空中出现一道湿漉漉的弧线。鱼落在草丛里，拼命地蹦跳挣扎，摇晃得草丛呲呲啦啦作响。须臾，草丛不动了，鱼也无声无息了。林林跑上去，没敢动嘴撕咬，只胆怯地舔着鱼身上稠浓的黏液，仿佛温习主人往日的温情。大约过去二十多分钟，豪哥利用同样方法，又抓住一只小点的娃娃鱼。他伸伸腰，这才觉得累了饿了。

他拎着鱼，绕过水潭，爬上山坡，选择了他与豹子决斗过的地方休息。不知他是怎么想的，也许为了向野兽们炫耀自己的武力，也许为了展示自己森林主人的权威，反正他稀里糊涂地就选择了这个地方。他坐在原先的那片树丛中，一边喘息休息，一边欣赏动物交媾的场面。他觉得奇怪，今天洼地里动物很少，没有丝毫调情交媾的情节。更重要的是他现在情欲很冷淡，有没有这些情节对他都不重要。林林还在舔着鱼身上的黏液，样子很贪馋专注。豪哥的目光落在鱼身上，这才有机会仔细观察娃娃鱼。瞧它们，头宽且方，口大眼小，躯体扁平，皮滑多褶，肉细而柔软。据说，它的叫声像小孩，故称娃娃鱼。但他从来没听过它的叫声，现在更听不见，耳旁只有林林嘴和舌头的吧唧声。

小狗的贪馋刺激了豪哥的胃口，食欲就更加急迫和强盛。他抓起那只小娃娃鱼，用树棍在身上摩擦敲打一会儿，鱼鳞就纷纷落下。然后他将左手拇指和食指分别嵌入两腮，一拗一抻，鱼头和鱼身霎时一分为二。接着他在鱼尾和鱼腹连接处轻轻一咬，便出现一个小洞，随之塞入树棍，使劲一戳，再一扯，鱼腹就开了膛，伴着一股血水，里边的肠肠肚肚就流出来了。这几个连贯动作娴熟而窘迫，只是没有宰杀羚羊那么闲适和具有艺术性。他依然保持吸板油的传统，眨眼之间，一撮像脑浆一样粉红的鱼油和黄亮亮的鱼子全进了肚囊。有了这些前奏，接下来正式打起牙祭便多了许多优雅和从容，其贪婪程度绝不亚于小狗林林。他一手拎着鱼颈，一手抓着鱼尾，目眦欲裂，齿唇飞转，舌头、嘴唇、牙齿和鱼肉、骨刺、血水混成一片，样子极像狗熊吹口琴，随着喉结上下滚动和双肩左右颠簸，嘴就飞溅出一滴滴血腥味和呣呣嗷嗷的音符。主人的蹀躞饕餮，大大感染了林林，这才有理由真正动口动嘴，无论鱼鳞还是鱼刺，也无论肠子还是肚子，统统在它狼吞虎咽中发出清脆的响声。主仆两个就这么紧密配合，相得益彰，在原始森林合奏出一曲美妙的音乐。

大概是血腥味的诱惑，抑或是音乐的感染，突然吸引了许多凶禽猛兽，正一个个向他包抄而来。豪哥陶醉得忘乎所以，以为那是观众向他欢呼鼓掌，越发地贪馋痴迷。而林林却感到不妙，先是嘴和牙齿立即打住不动了，接着眼睛机警地扫视一遍，随之脖子一歪，便扔下主人使劲逃窜。豪哥骂了声“叛徒”，猛然清醒过来，继而大吃一惊，忙摔掉吃剩的鱼脊梁，抓起另一条娃娃鱼，拔腿就跑。也许兽性相通，野兽们对林林网开一面，放它跑了，却把攻击目标直指向人，一步步朝豪哥逼近。他刚扭过身，想不到那只原先和他决斗的母豹已堵住后路，正气势汹汹地向他扑来。他无意和母豹决斗，试图冲破防线，但接连几次都失败了。更可怕的是其他两只豹子也冲了上来，形成更严密的包围圈。他丧魂落魄，毛骨悚然，浑身血管好似要即刻炸裂。他一手抓着鱼，一手抓着木棍，旋转着向它们进行反击。几只豹子猛扑上来，正要向他发出致命袭击时，他一阵乱棍过后，机灵地抛下娃娃鱼，冲出重围，箭也似的向山洞奔去。

豪哥跑回山洞，关上门，接着掀翻修卓的窝铺，用木料撑住门扇，又搬来几块大石头死死压住木料。野兽们追上来，急得嗷嗷大叫，连连向洞口发起袭击。豪哥争得主动权，这才有机会从洞里搬来更多木头和石块，把洞口加固得牢不可破。野兽们一次次袭击，一次次失败，最后无可奈何地在洞前转悠，不时发出凶狠和失望的怪叫。

豪哥惊魂甫定，身体一软，躺在地上长吁短叹。

“天哪！太惊险了！太可怕了！阎王爷又把我放回来了！……”

林林在黑暗中发出“呜儿”的怪叫。豪哥看不见小狗，小狗却能看见他。小狗林林躲在一个角落，惊吓得瑟缩成一团。刚才，它被野兽吓昏了头，才一时大意，忘记主人，只顾自己逃命。它现在很后悔，尽管主人冷淡了它，甚至狠心地割断当初的爱怜和温情，但自己也不该背叛主人呀！背叛，这个人类最反感的字眼，对主人来说，不知要深恶痛绝到何种程度哩！它知道主人记恨它，也一定不会轻饶它。所以，它现在担心的不是野兽，而是主人，是主人那愤怒的目光和可怕的铁脚。现在，虽然主人看不见自己，但它也不敢用正眼看主人。它只是“呜儿呜儿”地怪叫着，悔恨自己刚才不如让野兽吃了算了，如果那样还能在主人面前落个好名声，也比眼下担惊受怕强得多！

豪哥听到林林的怪叫，心里对它更加反感，顺口吼了声“他妈的叛徒！”便不理睬它。他躺在地上没挪窝，待情绪稍微镇静下来，立即透过木头的缝隙向外探视。其他禽兽似乎已经散了，唯有三只豹子仍卧在洞口不忍离去。他猜想，那两只一定是母豹的子女，它们铁了心，誓为被自己打死的其父报仇。但他又疑惑，为什么迟不报仇早不报仇，偏偏季月走了独向他一人报仇？难道野兽也爱美女？难道野兽也争风吃醋？他暗自窃笑，向豹子投去一枚石子，哓哓叫骂起来。

“野兽，野兽！他妈的真是野兽！你也配爱美女？也配争风吃醋？真见鬼！等着瞧，我迟早要宰了你，迟早要把你们当作最后一顿晚餐！……”

豪哥抖擞了一番贵族气质，离开洞口，回到了洞里。洞里本来就很黑，现在堵了洞口，就更加漆黑，黑得令人恐惧，令人窒息。林林还在小声叫唤。他真想飞起一脚踩死它。眼前伸手不见五指，什么也看不见。他骂了声“叛徒”，吓得林林再不敢做声了。豪哥冷静了一下，突然想起季月留下的半块火石，便摸索着上了床铺。他摸着用藤条绑扎得整整齐齐的巨款，吻了一下，自言自语道：“他妈的，唯独钱最保险，最安全，不会被人偷了，也不会被野兽吃了！……”

他继续摸揣，终于摸到火石，便来到洞中开始打火。他知道，洞外的豹子并未死心，仍在等待机会向他偷袭。而对付它们，火是最有效的武器。他打着，打着，火终于燃起来，洞里一切又在火光中朦胧显现。他看到修卓的壁画，这壁画给山洞增加了许多宗教意味，使他顿然感到自己就是一尊神像或和尚。他也看到季月给他留下的葫芦瓢、瓷缸和亲手缀连的兽皮上衣，这物件给山洞笼罩上一层虔诚和皈依的气氛，使他立即感到自己又是一位香客或施主。火光刺得林林闭上眼睛，它不想也不敢看主人此时的表情。豪哥瞪了一眼，不屑地撇撇嘴，也没说话。他感到孤独。孤独是走入佛境的法门。他想起两个妻子说的话。他也想起两个二奶说的话："死了啥也不知，但孤独比死更可怕！"他突然怀念起季月和修卓，虽然只分别几日，但他觉得就像几年一样漫长。由怀念而同情，由同情而后悔。他此时真后悔自己不该脱离他们，不该背叛他们。如果有他们在，就不会遭受野兽的袭击和围攻，就不会面对比死亡还可怕的孤独……

豪哥在极度恐惧和矛盾中坐守了一夜。不知天是什么时候亮的，也不知自己是什么时候醒的，反正当他走近洞口透过缝隙朝外望时，三只豹子仍死死把守着洞口，并开始用铁钩似的爪子抓挖推拉洞口的木头和石块。有几根较粗的木头已被它们抽出，上面的石块摇摇欲坠。"不好！这下完了！"豪哥惊叫一声，早已慌了手脚。他想，对付野兽，必须智取。但眼下，自己比野兽还野兽，哪有什么智慧？

他突然看到树上那个人字形草庵。草庵搭在四棵高大的水杉树上，经过修卓的精心整修，现在无论牢固还是遮蔽程度，都比原先完善了许多。他觉得这件事很滑稽，太具有讽刺意味了。当初，他极力反对整修人字草庵，发誓不当逃兵不在此避难，但眼下却成了自己不得不躲避野兽攻击的唯一选择。他这样想着，便跑回洞里，把捆绑的钱像背炸药包似的一背，然后操起火把，领着林林，匆匆地朝洞口走去。他一边走一边对林林说："念着交情一场，我带你上天堂！"说时迟，那时快，他猛地抽掉剩余的几根木头，巨石轰地塌了下去，只听见母豹长啸一声，已被乱石压砸住后臀，怎么也挣脱不了。他趁机冲出山洞，举起火把向另两只豹子轮番进攻。但豹子并不怕火，扔下母亲，直向他扑来。两只幼豹比它们父母机敏凶猛得多。他左躲右避，前防后御，却只有招架之势，毫无反击之力。他怀疑自己的力量，自信心开始崩溃。林林好像为了弥补过失，没有私自逃窜，始终围绕在主人身旁，汪汪吠叫着虚张声势。说实话，它对主人还是蛮忠实的。只是兽性和人性一样，在危急关头都会本能地逃命，所以上次才干了那种傻事。但这一次，它无论如何都不能重蹈覆辙，即使豁出命也要与主人并肩战斗，直至献出宝贵生命。豪哥见林林愈战愈勇，心里暗自高兴。他对它寄予希望，关键时刻，也许只有林林能拯救自己。

豪哥朝A字形窝棚看了一眼，扔掉火把，迅即抓起一根粗棍，继续迎战两只豹子。他咬着牙，豁出命，双手紧握木棍，秋风扫落叶般地轮番摔打，豹子被震慑了，退缩了。就在这一刹间，他猫腰抓起林林，快速冲过去，抱着树身拼命往上爬。豹子稍微迟疑了一下，紧接着向他猛扑上去。但豹子迟了一步，只能在树下一扑一跳，抓住他的一只鞋。豪哥终于爬上树，从窝棚扯下一根木棍，恶狠狠地向树下挥动："豹子，豹子！你来呀，来呀！老子整人都场场必胜，还怕你这野兽？"

一场剑拔弩张的恶战就这么暂时平息了。

然而，豪哥又错误地估计了形势和自己的力量。原来，两只豹子并没走，而是紧紧围着大树兜圈子，久久地向着空中长啸。这啸声从傍晚响到黑夜，从黑夜响到天亮，又从天亮响到天黑，整整响了两天两夜。豪哥再次陷入绝望之中，再次被恐惧击碎了意志。很清楚，他现在不仅要面对为父母报仇心切的豹子，更要面对无法抗拒的饥饿。两天两夜未吃未喝，这对如此激烈的决斗和自己的大块头来说，无疑比豹子的袭击更加可怕。他肚子饿得咕咕叫，两眼冒着金花，四肢软弱无力。他闭上眼，不住地咽唾沫。听人说唾沫可以充饥，所以人饥饿时都会本能地咽唾沫。但唾沫也是物质，是食欲刺激人体产生的特殊液体。根据物质不灭定律，自己两天两夜没吃没喝，本身物质已相当匮乏，哪能产生足够的唾沫以供自己充饥呢？所以，他现在虽然食欲非常强烈，但唾沫却少之又少，几乎完全枯竭了。他使劲鼓起腮帮子，喉结上下不停滚动，极力怂恿甲状腺功能，试图分泌更多的唾沫。但他徒劳无益，尽管龇牙咧嘴，却依然口干舌燥，根本分泌不出丝毫的唾沫。嘴里唯一保留的一点儿湿润，也被喉咙眼冒出的欲火炙烤得灼热滚烫。舌苔只能感觉苦涩的味道，仿佛上面的味蕾也凋敝成娃娃鱼身上稠浓的黏液。

更可怕的是，一直视为强势的消化系统，这时也向他发起势如破竹的游行示威。首先是胃带领着大肠和小肠，纠缠在一起，拥挤在一起，咕咕呱呱地喊着口号，勇往直前。紧接着，肝脏、肾脏、肺脏、胰脏、心脏等也兴风作浪，推波助澜。一时之间，肚子像金阳山的山体一样天翻地覆，折腾得他又痛又难受。这就是饥饿，这就是饥饿的感觉！他妈的可怕的饥饿啊！唯有大脑还保持着些许清醒，还记得一九六零年的大饥馑。那时他刚读中学。三年大旱，粮食颗粒无收，金阳山更是在劫难逃。本来森林就破坏严重，旱灾又使树木枯死了一大半。但周围几个县的饥民却把这里视为天堂和乐园，成群结队，蜂拥而至，疯狂地掠夺一切能充饥的树叶、树皮和草根。他至今还记得树皮蒸的窝头，又涩又硬，又黏又苦，吃得他屙不下，母亲就每天让他撅起屁股，小心翼翼地用柴棍棍往出掏……想到这里，他的喉结就滚动得更快，虽然毫无涎水唾沫分泌，而咽的动作却依然急促迫切。现在想起来，那窝头真香真甜，他多么希望此时能吃到树皮窝窝头啊！

他在窝棚和树枝上搜索探寻了不知多少遍，但总是一无所获。他咒骂当初造窝棚的人，为什么不选择有果实的树呢？他也憎恨季月，为什么不改变搭造人字草庵的树种呢？他想，要是选择桃树、栗树、橘树或无花果树，不就有水果吃了吗，不就不忍饥挨饿了吗？但季月说，这几棵树叫水杉，是全世界几乎灭绝了的一个树种，和银杏树一样被称为植物的活化石。她还说，无名隐者选择水杉搭窝棚，正是利用它高大挺拔、旁无逸出的优势。不然，或桃，或栗，或橘，或无花果等树，又低又矮，多枝多杈，能经得起野兽袭击吗？能达到躲避之目的吗？他想，是的，是这个理。看来不能怪树，也不能怪那位聪明的隐者……突然，他的目光落在那捆四方四正的巨款上。他此刻恨透了钱，恨透了这个既无情无意，又毫无使用价值的家伙！……四十八万，四十八万元人民币啊！在自己最饥饿的时刻，在自己生命的尽头，它却分文不值，毫无用处。真他妈的太滑稽了，太悲哀了啊！……钱，钱是什么？是手上的指甲，是身上的垢痂，是无聊的手淫，是勾魂的魔鬼！……他无奈地瞪了钱一眼，抓起来，像投掷炸药包似的狠狠地砸向树下的豹子。

“豹子，你他妈的野兽！这钱，四十八万，全拿去，该饶我一条命吧？……”

钱砸着一只豹子的屁股，那家伙在地上打个滚，站起来，和另一只豹子围着钱捆，嗅了嗅，不再理睬，又向树上嗷嗷长啸起来。

豪哥喋喋不休地破口大骂：“他妈的，真不识好歹！四十八万元，出了森林，能买五个县长和二十个政协委员的官帽，能买赢十场官司，能包养一两个二奶……难道还嫌少？妈的豹子，这野兽！……”

他本来出于对钱的愤恨，所以才把它扔了砸豹子，想不到砸时却说了钱的那么多好处。他知道，这些话是老百姓常说的陈芝麻烂谷子，但现在，对他这个比老百姓还老百姓的人来说，就有了许多新鲜感和自豪感。自己终于成为老百姓的一员，成为被豹子逼到树上挨饥受饿的可怜虫。这时，只有这时，他才感到生命的脆弱和金钱的无奈。有了这一思想升华，他便以一个普通百姓的心态来面对眼前的现实。他想起红军二万五千里长征，想起民国十八年饥馑和三年自然灾害，想起人们啃树皮吃草根那顽强的求生本能和强大的生命力。

这个念头立即启发了他，便不顾一切地摘着树叶往嘴里塞，一晃牙齿和舌头都成了绿的。绿色代表着生命，代表着和平。他肚子已明显感觉到了，先是舌头和喉咙有了湿润，接着大肠、小肠和胃也得到实惠，再后肝脏、肺脏、肾脏、胰脏、心脏等同样各得其所地接受了安抚，一场可怕的人体器官游行示威才慢慢平息下来。树叶吃起来很清淡，也很空泛，味同嚼蜡。他想，既然食草动物以草为命，就证明草里含着营养成分，对人来说必然有维持简单生命的可能。所以他对树叶还是满怀希望的。但水杉树身高大笔挺，旁无逸出，树叶多长在树冠上，能吃的很有限，而且叶子呈羽毛状，玲珑对生，吃起来总归不解馋。于是他开始扒树皮。人一旦从饥饿中获得新生，对食物就有了挑剔的权利。他现在突然贪恋上树皮。树皮又干又硬，剥离难度很大。他双手像铁钳似的剥呀，剥呀，剥得手指疼痛难忍。这时饥饿感完全淹没了疼痛感，尽管指甲盖裂了，手指流出血，但他一点不感到疼痛，仍坚强不屈地剥着树皮。树皮比树叶坚实得多，自然也耐饥得多，嚼起来如同嚼钢丝。亏得他一嘴锋利无比的豪牙，这便有了用武之地。豪牙？他妈的真是莫大讽刺！过去大家都叫他豪牙，没想到关键时刻，果然有用了，应验了！豪牙，豪牙！感谢豪牙！万岁豪牙！

突然，他嗅出了肉腥味，以为是自己对林林的幻觉。在他的全盘计谋中，小狗林林是一个重要的环扣。他懂得狗肉的价值。他的夜总会餐厅贴着这样一首谚语，也是最熨帖顾客食欲的广告词："吃狗肉，喝烧酒，赛过神仙乐悠悠"。但他也知道，现在还不是关键时刻，他必须把关键环扣用在关键时刻上。所以他现在对林林没有任何企图。那么肉腥味是什么呢？他下意识仔细观察一番，奇迹般发现树皮上跑着许多蚂蚁。他惊喜得手都有些颤抖了。天啊，蚂蚁！他更懂得蚂蚁的价值。他的夜总会餐厅就有一道"蚁山叠金"的名菜，曾陶醉过多少官员和食客，又为他创造过多少经济效益啊！他急不可耐地去捉蚂蚁吃。蚂蚁黑黑的，红红的，屁股缀一个大大的肚囊，分不清公母。听厨师说，公蚂蚁不但能补肾壮阳，还能治疗癫痫症和中风不语。他此时无心辨认公母，贪馋得像猴子捉虱子似的捉一个，吃一个，不时发出吧唧的拌嘴声，听起来比修卓吃饭的声音还清脆悦耳。蚂蚁有的往下跑，有的往上跑，当跑到他手下时都被他截住吞食了。也有侥幸者漏网，慌忙逃窜。他追寻了几只，目光煞处，便看到一团树胶上会聚了黑压压一群蚂蚁。他两眼突然生亮，像烟鬼犯了瘾，双手扑去，不住往嘴里又捋又填，霎时牙齿乌云密布，嘴角黑水泛滥。有几只蚂蚁从嘴唇跑出来，在鼻孔踯躅片刻，继而长驱直入，想必它们像自己一样，也发现一个新的饕餮大饮之处……

豪哥美餐了一顿，似饱非饱。好在树皮树叶取之无尽，蚂蚁树胶川流不断，加之螳螂、蜗牛、瓢虫等举手可得，食源还是蛮充足的。就这样，豪哥捕着，捉着，抠着，摘着，啃啃嚼嚼，吃吃停停，和树下的豹子兄弟俩打起了持久战。

直到第三天午后，他刚醒来，突然有了新发现。原来豹子的食物链没有花草、树叶、昆虫之类的设计，它们虽然报仇心切，却根本没机会觅食动物，所以饿得饥肠辘辘，没精打采。而它们的母亲仍被死死压在石头下，无声无息，想必早该毙命了。豹子兄弟毫无办法，只能围着母亲沮丧地转圈子。它们总不能吞食自己母亲的尸体吧！豪哥不禁大喜，知道这是上帝给他安排的又一个逃生机会。他开始午餐，拼命吞食蚂蚁、螳螂、蜗牛等昆虫。这一选择不是本能意义上的挑剔，而是具有一定的科学性。首先是昆虫体内蛋白质远远高于树皮树叶，特别是蚂蚁的补肾壮阳功能更有急功近利的意义；其次是单怕树皮吃多了屙不下，又得撅起屁股用棍棍掏，那情景十分可怕，弄不好自己就会成为豹子的美餐。所以他现在独食昆虫是最明智的选择。

树顶上有一只啄木鸟嗒嗒地敲着树干。那声音敲得林林迷迷怔怔的，它似乎想起生物钟，想起主人久违不再的那份温情。三天来，它的饮食为零，挨饥挨饿，备受煎熬。当然这不能怪主人，只能惋惜上帝造物时没赐予它吞食树叶昆虫的功能。（真想不到，它居然也信奉上帝！）即使如此，它也对主人忠心耿耿，无怨无悔。它多么希望生物钟的魔力再次震撼主人情欲的大树呀！但此番，豪哥全不在乎生物钟的骚扰和怂恿，头脑异常冷静和清醒。他知道，在生命面前，情欲只不过是个小杂耍，不值得一提。他蓄势待发，正准备实施伟大的逃生计划，哪顾得上什么生物钟、什么虚拟的情欲呢！

豪哥抱起林林，摩挲着它漂亮的皮毛。林林眯着眼，“呜儿呜儿”地怪叫，立马堕入主人手淫的情欲（对它来说应该是食欲）之中。豪哥没有多少缠绵情调，仍说着那句话：“我送你上天堂！”随之抓起林林后腿，毫不怜悯地向豹子抛去。林林在空中诡异地叫了一声，来不及看天堂是个什么样子，就沉沉地摔在地上。也许豹子真的饿了，也许因求生而变得糊涂，总之它们如饿虎扑食一般，眨眼把小狗撕成碎片，贪婪地吞食起来。

机不可失，时不再来，豪哥拼命爬下树，捡起那捆钱，扛起母豹尸体，一晃就没了踪影。等豹子兄弟吞食完小狗林林，补充了足以与仇人搏斗的能量时，这才发现上当受骗，只好“呜呜”嚎叫着在原地转圈子。

第十八章

解读野人之谜

季月和修卓在山洞住了一夜，第二天起来，稍事洗漱打尖，又匆匆启程了。绕开草甸，穿过缓冲带，翻过一座山，他们突然迷糊起来，不知该怎么走。原来前面的山更加层层叠叠，连绵不绝。站在高处眺望，眼前绿浪滚滚，天地一片笼统，山峰和森林像小孩玩“老鹰抓小鸡”似的，首尾相连，无边无际，能感到排山倒海的力度和气势。他们迷失了方向，根本分不清东南西北，时间和空间完全在山林的波涛里凝固了。

他们毫无退路，只好穿越一片片更加茂密的森林。这里地形不比方山平坦，到处是沟壑堑壕，树木高大，葛藤密集，遮天蔽日。朽木随处可见，身上布满青苔和金色菌类植物，横七竖八地躺在前面挡道。有的木质已经腐烂，用手一剥，像肉松似的松软绵密，散发出刺鼻的腐殖质气味。葛藤爬满树杈，又从树杈垂落下来，挂起一幕幕围屏，隔断了人的视线。泉水和小溪像永远淌不完的眼泪，在山岩和峭壁中流响，在树木和葛藤中缠绵。脚下总是湿漉漉的，一不留神，就会滑落摔倒。他们夜伏昼出，跋涉不止，一直平安无事。从新部落出发后的第五天中午，他们终于走出森林，在一个漏斗状的洼地见到了太阳。太阳像一个刚刚临盆的婴儿，还没剪断脐带，周身光焰杲杲，与层林剪影挨得很近很近，仿佛举手就可摸着它的脸庞。

季月舒展双臂呼唤起来：“啊！太阳！瞧它的金胡须，就在我手里呢！”

修卓顾不得欣赏她的美姿，鼻子一皱一皱，魂不守舍地寻找着什么。

“修老师，你怎么无动于衷？”

“别打岔，我正找感觉哩！”

“什么感觉，还有太阳的感觉好？”

修卓仍没理她，只管仰着头，好像观察太阳黑子爆炸。继而，他揉了揉鼻子，绕太阳转了两圈，然后十分沮丧地擦着鼻涕。

“他妈的倒霉，还是让感觉溜跑啦！”

“真奇怪，什么感觉嘛！”

“整天钻森林，难道你不想舒舒服服打个喷嚏？”

“原来如此，我还以为你寻找艺术感觉呢！”

“打不出喷嚏真难受！”

“那你看太阳干啥？”

“太阳光有紫外线，鼻子受到刺激，就容易打出喷嚏。他妈的，真像豪哥的生物钟，太神奇了！”

“你的样子实在狼狈。那就快让太阳刺激吧！”

修卓两眼刺棱一下，突然那个欲望悄然而至。他连忙扭转脖子，贪婪地看着太阳。不知上帝的手指触摸了哪根神经，只见他鼻子一翘，双目发瓷，接着山呼海啸般连续打了四个喷嚏，痛快得眼泪、鼻涕和涎水一齐往下流。

“啊呔！真舒服、真痛快呀！”

“不就打个喷嚏么，能那么舒畅？”

“难道你没体验过？打喷嚏实在美妙，无与伦比！”

也许由于修卓的传染，季月突然鼻孔发痒，来不及挠搔，便本能地仰起头，朝着太阳，也淋漓尽致地打了两个喷嚏。

有了这一生理上的发泄和满足，两人都舒服得如神似仙，顺势坐在一块壁石旁，回味着瞬间即逝的快感。突然，壁石背后传来一阵嘈杂声。季月觉得奇怪，以为绕了一大圈又回到猴子王国。她掴掴耳轮，仔细辨听着。修卓耳朵很久没战抖了，这时也高高耸起，频频颤动，预示着一个新的发现和激动将要降临。嘈杂声虽然很混乱，但他还是听出一些熟悉的音符，听出音符里缠绵着的隐约温情。他显得很亢奋，捅了季月一下，拉着她爬上壁石，藏在树丛里窥探。

脚下是一片与洼地相通的针阔混交林，高大树种很少，低矮树种和亚热带植物葳蕤茂盛。阳光好像格外眷顾，把树丛照得金灿灿的。季月眼尖，首先发现一只金色老雕在树梢凝眸远视，接着又看见几只长尾雉在草丛中流连出没。她只认识老雕，对长尾雉一无所知，所以就十分惊异地指给修卓看。修卓顺着她的手指望去，突然发现，就在离长尾雉不远处，还有三只毛茸茸的家伙懒洋洋地躺着晒太阳。白熊？啊是白熊！他一阵惊喜，不由想起自己和白熊生活的五天五夜，就要冲过去和它们相见。季月拉住他，突然小声惊叫起来。呀！修卓也应声惊叹，原来在另一片领地，还活跃着许多野兽。他揉着眼，仔细分辨，能看出那是几只大熊猫、金丝猴、黑熊等。这些珍禽异兽沐浴着仅有的阳光，悠闲地散步，觅食，追逐，呼叫，互相传递信息和关照守望，真是一个自由和睦的动物王国。

季月与修卓看得入神，突然传来一声似人非兽的怪叫，不禁毛骨悚然。季月目光顺着叫声觅去，只见一个直立的黑影在草丛树影中时隐时现，一边大声怪叫，一边快速奔跑。刹那间，所有飞禽走兽一轰而散，一个个藏匿得无踪无影。修卓颇为吃惊，这个直立行走的动物是什么呢？他举起照相机，用长镜头追踪着，那怪物最后在对面山下消失了。

修卓拉着季月说：“走，到那边去看看。”

季月惊奇地问：“那是什么动物呀？”

“我也没见过。”

“不会是野人吧？”

他们绕过树林，在山前转来转去，也没找见那个怪物。偏偏这时，季月憋尿了，独自钻进树丛去撒。火孩儿也跟了过去。它现在很有些“人来疯”毛病，凡事总喜欢出风头显摆自己。季月蹲下撒尿，心却一直不安，东瞧西望，唯恐遭受那怪物的突然袭击。蓦然，她发现小猴子在地上抓着什么，并不管不顾地往嘴里塞，看样子吃得挺解馋。她甚为稀奇，撒完尿，站起来，一边系裤带一边看着它吃的食物。这一看不当紧，她的眉毛立即皱起来，接着嘴巴也咧得有点夸张。她不相信自己的眼睛，轰走火孩儿，蹲下来用树枝拨拉辨认。她越看越惊奇，慌忙站起，大声喊修卓。

“修老师，快来看，这里有大便，像是人的粪便！”

他没听清，以为她说她大便，不好意思转过身，远远地等她。

季月提高嗓门向他喊：“粪便，这里有野人粪便！”

他这才听清了，慌忙跑过来：“真的，真的有野人粪便？”

他跑到跟前一看，大吃一惊，连忙拨拉那什物，仔细观察着。

“是火孩儿发现的，它吃里边的遗留物。”

“很像人的粪便，肯定是刚才那个怪物排泄的。”

“他真的是野人？”

“神农架有野人，新闻媒体常有报道。而且，据说山西有个人千里迢迢，孤身住进深山老林，专门寻找观察野人。”

“神农架？你说我们在神农架？”

“也许吧。听说神农架有野人。”

“真是不可思议，神农架居然有野人！”

“野人古已有之，”修卓摘下几片树叶，小心翼翼地包了一撮粪便，“屈原有首《九哥·山鬼》的诗，说的就是野人。”

“你包粪便干什么？”

“这可是稀世珍宝，很有科学研究价值。”

“咱们现在该怎么办？”

“这个机会很难得。快走，去寻找野人。”

走出树丛，他们在山下四处寻找，仍没见野人的影子。季月累得气喘吁吁，正要打退堂鼓，突然眼睛一亮，看见旁边山崖上有一个洞，很像新部落的模样。修卓立即兴趣大增，拉着季月，向山洞潜去。周围环境很优美，能看见人工种植的菜蔬和豆科植物。他俩屏着呼吸，蹑手蹑脚地隐身在一块玉米地里。玉米退化得已不是玉米，低低矮矮，稀稀拉拉，棒子多是满天星。他们无心研究这些，忙蹲下窥视。透过玉米叶子间隙，洞口一览无余。修卓调好照相机，对准洞口，耐心等着抢拍珍贵镜头。季月也很专注，眼睛不眨地注视着，盼望野人随时出现。她的心跳得很厉害，额头渗出细汗珠子，眉毛蹙成两只黑色的毛毛虫。

“修老师，有人亲眼见过野人吗？”

“野人也叫雪人或大脚怪。二十世纪五十年代以来，神农架时有野人存在的报道，至今备受关注，是最具轰动效应的热点新闻。”修卓正了正照相机，小声说，“一九七六年，中科院组织考察队，深入神农架原始林区进行勘察，收集了一些干粪、毛发等实物，还有脚印。经初步鉴定，野人是一种接近于人类的高级灵长类动物。近年来，不断有考察队员和山民目睹了野人，但到目前为止，还没有一个人直接与野人接触，所以仍是个谜。”

“野人是人类祖先吗？为什么我们进化快而他们却很慢？”

“也许野人是人类一个分支，就像猴子一样，虽然与人类同源，但它仍没摆脱动物属性。有关野人的传说，约有两千多年历史，我国古代书籍中不乏记载和描述，仅名称就有十多种，如山鬼、毛人、罴、狒狒等。最早起于春秋战国，据史料记载，周成王时，西南蕃国，有人捉到一只狒狒，不远万里献给国王。爱国诗人屈原在诗中也写道：‘若有人兮山之阿，被薜荔兮带女萝，即含睇兮又宜笑，子慕予兮善窈窕。’屈原老家就在神农架南的秭归县，诗里山鬼指的就是野人。西方世界自古罗马时代起，已有许多关于野人的描绘。”

“还有山西那位探秘者，他见到野人了吗？”

“他的事迹，我是从报纸广播上知道的，可惜没记下名字。他进入原始森林后，开始蓄发明志，发誓找不到野人决不剪发，不剃须，不走出原始森林。他说他要成为中国的‘男古道尔’，与野人交朋友。如果女野人抓住他，他甘愿给它当奴仆。中国人自古崇尚自然，尊崇天人合一的思想。如果没有这种追求和情怀，他绝不会抛家舍子、长期独居深山老林。”

“他一定比我们还辛苦，也变成野人了？”

有几只无名昆虫爬上镜头，修卓赶走它们，纹丝不动地注视着洞口，继续说道：“他与飞禽为邻，与走兽为伍，完全成为大自然一员。有一天夜晚，他正在观察点上，突然撞见一只豹子，开始他很害怕，呆望着不敢动弹。豹子与他犹疑对视良久，继而缓缓向他走来。‘我是你的朋友，你平安回家吧！’他打着手势说。豹子望着这个长发长须而又善良友好的人，也表现出宽容和友善姿态，‘呜呜’叫了几声，优哉游哉地从他面前走了。他忙打起手电为它照路，一直把它送到看不见为止。这样的故事很多，他慢慢被动物接受了，以至每次相遇，双方都流露出兴奋之情。还有一次，那是寒冷的冬天，他冒雪追寻目标，不料迷失方向。他在冰天雪地里待了整整七天七夜，饿了就吃青苔和树萝，冻坏了脚趾，昏死了几次，直到后来侥幸被猎人搭救脱险。我很羡慕这位从人类文明退出的返祖神人。他非常清苦，凭一袋面粉和辣椒、食盐、白酒所谓的‘三大宝’，以及漫山遍野的树萝、野果、青苔等，在深山老林一待就是几个月。他以此为乐，以此为荣，不但拍摄了大量照片，收集了许多实物证据，而且还坚持写日志。他不愧‘大自然之子’，值得我们每个地球公民学习。”

季月全神贯注地听着，突然肩上被人拍了一下，接着发出几声震耳欲聋的“嘿嘿”声，吓得她瞬即趔趄倒地。修卓应声回头，只见一个丑陋的家伙正虎视眈眈地看着自己，不由浑身觳觫，丧魂落魄。对方放了季月，又拍着修卓的肩膀，仍然“嘿嘿”大叫。

“你是谁？是谁？”修卓壮着胆子问。

“嘿嘿！随（谁）？你的随（谁）？”这丑陋的家伙竟然能说话。

“你是人还是鬼？”修卓又问。

“人？……给（鬼）？……嘿嘿嘿！”怪物又大笑起来。

季月缩在一旁，偷偷打量这个怪物：他身披一件兽皮。脚和人一模一样，没穿鞋，显得宽大有力。两腿虽然有点衰老，但很健壮，腿肚上布满腱子肉和筋疙瘩。兽皮上衣敞开着，胸膛宽阔，黑毛密布。胡须有两尺长，头发很黑，披垂于肩。在须发的云遮雾罩中，脸部几乎看不到肤色。特别是机智的目光和洁白的牙齿，说明他体格十分健壮。是他，一定是他！季月突然想起一个人。是的，应试探一下。

“童九哥！童九哥！”季月大声叫起来。

怪物吃惊地扭过头，看了她一眼，没做声。

“童九哥！你是童九哥吗？”修卓被提醒，也急不可耐地问。

怪物瞅着修卓，仍没回答。

“童九哥，童九哥！你是童九哥？”修卓急了，拉住他的手，大声喊着，“童九哥，说话呀，快说话呀！我就是你的小兄弟——画家修卓，修卓啊！……”

“修桌（卓）？修桌（卓）？……”怪物眼里溢出几颗豆粒般大的泪珠，紧紧抱住修卓放声大哭。

空气冻结了。

高山凝固了。

原始森林在老画家意识里固化成一座蕴含着生命与感情的雕塑。

童九哥把客人带回山洞。他的山洞比新部落富裕得多。除了简单的日常用品外，还有玉米棒、高粱面和盐巴。这种盐巴实际是一种含有少量氯化钠的矿物质，虽然有些苦，但能保证身体对矿物质的需求。季月伸手蘸了一点，用舌尖一舔，刺激得嘴唇都有些腻歪。修卓认识这种盐巴，滑稽地说：“这种盐巴虽然苦涩，但总归有了味觉享受，不像豪哥尿的硫酸那么龌龊。”

童九哥不知他们说什么，只管展示自己的财富和家当。他的兽皮衣服有好几套，还备有钢针和充足的线绳。铁器也不少，刀、斧、锄和一把狩猎防身的铁钗。洞口兀自站着一只金色雕鹰。洞的一个角落有个木架，上面落着两只鹦鹉。火孩儿摇着木架，向鹦鹉吱哇乱叫。鹦鹉扑棱了几下，也学着它叫起来，洞里充满了生气。

这一切，说明童九哥的生活与生产都比新部落文明发达。只是他的思维和语言功能下降得使人难以置信。给他说话，说大半天他也不懂，只好像翻译或哑语似的用手比划。他很少说话，偶尔说时总是断断续续，一个词或一个字都代表一大串意思，比“四书五经”还艰涩难懂。修卓给他介绍季月，他只是摇头。修卓在他手心写个月字，他还是摇头。季月急了，说月就是月亮的月，他仍然摇头苦笑，仿佛连月亮是什么都很生疏。

他在火堆里找来一截灰炭，让他写他的名字，他只是频频摇头，嘿嘿傻笑着：“不了（会），不了（会）……”

她拿出那本书，递给童九哥：“大爷，这是你写的书啊！”

童九哥似乎明白了，指指书又指指自己，指指画又指指修卓，然后摇着头：“勿（没）用，勿（没）用。”

修卓指着鲜亮的一页让他读，他看了半天，突然又嘿嘿笑着摇头：“不了（会），不了（会）。”

季月和修卓同时惋惜地长叹了一口气，感到从未有过的忧伤和悲凉。

童九哥似乎对这些交流很不耐烦，撇下他俩，自个儿动手准备午餐。他从洞里抓来一只兔子、一只山鸡，往地上一撇，嘿嘿笑着说“死”。两个牲畜不飞也不跑，好像很喜欢让主人任意宰割。修卓知道他的意思，抓住山鸡就要宰杀。童九哥一把夺过，手起刀落，眨眼山鸡就没了脑袋。山鸡身首两断，脖子流着血，拼命地在地上扑棱挣扎。他用尖刀指指，嘿嘿笑着对修卓说“这”。修卓与季月相对一笑，大约听懂了这个“这”的含义，就去张罗烧水拔毛开膛。而这时童九哥已开始宰杀兔子。他宰杀的方法非常特别，先砍掉兔子脑袋和爪子，然后用尖刀将脖颈皮肉分离，再给分离的皮肉上抹一层石粉，接着嘴咬兔皮使劲撕扯，等撕扯到一定程度，一只脚踩住脖颈，两只手抓住兔皮，一撕，一扯，再一拽，兔皮就像人脱衣服一样翻脱下来了。他烤兔肉和季月烤羊肉截然不同，开膛清洗后，给兔肉使劲糍盐巴，等咸味渗入肉里时，便用一种青灰色泥巴裹糊起来，最后埋进火堆里炙烤。等他做完这些工序，季月和修卓也整治好了山鸡。季月没征求他的意见，仍沿袭着自己的烤制方法。童九哥很稀奇，嘿嘿笑着，算是点头认可，转身又忙别的去了。季月要给他帮忙，修卓一把拉住，劝她不要插手，让他自个儿张罗，这样的饭才吃得有味道。

童九哥给他们准备了丰盛的午餐：玉米饼、烤兔肉、烤山鸡、土豆烧蘑菇、山萸煮蜜橘。季月和修卓一边狼吞虎咽地美餐，一边探讨这顿午餐的特色和他的饮食结构。很显然，童九哥虽然回归了许多古代人的饮食特性，如盐巴腌肉、裹泥烤制、石头贴面饼等，但依然保留着一些现代人的饮食习惯，如山萸与蜜橘的搭配、蘑菇与土豆的烧煮等。这说明他没有被完全野化，还顽固地保留着现代人的许多烙印，人性的旗帜依然在他意识里高高飘扬。这一点非常重要，为他回归人类奠定了基础。他不像豪哥那家伙，完全成了野兽，完全丧失了人性根基，真是无可救药。她听着修卓高谈阔论，不时给他使眼色，而他却视而不见，仍滔滔不绝说个没完没了。其实她担心是多余的，因为童九哥根本听不懂他们谈话，所以无所谓高谈阔论和滔滔不绝。他只是不住望着他俩嘿嘿傻笑，偶尔也插话，但总是一个“吃”字，很简单，也很含混，听起来有点像“车”或“出”。修卓忙用拼音给他纠正，说应该念“chi”，不是“che”，也不是“chu”。他跟着他学了几遍，最后还是念成了“扯”。修卓就说，老朋友见面，还没吃饱，怎么就扯席呢？他似懂非懂，给两人各夹了一块肉，接连又说了几个“扯”，逗得大家哈哈大笑。

最后，他们又商讨走出森林的计划和细节。首先亟待解决的问题是设法引导他恢复语言功能，由季月教他说话和认识日常必会的字。其次是动员他走出森林重返人间，这个思想工作交给修卓去做。至于突围的具体时间和路线，那都是后话，到时候见机而行。

午餐吃得很满意，她连连夸奖："大爷，你的手艺不错，做的饭很好吃！"

童九哥嘿嘿笑着摇头："不乞（提），不乞（提）。"

修卓比划道："老兄，以后就让她教你说话、认字。"

他还是嘿嘿笑着摇头："不乞（必），不乞（必）。"

她语重心长地说："那可不行！现在外边和天堂一样，你应走出原始森林，到天堂去看看呀！看玉皇大帝，看王母娘娘，看七仙女……"

他眼睛闪亮了一下，随之又遽然黯淡下来，只是呼呼地喘着粗气。

修卓发现他表情的微妙变化，忙制止季月，顺手拉他坐下，故意转移话题："老兄，你这里像天堂一样，快给我们讲讲你的神仙生活吧！"

他似乎没听懂他的话，抑或对他产生了怀疑，侧转身子，警惕地瞪着他，半晌没做声。

修卓从他可怕的目光读出他的疑虑，更加动情地说："真的，这里山美，水美，不愁吃，不愁穿，我真想和老兄一起过神仙生活！"

她忙插话："还有我，给大家做饭，洗衣服！"

他这才释然地笑了，笑时胡须抖擞，显得两排牙齿更加洁白。他重新打量了一下季月和修卓，突然嘎嘎畅怀大笑："知（这）就好，知（这）就好！"

接着，三人一起来到洞口，坐在一块石板上，随问随答，再现了童九哥不凡的野人生活。他回答他俩提问时仍是那种短语，一个词甚至一个字都代表着许多意思，听起来很费劲，很难懂。有时为表达一个思想，他手口并用，像打哑语似的忙个不迭。要么就结结巴巴，噎得歪鼻子咧嘴，半晌吐不出一个字。而且，他说话时辅助音特多，忒乖戾，像禽兽鱼虫鸣叫似的含混不清。好在修卓和季月都是知识分子，高智商，经过一番猜测演绎和二次创造，才约略弄清他四十多年来一些惊险经历。

其实，刚开始，童九哥只是想逃避现实，拒绝没完没了的批斗和那顶可怕的“右派”帽子，所以就隐居在浅山区，过起世外桃源的生活。后来遇见一个和尚，这才打乱计划，诱使他一步步走入原始森林。和尚大他十岁，是一位敢作敢为的血性汉子。他妻子漂亮美貌，却连遭恶人奸污，一时羞愧难当，便上吊自尽了。他一气之下，杀了恶人，半路出家，当了一名住寺和尚。两年后，和尚收留一个乞讨女子，又怂恿童九哥，三人偷偷逃出寺院，来到山区，想开创新的生活。他们在深山老林盘桓了二三十天，后来就定居那个新部落山洞，在童九哥的主持和见证下，和尚与乞讨女子拜了堂，完了婚。第三年，那女人怀孕有喜，和尚和童九哥都很高兴，每天给她捕鱼，掏鸟蛋，千方百计增加补养。十个月后，女人终于分娩了，而且是双胞胎。但老天不公，却使她难产，折腾半天也生不出来。两个男人束手无策，面对大出血毫无办法，眼睁睁看着母子三个坏死在可怕的血崩之中。自那以后，和尚精神彻底崩溃，整天在林子里游荡，还不住掰着手指头算天天——算他儿子出生的天数。回到洞里，他又在洞壁上画杠杠，一边画，一边独自絮叨：“双胞胎，双胞胎！一天、两天，三天……儿子会哭了，会笑了，会爬了……”有一天，打雷闪电，暴雨倾盆，他偷偷溜出山洞，站在崖畔一棵大树下，恸哭不止：“儿子，宝贝儿子，双胞胎儿子！会哭了，会笑了，会爬了！……”突然一阵电闪雷鸣，头顶飞来一颗火球，直直地朝他落下。可怜的和尚，倔犟的和尚，就这样和那棵大树一起被雷电劈死了。

“他儿子刚好出生三十六天？”季月忙问。

“就是说，他被雷电劈死后，再也画不成杠杠了。”修卓悲愤地说。

季月恍然大悟：“所以，墙上只画了三十六个杠杠？”

童九哥痛苦地点点头，眼里的血丝火红灼人。血丝拧出几颗豆粒大的泪珠，滚落在胡须上，像凝固了的火焰。

“后来呢，后来你一人怎么生活？”

童九哥梗着脖子，头像向日葵似的扭转几下，接着又用那种独特的叙述语气和方式，讲述了他的传奇故事。

他与和尚夫妇生活三年，已适应原始森林的环境，从此斩断了重返社会的念头，把自己完全融入到大自然里了。他像花草树木那样生根发芽，自枯自荣，花开花落，四季轮回；又像禽兽鱼虫那样夜伏昼出，随遇而安，随意而食，优哉游哉。时间一长，他慢慢地便与花草树木、禽兽鱼虫有了感情。他可以闭着眼睛翻过周围的大小山峦，可以七八天不回山洞照样有吃有住，可以用一声呼哨或呼叫招来一大群飞禽走兽。他学会许多兽语和鸟语，敢于和豹子狗熊零距离接触交流。他还善于和各种花草树木厮混守望，把爱心录入各自的生命年轮。他说他一天不见它们就魂不守舍，吃不下饭睡不好觉。他说这些经历和感受时显得很满足，嘎嘎的笑声充满了自豪和炫耀。看他的神情，完全忘记森林之外的世界，忘记父母亲情和婚姻家庭所谓的天伦之乐。他没有妻子儿女，他说森林里的花草树木和禽兽鱼虫就是他的妻子儿女。他每时每刻都离不开它们，每时每刻都赐予和接受它们的爱抚与呵护。他的天伦之乐就是广袤的原始森林，就是与花草树木、禽兽鱼虫日夜厮守和缠绵缱绻。

这些故事和场景，简直就是童话世界和哲学的温床，连两个再创造的现代人也被深深感动了。但他们并不满足，仿照他的语言特点和表述方式，并辅以手势和眼神，继续揶揄诱导他向着他生活的深层挖掘。于是，他费了很大力气，讲起他两次最惊险的遭遇。

第一次遭遇是和尚夫妻死后好几年的事。那天他洗完澡，刚躺在水潭岸边休息，没防备被一条毒蛇咬伤了。毒性立即传遍全身，他肿胀成一个雪人。剔骨抽筋般的疼痛使他缩成一团，只好就地疯狂地打滚。如此滚呀，滚呀，浑身缠满了藤蔓和树萝。这时，不知是急中生智，还是鬼使神差，他又给身上涂青泥。青泥羼和着苔藓、腐殖质与矿石粉，又稠又黏，又黑又臭，涂在身上就像贴了一层膏药。他爬回山洞，爬上窝铺，双目紧闭，静静地躺下。就这样，不知过了多少天——他只记得当时杏花刚刚开绽，而等他醒来时青杏已有指头蛋般大了。他没有死，居然又活过来了！

第二次遭遇是他离开新部落前几天发生的。那天傍晚，他在洞外撒尿，突然发现就在和尚被雷电劈死的地方有一条黑影晃动。他开始以为是黑熊，就吹呼哨，希望和它厮混一阵。可他刚吹了两下，那黑影却不见了。他觉得奇怪，藏了起来，偷偷观察。过了一会儿，黑影又出现了，而且鬼鬼祟祟，好似它也在窥视自己。他大吃一惊，心扑通乱跳。是人？是鬼？啊！他终于明白了。和尚，和尚！他心里暗想，一定是和尚的魂灵，他看老朋友来了！他壮着胆子向它走去。但没走几步，它却慌忙逃走了。连续三天都是这样。他心里充满恐惧与好奇，开始暗中追踪和监视它。

过了几天，仍是一个傍晚，黑影又出现了。他没吹呼哨，也没声张，而是迂回过去。近了，更近了，他已清楚看见它的耳朵和肩膀了。它没发现他，似乎还在耐心地观察和等待他的出现。他悄悄走到背后，猛拍它的肩膀，同时嘿嘿大叫几声。它悸跳两步，扭过头，目光咄咄逼人。他不觉一惊，眼前这个家伙实在太丑陋了啊！双方相持约半分钟，它似乎看出他并无恶意，目光随之温和起来。他问它：“你的谁？哪的来？”它只是咧着嘴不说话。难道它是哑巴？他又问：“这的原始森林，你的跑来送死？”它依然缄口不语。他想它一定是个哑巴，就拉着它说：“走，到我家的歇，的吃喝打尖！”在回山洞的路上，他才看清它没穿衣服，长着一身长毛，手和脚也很奇特，还喜欢爬着走路。他恍然大悟，原来它并非人，而是动物，或许是猴子。那时他没听说过野人，只知道人是猴子变的。既然有这层关系，那就是亲戚，他更应该热情接待。

它和他在山洞住了两天。他突然发现，它是个母猴，正处于发情期。它的乳房很鼓胀，阴道红艳艳的。它显得异常焦躁不安，不停地用手抚摸阴道和乳头，呻吟声听起来格外沉醉和迷乱。这个细节立即唤起他全部的雄性激情，浑身骚动得无以复加。但他的人性根基终未倾覆。他要善待一切生命，不能也不会把自己的本能冲动强加给任何一个物种。他把久蓄和久违了的性欲转化成对大自然的情爱，用另一种爱的方式满足自身的人性渴望和生理需求。他给它洗澡，给它梳毛，给它千方百计改善伙食。他希望它留下来和自己长期生活，就像和尚夫妻——他们生儿养女他也高兴。所以，他想，如果它真的生下儿女，他也会当作自己儿女一样爱护。可他忽略了一个细节，就是眼前只有母猴没有公猴，无论它如何叫春发情也无法受孕，还谈什么生儿育女呢?！而它却很在乎这个细节——也许它正是因为这个细节才投奔他的，才愿意和他组成临时家庭的。它不需要殷勤，也不需要款待，只需要他珍贵的种子，给自己怀上两个幼崽。但事实完全相反，眼前这个所谓的公的并不知趣，没有一丁点雄性的强势，太让它失望了！第三天深夜，它趁着他熟睡之际，独自潜入黑夜逃走了。

听完他的历险故事，修卓和季月不约而同地倒吸了口气。太神秘了，太惊险了，太伟大了！她被他这种珍爱植物、珍爱动物、珍爱大自然、珍爱一切生命的思想深深感动了。她把这种爱归结为大爱和泛爱，也就是人类祖先早为我们设计好了的“仁爱爱人”和“大同世界”的思想。而这个思想，却在原始森林被一位形同野人的人所默默实践，默默修行。如此嘉言懿行，难道不足以称之为大爱和泛爱吗?

修卓也在沉思，特别是童九哥与母猴的这段经历，真是感人至深，完全可以载入吉尼斯大全，载入人兽相亲共荣的经典。他突然想起豪哥，想起他尿硫酸，想起他对林林的亵渎——与童九哥两相比较，真是一个在天上一个在地下，一个是天使一个是魔鬼。他脑海不禁蹦出“反自然”这个词。豪哥就是一个反自然的狂徒，是潘多拉盒子放逐的灾星与祸鸟。想到这里，他对眼前这位老朋友更加崇拜和敬佩。

三天后，童九哥学会一些日常用语，也认了几十个字。他不但会写他的名字和他的那部书名，还会写人手口、马牛羊等久违了的文字符号。他学习好像不是学习，而很像在仓库里寻找东西，或者说在原始森林清点他早已耳熟能详的花草树木和禽兽鱼虫。出于这一心理机缘，他学习起来就快捷得多，学习兴趣也浓厚得多。

修卓觉得时机已经成熟，便和他谈起走出森林的事。他接受第一天的经验教训，试探性地对他说：“老兄，你的书再版了，还改编成动画片和卡通画，你得想办法回去领稿费呀！”

童九哥立即明白了，不等再次开口，他突然须发猛甩，愤怒地嚎叫起来：“捕（不）！逮（再）捕（不）哇！”

他俩感到吃惊，想不到他对这个问题如此敏感和执拗，更想不到他们会对他带来如此巨大的刺激。

“大爷，你不要生气，我们是和你商量呢。”季月拉住他的手，不得要领地安慰着。

童九哥不愿和她闲磨牙，鼻孔沉重地哼了声，一把将她推倒，旋即向洞口冲去，一边跑一边大声狂叫：“有（右）牌（派），模（帽）子！……”

“大爷，大爷！”季月率先追了上去。

“童九哥，童九哥！”修卓紧跟其后。

出了洞口，他跑得飞快，片刻之间就没了踪影。

整整一天他都没回来。

任凭怎么寻找，怎么呼喊，依然杳无音信，他俩顿时慌了手脚，不知如何是好。

她疑惑地问修卓：“他喊的那几句话是什么意思？”

修卓仰大长叹：“真是不可思议！他呀，至今还记着‘右派’帽子，还恐惧那可怕的逮捕证！”

“但现在一切都好转了，他没必要担惊受怕呀！”

“历史烙印像艾滋病一样根深蒂固，已潜入他的血液和细胞，他仍然心有余悸啊！”

“那怎么办？难道撇下他不管？”

“慢慢来么。反正没有他，我们也走不出原始森林。”

直到傍晚，他才回到山洞。他不吃饭，也不搭理旁人，只管喘着粗气，匆忙翻腾着一个窑窝。过了一会儿，他总算找出一个小铁盒，又匆匆走出洞口。天空没有一丝云彩，月光似水，夜风舒缓而潮润。飞鸟已经归窝，昆虫开始鸣唱。童九哥孤独地坐在崖畔上，小心翼翼地开启着业已生锈的小铁盒。

两人站在他身后，紧屏着呼吸，心剧烈地跳动。他俩不知小铁盒藏有何物，将发生何等事体，所以益发诚惶诚恐。

童九哥似乎没发现他俩，自顾自地开着铁盒。盒子终于打开了，里边是一个油布小包。他仔细地解开小包，首先露出的是一沓角币。他好像对此不感兴趣，将纸币放在一边，顺手捧起一张很陈旧的照片。一朵云彩遮住月亮，照片看起来隐隐约约，但仍能分辨出是一位姑娘。修卓眼睛一亮，马上猜出，她一定是他的未婚妻。他认识她。她是出版社编辑，那本《公鸡打鸣天不亮》的书，就是她一手修订并编辑出版的。她因此受到牵连，虽未被划成“右派”，却屡遭批判，最终丢掉编辑工作，屈就印刷厂搞校对，据说后来死于一场车祸。想到这里，他不禁端详起童九哥的举止神态，觉得这是个好兆头。是呀，经过一天的激烈斗争，他思想开始松动了，人性火苗开始点燃他久已溻湿的亲情的柴薪。那么该怎么向他诉说呢？难道将他未婚妻的噩耗告诉给他？不，不不。这样太残酷了！这样会使他绝望，会扑灭他刚刚点燃的希望火苗！他嗫嚅着贫薄的嘴唇，小眼睛滴溜溜转得飞快。须臾之间，一个巨大的阴谋在他心中酝酿成熟。他拿定主意，要用善意谎言蒙蔽一个善良朋友，诱导他实现人性的伟大复苏。

“老兄，你知道吗？她，苏宛，现在还没结婚，一直等着你呀！你想想，一个女人，生活在红尘世界，却守着活寡，那比你在原始森林还要孤独痛苦啊！你能忍心让她失望吗？你能忍心让她等你到死吗？”修卓说这番话时，目光显得很痛苦，与此相配套的是嘴角同时掠过一抹特别生硬的阴冷。

童九哥全然不把他的话当一回事儿，仍痴迷地摩挲着那张皱皱巴巴的三寸旧照。照片在他巨大的手里，仿佛白天采摘的一朵白云，又仿佛黑夜抓捕的一束月光。他似乎从这白云和月光中想起了什么，又似乎什么也没想起，转瞬之间一切皆照常空洞混沌。看不见他的眼睛，只能听见他哼哧地喘气。修卓已经感觉到了，他的目光充满着痛苦和忧伤，他的喘息透露出发自人性骨子里的惋惜和愧疚。他对他充满信心，仍静静地等待。

不知何时，那只金雕偷偷踱到他身旁，用头使劲地蹭着主人的手臂。童九哥顺手把金雕揽进怀里，轻抚它的羽毛，嘴里发出只有男女拥抱接吻时才有的那种呦呦声。好长时间，他就沉浸在这种情境中难以自已，完全忽略了身旁的老朋友及一位亭亭玉立的现代美女。

修卓忍不住了（也为了再狠狠刺激他一下），随即扑上去，一把夺过照片，恶狠狠骂道："童九哥，你这家伙真是一只动物，一只冷血动物！好吧，你就和你的动物生活在一起吧，你就死在原始森林里吧！我撕毁这照片，撕毁这照片！……"修卓一边佯装撕毁照片，一边向着夜空大喊大叫："苏宛，你太痴情了，太悲哀了啊！你为心爱的人守寡终生，而你的爱，你的情，在他心里却连一只金雕都不如呀，连一棵树木都不如呀！这就是你四十多年活守寡的结果！天啊，上帝啊！这是为什么，为什么呀?！……"

季月明知有诈，也装模作样地抢过照片，愤怒呵斥修卓："住手！快住手呀！这是大爷的心肝宝贝，你怎能如此粗暴无礼呢？瞧这照片，多漂亮的女人，多痴情的女人呐！大爷不爱她，不想她，能把照片带到原始森林吗？能把照片珍藏四十多年吗？……"

两只鹦鹉扑棱棱落在童九哥肩头，各自重复着季月的话：

"珍藏四十年吗，珍藏四十年吗？……"

"珍藏四十年吗，珍藏四十年呀吗？……"

这出双簧演得够惟妙惟肖的了，但仍未引起童九哥的多大震动。他不理睬鹦鹉，也不再抚摸金雕，只是默默地低垂着头颅，浑身像凝固了似的纹丝不动。

修卓向他哼了声，然后拉着季月说："走吧，咱们连夜出发，赶快走出森林！对这个忘恩负义的家伙，我们苦费口舌划不来，苏宛坚守贞节更划不来！咱们回去劝她死了这份心，重新嫁人吧！”

鹦鹉又叫了起来：“重新嫁人吧，重新嫁人吧！……”

两人刚走出几步，突然传来童九哥撕心裂肺的哭嚎声：“苏宛，我乞（的）女人，可怜乞（的）女人！呜呵呵！——”

啊?！他终于动了感情，终于恢复了语言功能！老画家和季月激动得同时叫起来，转身向他扑去。他像喝醉酒，踉踉跄跄的，迎面搡了他们，径自朝洞里奔去，一边奔跑一边疯狂地嘶叫：“苏宛！苏宛！……”

他跑进洞，倒在铺上，用兽皮蒙着头，仍不住呼唤苏宛的名字。

鹦鹉落在床头上，学着他一起哭叫：“苏宛！苏宛！……”

第二天破晓，童九哥和往常一样，很早就起床出去了。直到正午时分，他才满载而归。他既不与修卓和季月说话，也不提昨晚的事，只顾埋头忙活。他为他们准备了丰盛的午餐。开席前，他给每人发一个柚子。他依然不说话，也不屑搭理他们。他拿起一把牛角刀，在柚子上刻出一个洞，然后用树棍在洞里使劲捣。不一会儿，柚子里就有了像酒一样的响声。紧接着，他捧起柚子，咧开嘴，昂头痛饮，嘴里发出“吱喽吱喽”的响声。果汁从嘴角流出来，挂在胡须上，稠稠的，黏黏的，亮亮的，久久不愿落下，犹如一群闪闪灼灼的星儿。修卓和季月不敢怠慢，学着他的样子，也如法炮制，畅怀痛饮起来。当柚子里果汁所剩无几时，他随之将果壳向身后一撂，抖着胡须上的果汁，突然发话：“为苏宛，为的女人，就做（走）！”修老师无比兴奋，把柚子朝地上一摔，扑过去，紧紧抱住老朋友，嘴里连呼 OK。季月学着修卓，用英语高呼 OK，也冲上去，三人紧紧抱在一起。火孩儿高兴得乱蹦乱跳。金雕啊啊的叫声使整个山洞震动。只有两只鹦鹉仍保留着含蓄风格，一遍遍重复着季月的英语：“OK！ OK！……”

气氛终于平静下来，修卓趁机询问突围路线。童九哥又陷入原有语言障碍，手口并用地表述他的思想：“反（翻）了狮子（山名），有一近（路），要（需）三天（走）完。哗（河），呜呜（火车），出（走出森林）了。”

修卓又问：“什么时候出发？”

他茫然地摇着头。

季月解释：“哪一天走？”

他想想，举起三个手指头说：“拿乞（吃），拿穿。”

这天中午，童九哥带着客人参观了他的庄园和拜见了他的众多邻居朋友。就在那片混交林中，他吹着呼哨，召集来许多飞禽走兽。他很兴奋地向它们走去，拍拍它们的背，抚抚它们的头，又把两位客人向它们一一做了介绍，并时而和它们交头接耳地咕哝几句，像军区司令员检阅三军部队一样庄严隆重。正在此时，他陡然停下了，灵敏的耳朵耸得高高的，辨听了一会儿，然后嘿嘿大叫几声，鸟兽们像听到冲锋号的战士似的，霎时作鸟兽散。继而他猛地拉着两个客人，猫腰窜进一片灌木丛，隐伏着窥探动静。只一刻钟，果然有个高大的身影从林中走来。只见他手拄树棍，肩上驮着两个如同褡裢的行囊，眼睛不住向周围扫瞄，样子显得疲惫而鬼祟。

“啊？豪哥！”她悄声惊叫起来。

“别出声！让这个色狼赌棍喂野兽去吧！”

“这怎么行！如果他真的犯案，会牵扯许多人，还靠他把那些贪官污吏一个个挖出来呢！”

“你的意思是要他和咱们一块走？”

“当然了。你一定要笼络好他，不能出任何意外！走吧，见他去吧。”

“Hello！大老板！——”修卓大声喊着跑向豪哥。

“部总，我们在这儿——”

“老画家，季月，我可赶上你们了！”

“你不是要实现你的开发计划吗？”修卓揶揄他。

“开发个鸟！我差点让豹子吃了。我打死了那只公豹，母豹就带着两个儿女报仇，也被我打死了。它的儿女把我逼到树上，围了三天三夜。后来它们饿得去寻食，我才趁机逃走了。给，这是那钱，还给你。”豪哥说罢，来不及卸掉褡裢，嗵地倒下，气喘吁吁地指着行囊说：“就这，四十八万，物归原主。”

修卓卸下褡裢，捏捏行囊，嗔骂道：“你是亿万富翁，为什么还要偷这点钱？”

豪哥擦着汗说：“他妈的，我现在才弄懂了，钱实在是个没用的东西！”

季月指着另一个行囊问：“这又是什么宝贝呀？”

豪哥解着行囊，讨好地说：“的确是宝贝，特向二位奉献！”

这个行囊比另一个稍大，是用一种又宽又厚的芦苇叶子包裹的，外边还缠绕着一层密密麻麻的葛藤，看起来很牢靠保温。但这些包装隐瞒不了童九哥特别灵敏尖锐的嗅觉。他闻出了一种气息，知道行囊里包藏的是何物。在做出这个判断的刹那间，他的鼻子歪刍，继而目眦欲裂，到最后简直就怒发冲冠了。只见他一个猛虎扑食，冲上去，一拳打倒豪哥。豪哥莫名其妙，更不知眼前这厮为何等怪物，遂爬起来，正要反击，却被修卓紧紧抱住。童九哥怒气未消，顺手抓起一根粗棍，继续朝他打去。修卓连忙阻挡，棍子恰好落在他的肩上，痛得哇哇直叫。看见老朋友挨了误伤，童九哥这才煞住手。

季月忙问豪哥：“里边到底是什么东西，能这样让他恼怒？”

豪哥仍不失炫耀和献媚的机会：“母豹死了，我用尸体充饥，只剩一个大腿，犒劳你俩，谁想遇见这只野兽！哼！”

啊?！原来如此！季月轻叫一声，一切全明白了。修卓也明白了。修卓激动得早已忘记疼痛，一个箭步冲去，紧紧抱住童九哥。但童九哥并不领情，甩开他，兀自伫立，连连仰天长叹。豪哥似乎也明白了什么，立即打消报复的念头，呆站着不知如何应对。过了一会儿，童九哥猛地回转身，径自解开行囊，拿出豹子后腿，像捧着一轮太阳或月亮，踉跄地朝前走去。季月向修卓使了个眼色，大家默默跟在他身后。只见他下了一个土坡，突然在一棵槭树下停住。他轻轻放下豹子后腿，然后弯腰用双手挖掘土石。修卓和季月蹲下来帮他掘土。

修卓拉了下豪哥，说：“大老板，别愣着站着，快挖个墓坑，厚葬母豹。也许这才能救赎你的罪过！”

豪哥上前一步，推开三人，独自干了起来。他的铁掌像一台挖掘机，十指轮番旋转，搅拌得土石哗啦作响。他太熟悉自己这双手了！它玩转过各种赌具，挖过父兄尸体，开过金阳山金矿，凿过后山隧洞，打死过凶狠的公豹，摔死过小狗林林……可是现在，这些镜头似乎都非常缥缈遥远，眼前重叠出现的只有千篇一律的手铐。在经历了一系列灾难和惊险之后，他的灵魂也遭受了正义和良心的一次次鞭挞。特别是被豹子兄弟围困的三天三夜，使他人性骨子有了翻天覆地的改观。他认识到人力的渺小，认识到金钱的无奈，认识到大自然的强大和博爱，由此也认识到自己在金阳山和那场大洪水中犯下的滔天罪行。所以，他现在很乐意干这样的活，乐意为母豹修筑一座漂亮的坟墓——正如修卓所说，也许这样才能减轻自己的罪过和心理负担。

修卓没坚持像他为小白熊修的那样豪华的坟茔。他认为石头不能吸收水分和养料，无法长出生命。而土壤就有这个机能——既然肉能生长生命，那么豹子肉和土壤接触，也一定能长出新的生命。所以他不坚持用石头箍墓，这肯定也符合童九哥的思想。童九哥果然很满意。他虽然不懂得有机物转化为养料——养料又滋养生命的科学道理，但他从对豹子和草木的爱心出发，很容易接受这个葬礼方案。作为环保工作者，此刻，季月心里有着更深刻的生命与哲学的思考。但她一直没说话，她采来许多花草，摆放在母豹的坟茔上，用行动诠释自己的思想。

最后，他们以不同方式向母豹致哀告别，然后恹恹地朝山洞走去。

季月问豪哥：“你是怎么赶来的？”

“顺着你们留的路标走呀！”

“季月让我给你留下路标。”

豪哥很尴尬狼狈地说：“我想好了，与其葬身林海，还不如出去挨个枪子，也好用我的死教育唤醒更多的人！”

季月严肃地说：“你现在不必想这些事。关键是如何走出森林。咱们是法制国家，你要相信法律是公正的。”

豪哥焦急地问：“突围有希望吗？”

季月这才想起童九哥，把他向前一拉，介绍说：“他就是童九哥，和咱们一起突围。有条近道，三四天可以到一个火车站。”

豪哥大吃一惊，真没想到他就是童九哥：“嗨呀！大作家隐居四十多年，真变成野人了！看你这样子，我连一天也不想在原始森林里待了呀！”

童九哥仍未从悲伤和愤怒中解脱出来，更不屑搭理这个可恶可憎的家伙，扔下三人独自前头走了。

修卓又问豪哥：“怎么不见小狗林林？”

豪哥闪烁其词：“它和我在树上躲了三天三夜，活活饿死了。”

“你不是尿硫酸吗？不是让它喝硫酸吗？”修卓很为林林惋惜。

“我饿得饥肠辘辘，哪来硫酸？哪来硫酸喂它？”

季月长吁了口气，带着火孩儿，去追赶童九哥……

第十九章

这世界咋吗啦

几天后，一行四人翻过那座险峻的狮子山，穿越一片很大的森林草甸和丘陵地带，眼界才慢慢开阔起来。山林像女人的衣裳，层层剥离，层层退去，至此，只剩下一个白晃晃的裸腹——这就是大地，就是他们苦斗热盼一百多天所要回归的外部世界。太阳不再偷偷监视他们，名正言顺地在头顶占据着主宰地位。阳光很强烈，涂抹得大家周身火辣辣的。季月长睫毛一眨一眨，阳光在上面跳荡，于是眼波就回响起优美的旋律。豪哥身上毛孔迅速放大，鼓动得汗毛一根根耸立，顷刻就有了芒刺在身的感觉。修卓绕着太阳转了两圈，还是打不出喷嚏，却奇迹般发现太阳周围有一圈淡绿的光晕，他想那一定是在原始森林待得太久的缘故。童九哥一直眯缝着眼，很不适应这种阳光，无论怎么看，都觉得那太阳不是一个，而是七八个十几个甚至更多，一个连一个，一轮套一轮，构成一道强烈的阳光隧道，从另一个世界直通到他的瞳仁。

随着趔趄的脚步，他们开始走上路的轨迹，先是羊肠小道，接着是田间小道，再后是林荫大道，最后是柏油公路，而且隐约还看见正向原始森林延伸的一条高速公路。远远望去，路就像太阳的腿。路是人走出来的，也是太阳走出来的。晚上太阳不走，月亮就偷偷接着走。童九哥不傻，还记得这些人类的至理名言。但他还乞（是）不明白，这些背（被）人和太阳走的路，为甚（什）么始终走不完？难道修了所为（谓）的高速路才能走完和走到尽头？那么走完和走到尽头又在哪呀？而且，瞧那背（被）豪哥和修卓称为高速路的路，遇山开山，遇水断水，看那势头，一直伸向大山，伸向原始森林。天啊！他不由心里打紧，变得忧心忡忡，单怕那恶魔似的高速路吞吃（噬）了他的绿色王国，单怕那原始森林也背（被）脱掉衣服变成女人的光屁股。

其实，最早产生这些疑虑的当数豪哥，因为他锐利的目光分明看见远处的柏油路上，此刻正行驶着一台台奇形怪状的大型工程机械，能叫出名字的有打桩机、灌浆机、挖掘机、推土机、装载机、翻斗车……而且，这些大型机械前进的方向无一例外都朝着山区，也就是说，沉睡了千万年的大山要开发了，原始森林要开发了！所以他此时不像童九哥那样，只是疑虑，而简直就是羡慕和嫉妒。他的硅矿场，他的大理石场，他的旅游项目，他的整个原始森林开发计划，突然在心中又翻腾起来。事实胜于雄辩，这说明自己先头的思路正确，开发计划具有很强的预见性和前瞻性。但现在却全然被旁人捷足先登了，他失去一个千载难逢的商机。这是他性格所不能容忍的。他在原始森林修炼的那些正果，还有他历经种种磨难后对自身的种种反省，此番全都开始动摇了。他的贵族气质蠢蠢欲动。他无须别人正名。他认为在特殊情况下向女人举白旗是一种智慧。大款就是大款，贵族就是贵族，富豪就是富豪，自不能与芸芸众生相提并论。想到这里，他不屑地看着季月，然后离开小道，从田野斜插着向柏油公路奔去。

修卓像一只山羊，蹦跳着，紧紧尾随其后："大老板，现在不是原始森林，我不怕你甩了，你走到哪我跟到哪！"

豪哥回头骂道："老狗别跟我，不然就把你推下悬崖摔死！"

"这里没有悬崖，你摔不死我。"

"那就把你拖上推土机，再拉回原始森林！"

"你说那些机械是去原始森林？"

"我的开发计划很有预见性，可惜让他们抢先一步。"

"这么说，你真的要重返原始森林？"

“哪能呢?!”季月拉着童九哥赶上来，仰着脸，迎向豪哥，“豪哥经历那么多惊险，对人生和事业有了全新认识，回归社会后他的发展前景更加远大，怎能重返原始森林呢？再说了，几亿元家业，还有儿子和情人，谁能舍得？修老师，你也真是，小人之心怎能度君子之腹！”

豪哥一言不发。他暗自咒骂自己。他妈的，真是水性杨花，经不起女人几句好话，就忘记自我，就丧失理智，就没了主见。明知不该如此，却偏偏如此。这就是豪哥，就是庆顺市首富豪哥！何况，说这话的又是如此可企而不可及的一位大美人，自己岂能造次执拗呢？真他妈的要命！此时不想按她的话办都由不得自己了。晕！

“晕！我他妈的晕！”修卓忽然醒悟过来，暗恨自己差点又上了贼船，便改变口气，借题发挥，“燕雀焉知鸿鹄之志？豪哥之志，岂止鸿鹄，岂止庆顺市，岂止原始森林？而绝对是比尔·盖茨之二，志在全中国，志在全世界！咳吁，老夫实乃井底之蛙，燕雀气短，羞愧羞愧！”

“哼，你这老狗！”豪哥对修卓的话很反感，知道他给自己灌迷魂汤，但又觉得他的话不无道理。是呀，为了弄清大洪水真相，为了实现新的开发计划，他也应及时返回庆顺市呀！所以，他收敛了些许贵族气质，接受了季月的规劝和修卓的迷魂汤，“谁说我要重返原始森林？我只是想打听一下信息，为开发计划作点论证而已。修卓，你这家伙，怕是盼我回到原始森林永远别出来？妈的，花斑马，真是老奸巨猾！”

季月忙附和道：“既然豪哥要打听信息，那就快上柏油路，兴许走柏油路离火车站更近。”

而这时，童九哥却磨磨蹭蹭不愿走。他觉得自己很空虚，仿佛不乞（是）走在现实世界，而乞（是）飘浮在云彩里。世界不认识他，他也不认识世界。他对眼前的四五（事物）都很稀奇，很惊讶，很疑惑。除了黑黝黝路（柏油路）和路上的坦克大炮（大型工程机械）外，还有五儿（偶尔）遇见的人家，都是钢箍水泥房子，像日本鬼子的碉堡。他心里暗暗吃惊，难道小东洋又来捣乱？要么就乞（是）国民党反攻大陆？他对自己的认识能力蛮有信心。乞（是）的，通过这些日子交流沟通，特别亲眼看到这些久忘（违）了的场景，更加唤起他的回忆，不由便联想起过去的许多四五（事物）。但他心里还乞（是）很矛盾，又不好张口问，所以一直心慌意乱，犹豫不决。他看到地里很少有人干活，就乞（是）有也孤零零的像几只蚂蚁。难道一大二公的人民公社垮了？难道社会又退回到过去的单干？难道战火天灾避（逼）得人都背井离乡？特别当他好不容易走上黑黝黝路时，眼前的景象更使他忡忡不安：一拨拨儿人走马灯似的来来去去，匆匆忙忙，像当年支前和闹土改、分田地一样热烈踊跃。但看那架势，看那行头，却全都不像。瞧他们，有的骑着驮馍机（摩托车），有的开着钢架车（手扶拖拉机），有的驾着三轮轿子（蹦蹦车），有的蹬着两个轱辘（自行车），个个都满载满驮，来去无踪。嘿嘿，果真乞（是）支前，乞（是）打土豪分浮财？那么，刘夹水开（该）倒霉了，鸡仔开（该）扬眉吐气了。但他仍百思不得其解，意识一片混乱。他想，既然天下鸡仔都扬眉吐气了，可为甚还修那么多碉破（堡）呢？

这时，豪哥站在路旁连连招手，而那些司机不但不停，每每到了眼前，不是故意加大油门屙一股浓烟，就是吹胡子瞪眼吐唾沫，气得他又是扔石子又是发毒咒，大骂他们全是土匪流氓，当心半路插了枣粽子！骂声刚止，果见一辆十轮大卡抛锚了，他便乘机赶上前去打探消息。

他大咧咧地问：“嗨，哥们儿，这么多大型机械，都开到山里干什么？”

被问的师傅见他这般模样，只是摇头讪笑，却不开口。

他又问：“该不是地震抢险吧？”

“放屁！净说灾话！”突然车下有人破口大骂，“工程还没开工，怎么就发生地震？他妈的这不是咒人吗？真是个灾星、臭嘴！”

季月猫下腰解释：“师傅，我们没有恶意，只是想打听一下，这深山老林的，要修什么工程？”

“嘿嘿，你是？……”躺在车下的司机先是听见银铃般的话音，接着探头看见一个花朵似的脸庞，语气和语调立马来了一百八十度大转弯，“小姐想坐顺车吧？不用急，稍等片刻，马上就好！”

“多谢师傅关照。不过，我们不坐车，只是随便打听点信息。”

司机一边朝出爬，一边连声说“倒霉倒霉”，话语听起来很含混，不知说车坏了倒霉，还是说进山修工程倒霉，抑或失去一位坐顺车的女士倒霉。

豪哥按自己的习惯性思维，自然舍弃前者而独断后者。这样一来，他就对自己先头遭受的奚落愤愤不平。所以，当司机刚爬出来，还顾不得嬉皮笑脸，他就恶狠狠地发起了邪威。

豪哥指着司机骂道：“他妈的，你和前边那些车夫一丘之貉，见了女的就心迷，又搭车又让座，统统混账！”

司机擦着手上油渍，并不气恼，只管瞧着季月，嘿嘿傻笑：“如今是女人世界，女人万岁！这位大哥也一样，再怎么彪悍魔道，身边照样有个如花似玉的美人！哈哈哈……”

听了他这番话，豪哥不禁暗自发笑，他妈的，这小斯比修卓还滑稽。所以，他现在不但不生气，反而觉得他很可爱。

这时修卓指着童九哥插话道：“他们两人并非单独行动，还有我和他，共四人，绿色小分队，属世界绿色和平组织统辖。”

司机打量了眼前一干人等，一时惊异不已，瞪着刚才缄口不语的师傅，呵斥他快爬下去把底盘弹簧螺丝拧紧。等那师傅爬到车下，他才面带笑容地道歉：“实在对不起，他是个哑巴，慢待各位了，请多多包涵。”

“怪哑巴个鸟！应该怪你猪八戒思想太严重，一见女人就走不动了！”豪哥仍耿耿于怀。

司机的确是个爱说女人、爱说怪话的角色，他见他念念不忘他说的那一点酸话，就猜出他和自己爱好兴趣差不多，所以酸话怪话又一串串出笼了。他说："不瞒大哥，十个司机九个色，剩下一个爱手淫。真的，你想想，整天开着车满世界跑，十天半月闻不到女人味，还不把人憋死啦！所以说，酸话黄段子是最好的麻黄素，刺激素。如果连这点也满足不了，肯定十有八九都成了肇事犯，那样天下可要大乱啦！"

豪哥果然来了兴趣："现在社会开放，这个问题很好解决，可以去酒吧舞厅泡小姐呀！"

司机满脸不屑："说得轻巧，身处原始森林，哪来小姐？怕只能和虎豹豺狼亲热交媾啦！"

修卓不耐烦了，劈头就问："那你快说说，这么多机械开进原始森林，到底修什么工程？"

司机诡谲地看了季月一眼，然后侃侃而谈："听说是旅游项目，听说叫什么新部落，又听说总投资八个多亿，还听说是外国巨商投资合作开发。而且听说，在那里，人都和原始祖先一样，住的洞穴树窠，穿的兽皮树叶，吃的山果野味，玩的篝火光屁股舞……看你们如此穿戴打扮，也是从新部落来的吧？嘿嘿，他妈的有意思。如今这世界，人心不足蛇吞象，富得没法再富了，享受得没法再享受了，就生出怪主意，要把时间拉回去，一切从零开始，原始生活反而比文明社会更具有诱惑力。嘿嘿，真他妈的不可思议，不可思议！……"

司机这番话让从新部落回来的人大为震惊。豪哥大骂一声妈的，一拳砸在车门上，震得车窗玻璃嗡嗡响，随之倒转半圆，飞起一脚，踢倒了火孩儿，然后兀自站在路旁，连连大叫可惜！就在豪哥还没砸车门之前，修卓一个山羊腾跃，冲到公路中央，独独站定，一边"以身相许"，一边振臂大叫："NO！ NO！停车停车！调头调头！回去回去！警告各位，开发原始森林违反世界公约，是反自然行为，必须立即停工，悬崖勒马！否则，大自然就会报复，人类末日将为期不远！"

季月除了震惊之外，更多的是担忧和不安。她未曾设想，豪哥在原始森林一个痴人说梦，竟被别人在外部世界很快变成了实际行动，这是多大的反差，又是多大的悲哀呀！她感到这种外力的强大、无知和贪恋；同时也感到自己和自己所从事的事业的渺小、脆弱和无奈。她浑身微微抽搐，嘴唇紧闭，舌头和牙齿明显已碰撞出血来。她压抑着泪水，让它和口腔的血一齐咽到肚里。她没有及时制止修卓，尽管她明知此举于事无补。她更清楚他的歇斯底里是艺术家的一种发泄。他需要发泄。他的发泄也是自己的发泄。她何尝不需要发泄呀！豪哥也没制止修卓，仿佛他发泄时间越长，别人开发原始森林的速度就越慢，他争取主动权的程度就有了新的改观。所以他默许了他的发泄，他觉得他的发泄也是自己的发泄！

车辆停了一大串，人都赶来看热闹。这种西方国家和电视新闻常见的镜头，在中国地面和老百姓眼中的确还是凤毛麟角，前所未有，所以无论轰动效应还是诱惑力都达到了顶级和极品的高度。人越来越多。忙的人不忙了，闲的人这时反而更忙了。其实世上本来就没有忙人和闲人之分，大家都拼命赚钱讨生活——但钱有时忙了不一定能赚到，而闲了偏偏就发了横财——所以现在谁也不把闲和忙当回事儿。有人断定这是拍电影，说大导演张艺谋就喜欢这种题材和大视角。有人说是地摊艺人拉赞助，现在艺术贬值，不靠商家养着就无法生存。

但大多数人还是从那位长发老艺人口中晓得一些个中曲直。厉害，他妈的厉害！敢和开发原始森林的外国资本家叫板，好一派原始英雄主义！可不是，瞧他那蓬乱的长发，花斑马似的双腿，怎么看都像原始森林的一位部落酋长！……当然了，对于那些大型机械的司机来说，的确无所谓，让干就干，不让干就撤，天下大得很，美元欧元都是钱，人民币也不扎手——只要能挣钱，就多多益善嘛！而那些其他车辆，特别小卧车里的人却不同，他们不是忙着去挣钱，而是忙着去办事——岂不知，他们要办的事背后无不散发着铜臭味，如此办来办去，忙来忙去，最终还不都是为了钱？所以，此刻，他们就等不及了，就不依了，就纷纷出来干涉了。

一位官员问修卓："前辈，你是什么人，发生了什么事？"

修卓甩着长发，高傲地宣称："本人姓修名卓，美籍华人，著名花鸟大师，业余兼职环保卫士，现为世界绿色和平组织成员。我们要阻止开发原始森林，让这些工程机械统统调头开回去！"

官员强调说："那么，你有执法证件吗？"

修卓不以为然，继续发挥："保护地球，和谐自然，尽忠环保，热爱生命，这是联合国宗旨，国家使命。如此大同世界，泛爱思想，人人有责，自觉行动，还要什么执法证件？"

官员也不相让："既然没有执法证件，那就让开道，不要扰乱交通秩序！"

修卓依然强辩："我们是宣传，不是执法。"

官员显得严肃起来："那就站在路边宣传吧！如果再阻拦交通，我就叫110进行干预。明白我的意思吗？"

季月突然发现，豪哥正在摩拳擦掌，跃跃欲斗，她刚要上前阻止，突然听到童九哥的嚎叫声，便当机立断，拉着两人朝外冲去。出了人群，只见童九哥站在一个土崖上，正指手画脚地大喊大叫："炼钢炉！"他终于说出回归社会后的第一句话，"炼钢炉！小炼钢炉！土炼钢炉！"

三人匆匆离开柏油公路，齐向童九哥跑去。来到身旁，顺着他的手指望去，才发现他说的炼钢炉原是蔬菜大棚，逗得大家不禁哈哈大笑。

季月笑得流出眼泪，一边拭泪一边向他解释："大爷，那是蔬菜大棚。"

童九哥还是不明白："大葱我知。那阵勿（没）粮，整天乞（吃）大葱，炼钢也乞（吃）。无（如）今咋何（还）炼钢？"

这时，金雕在蔬菜大棚叼回一块塑料薄膜，季月拿着它对他说："这叫塑料薄膜，用它搭起棚子，不怕冷，不怕晒，瓜果蔬菜一年四季都不断。冬天也能吃到西瓜、黄瓜和西红柿。"

"树呢？咋吗（怎么）纸套？"

“和蔬菜大棚一样，果树套上纸袋和塑料袋，不怕虫咬，成熟快，品质好，产量高。”

他惊吓得瞪着眼，连连摇头：“天爷！假！勿乞（吃）！不像（祥）！”

修卓拉着他，说：“快走吧，到时候你亲口尝一尝，就知道真假了。”

他没挪窝，又指着旁边几个小土堡说：“还那，冒烟，炼钢？”

修卓比划着：“现在国家很发达，大型钢铁基地一个连一个，早没有土炼钢炉了。那小土堡是农民的烤烟房。”

不知他没听懂还是不信，拉着修卓要到跟前看个究竟。半个小时过去，当他亲自到现场察看一番后，才不得不相信这些事实。但他丝毫未感到兴奋，反倒流露出明显的失落和惋惜。他的记忆力变得很固执，始终摆脱不掉土炼钢炉的阴影。他还清楚地记得，那乞（时）宣布他“右派”第二个月的第九天，他被解送到专门让“右派”分子劳动改造的土炼钢场。一个月后，苏宛也被送来了。她不乞（是）“右派”，比他自由得多。乞（是）她出主意让他跑的，她说大西北人稀少，国家防得松，许多人在内地难以活命，都跑到那里活下来了。她说她三舅在大型农场，要他出去直接找他，他会安排好他。那乞（是）一个飘着稀稀雪花的夜，苏宛帮他放哨，他才多（躲）过岗哨，逃了出去。他到火车站，刚买车票，突然动摇了。他怕去大西北不保险，万一事情北（败）露，不但自己罪加一等，而且牵连苏宛，这是万不能的。经过多分（番）考了（虑），为苏宛，他愿受一切苦，就又改变机会（计划），独自走了深山，走了原始森林。他没忘苏宛对他的情意，一直把她照片带在身上。那张照片就乞（是）那晚她送的，乞（是）他们独一的定亲（情）物。所以在他的生命里，土炼钢炉就是苏宛，也是他自己。所以他现在对土炼钢炉特别敏感，一看见土炼钢炉就想起苏宛，以至于把稍有点与土炼钢炉相似的东西，都错以为土炼钢炉，自然对苏宛的联想也就成了空中楼阁。

离开柏油公路走不多远，来到童九哥所说的小河。河里没有水，河床干涸得裂开一个个大口子，上面扔满塑料纸袋，被风一吹，四处飘荡，极像死人出殡时飞撒的纸钱。过了河，紧挨着就是铁路，铁轨两旁同样龌龊不堪，到处是抛撒的塑料纸袋和各种泡沫饭盒，几乎分不清铁轨的黑白红蓝。首先是童九哥视觉受到极大污染。为甚（什）会有这么多塑料纸袋呢？为甚（什）这么多塑料纸袋白白扔掉呢？此刻，他虽然不知道这些塑料是怎么生成的，又有何等用途，但他总把它们和纸钱、招魂幡、裹尸布、白孝衣联系起来，心里就感到无限凄凉和压抑。忽然刮起一阵旋风，从河床旋到铁路，卷着塑料袋在空中打起旋儿。旋儿越来越大，卷进的塑料袋也越来越多，最后随着风力的加大和加快，一股脑地冲上天空，形成一个庞大而可怕的蘑菇云。

童九哥望着高高飘浮的塑料纸袋，突然向空中吐了两口唾沫，随之焦急万状地嚎叫起来："白染，白染！飞去森林……唔哇，呸！白染——恶魔，恶魔！……"

修卓从他很不连贯的话语总结出他的思想，随即像翻译似的对季月说："童九哥作为局外人（与世隔绝），对环保有不同凡响的认识。他担心塑料泛滥成灾，将会形成白色污染，威胁和毁坏原始森林！"

"白染——白色污染！多么细微精妙的发现，多么鞭辟入里的思想！"季月和修卓感同身受，激动得话都有点结巴，"四十多年原始森林生活，使他和大自然建立了类似血缘关系一样的深厚感情，形成一种根深蒂固的绿色情结，所以才有如此深刻独到的发现。相比之下，我们生活在现实社会的人却对此熟视无睹，麻木不仁，这是多大的差距呀！"

豪哥肚子饿得咕咕叫，无心参与他们关于白色污染的议论，只盼着快点到车站饱餐一顿。他手里拿着一个完好的方便面盒，不住地倒来倒去，晃来晃去，希望能引起修卓和季月的注意。他现在变得很贵族，很绅士，不轻易为区区鸟事丧失体面。他的责任只在于提醒和暗示。但无论他如何提示和暗示，甚至做出非常滑稽夸张的动作，却依然引不起他们的灵感。他灵机一动，顺手将塑料盒向着修卓扔去。方便面盒在空中翻了个筋斗，然后嗖的一声，落在修卓脚下。

当然了，画家的灵感毋庸置疑，他早就看见豪哥的表演，也早就识破他的伎俩，只不过是故意装聋作哑，想煞煞他那讨厌的贵族气和绅士风度。现在豪哥把灵感撂在自己脚下，自己当然要灵感一下的。他不假思索，迅即飞起一脚，像踢足球似的把灵感送进对方的怀抱。豪哥接住方便面盒，暗骂这家伙灵感枯竭，枉为画家，复又把灵感摔将过去。修卓装出一副混沌不开的懵懂相，片刻踌躇，又将灵感返还给豪哥。这样一来，火孩儿可有了难得的游戏机会，朝着方便面盒，忽左忽右，忽前忽后，扑打得空气都有些颤抖。

季月被他俩逗得咯咯笑了："别打哑谜了！快走吧，到火车站就吃饭，不会让大家挨饿！"

豪哥挥手在空中打了个响指："不愧环保专家，有灵感！"

修卓强调："她还是绿色小分队队长！"

季月笑着说："豪哥是民选队长！"

"他是托派，脱离组织五六天，放弃领导权。现在我只认季月做队长。"

季月有意拉了一下他，说："别磨嘴皮子了！豪哥是几亿元公司大老总，还在乎什么小分队队长？快走吧，我肚子也饿了！"

按原计划，他们应直接去火车站买票上车，到了省城稍作休整，然后各奔前程。但现在大家饿得不行，都嚷嚷着要进城吃饭。修卓查了下文身数据，推算明天可能是国庆节。这给豪哥表现贵族气和绅士风度创造了机会，遂大声叫喊，既然过国庆节，就该去饭店好好庆贺一番么！他不说吃饭，嘴头的蝇头小利有损自我形象。他只说饭店，只说庆贺，其中的潜台词再明确不过了。这次，修卓没表示反对，而像一个蹩脚演员，牵强附会地解释着豪哥潜台词的内涵。其实不用解释，季月也明白他的潜台词。她想，经过一百多天的野人生活，现在终于走出原始森林，何况童九哥四十多年后回归社会，更是一件大事，所以该庆贺一番呀！于是她点头同意，率大家离开铁道，转向县城走去。刚走到南郊，就看见迎面悬挂着一幅横标，果然是欢度国庆。豪哥揶揄修卓："老家伙，你的日晷挺准的！"修卓瞧瞧花斑马似的腿，说："当然了！我还靠它申请吉尼斯纪录哩！"季月没说话，只管埋头朝前走。

这时，童九哥好不安生。他首先关注的是树木花草，一眼望去，大街小巷根本看不见一棵高大树种，原先那些杨树、柳树、桐树、楸树、榆树、椿树、槐树、桃树、杏树、梨树、核桃树、皂角树、合欢树、冬青树等等，都到哪去了？……草倒种得不少，但全都细毛毛、矮墩墩的，没一点精气神儿，压根就算不上草！没有树，没有林荫，县城还叫县城吗？再就乞（是）花，一满的人工变种，毫无半点儿大自然的原汁原味，无法和原始森林相比……接下来，他对街道两旁的高楼大厦和豪华装潢表示出极大恐惧。瞧那水晶房子（玻璃幕墙），瞧那狮子大张口（旋转轴门），瞧那凶死鬼吹火（卡通灯箱），瞧那虎皮门脸（马赛克）……把好端端街道和房子搞得疯疯癫癫，乌七八糟，人住在或走在里边，不都成妖怪了？更让他喘不过气的是那些广告招牌画上的女人，袒胸露腹，搔腮弄姿，一派骚狐狸精气味，和刘夹水小老婆一丘之坏（貉）嘛！

他一边趔趄地走着，一边东张西望地看着，脸上充满了晦气和沮丧的神色。越往前人越多，稀奇古怪的事儿越是层出不清（穷）。他发现几乎所有人，无论男人和女人，还乞（是）老人和孩子，都神秘地捂着耳朵，一边走路一边自己和自己说话，好像个个都是聋子。女人戴不起手表，就给手腕套一串石头蛋子，真乞（是）打肿脸充胖子么！还有那些男人，皮带上挂个烟盒盒，难道凭票买烟把他们都培养成了大烟鬼？那穿着打扮更是千奇百怪。男人头发留成浅碟碟，额头还留着气死毛，为甚他们都爱生气呢？而女人头发才叫五花八门，有的像疯柳，有的像鸟窝，有的像瓜蔓，有的像蜂巢。更恼人的乞（是）头发颜色，赤橙黄绿青蓝紫，样样都有，简直就像货郎的丝线大盘现（点）。脸上抹满猪油，眼圈成了大熊猫。指甲足有半寸长。血脸红头发，丈二长的脚指甲。他一边看一边在心里暗暗咒骂。魔鬼，正正（真真）的魔鬼！他气得迈过头，不愿再领教这些魔障。但就在他头旋转三十度的瞬间，突然，眼睛余光跳进一个奇怪的东西。只见那东西先是圆鼓鼓的，像个南瓜，后来随着寻死（迅速）扭摆，眨眼就没了青皮，分出岔来，变成两个笋瓜。他斗胆定睛觑时，才看清原乞（是）女人的屁股和大腿，晃悠得他怎么也睁不开眼。季月以为鹦鹉不住扑棱，弄得他眼睛难受，就执意要抱过鹦鹉。但他并不相让，推开她，自个儿埋头朝前走了。修卓把嘴一撇，面露难色，拉着她紧紧跟了上去。

这时街上更热闹，到处张灯结彩，人越来越多。一家旅游公司举行开业大典，旁边还搭着戏台子公演助兴。这队人马一出现，立即引起轰动，人们潮水般向他们涌来。这是怎样的一支人马呀：一位身穿狐皮背心、手拎公文皮包的现代女侠；一位长发披肩、胡须飘洒的燧人氏后裔；一位身材魁梧、络腮长须、豹皮裹身的部落酋长；一位银发飘洒、狼皮斜挂、两腿裸露如花斑马的江湖浪人，另外还有一只猴子、一只金雕和两只鹦鹉……

一时之间，戏场大乱，车辆拥挤，道路堵塞。几名警察见状，立即跑来维持秩序。人们吵吵嚷嚷，议论纷纷。有的说是外星人；有的说是拍电影；有的说是西方国家狂人节化装的愚人丑角；还有的说是这家新开业的旅游公司炒作造势等等。两名像记者模样的青年，一边咔嚓拍照，一边小声议论。一个说："该不是野人吧？听说神农架有野人。"另一个说："很有可能。报纸报道过，说山西有个人独身住进原始森林，专门寻找野人，该不是他把野人带出来了？"

虽然他们说话声音很小，但还是被旁边人听见了。听见的人毫不怠慢，立即告诉给身旁的人。身旁的人也不甘寂寞，又马上传播给自己身旁的人。就这样一传十，十传百，传来传去，传得全城沸沸扬扬，一片喧哗。而且内容也全变味了，把本来推测猜想的几句话，加盐加醋，变成了在线新闻："神农架发现野人啦！""野人全家搬迁，撤离了原始森林！"更有甚者说："这家公司要开发原始部落旅游项目，野人是他们请来的嘉宾！"几个酒徒一边举着啤酒瓶，一边振臂高呼："野人万岁！野人万岁！"……

季月一看大势不好，当机立断，带着大家钻进一家饭店，直闯包间。服务员见状立即慌了，一拨电话，惊动了老板。

老板客气地拱手："各位请坐。明码，还是暗码？"

豪哥不耐烦地嚷："什么明码暗码，我们吃饭！"

老板惊奇地："怎么，你们不是送野鲜？"

季月警惕地问："难道你们饭馆收野鲜？"

老板觉得气氛不对，忙改口："哪能呢！我们饭店可是文明经营，从来不收野鲜！"

"不收就好。别啰嗦，快上饭菜！"

老板扫视一下这些不速之客，难堪地说："这，这，你们有钱吗？"

豪哥阻止季月，向老板道："从北京到南京，哪家饭店不是先就餐，后买单？"

童九哥总算弄清内情，忙从腰间掏出小铁盒，打开来，从油布包里拿出那沓整齐发黄的角币，递给老板。

老板先是撇嘴摇头，待仔细看了版式，便眉飞色舞地笑说："五六版，真格的五六版！好，我收了。服务员上酒上菜，本店破费招待远方客人！"

豪哥不客气地站起来，指着老板嚷道："把钱还给他！"

老板也生气了："不给钱怎么吃饭？"

"我们有的是钱！但这钱不能用，还给他！"

老板无奈，只好把角币还给童九哥："但你们得先交押金。"

季月从皮包里拿出一沓大团结，交给豪哥。

豪哥将钱向桌上一拍，道："一万元，够吗？"

老板惊呆了，拿起钱，跑到门口仔细辨认，复又转身连忙赔礼道歉："各位先生女士，实在对不起，请原谅。押金就免了，最后买单。服务员，让客人报单！"

豪哥连连摆手："不用报单，好菜好酒只管上！"

四个人一顿美餐，共计花了八百元，酒足饭饱，撤席开拔。刚走出饭店，门外已拥了一大群人。有的要买猴子，有的要买鹦鹉，有的要收购角币五六版，还有记者要录像采访。季月不理不睬，一一甩脱他们。街上交通再次堵塞，秩序大乱，使得他们寸步难行。看到这种混乱局面，季月真后悔自己考虑不周，没想到会带来这么多麻烦。现在想买衣服、住宾馆、理发、洗澡、打电话都不可能了。她想，得设法冲出重围，不然是要坏事的。她正拿不定主意，突然发现两名交警，就让豪哥在前面开路，好不容易挤到他们跟前。

"警察同志，我们有紧急情报，请找一辆出租车，送我们去公安局。"

"好，你们随我来。"

又来了几名交警，他们在前边开路，季月一行在后面紧跟，但人群仍紧紧包围着，与他们同步前进。一直到十字路口，人群才慢慢散去。警察趁机挡住一辆的士，匆忙把他们推进车。

出租车在公安局门前停下，付过钱，他们直闯局长办公室。局长很和气，见他们如此打扮，又稀奇又好笑。

"别急，你们先喝水，喝了水再慢慢说。我们已接到报告，因为秩序太乱，不敢惊动你们，只要求不堵塞交通就行。想不到你们亲自找上门来。"

季月一眼看见局长桌上的通缉令，通缉的对象正是豪哥——邰明雄。她很机灵地拿起一张报纸盖了通缉令，对局长说：

"我们有很重要的情报向政府报告，在报告之前，我有一个请求，就是让我们与家里和单位打个电话。因为我们是庆顺大洪水遇难者，一百多天和家里失去联系。你能理解吗？"

"完全理解。好，就在这里通话。"

季月对豪哥说：“你先打吧。”

豪哥先给金阳县楚翘打手机，服务台回答：“此机已销号”。他又给分矿的儿子打，通话的是个女人，她不耐烦地说了声“他妈的什么金矿”，就关机了。接着他又给吴小越、总公司和两个前妻通话，回答不是“销号”就是“空号”。最后他总算给韩冬雪打通了。她听到是他，已在手机里哭得声泪俱下。她说庆顺市被洪水冲得很惨，金阳山三个分矿全成了废墟，总公司被席卷一空，她的保龄球馆也片瓦不留，她是在洪水中被解放军搭救的，现住在四川老家。豪哥放下电话，长长地叹了口气，连连摇头说：“完了，全完了！”

季月把话筒递给修卓，他摇摇手说：“我没有儿子电话号。虽然记得明世代的电话，但他远在美国芝加哥，关系不大，就免打电话麻烦人家了。”

季月踌躇一下，这才拨了荀伟成的手机号码，刚一通就听见他的声音。他一定全天候等她的电话啊！两颗渴盼已久的心此时在微波中碰撞出感情的火花，烧灼得双方都泣不成声。伟成告诉她，汉河洪水灾情严重，主要成因就是金阳山乱砍林、乱开矿造成河道淤积堵塞，导致两座大中型水库垮坝，与洪水、暴雨勾结一起，使瞬间洪峰增加了上千倍，才导致这场灭顶之灾。中央对特大洪水很重视，派出慰问团，出动部队救援。他就是解放军用冲锋舟救上来的，那几位老乡和资料都安全无恙。现在中央和省上已组成调查组立案侦查。那个部总裁下落不明，公安部门已在全国进行通缉。他还说他等她回北京后再去金阳山，希望她早日平安返回。

季月通完话，极力平静了一下情绪，这才对局长说：“局长，我现在给你反映三个情况。第一，他，叫童九哥，是五十年代的知名作家、‘右派’，在原始森林隐居了四十多年，过的野人生活，连他的名字都不会写。我们把他带出来，交给政府，希望安排好他的晚年生活。第二，我们三个是庆顺洪水的遇难者，在原始森林度过一百多天野人生活。遇难时，我们捡到一个皮包，就是这个，里边有四十八万元和金银首饰。除刚才吃饭花了八百元将来由我负责偿还外，如数交给政府。第三，三个遇难者，除了我，他叫修卓，美籍华裔，是个画家。还有他，叫豪哥，真实姓名是郜明雄，就是通缉令上的犯罪嫌疑人，今天也一并交给政府。另外，你们借给我五千元，一是还那八百元饭钱，二是我回京的费用，三是给我们买些衣服。衣服还要你们派人去买，不然又要堵塞交通了。借的钱七天内由我汇到你局。”

在介绍情况时，局长分头给手下打了电话。先是有人将公文包的钱点了数，又交给她四千二百元，互打了收据，然后让人把钱拿走了。接着办公室门口增加了警力。局长听完介绍，向她说：“先解决他的问题！”说完向门外招招手，几个警察一拥而上，给豪哥戴上手铐，押了出去。

豪哥回头朝室内喊：“季月，还有花斑马，别忘了来监狱看我！”

修卓没回头，大声说：“狮子头，我一辈子也忘不了你！”

季月走出房门目送豪哥：“请相信政府和法律，好自为之吧。”

童九哥目瞪口呆，不知发生了什么可怕的事。

火孩儿吱吱哇哇乱叫，局长弄不清它是喜还是忧。

两只鹦鹉学舌：“好自为之！好自为之！”……

局长望着鹦鹉笑笑，又对季月说：“你不简单呀！那个流氓强盗，能把他制服，真是了不起！”

修卓落泪说：“局长，一百多天，真是炼狱，和魔鬼打交道啊！季月受的难，遭的罪，无法想象，无法形容啊！”

“修老师，别说了！”她再也忍不住，哇的一声趴在桌上，早已泣不成声。

局长又通了电话，这才对季月说：“县市领导有指示，这是一件大事，领导要接见，新闻媒体要采访，你们先住下。走，我去给你们安排。”

她坚定地说：“让他们住下吧，我今天必须回家！”

局长诚恳地说：“就是回家也得梳洗一下，也得换衣服呀！走，还是先去宾馆，衣服我派人买，一会儿就送到宾馆。”

修卓和童九哥在宾馆洗了澡，理了发，换了衣服，已是下午三点钟。他俩没打扰季月，希望她洗澡后好好睡一觉。修卓焕然一新，西裤笔挺，把花斑马似的双腿遮得严严实实，显示出艺术家的本来风度。童九哥理发剃须后，也是西装革履，看不出一点“野人”痕迹。此刻，分别四十多年的老朋友喜不自禁，更有了交流沟通的欲望。修卓讲起原先的事就不由激动，感染得童九哥也潸然落泪。他还是很少说话，但提的问题不少，提时自然仍是那种难以捉摸的短语。他们谈得很投机，很有感情，直至公安局长陪同县上领导和电视台记者赶来时，竟认不出他们了。更让大家吃惊的是，怎么也找不见季月。她上哪去了啊？记者看着眼前和普通人一模一样的两个男人，大失所望，暗自惋惜失去原始状态的镜头，新闻卖点大打折扣。正在这时，服务员走过来，说那位小姐洗过澡，换过衣服，就带着小猴子走了。她还留下电话号码，说有事可以打电话联系。修卓焦急地接过季月的电话号码，两只耳朵耸得像电视天线。童九哥先头的疑虑还没完全消除，依然看不懂这个世界。既然看不懂，就没必要硬看，所以他现在什么也不想不说，只盼着快点见到苏宛。

接见和采访结束后，县领导说省市领导很关心这件事，明天专程前来慰问，要他们好好休息，随意一些，不要拘束。又说，省文联特意为修老举行一场专题报告会，希望大师能够赏光。关于童老先生的安置问题，省上也做了决定，如果愿回原籍，由省民政厅出面联系，将尽快落实。如果愿留本省，由省作协会同人事厅按有特殊贡献专家对待，居住地可在省会和该市任意选择。

经历了这场生与死的考验，老画家对生命、生态、艺术和金钱有了更加深刻的感受和体验，恨不得立即公之于世，唤起人们的环保和生命意识。他显得非常激动，不假思索就同意了这个安排。

童九哥却一直很紧张，心不在焉。当他终于搞懂是怎么回事时，久已养成的山野之气一下子暴露无余，忽地从沙发上跳起，不停踱着步子，不停搓着手掌，不停瞪着眼来回踅摸，好像在原始森林清点寻觅他的那些飞禽走兽朋友。大家惊慌不已，谁也无法猜出哪句话刺伤他的痛处，一个个大眼瞪小眼束手无策。修卓也莫名其妙，劝说了几句，依然不能使他安静下来。足足过了七八分钟，才见童九哥猛地转过身，直扑窗口，然后朝天空大声呼叫：“苏宛啊——你在哪啊——苏宛——”

修卓激灵一下，心里全明白了！真是图穷匕首见，谎言终于到了戳穿的时候！然而，该怎么对他说呀？他现在觉得自己很卑鄙，很恶劣，就像《最后的晚餐》的犹大，欺骗和出卖了朋友。他的清高和虚荣的性格，也决定了他难以张口向县领导说明真情。他脖子有几道青筋十分突出，耳朵频繁抖动。经过几十秒的信息处理，他心里便有了一个两全其美的对策，随即向县领导说：“苏宛是他未婚妻，四十年前棒打鸳鸯，他的心情可以理解。这样吧，让他休息几天，至于安置之事，等一切就绪后再说吧。”

领导走后，修卓对童九哥说：“我给苏宛打过电话，她马上就来看你。如今坐飞机快得很，两个小时就到了。但我有个条件，你的一切行动都必须听从我的安排。”

童九哥咧着嘴，点点头，这才高兴得四脚朝天，沉沉地倒在了席梦思床上。床垫发出轻柔的沙沙声，像有无数蚯蚓在里面蠕动。蚯蚓蠕动，他身上的肌肉和汗毛也随之蠕动。而且，就在他身体微微蠕动的同时，不知从哪个孔眼或针脚里，不经意地飘散出一股淡淡的清香。那清香似有似无，甘洌清纯，太像原始森林里的花香药香啦！刹那之间，他就有了腾云驾雾的感觉，奶奶的好苏（舒）服！他满床打了个滚，然后抱着软绵绵的枕芯，一边看着大彩电一边想：奶奶的！还乞（是）外部世界好，还乞（是）现代人会想（享）受！

修卓看他很高兴，就推说自己出去有点事，一会儿就回来。他点点头，咧嘴笑笑，快乐得像个孩子。大约半个小时，修卓回来，一进门就兴冲冲告诉他：“老兄，你真有福气，苏宛已登上飞机，马上就起飞了。晚上八点准时到达。记住，一切听从我的安排！”

晚餐过后，两人回到房间，打开电视，本地新闻刚刚开始。头条新闻就是关于他们的报道。播音员模仿中央台重大新闻所谓高八度的语气和声调，激情洋溢地播送道：“首先播送本市重要新闻。国庆节刚刚过去，我市迎来一批神秘而特殊的客人。……”接着屏幕出现他们走在街上的镜头和群众围观的场面，画面非常清晰，画中人物非常逼真。特别是童九哥的几个特写镜头，都能看清额头的皱纹和手上的汗毛眼儿。他瞪着眼，哈喇子闪闪烁烁，双手不停触摸着平面直角荧屏。他这时突然明白，原来记者拍摄时给自己肉体投进了魔光，现在电视又把它释放出来了。嘿嘿，奶奶的这就乞（是）电视，这就乞（是）比电影还电影的电影！他高兴得真想一头撞进电视里去，真想让肉体的魔光和电视的魔影紧紧拥抱。修卓怕他卖乖撒野，就拉他坐下，像哄小孩似的要他懂礼貌，讲文明。他说，快八点了，苏宛马上就到，可别让人家笑话嫌弃噢！

修卓的话音刚落，突然门铃响了。打开门，只见服务员领着一位女子站在门口。女子热切地问，哪位是修卓先生？修卓说本人就是。女子自我介绍说她叫苏联。修卓悄声纠正，说该叫苏宛，随即拉她进了门，来到童九哥面前，为两人互作介绍。他指着他说他就是童九哥。他又指着她说她就是苏宛。然后他像一个证婚人似的，美美感慨了一番，说什么棒打鸳鸯啦，什么牛郎织女啦，什么有情人终成眷属啦……又是道喜，又是祝贺，把气氛酿造得让女子都不知所云。然后他在童九哥耳边咕哝几句，便知趣地告退，关上门，坐在大堂等消息。

童九哥一直低着头，不敢正面看她一眼。他很自卑，也很内疚。他不知该说什么，该怎样表达自己的感情。长期与禽兽鱼虫、花草树木相濡以沫，昼夜厮混，他已被异化成它们的一员，语言与思想变得异乎寻常的狭窄和简单。可现在，面对如此难为情的场面和处理如此复杂的感情问题，实在让童九哥感到狼狈和尴尬。他以静制动。他过去对待动植物也常常采取这个办法，所以他现在也要以静制动，等着她开口说话。

女子并不晓得他的心思，但她的时间观念很强，所以就主动向他靠拢，并热烈地开口说话："九哥，四十年不见，我好好想你呀！你难道不想人家吗？"

童九哥抬起头，两眼瞪得一样大，惊问："你，你乞（是）……"

女子娇滴地回答说："我是苏联呀！难道你忘了我？"

"苏联？苏联老大哥？"

"是呀，就是你的未婚妻苏联呀！"

"还乞（是）苏联老大哥嘛！"

"啥子老大哥吆！你快点，我的时间可金贵啦！"

女子说着就像一条葛藤，不由分说地扑进他的怀里，缠住他的脖子。童九哥似乎这才反应过来，明白了是怎么回事，霎时，气得腿上的筋疙瘩就要爆炸。他忽地站起，敏捷得像老鹰抓小鸡，拎起女子，使劲掼去，席梦思床上立即就晃荡出一堆嫩肉。女子大受刺激，连声尖叫，渴望他那带野性的强悍快点进入自己的身体。然而，二十秒过去了，三十秒过去了，一分钟过去了，两分钟过去了……却仍不见他的野性和强悍。她觉得奇怪，定睛看时，才发现他从卫生间出来，肩膀架着鹦鹉，一手挽着金雕，气咻咻地冲出房间。女子兴趣大跌，躺在床上不动弹了。

童九哥冲到楼梯拐角，恰好碰见修卓。修卓一惊，知道大事不好，忙向他解释。但童九哥似乎不想让他开口，一把上去，抓住他的领带，两只大眼睛死死逼向他的两只小眼睛。

大约相持了半分钟，童九哥恶狠狠地问："她呢，苏宛呢，该（在）哪？"

修卓见他痛苦和愤怒的样子，不忍心再欺骗他。他不禁鼻子酸痛，嗯啊一声，只好向他说出事情真相。听说苏宛早已死了，童九哥抬起头，伸长脖子，向着穹隆长啸一声，接着一拳打倒修卓，然后像一只暴怒的狮子朝楼下冲去。修卓慌了，爬起来，顾不得擦拭鼻血，紧紧追赶着童九哥。

街上华灯初绽，夜市正闹，小县城的夜生活比大都市更富于神秘和柔情。童九哥趔趄地走在街上，痛苦沮丧到了极点。他万念俱灰。他想他本来就没念，所以灭了也不后悔。他掏出小铁盒，抖出角币五六版，在临街小店买了瓶劣质白酒，一边仙游一边仰脖豪饮。痛快，奶奶的这（真）痛快！酒在肚子燃烧。肚子不知自己乞（是）谁的。他一手翘着酒瓶，一手在空中乱抓。抓甚？他不清楚。他只觉两手空空，什么也没抓了（着）。一切都不实在，虚坏（幻）抛锚（缥缈）。路是虚的，腿也是虚的。有了这两个虚坏（幻），什么都虚坏（幻）了。老朋友靠不住，苏宛也靠不住。奶奶的这人，这情意，统统靠不住。只有原始森林才乞（是）家，才乞（是）这这（真真）靠得住！……

“童九哥，goodfriend，你在哪？Come back，快回来吧！”

修卓山羊似的蹦蹦跳跳，在夜市摊点中寻找着，呼喊着。他的声音是那么弱小细微，那么有气无力，自己都听不见自己的声音。但他还是这么叫喊，还是这么寻找。他后悔自己欺骗了朋友，现在更怕自己失去朋友。所以他的声音既带有哭腔，又倾注着很复杂的感情，听起来就像深夜有人叫魂那样充满着焦灼和忧伤。

“童九哥，sorry，我不该欺骗你。但不欺骗又能怎样啊？兄弟总不能看着你老死在原始森林里啊！童九哥，我的好朋友！你在哪？难道你要重返原始森林？老兄呀，我懂得你的一片爱心。Yeah，原始森林是地球的肺叶，是人类的制氧基地，是大自然的调节器，我何尝不热爱它哩？但那的确不是人居住的地方呀！还是外部世界好，社会先进文明。童九哥，goodfriend，快回来吧！咱们和众人一起拥抱这个世界，建设这个世界，保护这个世界啊！……”

但此时，童九哥已离开这座小城很远很远，自然听不见老朋友的这些话。他率领他的鹦鹉和金雕，朝着属于他们的地方款款而去。他现在想通了，不怨任何人，也不怨民（命）运，他只怨自己看不懂这个世界，不适应这个世界，理所当仍（然）地应该退出。只乞（是），他也（依）然想不通，这世界为甚（什么）会变成如乞（此）模样？所以，他一边走还一边独自喃喃：“这世界咋（怎）吗（么）啦？这世界咋（怎）吗（么）啦？……”

鹦鹉在他肩上跳来跳去，一遍遍重复着主人的话。

“这世界咋吗（怎么）啦？”

“这世界咋吗（怎么）啦？”

图书在版编目（CIP）数据

新部落 / 梦萌著. -- 北京：作家出版社，2018. 8
ISBN 978-7-5212-0204-5

Ⅰ. ①新… Ⅱ. ①梦… Ⅲ. ①长篇小说 - 中国 - 当代 Ⅳ. ①I247.5

中国版本图书馆CIP数据核字（2018）第198487号

新部落

作　　者：梦　萌
责任编辑：李亚梓
装帧设计：百丰艺术
出版发行：作家出版社
社　　址：北京农展馆南里10号　　**邮　　编：**100125
电话传真：86-10-65930756（出版发行部）
86-10-65004079（总编室）
86-10-65015116（邮购部）
E-mail:zuojia@zuojia.net.cn
http://www.haozuojia.com（作家在线）
印　　刷：三河市北燕印装有限公司
成品尺寸：152 × 230
字　　数：293千
印　　张：22.25
版　　次：2018年12月第1版
印　　次：2018年12月第1次印刷
ISBN 978-7-5212-0204-5
定　　价：45.00元

